ERFGENAMEN VAN EEN
GLINSTERENDE WERELD

CYNTHIA OZICK

# Erfgenamen van een glinsterende wereld

*Vertaling Rob Kuitenbrouwer*

Houtekiet
Antwerpen/Amsterdam

De vertaler ontving voor deze vertaling
een werkbeurs van het Fonds voor de Letteren

© Cynthia Ozick, Weidenfeld & Nicolson,
The Orion Publishing Group, Ltd, Londen, 2004
© Nederlandse vertaling Rob Kuitenbrouwer/
Uitgeverij Houtekiet, 2007
Oorspronkelijke titel Heir to the glimmering World, 2004
Oorspronkelijke uitgever Weidenfeld & Nicolson
Uitgeverij Houtekiet, Vrijheidstraat 33, B-2000 Antwerpen
www.houtekiet.com
info@houtekiet.com

Omslag en foto omslag Jan Hendrickx
Zetwerk Intertext, Antwerpen

ISBN 978 90 5240 894 1
D 2007 4765 2
NUR 302

*De afwezigheid van verbeelding moest zelf worden verbeeld.*
WALLACE STEVENS, *THE PLAIN SENSE OF THINGS*

*Toch is de wereld vol interpretatoren... Dus rijst de vraag:*
*waarom willen we liever interpreteren dan niet?*
FRANK KERMODE, *THE MAN IN THE MACINTOSH*

# I

In 1935, toen ik net achttien was, ben ik gaan werken in het gezin van Rudolf Mitwisser, de kenner van het karaïsme. 'De kenner van het karaïsme', ik had in die tijd geen idee wat dat betekende, of waarom het 'de' moest zijn in plaats van 'een', of wie Rudolf Mitwisser was. Ik begreep alleen dat hij de vader was van wat wel talrijke kinderen moesten zijn en dat hij twee jaar daarvoor uit Duitsland was gekomen. Die dingen wist ik van een advertentie in de *Albany Star*:

> *Professor, gearriveerd Berlijn 1933, kinderen 3-14,*
> *zoekt assistente, verhuizing NY.*
> *Reactie Mitwisser, 22 Westerley.*

Het las als een telegram; professor Mitwisser was erg zuinig, zoals ik spoedig zou ervaren. Elsa, zijn vrouw, werd in de advertentie niet genoemd. Mogelijk was hij haar vergeten.

In mijn reactie schreef ik dat ik bereid was naar New York te verhuizen, hoewel me uit de annonce in de *Star* niet duidelijk was wat voor assistentie gevraagd werd. De advertentie vermeldde de leeftijd van een heel jong kind. Kon het zijn dat men een kindermeisje zocht? Ik schreef dat ik de baan van kindermeisje met genoegen zou aannemen.

Het was Elsa, niet Mitwisser zelf, die het sollicitatiegesprek met me hield, hoewel ze het, naar later bleek, niet zou besluiten. In dat gezin besloot ze maar bitter weinig. Ik nam de bus tot een kruispunt bezet met een groepje kleine morsige winkels: kruidenier, schoenmaker, stomerij, en onder een rafelige markies een schemerige lunchroom die ranzige frituurwalm uitbraakte. De ramen van al deze ondernemingen waren ondoorzichtig van het vuil. Aan de overkant van de straat lag een verlaten pompstation dat jaren eerder was gesloten; verscheidene grote honden scharrelden over het trottoir dat zwart zag van de olie en tilden hun achterpoten op tegen de roestende pompen.

Het adres van de advertentie leidde me langs smalle oude stoepen voor smalle oude huizen, gebouwd in wat ik als de Albanystijl was gaan zien: deels Hudson-gotisch, deels Nederlands koloniaal. Maar vooral oud. Alle deuren hadden halfronde bovenlichten met glas in lood. De lampen in de kamers erachter gloeiden violet en amberkleurig door de gekleurde glasvakken die me buitensloten. Ik dacht aan ondergrondse schepsels beschut tegen het daglicht. Het was november en de schemering viel vroeg.

Frau Mitwisser liet me in een klein zitkamertje. Het was er zo donker dat haar gezicht, smal en timide als van een woelmuis, pas na een tijdje vaste trekken begon aan te nemen. 'Vergeving,' begon ze, 'Rudi wenst geen verspilling van elektriciteit. We hebben niet zoveel geld. We kunnen niet veel betalen. Voedsel en een bed en niet zoveel dollars.' Ze stopte; haar oogleden leken gezwollen. 'De huisleraar van mijn zoons, weet u, het was... liefdadigheid. Ook de bedden, het linnengoed...'

Ze was een en al verontschuldiging: haar afhangende schouders, haar rusteloze handen die rond haar mond fladderden of in de lucht reikten naar een onzichtbaar koord dat haar uit het zicht kon trekken. Hulpeloos, maar ook enigszins geslepen, keerde ze onze wederzijdse verplichtingen om: zij was degene die een beroep deed op mijn medeleven en ik kon het haar weigeren. Haar klinkers, besprenkeld met getuite umlauten, waren moeilijk te onderscheiden, en haar kelige brouwstem klonk zo stekelig dat ik wat terugweek. Ze zag het en vroeg me direct om vergiffenis.

'Vergeving,' zei ze opnieuw. 'Mijn accent zorgt voor veel moeilijkheden. Op mijn leeftijd de taal veranderen is niet zo eenvoudig. U zult bij mijn man het grote verschil zien. In zijn jeugd was hij vier jaar aan de universiteit van Cambridge in Engeland, hij is als een Engelsman geworden. U zult zien. Maar ik... ik ken niet het – *wie nennt man dass?* – het idioom.'

Haar laatste woord werd gekraakt door een enorme dreun boven ons hoofd. Ik keek op: stond het plafond op instorten? Een tweede dreun. Een derde.

'De groten,' zei Frau Mitwisser. 'Ze maken een spel, ze klimmen op de... *Kleiderschrank*, hoe noemt men dat? en springen omlaag. Elke dag zeg ik ze nee, maar ze springen toch.'

Dat gaf me een kans op de zaak terug te komen. 'En de kleintjes?' vroeg ik. 'Hebt u daar hulp bij nodig?'

In het schemerdonker kon ik net zien dat mijn vraag haar verbijsterde; het was alsof ze om totale verduistering smeekte.

'Nee, nee, we gaan naar New York, zodat Rudi dicht bij de grote bibliotheek is. Hier is zo weinig voor hem. De commissie, ze zijn zo vriendelijk, ze geven ons dit huis en ook maken ze het werk aan de hogeschool mogelijk, maar nu is het genoeg, Rudi moet naar New York gaan.'

Een reuzensmak boven ons hoofd: pleisterkalk motregende op mijn mouw.

'Vergeef me,' zei Frau Mitwisser. 'Beter ik ga nu naar boven, *nicht wahr?*

Ze haastte zich de kamer uit en liet me alleen in het donker. Ik knoopte mijn jas dicht; het gesprek was geëindigd, leek me. Ik was bijna niets wijzer geworden. Als ze hier geen kindermeisje zochten, wat dan wel? En als ze een huisleraar hadden gehad, waar was die dan gebleven? Betaalden ze niet genoeg? In een kwade opwelling deed ik een lamp aan; het bleke peertje wierp een vrekkige gele vlek op het kaal gesleten tapijt. Uit de geteisterde staat waarin de bank en een leunstoel verkeerden maakte ik op dat de 'groten' het meubilair beneden net zo mishandelden als dat van boven; of misschien was het alles wat ze in hun armoede bij een uitdragerij hadden kunnen krijgen. Over een wrakkig bijzettafeltje lag een sjaal met daarop, in een met bloemen gebosseleerd zwaar zilveren lijstje dat contrasteerde met de hele omgeving, een foto van een donkerharige jonge vrouw met een hoge kraag, zittend naast een heel grote plant. De foto, met de hand ingekleurd en ernstig geposeerd, ademde een ondoorgrondelijk uitheemse sfeer. De bladeren van de plant waren speervormig, getand en geschilderd in wat ooit had kunnen doorgaan voor een natuurlijk groen, nu vervaagd tot de kleur van leem. De plant rees op uit een grote stenen urn, waarin het gezicht en de vleugels van een cherubijn in reliëf waren gesneden.

Ik deed de lamp uit en liep naar de deur met zijn glas-in-lood bovenlicht, en ik stond bijna op het trottoir (inmiddels was het volop avond) toen ik iemand hoorde roepen: 'Fräulein! U daar! Kom terug!'

De donkere gestalte van een reus stond in de onverlichte deuropening. Die buitenlandse lettergrepen, 'Fräulein', zo de straat in geslingerd, brachten me van mijn stuk. Nu al stond de vreemdheid van dit huis me tegen: Elsa Mitwissers moeizame en verongelijkte Engels, de elitaire ernst van de foto en zijn zilveren lijst, de geïmproviseerde tweedehands zitkamer. Dit waren vluchtelingen; alles aan ze moest welhaast geïmproviseerd, tijdelijk, verongelijkt zijn. Ik was er geen minuut langer gebleven als ik een huis had gehad om naartoe te gaan, maar het was duidelijk dat mijn neef Bertram niet meer op me zat te wachten. Ik was zelf een soort vluchteling.

(Een paar weken later, toen ik dit tegen Anneliese durfde te zeggen – 'Ik voel me zelf soms ook een vluchteling' – wierp ze me een blik van pure minachting toe.)

Als een hond die is gefloten volgde ik hem terug het huis in.

'Nu hebben we licht,' zei hij met een zo godachtig gezaghebbende stem dat hij best degene had kunnen zijn geweest die 'Er zij licht!' schalde aan het begin van de wereld. Hij voelde aan de lamp. Weer verscheen de bleke gele vlek op het tapijt en sijpelde door de kamer. 'Om de duisternis te verdrijven, ja? Wij leven ook onder duistere voorwaarden. Ze zijn niet zo aangenaam. U heeft mijn nerveuze Elsa al gezien. Dus daarom laat ze het aan mij over het gesprek af te maken.'

Hij had zo weinig weg van een Engelsman als ik me maar kon voorstellen. Hoewel de taal bij hem gemakkelijker vloeide (honderd keer gemakkelijker dan bij zijn vrouw) was hij Duits, ondoordringbaar, onherstelbaar Duits. Mijn brief lag in zijn handen: hele brede handen, met grote afgeplatte duimen en grove nagels, vreemd gegroefd en bultig – eerder de handen van een machinist dan van een geleerde. In het gierige licht (vijfentwintig watt, speculeerde ik) scheen hij minder gigantisch dan de immense gestalte in de deuropening die me terug van de straat had geroepen. Maar ik bespeurde een kracht, de kracht van een man die gewend was zijn voorwaarden te dicteren.

'Mijn eerste vereiste,' zei Mitwisser, 'is dat u vrij bent deze plaats te verlaten.'

'Dat ben ik,' zei ik. 'Dat zou ik graag willen.'

'Waar het om gaat is wat ík zou willen. En wat ik zou willen is een zekere betrokkenheid bij – ik zal niet zeggen ideeën. Maar u moet in staat zijn te begrijpen wat ik van u vraag.'

'Ik ben bijna een jaar naar college geweest.'

'Minder dan *Gymnasium*. Wat is dat voor onzin wat u hier schrijft over een kindermeisje? Waar is dat een antwoord op?'

'Nou, uw advertentie had het over kinderen, dus ik dacht...'

'U dacht verkeerd. U moet weten dat mijn werk precies te maken heeft met verzet tegen de arrogantie van de algemeen aanvaarde interpretatie. De algemeen aanvaarde interpretatie is vaak genoeg eenvoudigweg fout. Waarom zou ik niet overal over mijn kinderen spreken? Er is geen context of verband waarin zij geen rol spelen. Daarom zullen uw verantwoordelijkheden bij gelegenheid ook hen omvatten, maar uw primaire verantwoordelijkheid is tegenover mij. En u zult proberen mijn arme vrouw niet te storen.'

Kennelijk was ik nu aangenomen, alleen wist ik nog steeds niet waarvoor.

En het zou nog een lange tijd duren voor Anneliese me toevertrouwde dat (zelfs in die tijd van crisis en werkloosheid) niemand anders op de advertentie had gereageerd.

## 2

Het was mijn vaders gewoonte mensen te vertellen dat mijn moeder in het kraambed was gestorven, met de negentiende-eeuwse ondertoon van Tragisch Verlies. Daarmee verklaarde hij de oppervlakkigheid van zijn vaderlijke toewijding, die hij erkende. 'De oppervlakkigheid van mijn vaderlijke toewijding', dat was precies hoe hij het uitdrukte. Hij stelde er belang in (zij het geen cruciaal belang) hoe zijn collega's en kennissen over hem dachten en was geneigd een stroom zelfkastijdingen uit te zenden in de hoop zo een veroordeling van hun kant in de kiem te smoren. De veroordeling moest snel en door hemzelf worden uitgesproken. Het was een soort verschoning.

Niemand veroordeelde hem; niemand lette erg op hem. Mijn vader had voorzover ik kon zien geen vrienden. Ik dacht dat hij daarvoor te veel praatte, uitwijdde en uit zijn duim zoog en altijd een overtrokken beeld van zichzelf had. Hij vertelde zoveel verhalen dat hij na een tijd de feiten vergat waaraan zijn pessimistische romances waren ontsproten. Misschien geloofde hij zelfs oprecht dat hij mijn moeder had verloren op de dag dat ik werd geboren, hoewel ik in werkelijkheid bijna drie was toen ze stierf aan leukemie. Ik bewaar een onzekere herinnering aan haar, liggend op een sofa met mijn lappenpop in haar handen, maar het kan ook gewoon een zakdoek zijn geweest. Jaren later heeft Lena, een uit onze reeks huishoudsters, me geïnformeerd over mijn moeders slepende ziekte.

De uitdrukking 'onze reeks huishoudsters' komt natuurlijk ook van mijn vader. Meestal was het een buurvrouw die langskwam om onze vuile was op te halen, die schrobde op een wasbord in haar kelder en te drogen hing op haar eigen waslijnen. Of soms kwam zo'n vrouw een warme maaltijd brengen en dweilde dan de badkamervloer, terwijl mijn vader en ik zaten te eten, of verschoonde de lakens. Het was allemaal incidenteel en onregelmatig. De vrouwen kregen weinig betaald; mijn vader betaalde liever in natura. Hij gaf algebra en meetkunde op de high-school en wilde een leerling wel bijles geven in ruil voor een lading vuile kleren of twee opeenvolgende avondmaaltijden. Wanorde was onze leefregel – wanorde en mijn vaders opschepperij. In het postkantoor begon een man die naast mijn vader postzegels kwam kopen eens een praatje en vroeg hem wat hij deed, en mijn vader antwoordde: 'Hoogleraar wiskunde. Afgestudeerd op Yale'. Hij was niet afgestudeerd en had nog nooit een voet in New Haven gezet, hij droomde graag hardop. Zo'n verzinsel was normaal gesproken onschuldig en triviaal, maar de man bij het postkantoor bleek een oom van een leerling van mijn vader te zijn; ze kwamen elkaar weer tegen bij een gebeurtenis op school en mijn vader stond in zijn hemd. Ik leed chronisch onder zulke vernederingen, maar niets kwelde me meer dan mijn vaders onderhandelingen met die vrouwen. Niemand die ik kende had te maken met zo'n desorganisatie en afhankelijkheid. Mijn vader kon zijn sokken nog niet wassen, en geen aardappel bakken. Als niemand tijd had om ons te helpen, rond Kerstmis bijvoorbeeld, aten we bijna een week lang droge cornflakes.

Afgezien van aanvallen van schaamte of ergernis was ik door dit systeem – of gebrek aan een systeem – nog niet voldoende gekrenkt tot de avond voor mijn elfde verjaardag, toen mijn vader tegen zijn gewoonte aankondigde dat hij een traktatie had geregeld. Dat was uitzonderlijk, want normaal gesproken was mijn verjaardag het begin van een langdurige opwelling van somberte. 'Op deze dag,' zei mijn vader dan, 'acht jaar geleden, ging Jenny van me heen.' En het jaar daarop: 'Op deze dag, negen jaar geleden,' enzovoort. Zo was het heel mijn vroegere jeugd geweest.

'Het is morgen elf jaar,' begon hij die avond, 'sinds ik mijn Jenny verloor.'

Maar deze keer had ik mijn antwoord klaar.

'Lena heeft me verteld dat ze niet door mij is gestorven. Dat was later, door leukemie. Lena zegt dat leukemie een kanker is die in je bloed gaat zitten.'

'Heeft Lena dat gezegd? Wanneer?'

'Verleden week. Toen ze de was terug kwam brengen.'

'Je moet niet naar die vrouwen luisteren,' zei mijn vader. 'En naar haar al helemaal niet.'

'Ik denk dat ik me nog iets van haar kan herinneren, mijn moeder. Ze lag. Ik denk dat ik dat nog weet. Hier precies,' zei ik.

'Jij herinnert je mijn vrouw?' Mijn vaders kale schedel werd rood; hij staarde. 'Dat kan niet. Ze was net aan het bevallen. Ze beviel op de sofa, voordat de dokter kwam. Je moet niet luisteren naar een onnozele heks. Het zijn hier allemaal oneerlijke mensen, ik zie het voortdurend bij hun kinderen. Ze geloven in de weg van de minste weerstand, ze hebben geen hersens en ze zouden je omkopen als ze de kans kregen. Als ik het kon betalen, ging ik weg uit die verdomde straat van ze, dan ging ik weg uit dit verdomde gat.'

Mijn vader zei, zelfs als hij het ook over mij had, bijna nooit 'wij'.

'Ik wou dat ik een verjaarspartijtje kon geven,' klaagde ik. 'Iedereen in mijn klas mag dat.'

Dat was het moment waarop mijn vader beloofde dat hij een traktatie voor me zou regelen, al kon hij nog niet zeggen wanneer, maar daarvoor moest ik die avond wel een pakketje papieren naar Lena verderop in de straat brengen en haar zeggen dat ik jarig was.

'Zeg haar dat die jongen van haar die papieren kan gebruiken voor het proefwerk van morgen,' zei hij.

Ik kwam niet graag bij Lena thuis, de kamers roken er naar kattenpoep. Lena had twee zoons; de jongste droeg korte broeken van corduroy en ook die roken naar kat. Timmy, de oudste, kreeg meetkunde van mijn vader. Hij deed erg zijn best maar was traag van begrip. Lena deed de was voor ons en mijn vader gaf hem bij wijze van betaling nu en dan privéles.

Een dag of wat later kwam mijn traktatie. 'Traktatie': het was een raar woord voor mijn vader. Het bleef met een ironische klik tussen zijn tanden hangen. De traktatie was een scheef ingezakte cake met urine-geel glaceersel. Hij leunde opzij als een bouwvallige hut en het citroen-glazuur was zo bitter dat het prikte.

'Zie je wel? Werp je brood uit op het water, en je krijgt er cake voor terug,' zei mijn vader. 'Is dat niet mooi? Die heeft Lena voor je gemaakt en Timmy is hem komen brengen toen je nog sliep. Niet dat hij in zo'n goeie bui was.'

'Hij is helemaal niet mooi. Dat is geen traktatie. Hij is smerig,' zei ik.

Hij vertelde me dat het pakketje dat hij me had laten bezorgen een compleet trimesterproefwerk meetkunde was geweest, met alle vragen en alle antwoorden. Maar dan een afdankertje, niet het proefwerk dat hij de volgende dag zou geven, maar een van vorig jaar.

De cake stond nog op tafel toen Lena door de achterdeur binnen kwam stormen.

'Je hebt het expres gedaan!' gilde ze. 'Je hebt het verkeerde proef-werk gestuurd en mijn jongen heeft er vier uur lang zijn hoofd over ge-broken, terwijl je al die tijd wist dat het het verkeerde proefwerk was!'

'Nou, wacht eens even,' zei mijn vader. 'Verkeerd proefwerk, waar heb je het over?'

'Wat had hij eraan als het niet het proefwerk was dat je ze ging ge-ven? Je hebt ze een heel ander gegeven! Je hebt mijn zoon gewoon in de maling genomen! Zie je dat ding daar?' Ze stak haar vinger in de zachte massa die van de gele cake omlaag gleed. 'Krijgt je kind een idee van wat je mijn kind hebt aangedaan.'

'Nou, wacht eens even,' zei mijn vader weer. Het trucje van de peda-gogische herhaling, helemaal zijn stijl. 'Oefenen met een oud proefwerk is een uitstekende voorbereiding, het wordt aanbevolen. Oefening baart kunst, ja?' Er sloop een lepe glinstering in zijn ogen. 'Je dacht toch niet dat ik mezelf en mijn beroep te schande zou maken, wel? Je dacht toch niet dat ik de inhoud van het proefwerk van tevoren aan je zoon zou geven, wel?'

Maar ik zag dat ze dat wel degelijk had gedacht; ze had het verondersteld en mijn vader had geweten dat ze het zou veronderstellen. Ze hadden samengespannen; dat was de strekking van hun overeenkomst geweest: quid pro quo. Maar mijn vader had zijn kant van de overeenkomst verzaakt. Hij had eraan verzaakt om Lena te straffen omdat ze het uur van mijn moeders dood had verraden. En zij gebruikte die schertsvertoning van een cake om mijn vader te straffen omdat hij haar zoon had bedonderd. Was hij niet de leraar en helper van haar zoon? Had hij niet moeten doen wat een man wiens ondergoed ze schrobde en wiens toiletpot ze schoonmaakte behoorde te doen?

Lena had mijn cake met opzet lelijk en bitter gemaakt. En mijn vader had haar jongen met opzet misleid.

Dat ik dat allemaal zag was niet vreemd: ik kende mijn vader. Het besef golfde in me omhoog: de lichtzinnigheid en het bedrog, het pathos en de kleinheid; een toegewijde, wraakzuchtige moeder, haar onbekwame zoon, mijn vaders idiote spelletjes; en toen ons huishouden, onze karige en bekrompen kleine kosmos. Een plechtig gevoel, tastbaar en vederlicht, daalde over me neer als een sluier. Het was alsof ik was gevangen in een vissersnet en opgehaald uit een stroperige zee. Vanaf dat moment kon ik mijn vader op zo goed als elk punt verzet bieden.

Mijn verzet nam aanvankelijk de vorm aan van een manische huishoudelijkheid. Ik was oud genoeg om de was te doen en het huis schoon te maken en ik leerde mezelf elke middag na school een repertoire van eenvoudige maaltijden. Omdat mijn vader lang geleden had verklaard dat we vegetariërs waren, kon ik vlees achterwege laten. Maar ik begon orde te scheppen; mijn doel was die vrouwen buiten de deur te houden. Ik schraapte een oude laag aangekoekt vet van de binnenkant van de oven. Ik ging op een stoel staan en verfde alle planken in de keuken. Ik deed zuinig boodschappen en hamsterde penny's. De groenteboer, die me bij naam kende en me vaak gratis een mand eetbare maar niet goed verkoopbare groenten van achter uit de winkel meegaf, riep me op een dag toe: 'Je bent een schrandere kleine meid aan het worden, Rosie!'

Ik voelde me niet schrander. Ik voelde me plechtig, zelfs puriteins. Ik had een furieuze perfectionist van mezelf gemaakt. Ik leefde volgens een onbuigzaam schema: school, huiswerk, eten en dan, soms tot middernacht, de overhemden van mijn vader strijken. Mijn vader had weinig te zeggen over deze verandering in onze manier van leven. Als ik hem om geld vroeg voor de boodschappen, overhandigde hij me zonder een woord zijn portefeuille en liet me eruit halen wat ik nodig had.

De sluier van plechtigheid overdekte mijn maniertjes en de toonhoogte van mijn stem, zelfs het ritme van mijn zinnen. Ik nam mijn vaders typemachine over en oefende met een cursusboek tot ik heel goed kon typen; ik was verzot op de systematische volgorde van de letters. Ik sprak hoogdravend. In die tijd las ik *Jane Eyre* en ik bewonderde de ernst en onafhankelijkheid van een trieste ouderloosheid. Mijn eigen poging tot ernst en onafhankelijkheid was een manier om te ontsnappen aan de wildernis van mijn vaders verbeelding. Mijn doel was totale oprechtheid; het maakte me zedig en zelfvoldaan. Ik streed tegen chaos en zocht symmetrie, routine en fatsoen.

Maar het werd al snel duidelijk dat ik wel orde kon scheppen in het huishouden, maar niet in mijn vaders geest. Op een winteravond, zonder ook maar enige waarschuwing, belde mijn vaders directeur aan en beende binnen; de sneeuw stoof van hem af.

'Zeg eens, Jack,' zei hij, 'wat is dat met Euclidius en de Hebreeën?'

'Wij noemen de Middellandse Zee een zee,' zei mijn vader, 'waardoor hij onoverkomelijk groot klinkt. Maar je kunt je hem beter voorstellen als een vijver, ja?' Zijn meest onverstoorbare schoolmeersstem. 'In een ver verleden voeren de oude schepen er overheen, heen en weer en terug, jaar in, jaar uit, en wat ze vervoerden was meer dan handelswaar...'

'Wat heb je in godsnaam,' bulderde de directeur, 'vanmorgen tegen je meetkundeklas van elf uur gezegd?'

Mijn vader vervolgde mild: 'Ik heb ze gezegd dat er niet alleen goederen werden verhandeld. Ook kennis, informatie, onderwijs.'

'Wat je tegen ze hebt gezegd is dat koning Salomon de meetkunde heeft uitgevonden! Je hebt ze verteld dat Euclidius het allemaal van de Hebreeën had! Van koning Salomon!'

'Dat is heel goed denkbaar,' zei mijn vader opgewekt. Hij was met zichzelf ingenomen; hij verwachtte bewondering zo niet bevestiging. 'Allerlei ideeën gingen over die vijver heen en weer. We hebben natuurlijk geen hard bewijs voor de tijdsvolgorde...'

'Hou je bij het schoolboek! Hou je bij de opgaven in de tekst! Hou je bij de stelling van Pythagoras! Luister, Jack, haal nog eens zo'n stunt uit en je staat op straat.'

Dit onderhoud ontspon zich in wat doorging voor mijn vaders 'kantoor', zijn bureau en stoel in een hoek van de huiskamer. Ik verschool mezelf in de keuken, uit het zicht ineengedoken: ik was doodsbenauwd. Wat als mijn vader werkelijk werd weggestuurd? Hoe moesten we dan leven? Hij leek me alsmaar roekelozer te worden.

Drie jaar later werd hij ontslagen. Koning Salomon had er niets mee te maken. Ik was toen veertien ('Veertien jaar sinds mijn Jenny is heengegaan.') en ik had de tweede klas van de highschool er bijna opzitten; de schande kwam over ons beider hoofd. Onze school, Thrace Central High, was klein. Er kwamen alleen leerlingen uit ons stadje, en een paar van de mislukte boerderijen in de buurt, waar in onbruik geraakte oude schuren wegteerden tussen het onkruid van kilometers verlaten bouwland. De meeste boerenmensen waren lang geleden vertrokken. Ten noorden van ons lag Syracuse, in het oosten Troy, in het westen Carthage. Ons groezelige Thrace, met zijn depressieve Main Street, was het armste van deze stadjes in het noorden met hun zo nobele namen. De andere waren fortuinlijker: Syracuse had zijn universiteit, Troy zijn textielindustrie, Carthage zijn snoepfabriek. Thrace had niets van waarde: werkloze mannen of ontgoochelde gezinnen die op het punt stonden naar Albany te vertrekken, op zoek naar werk. De meeste jongens in de stad hielden het op highschool niet meer dan twee jaar vol, de meisjes gingen verder. Mijn vader ergerde zich daaraan. Meisjes, zei hij, waren weliswaar geboren om zich te vermenigvuldigen, maar voor wiskunde waren ze ongeschikt; ik was zijn schoolvoorbeeld.

Thrace Central High had maar één andere leraar wiskunde in dienst, een man die pochetten droeg alsof het vlaggen waren en prat ging op drie namen: Austin Cockerill Doherty. Hij was ongetrouwd en veel jonger dan mijn vader. De directeur was onder de indruk van hem en vond hem een betere leraar; mijn vader vatte dat op als voortrekken en geringschatting en voelde zich gekrenkt. 'Ik heb tweemaal zoveel hersens,' zei hij. Hij had Austin Cockerill Doherty als zijn vijand uitgekozen en noemde hem 'de Driekleur' vanwege zijn bonte pochetten en drie namen, en ook omdat Doherty geld had geërfd en de zomer elk jaar in

Zuid-Frankrijk doorbracht. 'Die kerel is zo vrij als een vogeltje,' mompelde mijn vader dan.

Om de een of andere reden – mijn vader meende dat de directeur erachter zat – waren alle beschikbare jongens ingedeeld in de klassen van Doherty, terwijl mijn vader achterbleef met de meisjes. Dat betekende dat zijn 'werklast', zoals hij het noemde (hoewel hij dat soms verbasterde tot 'mijn kleerkast', dan verder tot 'mijn beerklas', en uiteindelijk via 'mijn biggen' naar 'mijn varkens'), drie keer zo zwaar was als die van Doherty en ook, beweerde hij, drie keer zo dom. Zijn stomme varkens waren allemaal meisjes.

Mijn vader zon op wraak en maakte mij zijn medeplichtige. Nu ik bij hem op school zat, kwamen we elkaar maar al te vaak overdag tegen, wat ons beiden in verlegenheid bracht. Als ik mijn vader mijn richting uit zag komen, veranderde ik meestal direct van koers en dook weg. Ik moest er niet aan denken dat mijn klasgenoten me over het paard getild zouden vinden, gevaarlijk, een collaborateur met de vijand, omdat mijn vader leraar was. Wat mijn vader betreft, hij zag me daar gewoon liever niet.

Maar toen we elkaar deze keer passeerden in de gang, het was eind juni, de laatste dag van het semester, trok hij me naar de kant en legde een hand op mijn schouder. Zijn greep was hard. 'Rosie,' zei hij, 'doe me een plezier, wil je? Ik heb eind van de middag een leerplanvergadering, moet ik met die verrekte Driekleur in dezelfde kerkbank zitten, niks aan te doen. Jij moet voor me naar het kantoor gaan en de cijferlijsten van Doherty's Algebra 2-B uit de kast halen. Je ziet zo welke map het is.'

'U bedoelt na school? Na school het kantoor in gaan? Maar dan is er niemand, dan zijn ze allemaal naar huis en zit het op slot.'

'Ik zal je de sleutel geven. Je gaat er gewoon heen, haalt die spullen op en neemt ze mee naar huis voor me.'

'Als u de sleutel hebt, kunt u ze dan niet zelf halen?'

'Het moet gebeuren als ik in vergadering zit. Anders krijg ik de schuld. Luister, Rosie,' zei mijn vader, 'het is belángrijk.'

Die avond zat mijn vader twee uur lang aan zijn bureau cijferlijsten te vergelijken: zijn meisjes en de jongens van de Driekleur.

'U bent toch niet aan het rommelen met meneer Doherty zijn punten, of wel?' vroeg ik.

'Rommelen? Wat is dat? Natuurlijk ben ik aan het rommelen, dat zie je toch? Als die idioten op kantoor hun werk behoorlijk deden, was ik niet al die extra tijd kwijt geweest, of wel soms?'

'Ik bedoel knoeien.'

'Hoe kom je daarbij? Dat zou me de kop kunnen kosten.'

'Maar wat doet u dan?'

'Mijn leerlingen verbeteren, meer niet. Zorgen dat de varkens krijgen wat ze verdienen.'

Ik moest zorgen dat Doherty's lijsten in de map terug kwamen, weer nadat het kantoorpersoneel was vertrokken, en toen was het schooljaar voorbij. Doherty ging scheep naar Frankrijk en ik wist nog altijd niet wat mijn vader had gedaan.

Wat hij had gedaan (daar kwam ik lang nadien achter) was de droom van elke oplichter. Wat voor punten Doherty zijn jongens ook had gegeven, mijn vader gaf zijn meisjes betere. Hij verhoogde elk punt van elk meisje dat hij lesgaf. Zo wilde hij de Driekleur voor aap zetten en de directeur terechtwijzen: bewijzen dat een echt goede docent van een varkensstal een modelklas kon maken. Het was vals en stiekem, maar verder vrij onschuldig. De meisjes waren er blij mee, want ze dachten dat ze beter hadden gepresteerd dan verwacht, en mijn vader was ervan overtuigd dat niemand er ooit achter zou komen.

Niemand kwam erachter. Dat hij werd ontslagen, kwam doordat hij voldoendes voor algebra en meetkunde, beide noodzakelijk om over te gaan, had gegeven aan een leerling die bij geen van beide docenten een voet in de klas had gezet.

Die leerling was ik.

'Je gaat niet naar die Driekleur,' had mijn vader al vroeg aangekondigd. 'Niet in zijn klas, geen denken aan. Die lol gun ik hem niet. Heb ik een kind dat niet kan rekenen? Heeft ie niks mee te maken. En bij mij in de klas, dat is allemaal veel te lastig. Weet je wat?' zei hij. 'Ik regel de papieren wel, niemand komt er ooit achter. Ik schuif je onder de deur door, wat denk je ervan?'

'Maar dan leer ik nooit algebra. Of meetkunde.'

'Dat leer je toch niet, geloof me,' zei mijn vader. 'Je gaat die uren gewoon in de leeszaal zitten. Je houdt van lezen, dan ga je lekker lezen in de leeszaal. Maak je geen zorgen. Het is allemaal bureaucratie, hokjes invullen. Laat het maar aan mij over.' Ik moet er volkomen verbijsterd hebben uitgezien, mijn hoofd gloeiend verhit, want hij voegde eraan toe: 'Ik wil je niet bij Doherty in de klas en ik kan je ook niet bij mij hebben. Punt uit, begrijp je?'

Zo kwam het dat ik het eind van mijn tweede jaar bereikte met een gat in mijn opleiding. Zoals hij had voorspeld, was het voor mijn vader een koud kunstje om de boel om de tuin te leiden; en wat mijzelf betrof, ik stond toch al grotendeels buiten het schoolleven. Als de anderen na school vertrokken naar clubs of sporten, was ik op weg naar de kruidenier. Ik keek vooral toe en luisterde. Niemand nodigde me uit en ik nodigde niemand uit. Ik stond apart; ik voelde het gewicht van het huis en het kwikzilveren gewicht van mijn vader. De vervalste gegevens die hij over mijn niet bestaande wiskundeprestaties opgaf riepen bijna twee jaar lang geen vragen op.

Toch werd hij uiteindelijk door een verklikker ten val gebracht. Mijn vader was ervan overtuigd dat Austin Cockerill Doherty die verklikker was. Op een morgen kwam Doherty, met wie ik nog nooit een woord had gewisseld en die me zeker nog nooit had aangesproken, met zijn vriendelijkste glimlach naar me toe en vroeg: 'Ben jij niet een van die vrouwelijke wiskundegenieën die jouw vader weet te produceren?' Mijn vader beschouwde dat als een veelbetekenende hint of een jaloerse plaagstoot: kennelijk vermoedde Doherty dat ik niet bij mijn vader in de klas zat, en aangezien ik ook Doherty's leerling niet was, waar zat ik dan? Maar dat Doherty de verklikker was, leek me niet plausibel. Een veel waarschijnlijkere kandidaat leek me het jonge broertje van Timmy, dat uit zijn korte corduroy broeken en in een footballtenue was gegroeid. Hij zat – nominaal – bij mij in de klas met geschiedenis, altijd te laat, altijd met zijn gedachten ergens anders. Soms stond hij uit zijn bank op en paradeerde het lokaal rond, en bij een van die excursies bleef hij bij mijn tafeltje staan en fluisterde: 'Hé, Rosie, wil je niet nog een verjaardagscake? Ik kan m'n ma zo vragen er eentje voor je te maken.' Ik vond zijn vertrouwelijke hatelijkheid minder gruwelijk dan Doherty's gerijpte glimlach.

Maar dat waren speculaties. We wisten niet echt wie mijn vaders misdrijf had ontdekt, of hoe. Het vonnis was snel geveld en niet zonder genade: mijn vader mocht ontslag nemen. Maar dat was natuurlijk niet meer dan de taal van het ontslag. Het was ook de taal van onze vernedering. Kort daarna verkocht mijn vader ons kleine huis en besloot dat we naar Troy gingen verhuizen.

# 3

Troy was in 1930 groter en aantrekkelijker dan Thrace. Het had een vingerhoedje roem vergaard met de productie van de afneembare overhemdkraag; en doordat Ossip Gabrilowitsj, die was getrouwd met de dochter van Mark Twain, ooit het orkest had gedirigeerd in de muziekzaal, met Mark Twain zelf in het publiek. Het was een lichtgeraakt stadje, erg vatbaar voor godsdienstige opwinding: predikanten kwamen en gingen, sommigen verrichtten wonderen. Een bepaalde straathoek in het centrum werd vereerd als de plek van een viering in de openlucht in 1903, waarbij een houten kansel geheel uit zichzelf in tweeën was gespleten en de predikant bewusteloos had geslagen. Toen hij wakker werd (volgens het verhaal door een medepiëtist die een emmer ijswater over zijn hoofd uitstortte), beweerde hij te zijn 'neergeslagen door de Heer', waarna Troy te maken kreeg met een fikse portie extatische flauwvallers. De wonderbaarlijk gespleten kansel werd in een plaatselijke kerk tentoongesteld.

Joden had Troy ook, meestal immigranten die rechtstreeks vanuit Castle Garden werden overgebracht om in de overhemdenfabriek te werken. Nieuwkomers trokken andere pas aangekomen verwanten aan; een oom inviteerde een neef, een zuster een schoonzuster. Mijn vader en ik kwamen terecht op de tot een appartement verbouwde bovenste verdieping van een vakwerkhuis, dat leunde tegen een vervallen gebouwtje in wat een immigrantenbuurt bleek te zijn. Het gebouwtje naast ons fungeerde als een noodsynagoge; het was eens een winkel geweest. Zaterdagsochtends stond ik voor het venster te kijken naar de smalle optocht van kerkbezoekers, meestal vermoeid uitziende jonge mannen met gleufhoeden. Soms kon ik het zingen horen, in een taal waarvan ik aannam dat het Hebreeuws was. Hoewel ik wist dat mijn vader wat Hebreeuws kon lezen, zij het gebrekkig, en dat hij (zoals hij me eens had bekend) zelfs het bar mitswa-ritueel had ondergaan, liet het hem onver-schillig. 'Ik heb het er niet op,' zei hij. 'Ik heb grotere zorgen dan de vraag wie de baas is van het heelal.' Hij was een verstokte atheïst.

En ik had inmiddels begrepen dat hij een oplichter was. Zoals ik zag was hij wispelturig en gevaarlijk vatbaar voor ongemotiveerde impul-sen. Hij had bovendien geen benul van oorzaak en gevolg: hij had ge-meend dat onze verhuizing naar een andere stad een onbevlekt nieuw begin zou betekenen. Het was onontkoombaar dat de oude gebeurte-nissen hem zouden volgen. Zijn bedrog in Thrace maakte hem een onaanraakbare in Troy. Leraarsbanen waren al schaars en geen direc-teur wilde hem aannemen. Voor mij was het bestaan in Troy zelfs nog ellendiger dan het in Thrace was geweest: keer op keer moest ik uitleg-gen waarom ik aan het begin van mijn derde jaar op highschool geen trigonometrie mocht doen omdat ik nooit meetkunde had gehad. Dit leidde tot een cumulatieve complicatie: terwijl ik wiskunde inhaalde, miste ik lessen Frans. Met als gevolg dat ik in het ene vak een jaar achter-liep en in het andere twee, en in klassen werd gezet met leerlingen die veel jonger waren dan ik. Ze leken me kleine kinderen: ze waren niet bang. Ik zag ze lachen en dollen met zo'n diepgewortelde melancholie dat die omlaag kroop naar mijn handpalmen, en zich daar omzette in vocht. Ik was dag en nacht angstig. Mijn vader had zich in het vreselijke gezelschap van de werklozen gevoegd.

Uiteindelijk deed hij een beroep op de man die hij 'onze neef Bertram' noemde, een naam die ik hem nooit eerder had horen uitspreken. Ber-tram, legde mijn vader me uit, was een volle neef van mijn moeder. Hij woonde in Albany. Hij was vrijgezel en apotheker; hij werkte in een zie-kenhuis. Afgezien van deze schamele details wist mijn vader niets van hem; Bertram was een vreemde. 'Maar misschien heeft hij wat ideeën,' zei mijn vader terwijl hij de postzegel op zijn brief likte. 'En hij is een neef, hij hoort me te helpen.' Ik protesteerde: hoe kon een apotheker mijn vader een baan als leraar wiskunde bezorgen? Naar zou blijken, kende Bertram een arts in zijn ziekenhuis wiens zwager hoofd van Croft Hall was, een jongensinternaat net buiten Troy. Het was niets meer dan een privéschool naar Brits model die jongens klaarstoomde voor de uni-versiteit, in een namaakkasteel omringd door groene velden.

Niemand op Croft Hall maakte zich druk om mijn vaders oude overtredingen; wat ze nodig hadden, en wel direct, was een wiskundeleraar ter vervanging van een ontevredene die midden in het schooljaar was gevlucht. Van de ene op de andere dag werd mijn vader een 'master'. Hij was opgetogen over zijn nieuwe status. De betaling was slecht, aanzienlijk lager dan zijn salaris in Thrace, maar de jongens waren rijk. Ze hadden royale toelagen en waren gewoon hun leraren fooien te geven; in het weekend trokken ze naar Saratoga om op de paarden te wedden. Ze concentreerden zich op de vouw in hun broek en hadden geheel eigen ideeën over de pasvorm van hun kraag. Mijn vader schafte een tweedehands auto aan en reed elke dag naar het kasteel en zijn weiden; na een tijdje begon hij op zaterdagmiddag sommige van de jongere jongens naar Saratoga te rijden. Op een avond kwam hij in jubelstemming thuis met een rol bankbiljetten in zijn knuist. Het was driehonderd dollar; ik nam aan dat hij ze op de renbaan had gewonnen. 'Nah,' zei hij, 'die heb ik van een jong in de examenklas. Wilson. Gek op poker, zijn moeder is getrouwd met die Duitser, Von Huppeldepup, een soort baron.'

Bertram, onze neef in Albany, had ons gered.

Tegen het eind van mijn laatste highschoolsemester – we woonden inmiddels bijna eenentwintig maanden in Troy – stelde mijn vader me op de hoogte van een nieuw plan: 'Ik heb het gezien in dit jodengat. Moet jij eens opletten hoe snel ik hier opgekrast ben.' De hoofdmeester, zei hij, wilde niet meer dat masters van en naar huis pendelden: er gebeurde te veel tegen de regels in, er moesten meer volwassenen zijn, vooral 's nachts, om een oogje in het zeil te houden. Er gingen geruchten over jongens die op het terrein zelf gokten.

'Ze halen de vos om op de kippen te passen,' giechelde mijn vader.

'Ik zou maar oppassen als ik u was,' zei ik.

'Het is daar high society,' zei hij. 'Wat weet jij daarvan?'

Die herfst werd mijn vader aangesteld als mentor van de derde klas op Croft Hall; hij ging in het namaakkasteel wonen en ik verhuisde naar Albany, waar ik bij mijn neef Bertram introk.

# 4

Ik heb lange tijd niet begrepen waarom Bertram me in huis had genomen. Soms dacht ik dat mijn vader was teruggevallen op zijn oude gewoontes en een handeltje had geregeld: huishouden in ruil voor onderdak. Maar in tegenstelling tot mijn vader was Bertram ordelijk en kon hij goed voor zichzelf zorgen; hij droeg een pochet in zijn borstzakje en fatterige bretels. Hij was bijna te netjes en liet geen schaal langer dan vijf minuten op tafel staan of hij stond op en ging hem afwassen. Zijn overhemden werden afgehaald door een wasserij en de winkeliers in de buurt bezorgden brood en melk en groenten en kaas. Bertram kon goed omeletten bakken. Er was bijna niets te doen voor me, en als er al iets was, liet Bertram het me niet doen.

'Ga jij maar aan je Chaucer werken,' zei hij dan. Het was een kameraadschappelijk soort spot. Voor Chaucer was op mijn kleine kromme kweekschool geen plaats; literatuur, behalve pedagogische, was daar niet zo gewenst. Ik had gedroomd van gotische gewelven en oude bibliotheken met ingesleten plavuizen, al had ik nauwelijks enig idee waar zulke grandioze verlangens vandaan kwamen. Om onverklaarbare redenen smachtte ik naar Smith of Vassar of Bryn Mawr; ik stelde me theekransjes voor en witte handschoenen en brandende lippen (de mijne, misschien) die murmelden uit een boek. Maar dat was allemaal hunkering: er was geen geld voor zulke romantische dromen en de leemtes in mijn highschoolverleden, zo hield mijn vader me voor, sloten een beurs bij voorbaat uit. Ik was maar een middelmatig meisje van Thrace High, wat verbeeldde ik me wel? De juiste plek voor mij, wilde ik aan de kost komen, wilde ik hem niet meer tot last zijn, was de kweekschool in Albany. Een plek in het studentenhuis kon hij niet betalen, bovendien waren de slaapzalen daar berucht omdat ze eruitzagen als kerkers. Met een beetje geluk kon hij neef Bertram misschien wel zover krijgen dat hij me in huis nam. 'Zou handig zijn, of niet?' zei hij.

Ik haatte die kweekschool. Er waren vakken als pedagogiek en psychologie en zoiets als 'vroege jeugd en adolescentie'. Die werden onderwezen als de leerstellingen van een sekte. Ik geloofde ze geen van alle. Ik had geen enkele interesse om onderwijzeres te worden. Ik had genoeg gezien van mijn vaders lotgevallen om elke herinnering aan scholen te willen ontvluchten. Waar ik van hield was romans lezen.

Bertram woonde op de achtste verdieping van een modern flatgebouw, met brandtrappen die vanuit de vensterbanken naar buiten staken. Ik ontdekte dat ik, als ik naar buiten klom en op onze eigen brandtrap ging staan, een soort balkon met metalen spijlen, net het dak van het State House kon zien. Het was indrukwekkend, een glimp van de historie, van het recht, het had iets plechtigs. Soms ging ik als Bertram weg was in de vensterbank zitten, met mijn benen gestrekt langs de koele spijlen van de brandtrap, en rook de regen. De regen in Albany was anders. Hij rook naar opwinding.

Bertram was veel weg. Ziekenhuisdiensten duurden half de klok rond, dus die van de apothekers ook. Vaak sliep ik al als hij thuiskwam. Een keer sliep ik nog niet; ik lag te dutten, half verdwaasd: hoe was ik in dit bed terechtgekomen, in deze kamer, in Bertrams grote flat? Ik had een slaapkamer voor mezelf met een garderobekast (Bertram had er een bureautje in gezet en een typemachine en er zo een studeerhoekje van gemaakt), en mijn eigen badkamer. Toen mijn vader het schoolgeld voor het eerste kwartaal vergat te betalen, stuurde Bertram direct een cheque naar de administrateur van de kweekschool. Ik wist zeker dat mijn vader het niet was vergeten; hij was vast blut, door Saratoga, of poker met Wilson.

Bertram bleef stilletjes hangen bij de halfopenstaande deur van mijn kamer. Ik hoorde hem ademen en vroeg me af of hij naar mijn eigen ademhaling luisterde. Er was iets moederlijks aan de manier waarop hij daar stond en ik wilde hem toeroepen; ik wilde vragen, vanuit het donker, of het waar was dat mijn moeder in het kraambed was gestorven. Maar ik hield me in. Bertram was een neef van mijn moeder, maar niet zoals mijn vader me had wijsgemaakt: hij was geen bloedverwant. Hij was een neef van mijn moeders volle neef, via een zwakke aangetrouwde relatie. Hij had het me lachend uitgelegd: hij was de zoon van de zuster van de man van mijn moeders tante. Eigenlijk was hij helemaal geen familie. Hij had mijn moeder nooit gekend. Hij had geen verhalen te vertellen. Maar toen ik hem een paar dagen later mijn schimmige herinnering toevertrouwde – mijn moeder die op de sofa lag met een lappenpop in haar handen – zei Bertram: 'Daar moet je op vertrouwen.'

'Mijn vader zegt dat het een waanvoorstelling is. Een wensdroom.'

'Juist daarom moet je erop vertrouwen. Zonder wensen wordt de wereld niet beter.'

'Mijn vader interesseert zich niet voor de wereld.' Ik zag hem voor me, ineengedoken achter een gesloten deur op Croft Hall, clandestien aan het gokken met zijn leerlingen.

Bertram zei mild: 'Nou ja, misschien kun jij het voor hem goedmaken.'

Dat Bertram 's avonds veel weg was, kwam niet alleen door zijn werk in het ziekenhuis. Hij bezocht wekelijkse vergaderingen en nu en dan wat hij 'manifestaties' noemde, waarna hij dagenlang hees was; soms deed hij mee aan stakingsposten. Hij dacht erover om bij de Partij te gaan, zei hij, maar hij twijfelde nog. 'Die neemt heel je leven in beslag,' legde hij uit, 'en ik kan er misschien niet genoeg tijd aan besteden. Ik moet ook de huisbaas betalen. Maar ze zitten op de juiste koers, die lui.' Ik vroeg hem wat de juiste koers was en dat maakte hem aan het lachen. Ik had dat schuine lachje al vaker gezien. Het betekende dat hij me zo onschuldig als een wilde vond.

'Om te beginnen schaffen we de huur af,' zei hij, 'en daarna het schoolgeld. Onderdak en onderwijs voor iedereen.' Weer zo'n geknepen lachje: Bertram stond niet boven zelfspot. 'Aan ieder naar zijn behoefte. Zo zegt de dichter het.'

Toen begreep ik direct waarom hij me in huis had gehaald. Vanwege mijn behoefte. Of althans die van mijn vader.

Bertram was zesendertig. Hij was ooit getrouwd geweest, een jaar of tien terug, maar ze (hij zei nooit 'mijn vrouw') had hem na nog geen twee jaar verlaten. 'Ze vond me niet leuk,' zei hij; ook haar naam noemde hij nooit. 'Ze zal me wel te klein gevonden hebben.' Ik kon me niet voorstellen dat iemand Bertram niet leuk, of niet knap vond. Hij was niet veel groter dan ik, maar hij had een groot hoofd, met halvemaantjes ongeschoren krullen die uitstaken van rond zijn nek en oren. 'Moet naar de kapper,' zei hij dan. Of anders: 'Begin eruit te zien als Karl Marx, of Jezus Christus, kies maar.' Of anders, als hij werkelijk op het punt stond om naar de kapper te gaan: 'Verdomde ziekenhuisregels. Erg genoeg dat ze je een witte jas aantrekken, als een hondenvanger.'

Nu en dan zei hij: 'Doe het kettinkje op de deur, wil je? Kom vanavond niet thuis, heb een afspraakje.'

Ik was zeventien en de jaloezie stak me. Mijn jaloezie voelde letterlijk aan als een messteek: ze leek op de pijnscheut die ik soms linksonder in mijn buik voelde, vlak voordat ik ongesteld werd. Bertram verborg niet voor me dat hij een seksleven (zijn woorden) had. Tegen mij was hij hartelijk en volkomen kuis: zijn zoen raakte mijn voorhoofd of mijn wang of, komisch, mijn neus. Maar hij maakte zich zorgen om de uiterlijke schijn. 'Eer is de schijn van eer,' zei hij. 'Dat heb ik ergens gelezen. Dus, let op: als iemand er ooit naar vraagt, zeg dan dat je m'n jongere zusje bent dat voor school van huis moest. Dat is toch al half waar. Zeg maar niks van neef en nicht. Neef en nicht gelooft niemand.'

Toen mijn vader mijn schoolgeld weer niet op tijd had overgemaakt, zei Bertram: 'Maak je daar maar niet druk om. Je pa is toch buiten beeld, dus laat maar zitten. Ik zal er in het vervolg zelf voor zorgen. Met een dollar kom je tegenwoordig een heel eind. Probleem is,' voegde hij toe, 'die dollar moet je wél hebben.' In mijn ogen was Bertram rijk. Ik verwonderde me nog altijd over zijn eetkamer, met een glazen winkelkast en een ruime vierkante tafel waarover een kanten kleed lag. Er stonden zes mahoniehouten stoelen omheen met snijwerk en groene leren zittingen. Al dat zware meubilair, vertelde Bertram me, had aan zijn moeder toebehoord. Ze had hem het eetkamerameublement nagelaten, haar trouwring en de aanzienlijke levensverzekering van zijn vader. 'Ik heb wat ruimte,' zei hij. 'Je kunt zelfs zeggen dat ik goed in de slappe was zit, dus maak je geen zorgen dat je pa niet afkomt met het geld. Het zijn zware tijden.'

Bertram had het vaak over zware tijden. Zijn twee thema's waren de depressie en wat hij 'maatschappijhervorming' noemde. De schoonmakers in het ziekenhuis wilden erkenning voor hun vakbond, maar ruim de helft van hen durfde niet te staken. Bertram ging met de stakers posten. 'Kijk hier eens naar,' spoorde hij me op een avond aan – hij ging naar een manifestatie – en gaf me een exemplaar van *Het Communistisch Manifest*. Het was een klein dun boekje, met een bleekroze omslag.

De volgende ochtend vroeg hij wat ik ervan vond.

'Het klinkt als een kerklied, een psalm.'

'Je kunt het ook zien als architectuur. Een blauwdruk.'

'Ach, ik weet het niet,' zei ik. Ik wist het werkelijk niet; wat ik wist was dat ik was grootgebracht met cynisme. Ik raakte niet makkelijk geïnspireerd of bewogen.

27

Bertrams hoofd ontroerde me, die bruine kringeltjes die als een om-gekeerde waterval recht opstegen van zijn slapen, de lijn van zijn neus die geleidelijk van koers veranderde, de deugdzame moederlijke mond. Een enkele keer betrapte hij me erop dat ik naar hem keek. Dat stoorde hem. 'Hé, je bent een kind hoor,' zei hij dan. In de les sloot ik me af voor het agressieve gedreun van de colleges, Dewey, Pestalozzi, Montessori, Piaget, hoe schrijf je een leerplan, en vulde de achterpagina's van mijn schrift met Bertrams naam, scrupuleus uitgeschreven, keer op keer. 's Avonds in bed rafelde ik zijn naam uiteen in mentale anagrammen die ik de volgende dag noteerde: *ma, me, ar, et, mat, arm, arme, ram, rat, reb, rare, rem, ramt, tram, te, ter, tam, term, trema, er, eb, bar, brem, bate, mate, baret, marter, mare, are, sta, stam, stem, smet, smart, stram, strem, set.* Ik kwam op het idee dat er tussen de letters een magische lettergreep verborgen zou kunnen zitten, een aanwijzing, een opheldering.

Ik wenste dat Bertrams kus één keer, al was het maar onbedoeld, op mijn lippen zou landen.

'Wat is dit?' vroeg hij. Hij had het vel papier met de anagrammen gevonden. Ik had het op de eettafel laten liggen. 'Set? Mare? Is dit een soort test? Iets uit je psychologieles?'

'Het is alles wat je van Bertram kan maken,' zei ik. 'Alle woorden.'

'Kijk nou eens aan. Heb ik het je niet gezegd? Voor mij ben je een kind.'

Daarna begon hij zijn vriendinnen thuis uit te nodigen voor het eten. Soms liepen we na het eten gedrieën naar een bioscoop in de buurt, ik stuurs en bedrukt, en Bertram met zijn arm om wie zijn afspraakje ook was. Later escorteerden hij en de vrouw me dan terug, tot aan de deur van Bertrams flat, waar ze me achterlieten. Weer was ik een nacht al-leen. 'Denk erom dat je de deur op het kettinkje zet,' herinnerde Bertram me. Hij was bang voor inbrekers. Zware tijden leiden tot diefstal, zei hij, niet de aard van de mens.

Bertram had een positieve kijk op de aard van de mens. De vrouwen die hij mee naar huis nam niet. Het waren altijd vrouwen die hij op ma-nifestaties ontmoette, of in stakingsposten; ze hadden allemaal kort zwart of bruin haar en vurige tongen met een venijnige inslag. De mees-ten droegen dikke maillots van glansgaren, ongeacht het weer, gepropt in leren sandalen. Een van hen bungelde met lange oorbellen gemaakt van schelpen die kletterden, een ander had vrijwel dezelfde oorbellen, maar kwam aan met werkkleren en mannenschoenen. Ze leken op geen van de vrouwen die ik ooit had gekend. Het waren fanatici; ze zaten vol argumenten en theorieën en weenden van enthousiasme. Ik begreep niet waar ze over praatten, golf na golf kwamen Boekharin en Lenin langs, Trotsky, Budenny, Stalin, Ehrenburg. Ze debatteerden over partijconflicten, koelakken, rechtszaken, solidariteit, onderkruipers. Ik kon het ene vreemde woord niet uit het andere houden. Bertram praatte of dacht niet zo. Bertram sprak in dromerige aquareltinten over het uitbannen van armoede, de leeuw die zich neerlegt naast het lam, de aspiraties van de mensheid: het was als een schilderij aan de muur. Je kon het overpeinzen of je kon het negeren. Maar deze vurige politieke vrouwen hadden het over mensen, levende mensen, die ze haatten en die ze met plezier aan stukken gereten hadden. Bertram bewonderde ze om hun uitbarstingen van opwinding en woede, maar ik was bang voor ze, voor hun korte haar, hun vrijpostige kleding, hun hitsige bekendheid met verafgelegen crises, hun overstromende hartstochten. Ze waren kwaad en alwetend. Ze leken me de meesters van onze tijd.

De vrouw met de oorbellen van schelpen die zich kleedde als een man (soms kwam ze opdagen in een overall) werd Ninel genoemd. Het was niet haar echte naam, maar een partijnaam, ter ere van Lenin. 'Kijk maar wat er gebeurt als je het omdraait,' zei Bertram tegen me, grijnzend. Hij was helemaal weg van Ninel, weg van het spelletje met haar naam, en ik was gestoken: hij had het maar niets gevonden dat ik in de letters van zijn eigen naam een geheim signaal zocht. Terwijl Ninel precies hetzelfde had gedaan, en dat vond hij leuk. Zelfs Ninels grote werkmansschoenen en lompe kamgaren broeken met de rits van voren vond hij leuk.

Ninel vond Bertrams flat maar niks. Al zag ze dat ik de eetkamertafel had gedekt, het maakte geen verschil: we moesten terug naar de keuken en daar eten. De meubels van Bertrams moeder kon ze niet uitstaan: wat die bekakte porseleinkast met zijn glazen deuren allemaal had gekost, zei ze, daarmee kon je een hongersnood voorkomen. Ze vroeg Bertram hoe hij er in hemelsnaam mee kon leven. Met Ninel gingen we nooit naar de film. Ze had het smalend over schaduwen die verhaaltjes vertellen. De film was de kerk van nu, vond ze, afleiding voor de massa's; ze was te serieus, ze wilde strijd voeren. Als Ninel kwam, at ik snel en verstopte me haastig met een boek in mijn studeerhoek: Emma en Mr. Knightly zouden spoedig samenkomen. 'Snap je niet waar het om gáát, Bert?' hoorde ik Ninel dan snauwen. Ik had Bertram verkozen tot mijn eigen Mr. Knightly, terwijl hij van zijn Emma werd weggelokt door een vrouw die een revolutie voerde in zijn keuken. 'Hoe je het ook wendt of keert, het is allemaal een kwestie van uitbuiting.'

De woordenwisseling bleek te gaan over Croft Hall. 'Je hebt de vader van dat kind in zó'n tent een baantje bezorgd? Hoe haal je het in je hóófd?'

'De man zat zonder werk en ik kende iemand in het ziekenhuis die daar een relatie had. Ik dacht dat ik er goed aan deed. Haar vader is leraar wiskunde, waar had hij anders heen moeten gaan?'

'In dit systeem had hij ook buiten greppels kunnen gaan graven. Een fatsoenlijke overheid zou er iets voor regelen.'

'Ninel, die man zat in de problemen, en hij had haar...'

'Zo'n tent in bedrijf houden! Het is gewoon besmet werk. Papkinderen, nakomelingen van de oligarchie. Die worden opgeleid in uitbuiting, meer niet. Een cadettenkorps voor de banken. Zulke scholen moesten we platbranden.'

Gaandeweg verdwenen de andere vrouwen die Bertram mee naar huis had gebracht. Nu bleef alleen Ninel over. Op een avond vroeg ik haar onder het eten hoe ze echt heette. Ze haakte haar duimen in de lussen van de stroband die ze als riem droeg en blies een verachtelijke zucht uit. 'Miriam,' vertelde ze me, 'maar waag het niet me ooit zo te noemen.' Die kans was klein; we hadden elkaar zelden iets te zeggen. Haar haviksogen richtten zich op mijn boek. 'Ja hoor, Jane Austen. Dat noem ik nou een provocatie. Heb je enig idee,' wilde ze weten, 'hoe de bedienden in die grote huizen lééfden? De uren die ze moesten maken, het miezerige loon dat ze kregen? Kippenvoer! En waar het geld om die landhuizen te onderhouden vandáán kwam? Van plantages in de Caraïben, over de ruggen van negerslaven!' Het was alsof ze een vergadering toesprak.

'Mr. Knightly heeft geen plantage,' zei ik.

'Wat denk je dat het Britse Rijk is? Eén grote plantage! Het hele zootje!'

Bertram zei zachtjes: 'Je moet naar Ninel luisteren, Rosie. Daar heeft ze gelijk in.'

Ninel was kwaad op Jane Austen, en niet alleen vanwege het Britse Rijk; ze was kwaad op alle romans. Romans waren net als films schaduwkomedies: ze lieten de wereld niet zien zoals die in werkelijkheid was. 'Protheses,' zei ze, 'zoethouders. En ondertussen vreten de geldzakken en de dikke ondernemers de armen kaal.' De enige uitvinding die Ninel erger vond dan romans en films was religie. Ze haatte haar echte naam omdat die uit de Bijbel kwam. Ze ging tekeer tegen elke vorm van godsdienst. 'Als je nou werkelijk het fijne wil weten van, laten we zeggen, het christendom,' dramde ze door, 'dan moet je je dit eens voorstellen. Je bent een gelovige christen uit de twintigste eeuw en je wordt met een tijdmachine teruggezet in het oude Rome. Je wandelt over die grote pleinen en je vindt het allemaal knap indrukwekkend. Grote marmeren kathedralen met zuilen. Overal enorme standbeelden en mensen die de tempels binnenstromen, knielen en offers brengen. Ritsen priesters en acolieten in chique gewaden, de hele maatschappij draait op dat spektakel. En dan vraag je je af, wat zit daar achter, waar gaat het allemaal om. Je raakt aan de praat met een paar van die oude Romeinen en ze vertellen je dat het over Jupiter gaat, de god die in de hemel woont en de wereld regeert. En jij denkt: Jupiter? Jupiter? Hoezo Jupiter? Er bestaat geen Jupiter, het is allemaal verbeelding, allemaal een soort verzinsel. Jij weet donders goed dat die heilige Jupiter waar iedereen zo dol op is, waar iedereen op vertrouwt, waar iedereen de lof van zingt en zich druk om maakt, en grote verhalen en verhandelingen over schrijft en heilige boeken, en gebeden naar prevelt... je weet donders goed dat die Jupiter van ze lucht is, hun Jupiter is een spook, er bestaat helemaal geen Jupiter, en niets dat erop lijkt, die hele religie is een verzinsel, een schijnvertoning en een drogbeeld, hoeveel dichters en intellectuelen er ook in geloven en hoeveel rillingen en openbaringen hij de mensen ook bezorgt. Dan kom je terug in de twintigste eeuw, en wat je hebt gezien en begrepen betekent niets meer, je bent zo blind als een mol, je denkt dat je Jupiter doorhebt, maar Jezus is anders, Jezus is echt, Jupiter is één groot volkssprookje, maar Jezus is een grote transcendente waarheid...'

Bertram had water voor de thee opgezet en stond bij het fornuis. Hij tsjirpte genoeglijk en schonk het water in onze kopjes. 'Nou hoor je eens wat Ninel allemaal bedenkt. Zoiets hoor je niet elke dag zeggen, bij de bakker of de groenteboer.'

Bertram, begon ik in te zien, was van plan met Ninel te trouwen.

De volgende ochtend ontkende hij het. 'Onmogelijk.'

'Maar je wil het wel,' zei ik.

'Wat ik wil doet er niet toe. Ninel gelooft niet in het huwelijk. Ze is er principieel tegen.'

Ninel was op een avond begin maart bij ons toen Bertram de deur opendeed voor een man met een slonzig uniform en een pet op. Bertram gaf hem een kwartje en de man gaf hem een gele envelop. Het was een telegram van de directeur van Croft Hall. Mijn vader had de regels overtreden: hij had een groepje van vier derdeklassers met de auto meegenomen naar Saratoga. Een jongen zat voorin naast mijn vader, de andere drie zaten achterin. De schemering was gevallen toen ze teruggreden naar school. De duisternis werd bespoedigd door de harde regen die, aangejaagd door de forse wind, op de weg kletterde. Ze reden door snel uitdijende waterpoelen, waarvan één de zware tak verborg van een omgevallen middelgrote boom. De wielen tolden door het zwarte water en raakten de tak, en de auto werd op zijn kant gesmeten. De voorruit was uiteengespat in een fontein van splinters en twee deuren werden ingebeukt. De drie jongens op de achterbank waren er levend vanaf gekomen. Mijn vader en de jongen naast hem waren dood.

Er was geen uitvaart. Mijn vader was oneervol overleden; de ouders van het dode kind noemden hem een moordenaar. Bertram regelde de begrafenis met een begrafenisondernemer in Troy en mijn vaders stoffelijke resten werden zonder enig ceremonieel afgevoerd. Een week later bracht de post een pakketje van Croft Hall: een doos met daarin mijn vaders papieren. Ik vond er mijn moeders overlijdensakte in en een ziekenhuisrekening de dato 15 februari 1921; ze zaten opgevouwen tussen de bladzijden van een voddig kinderboek. Hier was het bewijs: mijn moeder was niet in het kraambed gestorven. Ze was bezweken aan bloedkanker toen ik drie jaar oud was. Lena's onthulling, en mijn herinnering aan de sofa en de lappenpop, werden bewaarheid.

Ik bewaarde van die papieren bijna niets. Ze waren onpersoonlijk en licht beschamend: oude cijferschriften, gekreukelde lootjes, reçuutjes van de paardenrenbaan, een smerig spel kaarten, twee paar bekraste dobbelstenen. Geen enkel voorwerp dat naar mijn bestaan verwees. Ik herkende het kinderboek niet als het mijne, al wist ik dat het beroemd was;

het was het eerste van een bekende reeks. De doos bevatte ook een paar zo goed als nieuwe schoenen; ik vroeg me af wanneer mijn vader die had gekocht. Ze waren niet het soort schoenen dat hij gewoonlijk droeg. Aan de binnenkant stond bij de hiel: HAND-MADE IN LONDON. Ik bedacht een griezelverhaal: had hij erom gedobbeld, had hij ze van een van de grotere jongens gewonnen, had hij ze aangenomen in plaats van contant geld? Ik was opgelucht toen Bertram ze meenam en aan een verpleger gaf.

Bertram kwam op het idee dat ik een paar regels voor een grafsteen moest bedenken. Op zijn typemachine schreef ik:

JACOB NEHEMIAH MEADOWS
1887-1935
LIEFHEBBENDE VADER
VRIEND VAN DE JEUGD

De sentimentaliteit van zulke conventionele woorden had me moeten choqueren terwijl ik ze neerschreef, maar hun valse ironie ontging me. Het leek me gepast alleen deugden toe te schrijven aan een man wiens kleine ondeugden geen kwaad meer konden. Ik dacht aan mijn vaders kleine leven en aan Lena en de verjaardagscake, en de Driekleur en mijn vaders gegok. Ik dacht het meest aan zijn leugens. Zijn leugens waren gericht maar troffen geen doel; ze verleidden het gevaar; ze waren theatraal, maar het toneel was klein, evenals het publiek. Mijn vader was een soort dief op klaarlichte dag geweest. Hij beroofde de dag van zijn voorspelbaarheid, zodat elke ademtocht van mijn jeugd op toeval berustte. Bij hem had ik me nooit veilig gevoeld.

Mijn eerste jaar op de kweekschool zou nog drie maanden duren. Ik zat in mezelf opgesloten in de klas, in een mist van onverschilligheid. Of anders keerde ik me af. Al die pedagogische theorieën, zei ik tegen mezelf, waren niets meer dan een tempel vol drogbeelden. Een zonderling geloof, net als Ninels Jupiter, met een weerzinwekkende liturgie en afstotelijk ritueel. En alle waarheden die werden verkondigd waren bedrog... Maar ik wist dat ik me gewoon verveelde.

Ik durfde Bertram van dit alles niets te vertellen. Ik wenste in stilte dat ik die hele kweekschool achter me kon laten. Ik had gezien dat

Bertram het schoolgeld voor het derde kwartaal al had verstuurd: ik was aan hem verplicht het af te maken. Ik was zijn pupil, als het ware, zoals in die Engelse romans die ik avond aan avond las, Dickens en Trollope en George Eliot, de een na de ander.

Bertram pakte *Middlemarch* en sloeg het open bij een illustratie van Dorothea en Casaubon. Casaubon zat in elkaar gekrompen met zijn kaars, omringd door stapels boeken besmeurd met vliegenstrontjes. Dorothea boog haar fijn gevormde nek naar achteren. 'Dorothea verzet zich tegen Casaubon' luidde het onderschrift.

'Zeg eens,' begon Bertram, 'wat zou je ervan denken om in het studentenhuis te gaan wonen voor de rest van het semester?'

'Studentenhuis? Je bedoelt op school gaan wonen?'

'Waarom niet? Zoveel meer kost dat niet, dat red ik wel. Dan ben je niet zo vaak alleen. Dan heb je mensen van je eigen leeftijd om je heen.'

'Mijn vader zei dat het net kerkers zijn.'

'Ach kom,' zei Ninel, 'als ik hoor wat Bertram me over je vader heeft verteld, is hij er nooit geweest. Hij heeft het studentenhuis nog niet eens gezien, hij had het geld er gewoon niet voor over.'

Toen begreep ik dat Ninel me uit Bertrams leven wilde verdrijven.

Dat maakte me brutaal. Het maakte me grof. 'Heb je een beslissing genomen?' vroeg ik Bertram. 'Over de Partij, dat je lid wordt?'

Hij vertrok zijn lippen in dat kleine lachje; het deed hem weinig. Maar het lachje was voor Ninel. 'Nou ja, je kunt moeilijk met Ninel optrekken en je uiteindelijk niet binden.'

'Maar Ninel bindt zich niet aan jou. Ze trouwt niet met je.'

'Nou zeg,' zei Ninel.

'Het is maar een leeg gebaar, Rosie. Een boterbriefje.'

'Poppenkast,' zei Ninel.

'Luister,' zei Bertram, 'we moeten een of andere nieuwe regeling bedenken...'

'Die hebben we al bedacht,' kwam Ninel tussenbeide. 'Bert verkoopt de meubels en trekt bij mij in. In deze tijd ben je dom als je zo'n groot huis als dit aanhoudt, met al die wanstaltigheden.'

Die avond schreef ik op professor Mitwissers advertentie in de *Star*.

En – als beloning, dacht ik, voor mijn beloofde vertrek – kwam Bertram diezelfde avond mijn slaapkamer binnen, zette zijn knie op mijn bed en kuste me, voor het eerst, vol op mijn mond. De druk op mijn onderlip was zwaar, pijnlijk, wellustig. Het voelde alsof ik werd gebeten.

Zo werd ik verdreven uit het obscure en nietige radicale kringetje van Albany.

# 5

Zelfs na twee hele weken bleef mijn positie in het huishouden van de familie Mitwisser vormloos. Ik kon niet peilen wat mijn verplichtingen waren en als ik ernaar probeerde te vragen, ging het antwoord verloren in de chaos. 'Doe papa's boeken maar in die dozen,' beval het oudste kind. Ze heette Anneliese en ze sprak goed Engels, terloops en ongedwongen, zij het met een duidelijk accent. Behalve de jongste waren al de kinderen nu een paar maanden ingeschreven op openbare scholen in Albany. Ze hadden (zoals mevrouw Mitwisser me die eerste dag te verstaan had gegeven) daarnaast ook een huisleraar gehad. Ze hadden al een zweem van het plaatselijke accent opgedaan. Het duurde enkele dagen voor ik kon achterhalen hoe veel Mitwisserkinderen er precies waren. Ze liepen druk rond met deze of gene opdracht (het hele huis was aan het inpakken voor de verhuizing naar New York); het was alsof je het aantal vissen dat rondzwemt in een vijver moet tellen. Eerst telde ik er zes, toen vier en uiteindelijk bleken het er vijf te zijn. Hun namen klonken als het getjilp van vogels om me heen: Anneliese, Heinrich, Gerhardt, Wilhelm, Waltraut. Waltraut was het gemakkelijkst te onthouden, een meisje van drie met ronde ogen en een krullenbol, dat zich vastklampte aan wie er ook maar langskwam. Mevrouw Mitwisser (ik probeerde haar nu en dan aan te spreken als Frau Mitwisser) liet zich niet vaak zien. Ze zat verstopt in een slaapkamer boven en scheen weinig te maken te hebben met de heersende drukte.

Ik kon Heinrich niet onderscheiden van Wilhelm en Gerhardt niet van Heinrich. Dat was des te moeilijker doordat ze elkaar nu en dan aanspraken als Hank, Bill en Jerry, en dan weer schielijk terugschakelden naar Heinz, Willi en Gert. 'Papa houdt er niet van als ze dat doen,' lichtte

Anneliese me voor. 'Papa is een purist.' Anneliese, de kroonprinses, was zestien. Ik realiseerde me dat Anneliese er niet bij geweest kon zijn toen de kinderen van de *Kleiderschrank* omlaag sprongen zodat het stuc van het plafond losliet. Ze was lang, een erfenis van haar vader, en zoals hij gedroeg ze zich vormelijk en streng. Ze was eigenlijk nauwelijks nog een kind; ze droeg haar haren in vlechten aan weerszijden van haar hoofd, die fijne roze oren vrijlieten. In beide oorlellen glinsterde de stip van een edelsteentje. Met haar vlechten en oorknopjes oogde ze gezaghebbend en verbazingwekkend buitenlands. Ze was bijna meer dan levensgroot en de drie jongens leken banger voor haar te zijn dan voor hun moeder. Ze gehoorzaamden professor Mitwisser en ze gehoorzaamden Anneliese. Maar als mevrouw Mitwisser een beroep op ze deed, meestal bedelend om voor Waltraut te zorgen, lachten ze en renden weg. 'Amerikaanse barbaren!' riep professor Mitwisser ze achterna. '*Rote Indianer!*'

Ook ik gehoorzaamde Anneliese nauwgezet. Ik had het gevoel dat mijn lot in haar handen lag: zij was tot dan toe de enige die mijn status als meer dan louter een indringer erkende. De drie jongens zeiden nooit iets tegen me, en ik niet tegen hen. Ze vlogen langs me heen en sjouwden bundels naar de vestibule, waar een groeiende berg spullen op de verhuizers wachtte. Maar Anneliese was niet alleen de enige die me nu en dan zei wat ik moest doen. Ze was ook de enige bron die me inzicht gaf, hoe onvolledig ook, in de annalen van het gezin. Met verbazing hoorde ik aan dat de schuchtere mevrouw Mitwisser, met haar zo rode oogleden en haar dunne neusvleugels die trilden als die van een konijn, hoofdonderzoeker aan het Kaiser Wilhelminstituut in Berlijn was geweest.

'Ze hebben haar eruit gegooid,' legde Anneliese uit, 'en ze hebben papa van de universiteit gegooid. De quakers hebben ons over laten komen, daarom zijn we hier. Mama zegt dat ze ons gered hebben. Papa zegt dat mama soms doet alsof ze liever niet was gered. Het was trouwens toch een vergissing.'

De vergissing was komisch. Het bestuur van het Hudson Valley Friends College had, in een goed bedoelde poging een vluchtelingengezin te redden, de rector verzocht professor Rudolf Mitwisser, de bekende Duitse godsdiensthistoricus, uit te nodigen om een collegereeks te geven over de charismieten. De charismieten waren een mystieke christelijke sekte uit de zestiende eeuw die afstamde van de Broeders van de Heilige Geest uit noordoost-Beieren. Het bestuur, vooral bestaande uit zakenmensen, had de charismieten – die bekend stonden om hun nadruk op het Innerlijk Licht, dat verwant was aan het Inwaartse Licht van het Genootschap der Vrienden – verward met de karaïeten.

Ik vroeg Anneliese wie de karaïeten waren.

'Ach, dat zijn gewoon papa's mensen. Maar dat misverstand was gunstig, want het bestuur heeft ons daar weggehaald en papa die baan gegeven. Hij vond het niet erg van die charismieten. En ze hebben het huis voor ons gehuurd. Hier, kijk, ik heb Gerhardt het touw laten halen dat je nodig hebt.'

Ze gaf me een schaar en een ruwharige klos. Ik had die hele dag boeken ingepakt, zoals ze me had gezegd. Er stonden tweeëndertig dozen vol met professor Mitwissers vreemde, onontcijferbare boekdelen en om zoveel mogelijk boeken in elke doos te stouwen had ik ze er in rijen en stapels in gepast, zorgvuldig ingedeeld naar formaat en vorm. Het touw brandde en sneed in mijn handpalmen terwijl ik de dozen dichtbond.

Een half uur later liet Anneliese me weten dat haar vader niet tevreden was en het volgende moment kwam hij me dat zelf zeggen. Zijn handen, met hun grote werkmansduimen, waren zwart van het roet. Hij was papieren aan het uitzoeken die in de kolenkist hadden gelegen, zei hij; zijn wenkbrauwen stonden woest overeind, als strobossen die in het vuur hadden gelegen.

'Waarom word ik voor zo'n onzin gestoord? Anneliese! Is dat hoe een intelligent wezen de wetenschap indeelt? Naar groot en klein?'

Ik protesteerde: 'Ik moest zorgen dat de boeken in de dozen pasten.'

'Ze moeten passen naar de inhoud, naar de logica. Ach, wat een ramp, wat een domheid. U ontwricht een hele bibliotheek, Fräulein! En jij, Anneliese, jij hebt hier toestemming voor gegeven?'

Ik was machteloos: het waren Duitse en naar ik aannam Hebreeuwse boeken. Er waren andere talen die ik niet herkende. Ik begreep dat het niet altijd veilig was te gehoorzamen aan Annelieses opdrachten; zij was niet verheven boven fouten of verwijten.

'Anneliese,' gromde Mitwisser, 'Je moet de dozen uitpakken en opnieuw beginnen. Geef Fräulein Meadows een simpelere taak, waar ze geen warboel van maakt.'

Zo kwam Waltraut onder mijn hoede en werd ik alsnog kindermeisje. Ze was een gewillig en lief kind en hing al snel aan me. Ze kwebbelde in haar kinderlijke Duits en scheen te denken dat ik haar verstond; tegelijkertijd wekte ze de indruk dat ze alles in zich opnam wat ik zei. Ik had weinig genegenheid voor haar, maar wat me wel boeide was het samenspel dat tussen onze twee talen ontstond nu we ons allebei uitdrukten in ons meest primitieve jargon. Waltraut had zo haar kleine charmes; ze lachte vaak en ontblootte dan haar vierkante tandjes, glanzend van het babyspuug, en als ze ooit weigerde op een aanwijzing van mij in te gaan, gilde ze 'Nein!' op sopraantoon, met een plagerige schuine blik die de uiteindelijke instemming aankondigde. Ik bracht mijn dagen – er waren niet veel dagen over voor ons vertrek naar New York – door met haar eten te geven en te amuseren en 's avonds naar bed te brengen. Ik nam haar mee uit wandelen in de buurt en ontdekte vlakbij een speelplaats die lang niet meer was gebruikt, achter een verlaten garage. De metalen schommels waren roestig en de glijbanen smerig en onbegaanbaar, vol modder en bladeren en, onverklaarbaar, verschillende paren door het weer stijf geworden mannensokken met grote gaten. Ik nam aan dat het een verblijfplaats van zwervers was; er lag een olievat op zijn zij met sporen van oude vuren. Waltraut scharrelde hier wat rond, porde met een stok in het onkruid of sloeg op de roestige schommel om er beweging in te krijgen, terwijl ik haar lijdzaam gadesloeg. Het was een aangekondigde lijdzaamheid: dit was mijn kennismaking met de 'vroege jeugd' zoals voorspeld door al die hoofdstukken over Pestalozzi en Montessori. Waltraut was de toekomst waarvan ik was weggelopen, ze was wat de kweekschool in Albany voor me in petto had. Ik was blij dat ik haar naar huis kon brengen, naar haar avondeten en bad, maar ik vreesde het gespannen ritueel van haar moeders slaapkamer.

Waltraut sliep in een lage wieg, ruim een meter van de smalle slaapbank van mevrouw Mitwisser. De wieg zou spoedig in een bestelbus worden geladen, maar de slaapbank (geen bed) hoorde bij het huis, zoals bijna alle meubels, en zou achterblijven. Wat ik elke avond aantrof als ik Waltraut al half slapend naar haar wieg droeg, was de gestalte van mevrouw Mitwisser die in de vorm van een halve maan ineengedoken op haar slaapbank lag, met een gedeeltelijk opgegeten maaltijd op een dienblad naast haar op de vloer.

'Mevrouw Mitwisser? Hier is Waltraut om welterusten te zeggen.'

Ze zoog een teug lucht in alsof ze een of andere giftige walm proefde en hief haar hand op in een wegwerpgebaar, waarna hij als een opgekruld blad neerdwarrelde naar een plek onder haar kin. Haar blik was naar binnen gericht. Ik dacht dat ze misschien terugkeek op het verleden. En ik vroeg me af of ze, als de verhuizing achter de rug was en we in New York tot rust waren gekomen, weer bij haar man in bed zou gaan slapen.

# 6

's Nachts had ik zelf ook een bank: de afgetakelde sofa in de zitkamer. Het bijzettafeltje ernaast was nu kaal; de oude foto in het zilveren lijstje was weggehaald. Elke dag belandde er weer een huishoudelijk artikel op de enorme hoop in de vestibule: de taferelen die me op het eerste gezicht onvergetelijk hadden geleken, en vooral de inrichting van deze schemerige krappe kamer, werden stukje voor stukje uitgewist. Maar de lege tafel was handig: daar zette ik een van mijn twee koffers op. De tweede, waar ik dagelijks uit haalde wat ik nodig had, fungeerde als kleerkast en toilettafel tegelijk; die liet ik open op het dunne tapijt staan. Al mijn bezittingen zaten in die twee koffers, en ik bezat niet veel. Voordat ik bij Bertram vertrok had ik al mijn schoolpapieren weggedaan. Ninel nam de vijftien of twintig schoolboeken die Bertram had betaald mee naar het Leger des Heils, iets dat zelfs op Bertram pervers overkwam, maar Ninel zei dat ze versnipperd en tot pulp gemalen zouden worden en opnieuw gebruikt om iets waardevollers te maken dan de psychologische rommel die er eerst in had gestaan. (En ditmaal moest ik haar gelijk geven.)

Mijn koffers bevatten alleen het karigste handjevol van de boeken die voor mij waarde hadden, want boeken leende ik gewoonlijk bij de bibliotheek. In mijn hart voelde het als een extase om een openbare bibliotheek te betreden alsof het een mysterieuze schatkamer was. Boeken die eerder waren gelezen trokken me, romans die door meisjes als ikzelf (maar dan met een moeder die niet gestorven was) waren gewiegd en gekoesterd. In gedachten, en in mijn isolement, denk ik, nam ik bezit van al die eerdere lezeressen en maakte er geestverwanten en geheime vriendinnen van. De onooglijke bibliotheek van Thrace was zelf ook achterhoudend geweest en de geesten die er woonden ijzig: er waren duistere gangen tussen de kasten waar het in de zomer onverklaarbaar koel, zelfs koud was. De bibliotheek van Troy was veel imposanter, een onbeschaamd voornaam kalkstenen bouwwerk in Romeinse stijl met witte zuilen; ik had nauwelijks lang genoeg in Troy gewoond om er intiem mee te worden. En tijdens mijn leven met Bertram waren we, op weg naar de bioscoop en voor het bewind van Ninel, vaak langs de oude bruine Carnegiebibliotheek gelopen die een paar straten bij Bertrams flat vandaan lag. Daar woonde hij intussen niet meer, vermoedde ik, en de bibliotheek was voor mij verloren, net als Bertram.

Toen ik op de ochtend van mijn vertrek mijn koffers pakte, stopte Bertram in een hoekje van één ervan stilletjes een lange blauwe envelop. Hij propte hem naast het verweerde plaatjesboek dat ze vanuit Croft Hall hadden opgestuurd; de ziekenhuisrekening en mijn moeders overlijdensakte zaten nog tussen de ingescheurde pagina's.

'Dit was bedoeld om je volgende schooljaar te betalen,' legde Bertram uit, 'dus het is eigenlijk van jou.'

Ik opende de blauwe envelop en keek erin: hij had me vijfhonderd dollar gegeven. Blijkbaar mocht Ninel het niet weten.

'En deze komen van Ninel. Die heeft ze bij het Leger des Heils meegenomen toen ze daar laatst was. Ze koopt haar kleren daar.' Hij schroefde zijn mond tot zijn weemoedige halve lachje en reikte me twee boeken aan; ze roken naar kelder. 'Ze zegt dat ze de roman van Dickens heeft gelezen, en die gaat wel, maar de andere zou ze nog niet met een tang aanraken. Zegt dat het net zo goed *Geklets en sentiment* had kunnen heten.' Ninels grapje deed Bertram plezier; ik zag dat hij dacht dat de oorlog tussen Ninel en mij over was.

En dat was ook zo. Ik was ervan overtuigd dat ik die twee nooit meer zou zien. Ik propte *Sense and Sensibility* en *Hard Times* tussen mijn hemdjes en onderbroeken. Ik had ze beide al lang geleden gelezen en ik begreep dat Ninel het ene zag als een belediging aan haar adres en een waarschuwing aan het mijne, en het andere als een grimmige bevestiging (in de vorm van een suikeren kogel) van haar eigen opstandige wereldbeeld. Mijn voorraadje was bijna verdubbeld. Ik had het lijvige compendium van de zeventiende-eeuwse Hollandse schilderkunst bewaard dat ik op de lagere school in Thrace had gewonnen met het beste opstel door een leerling uit de achtste groep ('Maar weet je ook wat twee plus twee is?' had mijn vader bij die gelegenheid opgemerkt), en het kleine bleekroze *Manifest* dat Bertram me had opgedrongen, en dit waren dus de laatste blijken van Ninels waardering. Naast deze en een woordenboek had ik alleen het ouderwetse kinderboek dat mijn vader om onbegrijpelijke redenen had bewaard.

Een magere verzameling; en toen werd ik overspoeld door een oceanische bibliotheek van loochening en muiterij, band na esoterische band, een grenzeloos koninkrijk van boeken, waarvan er niet één toegankelijk voor me was. De bibliotheken van Thrace en van Troy, de verweerde bakstenen Carnegiebibliotheek in Albany en zelfs de legendarische bibliotheek van Alexandrië, tweeduizend jaar eerder tot de grond toe afgebrand, hadden zich niet kunnen voorstellen wat in professor Rudolf Mitwissers dozen zat.

## 7

De dag van de verhuizing regende het onophoudelijk. Het huishouden was vroeg op; het ontbijt was karig en koud, want de ketel was ingepakt en het ijs voor de ijskast opgezegd. Professor Mitwisser was boven te horen terwijl hij mevrouw Mitwisser probeerde te overreden haar daagse kleren aan te trekken. Het plan was dat we allemaal met de trein zouden gaan, terwijl de verhuiswagen met de bezittingen van de Mitwissers apart naar New York reed. Anneliese had het druk met bevelen roepen naar de jongens, die de trappen op en af renden en afscheid van het huis namen. Ze sprongen nog een laatste keer van de *Kleiderschrank* – kreten van Anneliese en professor Mitwisser gilde '*Indianer!*' – en de kruimels pleisterkalk regenden nog een keer neer op de sofa in de zitkamer, waar ik het grootste deel van de nacht slapeloos had gelegen, terwijl ik elke onzekerheid die ik kon bedenken de revue had laten passeren. Vertrekken uit Albany, waar ik ten minste Bertram nog had, voelde duister onveilig.

De jongens die door het huis rondsprongen, de vier pezige verhuismannen die heen en weer liepen naar de bestelwagen, de kreetjes van verzet die mevrouw Mitwisser slaakte nu ze de trap afdaalde met haar schoenen in haar handen (ze weigerde ze aan te trekken) hadden van de vriendelijke kleine Waltraut een wild dier gemaakt. Ze gaf Anneliese kopstoten als een kwade geit; ze rende jankend de jongens achterna.

'Doe haar weg,' commandeerde Anneliese.

'Maar het stortregent. En alles waar ze mee kan spelen is ingepakt.'

'Doe iets, nu, anders komt papa.'

Ik ving Waltraut midden in een uitval, tilde haar bij haar middel op en gooide haar op mijn sofa. Ze hijgde woest, als een jachthond die achter een prooi aan zit. In mijn zak zat een halve chocoladereep; die gaf ik haar. Haar zwarte ogen zwommen van plezier.

'Alsjeblieft. Nu kun je weer een beschaafd kind worden.'

'Nein,' zei Waltraut.

'Ik zal je iets laten zien als je lief bent.' Maar ik kon niet bedenken wat.

'Nein,' mechanisch; ze was met de chocolade bezig.

'Ik weet al wat! Ik heb een mooi oud voorleesboek. Misschien staat er een beer in,' en Waltraut zei niets, want toen ik 'beer' zei, hoorde zij 'Bär' en was haar belangstelling direct gewekt. Ik nam haar op schoot en zocht in de openstaande koffer op de grond tot ik het boek vond, mijn enige erfstuk, in de hoop dat er plaatjes van beren in stonden. Net op dat moment kwam een van de jongens binnenstuiven om me van plichts- verzuim te beschuldigen.

'Je hebt nog een koffer hier, die moeten ze nu meenemen! Ze moeten alle bagage meenemen, ze vertrekken!'

'Deze neem ik met de trein mee,' zei ik. 'De andere hebben ze al.'

'Die is te groot voor de trein.'

'Hij is niet zwaar. Zeg, maar, welke ben jij? Heinrich, niet?'

'Willi.'

'Bär,' hielp Waltraut me herinneren.

Willi staarde. 'Wat gek dat jij dat hebt.'

'Wat hebt?'

'Dat boek.'

'Ken je het?'

'Dat lazen we altijd, thuis. Toen we klein waren.'

'Je bedoelt daarginds, in Duitsland? Heb je het in het Duits gelezen?'

'Thuis is het beroemd bij kleine kinderen. Toen we hier kwamen was hij mijn leraar. Ze hadden hem voor ons van dienst genomen.'

'Bär!' drong Waltraut aan.

'In dienst genomen,' corrigeerde ik, al begreep ik nog niet wat hij bedoelde.

'Hij gaf ons Engelse les, Gert en Heinz en mij. Anneliese maar een beetje, zij kon het al.'

'Wie gaf jullie les?'

'Die jongen uit het verhaal, alleen was hij niet meer een jongen.'

'Willi!' riep Anneliese. 'Waar ben je? Papa heeft je nodig.' Ze kwam de zitkamer binnen, haar gezicht was dieprood. 'Wat doe je daar? Je moet helpen zoeken naar mama's schoenen, ze heeft ze ergens verstopt.' Tegen mij zei ze: 'Wat heb je met Waltraut gedaan? Ze smeert modder in haar haar. En kijk haar handen!'

'Het is chocolade,' zei ik.

'Lieber Gott. Maak haar schoon alsjeblieft. De taxi is er, als we nu niet gaan, missen we de trein.'

# 8

Het New York waar we aankwamen had nauwelijks iets van het New York dat ik had verwacht. Ik was teleurgesteld en verbijsterd. Ik kende de stad alleen van ansichtkaarten en films, en in de cinema (in die jaren zei niemand ooit 'bioscoop') werden de openingsscènes van hoog oprijzende wolkenkrabbers en stromen voetgangers altijd begeleid met accenten van claxons en opwindende jazz. Voor mij, en voor de hele wereld, was New York Manhattan met zijn kanalen vol mensen en hoge luchten waar geen vogel vloog. En had mevrouw Mitwisser in die verwarde poging tot een sollicitatiegesprek niet laten doorschemeren dat de reden voor de verhuizing juist was gelegen in de wens van haar man om dichtbij 'de grote bibliotheek' te zijn? De grote bibliotheek van New York lag aan Fifth Avenue in Manhattan, er stonden twee stenen leeuwen voor, zoals bij een Venetiaans paleis. Ik had er foto's van gezien.

Waar wij ons vestigden was geen grote bibliotheek. Er was helemaal geen bibliotheek, er was niets. Vergeleken met Albany, of Troy, of zelfs Thrace, was het een onooglijk dorpje in een afgelegen, armzalige en van onkruid vergeven uithoek in het noordoosten van de Bronx. Strikt genomen hoorde de Bronx bij New York, maakte er althans officieel deel van uit, maar ik voelde me bedrogen. De ondergrondse was pas onlangs doorgekropen naar dit kluitje huisjes ingesloten tussen moeras en kreek, en het was trouwens, ondanks zijn naam, geen ondergrondse, maar een lawaaierige luchtspoorweg die de met vliegen besprenkelde winkels beneden nog donkerder maakte en zich uiteindelijk pas na wat wel tientallen kilometers leken de grond in boorde richting Manhattan. Het echte New York was ver weg. De spaarzame treinen, speelgoed hoog op de spoorbrug, waren onze enige verbinding met de beloofde stad. Waar waren we eigenlijk? Een bescheiden baai die landinwaarts stroomde van Long Island Sound, met een kartelrand van modder en zand en rotsen ommanteld met zeewier, gaf de grens aan van een buurt omringd door open velden, uit het oog en uit het hart van de stad. De velden hier waren ongekamde weiden, paars geschilderd en verguld door violen en paardenbloemen en de gebogen hoofden van wilde tijgerlelies met hun insectachtige voelsprieten.

Ons huis, gemeubileerd gehuurd, stond in een rij gelijksoortige huizen, met één verschil: de andere hadden één bovenverdieping, het onze twee. Iemand had geprobeerd een armeluisversie van voorstedelijk woongenot te creëren door een tweede verdieping toe te voegen, die als een reikhalzende nek grotesk boven de andere huizen uitstak. Verder was het huis gelijk aan de paar andere in onze straat: gepleisterde flanken, een stoepje, een groene voordeur die direct toegang gaf tot een serre niet groter dan een dobbelsteen (en waarin geen zon kon doordringen), krappe kamers. Maar dankzij de tweede verdieping wél genoeg kamers, waarvan binnen een uur na onze aankomst één, de grootste, op de eerste verdieping en aan de achterkant, werd aangemerkt als professor Mitwissers studeerkamer, hoewel het klaarblijkelijk een slaapkamer was. Tegen een muur stond een breed bed. Op de tweede verdieping werden de jongens verdeeld over twee kamers; Gerhardt en Wilhelm namen de ene en Heinrich, de oudste, kreeg Waltraut bij zich. Anneliese had een kamer voor zichzelf op de eerste verdieping, aan een smalle overloop tegenover haar vader. Ik moest een kamer op de tweede verdieping delen met mevrouw Mitwisser – zij was nog steeds ongeschikt voor het bed van haar man.

Ik begreep inmiddels dat het huishouden van de Mitwissers een geheim bewaarde, en ik dacht dat mevrouw Mitwisser het geheim was. Ze was weggezonken in een aanhoudende vervreemding, iets raadselachtigs dat dieper ging dan lethargie. Ze liet zich door niemand aanraken en ze stootte Waltraut van zich af, alsof het kind een besmettelijke ziekte had. Waltraut was aan zulke afwijzingen gewend geraakt en kromp weg bij het eerste geluid van haar moeders voetstappen. 's Nachts, alleen met mevrouw Mitwisser, luisterde ik naar haar gejammer, ze murmelde en siste in haar eigen taal, het verstikte gorgelen van een ingedamde rivier.

'Heeft mama vannacht wat geslapen?' vroeg Anneliese. 'Papa wil het weten.'

Professor Mitwisser benaderde me zelf nooit met die vraag of welke vraag dan ook. Hij scheen me vergeten te zijn, of anders was hij verloren in het repetitieve gebonk dat ons nu omringde: gehamer, gezaag, de platte kreten van de werklui. Een trio timmerlieden was boekenplanken aan het aanbrengen: de kale planken bedekten alle muren van professor Mitwissers studeerkamer en ze waren begonnen aan de overloop.

Temidden van al dit rumoer lag mevrouw Mitwisser in haar nachtjapon in bed. Soms trok ze een spel kaarten onder haar kussen vandaan en schudde ze afwezig, of anders legde ze ze uit in merkwaardig ongelijke rijen.

Op een middag hoorde ik haar zingen:

*Röslein, Röslein, Röslein rot,*
*Röslein auf der Heide...*

Ze onderbrak zichzelf en riep me bij zich.

'Röslein,' zei ze, 'dat is je naam, niet?'

Ik zei dat het zoiets was, hoewel ik eigenlijk geen overeenkomst hoorde.

'Mijn man heeft me gezegd dat we in deze plaats een tuin hebben.'

'Er is een achtertuintje.' Er stond alleen onkruid achter het huis, en een ondefinieerbare boom.

'Dan gaan we daar.'

Maar ze wilde haar nachtjapon aanhouden en weigerde schoenen aan te trekken. Anneliese stond niet toe dat ze langs de werklieden zou lopen zoals ze was, dus ging ze mokkend terug naar bed.

'Mama is nu erg slecht, maar thuis was het nog erger. Toen ze haar uit het Instituut hadden gegooid was ze érg slecht.'

Het was nog ernstiger geweest, vertelde Anneliese, toen ze uit Berlijn weg moesten; ze hadden praktisch moeten rennen om weg te komen, het was een wonder dat ze professor Mitwissers boeken het land uit konden krijgen, eerst naar Stockholm, waar ze een maand bij een oudoom waren blijven staan, en toen, nadat de quakers hen te hulp waren gekomen, naar Albany. In Albany was hun moeder bijna helemaal opgeknapt en Waltraut was blij, de jongens gedroegen zich en kregen komische Amerikaanse namen van hun huisleraar en een tijdje ging alles goed. Toen hadden ze besloten naar New York te verhuizen en was ze beetje bij beetje achteruitgegaan. En nu was ze erg slecht. Zo was het met hun moeder, ze had een ziekte, een geheime ziekte: 'Papa wil niet dat we er met anderen over praten, alleen in ons eigen gezin en met de zuster die we thuis hadden nadat ze haar uit het Instituut hadden gegooid, en toen kwam de wet dat we geen Duitsers meer in huis mochten hebben, dus de zuster moest weg. En Waltrauts kindermeisje, ook al was zij Frans.'

'Maar jullie zíjn helemaal niet naar New York verhuisd,' merkte ik op.

Het had maar weinig gescheeld. Een ruim appartement had voor ze klaargestaan, geheel ingericht en toegerust, met een echte studeerkamer voor hun vader (ze hadden het gebonk van al deze timmerlieden niet hoeven aanhoren!), op wandelafstand van de Leeszaal van de grote bibliotheek in Manhattan. Maar op het laatste moment had hun vader bepaald dat het niet haalbaar zou zijn, niet nu hun moeder zo ziek was: wat ze nodig had was gezonde buitenlucht, wandelen, groen. Zonlicht en zeebries. Een rustige buurt, een achterafstraatje, een tikje natuurschoon, geen stadsdrukte of stadsherrie: het zou een soort kuuroord zijn. Professor Mitwisser kon wel de metro nemen naar de Leeszaal.

Dit alles herinnerde me aan geld. Ik had nog geen salaris gehad; ik wist niet eens wat mijn salaris zou zijn.

'Dat appartement in de stad,' zei ik, 'dat zou veel duurder zijn geweest dan hier wonen, niet?'

Anneliese leek beledigd; ze werd afstandelijk. Haar koude oog zei me dat ik in overtreding was. Maar ik had mijn opvoeding in zulke zaken van Ninel. Met mevrouw Mitwissers waarschuwing over kost en inwoning in het achterhoofd voegde ik toe: 'Ik dacht dat jullie míj al nauwelijks konden betalen.'

De vertrouwde rode kleur stroomde uit over haar voorhoofd en oren. 'Thuis hadden we dingen. Thuis hadden we het goed.'

Het stoorde me dat de kinderen Mitwisser het over thuis hadden. Ze waren even thuisloos als ik. Maar ik voelde me in het geheim rijk en verwarmd door het hete blauwe feit van Bertrams envelop. Die had ik weggestopt, ingepakt in een trui, in de onderste la van het dressoir naast mijn bed.

'Hier hebben we niets. Papa's boeken konden we net op tijd naar Stockholm sturen, vanwege oom Sigmund. Dus nu hebben we niets als niemand ons helpt.'

'De quakers...'

'Papa heeft zijn aanstelling opgezegd. Dat is voorbij.'

En dat gold ook voor ons gesprek, maakte Anneliese me duidelijk. Haar mond verstrakte zich tot een rechte lijn, als een oscilloscoop die tot rust komt. De geldzaken van de Mitwissers gingen mij niet aan. Ze deden grote dingen: Manhattan veroverd, Manhattan afgestaan, dit zonderlinge huis in deze zonderlinge buurt, maar geen kleine dingen; mij betalen kwam niet in ze op.

'Ga eens kijken hoe het met mama gaat, alsjeblieft. Als ze haar schoenen aandoet, mag ze naar Willi gaan kijken. Hij is achter met Waltraut zaadjes aan het planten.'

Ik begon te zien dat de familie Mitwisser een onneembare vesting was, met wachtposten aan de poorten. Niemand werd toegelaten. Maar hoe konden ze dan leven? Professor Mitwisser ging elke ochtend weg. Hij droeg, al was het al eind juni, zijn zware zwarte pak en zijn rood met zwart gestreepte das en zijn zwarte gleufhoed. Hij beklom de hoge trappen naar het perron en de trein bracht hem gierend naar de Leeszaal in de onvoorstelbare stad. Anneliese bestierde het huishouden ongeveer zoals ik het in mijn jeugd in Thrace had gedaan; het verschil was dat mijn vader me geld had laten pakken uit zijn portefeuille. Bij de Mitwissers was geld onzichtbaar.

De jongens hadden een kiezelstrandje ontdekt en waren elke middag urenlang verdwenen. Als ze terugkwamen waren ze wit van het zout en brachten ze slierten zeewier en de geur van laagtij mee. Soms namen ze Waltraut op hun uitstapjes mee en dan voelde het huis, met Anneliese mompelend aan haar moeders bed, verlaten, verloren aan. De deur naar de kamer waarin mevrouw Mitwisser haar dagen sleet en waar ik 's nachts sliep sloot me buiten, maar ik kon fragmenten van hun uitwisselingen horen, deels in het Duits en vaak genoeg in Annelieses opgeschroefde, drammerige en prikkelbare Engels.

'... ze gaan nu niet naar school, het is zomer...'

'Wo sind sie denn?'

'... naar het water. Het is niet ver, maar een eindje weg. Kom mee, dan gaan we kijken.'

'... müde. Ich bin zu müde...'

'... proberen, je kunt het wel, papa wil het graag.'

'Vielleicht morgen, ja? Wo ist der Vater?'

'Je weet toch waar!' Getergd. 'In de stad. In de bibliotheek.'

'... so heiss, ich bin so müde, ich muss ruhen,' en dan was het voorbij en kwam Anneliese naar buiten met gloeiende oren en een strakke boze mond, haar vlecht losgemaakt alsof iemand ernaar had geklauwd.

'Ga naar binnen en haal haar wég,' beval ze.

'Als het jou niet lukt, hoe zou ik het dan kunnen?' kaatste ik terug. Het was de eerste keer dat ik Anneliese tegen durfde te spreken.

Toch wist ik mevrouw Mitwisser op een ochtend zover te krijgen dat ze haar schoenen aandeed. Er was verder niemand in huis; de jongens en Waltraut waren naar het strand, hun vader naar de stad en Anneliese naar de groenteboer.

Vanuit haar bed hervatte mevrouw Mitwisser haar trieste gezang: 'Röslein, Röslein, Röslein rot...'

Ik zei: 'Is het een slaapliedje?'

Ze gaf geen antwoord; het zingen ging door. 'Röslein auf der Heide...'

'Zingt u het weleens voor Waltraut?' hoewel ik wist dat Waltraut de laatste tijd niet meer bij haar in de buurt kwam.

Ineens was ze fel en wakker. 'Natürlich, het kind moet geen lawaai maken. Als we weggaan met de chauffeur in de auto. We rijden in de straten rond en rond. Gert en Heinz en Willi, mijn man geeft ze *Spielkarten*...' Ze wierp me een sluwe bruine blik toe en zocht onder haar kussen. Het spel kaarten kwam tevoorschijn. 'Wil je een beetje spelen?'

Ik haatte kaarten; ik herinnerde me het gokken dat mijn vader deed. 'Ik kan het niet,' zei ik.

'Ik leer het je.' Een wonder: mevrouw Mitwisser die aan haar afzondering ontsteeg.

Ik greep mijn kans. 'Dan moeten we een tafel hebben. Er staat er een in de tuin achter, die heeft Anneliese daar voor Waltraut neergezet. Om op te tekenen met haar kleurpotloden.'

Waltraut en haar kleurpotloden lieten mevrouw Mitwisser koud.

'Uw schoenen,' zei ik haastig.

'Nee, nee. Geen schoenen!'

'Mevrouw Mitwisser, alstublieft. U kunt niet op blote voeten naar buiten.'

'Als ik mijn schoenen aantrek, worden ze slecht. Ze krijgen gaten, niet? En ik heb niet meer schoenen, alleen deze.'

'Als ze slijten kunt u een nieuw paar kopen.'

Maar nu dreigde gevaar: de razernij viel aan op haar neusvleugels en ze blies ze wijd open als een merrie. 'We hebben geen geld, het geld is niet ons geld, we nemen als bedelaars! Ik wil niet dat we bedelen om geld!'

Het viel me op dat het gestoorde gezinslid de enige was die over geld begon.

Over de rand van haar bed gestoken trilden haar witte benen; ze was van haar last bevrijd, uitgeraasd, en haar sombere ogen stonden helder. Ze liet toe dat ik haar voeten, gezwollen door onbruik, in haar schoenen duwde. Toen Anneliese terugkwam, zat mevrouw Mitwisser me onder de enige boom in het achtertuintje de regels van patience uit te leggen. Tegen Anneliese zei ze: 'Wat jammer dat de Fräulein Goethe niet herkent als ze hem hoort.'

Die avond vroeg ik naar de auto met chauffeur.

'Die had papa gehuurd. Hij had geblindeerde ramen, niemand kon erin kijken. Alleen voorname mensen reden in zulke auto's, groot en zwart, en de chauffeur had een zwarte pet met een glimmende klep, als een politieagent.' En zo waren ze een week aan de veilige kant van de afgrond gebleven. In heel Berlijn, zei Anneliese, vonden lukraak razzia's plaats; mensen werden in hun eigen huis gearresteerd, of bij familie of vrienden thuis, waar ze zich ook maar probeerden te verbergen. Je kon op elk uur opgepakt worden, je wist nooit waar of wanneer, en het was nog zeven dagen voor de boot naar Zweden, ze hadden hun papieren allemaal geregeld, maar waar konden ze in de tussentijd naartoe? Niet naar huis, maar ook nergens anders heen. 'Papa heeft die man, Fritz heette hij, en de limousine was van hem, papa heeft hem de sleutel van ons appartement gegeven en hem gezegd dat hij er alles mocht meenemen, alles wat hij hebben wou, als hij ons een paar dagen door de stad zou rondrijden. Waltraut was nog zo klein toen, ze huilde alsmaar en mama moest voor haar zingen, en de jongens kaartten en we reden dag in dag uit door de straten en niemand hield ons aan want de auto zag er zo voornaam en officieel en donker uit. Fritz bracht eten voor ons naar de auto en als we naar het toilet moesten, liepen we met ons hoofd rechtop een willekeurig chique hotel binnen. Daar werden we zenuwachtig van, ook al hadden we expres onze beste kleren aan, en Fritz werd boos als Waltrauts luier vies rook, dus we waren bang voor hem.'

Anneliese spreidde haar schone vingers als een waaier en staarde door de lege plekken er tussenin. 'Hij vertrouwde papa's verhaal over de sleutel niet. Op een keer parkeerde hij recht voor onze flat en sloot ons allemaal op in de auto en nam de lift naar boven om na te gaan of het echt de sleutel van onze flat was. En toen hij weer naar beneden was gekomen, vertelde hij dat hij bij de buren naast ons een vreselijk geschreeuw had gehoord en dat hij, toen hij om de hoek keek, had gezien hoe een paar mannen een oude vrouw sloegen en haar over de vloer sleepten. Mama zei "Frau Blumenthal!" en papa zei dat ze stil moest zijn, en toen zei Fritz: "Jullie hebben schilderijen aan de muren hangen, welk recht hebben mensen als jullie om zo te leven?"'

Ze trok de vingers van haar rechterhand in tot een vuist.

'Dus we reden maar rond en rond door Berlijn, tot de laatste dag voor de boot naar Zweden in Hamburg aan zou komen. Dat stuk, naar Hamburg, was zes uur rijden en halverwege, waar er alleen nog maar kleine dorpen en stadjes waren, stopte Fritz de auto en zei dat hij ons alleen verder zou brengen als mama hem haar trouwring gaf, en hij liet mij en mijn broers onze zakken omkeren om te zien of we iets verstopt hadden, en hij trok Waltraut haar luier uit. Mama had het portret van haar moeder bij zich in haar tas, een oude foto in een zilveren lijstje, en Fritz pakte het, maar mama loog en zei dat het lijstje alleen maar verzilverd was, en toen gooide hij het op de grond. Aan de kade in Hamburg vroeg hij papa nog wat marken, en toen liet hij ons eindelijk uitstappen, en dat was dat. Of er nog iets in onze flat over was toen hij er met papa's sleutel terugkwam, weten we niet. Waltraut zal wel wat water willen drinken voor ze in slaap valt, dus zorg daar nu voor alsjeblieft. Ik ga naar boven, naar papa's studeerkamer om hem te zeggen dat het mama vandaag veel beter gaat.'

En daarna heeft Anneliese nooit meer iets losgelaten over de beproevingen van haar familie.

# 9

Volgens sommige mensen is de Berenjongen de beroemdste jongen ter wereld, beroemd zoals in die vroege jaren van de tekenfilm Mickey Mouse beroemd was of, om een hoogstaander voorbeeld te kiezen, de metafysische Alice. Deze vergelijkingen zijn niet overdreven. Tegenwoordig zouden er vast replica's van de Berenjongen in elke denkbare gedaante zijn: stoffen poppen, natuurlijk, en speeltjes die uit zichzelf bewegen, en liedjes en animatiefilms en heel de rest van die rommel die voor het moderne kind attractief moet zijn. De Berenjongen was geen modern kind. Hij zag er niet uit als een modern kind; hij praatte niet als een modern kind. Hij praatte zelfs grotendeels in dichtregels, soms op rijm en soms stuiterend in een slim eigen ritme. Dat hij de Berenjongen werd genoemd, was niet omdat hij onder beren had geleefd, zoals Mowgli onder wolven, en ook niet omdat hij zo'n kind was dat altijd een gehavende teddybeer met zich meesjouwde, zoals Christopher Robin. Misschien léék de Berenjongen wel op een beertje, net als veel ouderwetse kinderen: hij had ronde oortjes en zijn ogen waren zwarte knopen met artistieke lichtpuntjes in de hoeken, en zijn expres-te-lange pony deed denken aan pluizig fluweel dat tot een woest bont is opgewreven.

Dat was althans hoe zijn maker hem zag, en zijn maker was schrijver én illustrator. De naam van de schrijver was James Philip A'Bair; vandaar de A'Bair Boy, in de volksmond verbasterd tot de *Bear Boy*, de naam waaraan de schrijver zich uiteindelijk ook overgaf. Mij interesseerde die apostrof; mij interesseerde alles wat de Berenjongen te zeggen kon hebben. Hij was het immers die ik te midden van mijn vaders diverse bezittingen had aangetroffen in de doos die ik uit Croft Hall ontving. Hij was het die me mijn moeders overlijdensakte had gebracht, en het nieuws en de aard van haar laatste ziekte. Een paar dagen na de aankomst van mijn vaders spullen, en kort nadat Bertram die in Londen gemaakte schoenen had opgeruimd, haastte ik me de straat uit naar de bruine gevel van de Carnegiebibliotheek, om te kijken wat ik over de *Bear Boy* te weten kon komen.

Ik wist al veel van de Berenjongen – wie niet? Niets van hem weten lag ongeveer net zo voor de hand als nooit gehoord hebben van Peter Rabbit, en de Berenjongen en Peter Rabbit hadden dezelfde – hoe noem je dat? – doelgroep. Kleine kinderen waren allemaal dol op de Berenjongen; allemaal, leek het, behalve ik. Mijn vader had me nooit voorgelezen; ik kon me zo'n traditie niet voorstellen, een vader die een kind voorleest. Toen ik uiteindelijk uit mezelf boeken leerde kennen, en ik leerde ze kennen met een obsessieve honger, was ik al te oud voor de Berenjongen. Ik had het moment gemist, ik was hem al voorbij. Hij was van de jongsten.

De apostrof, zo ontdekte ik, was een elisie: de naam had ooit apBair geluid, en nog eerder misschien apBlair, en was op de een of andere manier losgeraakt van zijn oorsprong in Wales. Hij had de merkwaardige evolutie van een plattelandsnaam meegemaakt, ongeveer zoals Prichard was ontstaan als samentrekking van apRichard. James Philip A'Bair was volgens mijn bron (een dik en stoffig repertorium van schrijvers) in 1843 geboren bij Cardiff, toen hij negentien was geëmigreerd naar Boston en in 1887, op vrij late leeftijd, getrouwd met Margaret Dilworth uit Gloucester in Massachusetts. Hun enige kind, James Philip jr., was geboren in 1895. Wat leken die data ver weg! De auteur van de *Bear Boy* was al lang dood; hij had drie toneelstukken de ether in gestuurd, wat verwaarloosbare gedichten, gedecoreerd met kransen van vogels en bloesems uit de dichters eigen inktpot, en een paar niet erg noemenswaardige romans, al die tijd in zijn weinig winstgevende strevingen ondersteund door Margaret A'Bair, die dameshoeden ontwierp en uiteindelijk haar eigen hoedenzaak dreef.

Het was een van die hoeden, in een tijdperk waarin vrouwen hielden van hoeden met brede, golvende randen versierd met linten en veren, die het leven schonk aan de *Bear Boy*. Jimmy A'Bair, op dat moment tweeënhalf jaar oud, griste zijn moeders fabrikaat van de gezichtsloze paskop waarop het werd geëtaleerd en trok erin. Hij trok er letterlijk in, als een kluizenaar die een geschikte grot heeft gevonden. De hoed was in elk geval erg breed en erg diep, en erg groen, met een holte waarin hij zijn hele lichaam kon opkrullen, verscholen achter wuivende groene veren als varens in een bos. Hij sliep erin en hij at erin; hij strekte zich uit om met de afhangende franjes te spelen, maar hij kwam er niet uit. Als hij de beide uiteinden van de wijde omringende rand naar elkaar toetrok, kon hij zich in feite afsluiten van elk uitzicht op de wereld om hem heen. Aanvankelijk vond Margaret A'Bair het grappig en na een paar dagen begon ze zich vagelijk zorgen te maken, maar James Philip A'Bair, die al over de vijftig was en niet veel affiniteit had met kleine jongetjes, stond in vuur en vlam. Hij haalde zijn verwaarloosde waterverf te voorschijn en schilderde de jongen die in een hoed wilde wonen; een vreemd en eenvoudig verhaal borrelde in hem op, verteld in vreemde en eenvoudige lettergrepen. Hij wist nauwelijks hoe, maar zelfs terwijl ze uit zijn pen spoten voelde hij dat ze betoverend en zonder precedent waren, net als de bloemen die zijn vrouw van geplooide stof maakte, met verleidelijke vormen die nergens in de natuur voorkwamen. Vanaf dat moment hield hij het kind hebzuchtig waakzaam in het oog, zij het op een nogal afstandelijke manier; hij had geen meevoelend inzicht in Jimmy, die toch alle bizarre invallen en curieuze trucs leverde die de auteur van de *Bear Boy* maar kon wensen. Hij geloofde bijna dat het kind zijn bewuste medewerker was.

*De jongen die in een hoed woonde* was de eerste van een befaamde serie (en bevatte een echte beer, die bij de jongen in de hoed op bezoek ging en ginger ale geserveerd kreeg). Dit eerste deel werd gevolgd door *De jongen wiens duim een pop was* en *Zes maal twee is dertien middernachten*, de met veel bijval ontvangen bundel geïllustreerde versjes waarin de Berenjongen alle blauwzwarte gaten tussen de melkwegen optelt. *Bear Boy-*

boek volgde op *Bear Boy*-boek; er verschenen er vijftien, vertaald in alle Europese talen. Het gezin werd rijk en rijker. Margaret gaf haar zaak eraan en wijdde haar vaardigheden aan het ontwerpen van fantasieblouses die haar zoontje kon dragen en haar man schilderen. Tegen de tijd dat Jimmy zes was, had hij de meest herkenbare ronde oortjes, kinnetje en krullenbol en geschulpte kraag van alle kinderen op aarde. Zijn gezicht en kleding en stevige beentjes, en vooral zijn gezonde rode knietjes, waren een legende geworden; de Berenjongen was niet meer weg te denken uit de folklore. En de jongen overvleugelde zijn vader.

Dit alles stond vermeld in het naslagwerk in de Carnegiebibliotheek, twee straten van Bertrams flat, de flat die hij binnenkort zou opgeven voor Ninel. Wat mijn aandacht het meest trok waren die ver afgelegen data van huwelijk en geboorte. Het boek van de hoed-grot had mijn moeders werkelijke lot onthuld. Kon de *Bear Boy* één van de schatten uit haar eigen jeugd zijn geweest, een dierbare herinnering voor haar en daarom dierbaar voor mijn vader? Cynisme was zijn levenshouding, maar hij was nooit cynisch over zijn Jenny.

'De timing klopt niet,' merkte Bertram op. 'Je moeder moet tien of twaalf zijn geweest toen de serie begon. Op zo'n leeftijd zag ze vast niets meer in dat Dropstaafgedoe.'

De Berenjongen had de gewoonte alles en iedereen, menselijk of dierlijk, zelfs zijn eigen duim, Dropstaaf te noemen. Het was een toverwoord.

'Mijn vader had zoiets nooit bewaard als het niet iets met Jenny te maken had,' zei ik, 'Een plaatjesboek! Er klopt niets van. En kijk hoe lang hij het al had, de kaft valt uit elkaar.'

'Misschien heeft je moeder het voor jou gekocht, voor later. En werd ze te ziek om het je te geven, zodat het opgeborgen bleef liggen.'

Ik was sceptisch: zou mijn vader iets hebben bewaard dat voor mij was bedoeld? Zijn gevoelens reikten niet verder dan de uitgesponnen rouw om zijn Jenny.

'Of het kan ook zijn,' zei Bertram (ik voelde dat hij ongeduldig werd), 'dat je vader die *Bear Boy* voor zichzelf bewaarde. Omdat hij... nou ja, misschien omdat hij zulk spul gewoon leuk vond. Dat heb je met sommige mensen. Hoe dan ook, meid, ik moet er vandoor. Stop dat ding gewoon weg en ga er nou niet over zitten piekeren, oké?'

Hij bedoelde het goed, maar hij was gejaagd. Ninel wachtte op een straathoek met een bord op een lange stok; ze voerde weer een mars aan voor de verworpenen der aarde. Maar al zag ik dat zijn woorden onserieus, gehaast, snel opgegooid waren, ze staken een lichtje aan. Hoe mijn vader ook aan de *Bear Boy* was gekomen, het leek ineens best mogelijk dat hij, gewoon voor zichzelf, het beeld had gekoesterd van een kind dat in een hoed woonde. En waarom ook niet? Mijn moeder was dood; hij was een mens van vlees en bloed, hij moest iemand koesteren. En als ik daarvoor niet in aanmerking kwam, waarom niet de gefantaseerde Berenjongen? Ik kon er niet achter komen – hoe zou ik het ooit weten? – hoe een kinderboek was beland tussen mijn vaders laatste restje spullen. Hij was een roekeloze fantast, een man van grillen, en dat hij gehecht was geraakt aan een verzonnen jongen was een verklaring die ik, met al mijn wantrouwen tegen hem, bereid was te accepteren.

's Nachts bij de Mitwissers, als de brakke geur van de baai zwakjes meereisde met de zomerwind, en als ik er zeker van kon zijn dat mevrouw Mitwisser zich naar de muur had gedraaid of sliep, haalde ik de *Bear Boy*, bevlekt en gescheurd, uit de onderste lade van mijn dressoir waar ik hem bovenop Bertrams blauwe envelop met geld had neergelegd, om het jongetje in die reusachtige hoed met veren te zien kruipen. In die dwalende ogenblikken probeerde ik te geloven dat mijn vader, overweldigd door zijn eigen listen, had gewenst dat hij op dezelfde manier kon wegkruipen van zijn complexiteiten. En dan haalde ik Bertrams envelop te voorschijn, keek erin, en telde mijn fortuin.


10


Elke dag ging mevrouw Mitwisser een stukje vooruit. Ze ging nu 's ochtends wandelen met Anneliese, aanvankelijk alleen maar tot de hoek, toen een rondje door de omliggende straten; ze keek aandachtig (ze werd opmerkzamer) naar de kleine huizen in de buurt, elk met een hoekig geknipte lage heg die een miniatuurvoortuin afbakende, gedomineerd door een enkele gesnoeide groenblijvende heester of sering, die worstelden om aan hun krappe grenzen te ontsnappen. Als ze haar schoenen aan moest, deed ze dat haast altijd gedwee en klaagde ze alleen nog dat ze geen andere had. Afgezien van dit terugkerend gemopper leek ze best gewillig. Nu en dan nam ik Waltraut bij de hand en gingen we op deze bescheiden wandelingen mee, maar mevrouw Mitwissers pas ont- waakte kritische blik, die overal rondspiedde, vermeed nog altijd het gezicht van haar kind. In plaats daarvan bleef ze staan kijken bij een groen steeltje dat door een barst in het trottoir was opgeschoten of een ontluikende paarse klaverbol aan de stoeprand; of anders maakte ze een opmerking over de puntige glimmers mica in het trottoir of over een bos stro die in de vorm van een ster vastgeplakt zat in een plas in de zon gesmolten teer. Haar blik was als een microscoop die met een niets- ontziend oog alles uitvergrootte wat eronder terechtkwam, en ik dacht dat ik misschien iets terugzag, hoe gering ook, van de onderzoekster die ze was geweest. De gevluchte natuurkundige, de voormalige mede- werkster van het Kaiser Wilhelminstituut in Berlijn, ging ineens op de grond zitten en pakte een lieveheersbeestje op dat ze gemoedelijk over haar vinger liet lopen. Maar als Waltraut dichterbij kwam, aarzelend, wantrouwig, aangetrokken door het gespikkelde ronde ruggetje van het insect, blies mevrouw Mitwisser het onmiddellijk weg.

De wandelingen werden langer. Als de hitte niet te drukkend was liet mevrouw Mitwisser zich naar de rand van de baai lokken, waar niemand anders kwam dan haar eigen rondzwalkende jongens. Ze hadden meestal wel ergens bloed, waar ze hun voeten en schenen hadden gesneden aan schelpen en scherpe steentjes. Rond hun hoofden wervelden witte gol- ven vlinders als omgekeerde fonteinen uiteen; ze renden door de flad- derende witte wolken, krijsend als het stekelige gras naar hun blote be- nen pikte. In deze onontgonnen sikkel moerasland waren zij heer en meester. Mevrouw Mitwisser zette geen stap in hun richting. Ze keek uit over het water alsof (maar dat kan mijn eigen verbeelding zijn geweest) de donkere vormen aan de overkant Europa waren, en niet een verre uit- stulping van de roemloze Bronx, en boog zich dan omlaag om een ver- dwaalde ganzenveer te bestuderen. Anneliese probeerde haar moeder bij de arm te nemen; ze schudde haar van zich af. Ze was enorm, ja, buitensporig geconcentreerd. Ze richtte haar blik op één enkel voorwerp, alsof ze in de moleculenstructuur ervan kon kijken, of alsof er een of ander wezen in school, een god of een rondwarende elf, dat haar wenkte. Ze had haar schoenen aangetrokken en ze had de wereld van de natuur weer ontdekt: de botanische, de ornithologische details – die ganzen-veer – trokken haar aandacht. Haar kinderen niet.

Dagen als deze waren bijna pastoraal. Professor Mitwisser vertrok 's ochtends, gekleed als een ambassadeur die een vergadering van collega-diplomaten gaat toespreken. Vijf minuten nadat de groene voordeur achter hem was dichtgevallen, werd hij opengerukt met een kracht die zijn scharnieren geweld aandeed en schoten de jongens naar buiten: drie derwisjen met boterhamzakken in hun knuisten op weg naar lisdodden en lege natte gronden. Daarna togen Anneliese en mevrouw Mitwisser op pad voor hun wandeluitstapjes en gewoonlijk volgde ik met Waltraut die, als de tocht haar begon te vermoeien, zich hoog op mijn schouders liet meevoeren. In de straten hing een zomerse stilte; om de zoveel meter liet mevrouw Mitwisser onze kleine optocht halt houden om een krans bladeren aan een afgevallen twijg te onderzoeken, of een kever die in de goot zwom. 's Middags, als mevrouw Mitwisser op haar bed in slaap doezelde en Waltraut in haar wieg een dutje deed, verdween Anneliese ergens in huis; ze ging me uit de weg. Ik begreep dat ze niet meer kwijt wilde over haar familiegeschiedenis; ik had te veel van haar gevraagd. Of ze was bang dat ik weer over geld zou beginnen. In de roerloze stilte van die beschaduwde uren had ik niets te doen en niemand om me heen.

Deze manier van leven – precies zo was het gaan aanvoelen, zo onveranderlijk alsof jaren in deze identieke dagorde verstreken – werd op slag verstoord. Drie weken na onze aankomst liet Anneliese me weten dat haar vader me in zijn studeerkamer verwachtte. 'Laat dat maar zitten,' zei ze (ik was net bezig mevrouw Mitwisser in haar nachtjapon te helpen, nadat ze eerst lange tijd naar de gekruiste draden op een van de knopen had zitten staren), 'ga maar. Papa wil dat je nú komt.'

Het was tien uur 's avonds. Ik had nog geen voet in professor Mitwissers studeerkamer gezet, zelfs niet overdag. Alleen Anneliese had toestemming er in en uit te gaan, en dan nog alleen voor de meest huishoudelijke taken: zij moest het beddengoed verschonen en de prullenbakken leegmaken. De studeerkamer was taboe. Alleen al de wanden, met die tientallen esoterische boekdelen in slagorde uitgestald op de pas aangebrachte planken, verkondigden hun onaantastbaarheid luid en duidelijk. Ik was uitgenodigd in een heiligdom. Precies middenin stond een klein houten bureau – waarschijnlijk daar geplaatst om alle boeken gemakkelijk binnen handbereik te hebben – en daarop rustte een ouderwetse typemachine. Ik wist niet dat er zo'n apparaat in huis was; ik had het niet in gebruik gehoord en het scheen in tegenspraak met alles eromheen.

Professor Mitwisser plaatste zijn grote ruwe handen op de toetsen. 'U assisteert mij hier,' zei hij, 'nu direct.' Hij vroeg me niet of ik kon typen, maar nam voetstoots aan dat ik dat kon, wat alleszins begrijpelijk was in die jaren, toen de meeste jonge vrouwen zonder universiteitsdiploma (en velen mét) als typiste op kantoor gingen werken. Dat was trouwens ook Ninels advies geweest toen ze me uit Bertrams huis had verdreven; ze was zelf secretaresse bij de vakbond. Ze gaf toe dat ze mijn typevaardigheid bewonderde; verder bewonderde ze weinig. Ze was vertrouwd met het felle, snelle geratel van Bertrams oude Remington, waarop ik soms een paragraaf kopieerde uit het boek dat me op dat moment opeiste, deels omwille van het genot waarmee ik de woorden uit mijn vingers zag vliegen alsof ik ze zelf verzon, en deels (of hoofdzakelijk) om Ninels stemgeluid te overstemmen, dat maar doordreinde in Bertrams oor. Andere keren lieten de toetsen hun kleine zweepjes veel aarzelender knallen, met lange trage stiltes er tussenin; dan typte ik een brief aan mijn vader op Croft Hall, een brief waarop hij nooit antwoordde.

'Alstublieft kopieert u wat ik heb geschreven,' beval Mitwisser.

Ik ging voor de typemachine zitten en nam een vel papier van hem aan. Ik zag tot mijn opluchting dat het geschrevene Engels was: een goed leesbaar buitenlands handschrift. Maar toen ik de toetsen aansloeg verschenen alleen de vage schimmen van letters.

'Het lint is versleten. Het moet vast al tien jaar oud zijn, dat wordt niets,' en ik stond weer op.

Nu pas viel de kleur van zijn ogen me op, die verrassend anders was dan het intelligente bruin van de rest van dat gezin. De ogen van professor Mitwisser waren felblauw, zo blauw als het meest intense blauw van Hollands porselein; ze zagen eruit alsof ze geverfd waren: eenmaal in het verfbad gedoopt, tweemaal ingedoopt. Ik kreeg een schok van de verbijstering die erin opflikkerde, als de hitte die trillend over een veld ligt, en het begon me te dagen dat hij maar nauwelijks begreep wat ik bedoelde met een lint, dat de machine voor hem even vreemd was als de landkaart van een mythisch eiland. Een man als hij was altijd bediend. Hij was een bevoorrecht bestaan gewend: thuis in Berlijn, aan de universiteit, was hij omringd geweest door een schare oplettende acolieten; zijn studenten bogen voor hem, obers in restaurants herkenden hem van krantenfoto's en bogen voor hem, hij was Herr Doktor Professor, gewaardeerd spreker voor de Religionswissenschaftliche Vereinigung en geacht door collega's in heel Duitsland. En toen, van de ene dag op de andere, hadden ze hem eruit gegooid. Zijn arme vrouw, een gerespecteerde hoofdonderzoeker aan het Kaiser Wilhelminstituut, ook haar hadden ze eruit gegooid – het had haar geestelijk van streek gemaakt, haar geest was van slag, ze voelde zich leeggezogen, een paria. De goede quakers hadden hun moreel weliswaar enigszins hersteld, en ze waren dankbaar voor hun leven, maar het Inwaartse Licht kon de Buitenste Duisternis niet vatten en bovendien was wetenschappelijk onderzoek van enig gehalte onmogelijk voort te zetten aan een onbeduidende hogeschool op het Amerikaanse platteland, hoe hartelijk hun gastheren ook waren; evenmin was hen te verwijten dat ze de karaïeten hadden verward met de charismieten, want ze hadden hem immers een huis gegeven voor zijn gezin en een kantoor en een parttime secretaresse, en toen hij ondanks hun gulheid toch meende te moeten vertrekken, hadden ze zich opnieuw genereus betoond en hem de typemachine aangeboden die zijn secretaresse had gebruikt: hij mocht hem houden.

Hier stond een man – deze ernstige pater familias, deze geweldige kenner van de karaïeten! – die bijna een maand lang, sinds de dag dat ik in mijn onwetendheid zijn bibliotheek in het ongerede had gebracht, nauwelijks een lettergreep tegen me had gezegd of zelfs, voorzover ik wist, over me. En deze boven me uit torenende man, met zijn grote, lelijke handen geslagen om de romp van een ongelukkige, half afgeleefde typemachine, telde zijn verliezen in één schreeuw van ontroostbaar verdriet. Hij had in feite geen vrouw en hoewel hij al die kinderen had, waren dat maar kinderen, en eentje niet meer dan een baby. Wat Anneliese betrof, volgens hem waren haar jonge schouders al zwaar genoeg belast en hoewel ze twee talen sprak – in tegenstelling tot u, Fräulein – kon ze niet omgaan met deze vervloekte machine, deze uitvinding van de duivel, en wat moest hij nu, hoe kon hij voortgaan met zijn werk als het niet behoorlijk op schrift gesteld kon worden? Wat moest er van zijn werk terechtkomen?

De hulpeloze hand op de typemachine kromde zich tot een harde witte bloedeloze vuist, Annelieses vuist. De gelijkenis was opmerkelijk: ze had zijn grote postuur geërfd en zijn woede over de Buitenste Duisternis. Maar de dochter was kouder dan de vader. Uit Mitwissers dubbel geverfde ogen, door een fysiologisch mirakel gekleurd tot de blauwste diepte van topaas, liep, terwijl ik stond toe te kijken, een dun en afschuwelijk stroompje tranen.

Van schrik – de geëerde geleerde, de ernstige pater familias, verslagen door een duivelse uitvinding rijp voor de schroothoop – begon ik te stamelen. 'Mo-morgen,' bracht ik uit, 'ga ik zoeken naar een, een winkel waar ze die dingen verkopen. Een lint, en papier, en carbonpapier als u wilt.' Maar ik wist zeker dat hij zich net zomin kon voorstellen wat hij met 'carbonpapier' moest beginnen als wanneer ik 'kolenmijn' had gezegd. Hij was een man die gewend was alles, groot of klein, op een presenteerblaadje aangeboden te krijgen; dat had hij me al gezegd en nu had ik het met eigen ogen gezien.

Hij stuurde me niet weg. Ik vluchtte. Ik vluchtte naar bed; mijn tong lag als een droog vod in mijn mond. Hij had me bang gemaakt. Ik had het koud van de schrik en ik stond versteld van mijn angst, met zijn tomeloze aandrang die mijn wilskracht te boven ging, me in bezit nam, me kneep en door elkaar schudde. Hij had me – mij! – zijn wond, zijn verscheurdheid laten zien. Ze hadden hem verscheurd, als wilde beesten hadden ze hem verscheurd. Ze hadden hem eruit gesmeten, hij had maar ternauwernood zijn leven, al hun levens, weten te redden. En ze hadden hem afgesneden van de karaïeten, die hem even dierbaar waren als zijn kinderen. Omwille van de karaïeten, om de breuk te herstellen, reisde hij elke dag naar de Leeszaal, waar ze verscholen lagen in dikke boeken, achter slot en grendel, waar ze, wie weet, generaties lang onaangeroerd hadden gelegen. Als hij 's avonds terugkwam zagen zijn vingertoppen zwart van oud stof en had hij ongetwijfeld nieuwe gevolgtrekkingen bij zich. De karaïeten, de bewoners van zijn geest, waren hem even dierbaar als Anneliese of Willi of Gert of Heinz of Waltraut, en ongetwijfeld dierbaarder dan zijn Elsa, die hij van zijn lakens had verbannen.

Daar lag ze, zijn Elsa, aan de andere kant van de kamer; ze sliep met haar gesloten gezicht naar de muur, de vrouw die geen echtgenote was.

Hij had gehuild! En hoe moest ik aan geld komen? Ik had beloofd dat ik een lint, papier en carbonpapier zou kopen, en wat zou dat armzalige fossiel van een machine verder nog nodig hebben? Hoe dan ook, eindelijk was dan toch aan het licht gekomen wat mijn aanstelling inhield: verzorgster van een afgeschreven typemachine. Professor Mitwisser kon ik niet om geld vragen; het was de schande van dat afgetakelde apparaat, zijn afhankelijkheid ervan en zijn afhankelijkheid van een ongevormd schepsel als ik, die hem hadden gebroken. De machine had hem aan het huilen gemaakt, hem, voor wie de salons in Berlijn ooit hadden gebogen! Mijn zakken waren leeg. Ik had mijn laatste dollar aan chocoladerepen uitgegeven. Anneliese durfde ik niet te benaderen, zelfs niet voor haar vader: ze was onvermurwbaar, het was verboden, zij mocht niet met me over geld praten. En ik mocht niet met haar of wie dan ook praten over mijn onbetaalde salaris: ik moest lijdzaam wachten en ik kon geen bezwaar maken, want zij hadden me in huis genomen toen ik nergens heen kon – als een soort vluchtelinge.

Ondertussen zat ik heimelijk goed in mijn eigen slappe was, in biljetten van twintig dollar. Lint, carbon, papier, alcohol om de toetsen schoon te maken, een busje olie. Misschien dat het fossiel voor een paar dollar opnieuw tot leven te wekken was, en dan kon mijn kennismaking met de karaïeten beginnen, wat ze ook mochten zijn; ik wist alleen dat karaïeten geen charismieten waren. Voorzichtig, geluidloos, trok ik de onderste la van mijn dressoir open. De *Bear Boy* lag daar stilletjes in zijn schulpkraag, even stil als mevrouw Mitwisser in haar bed. Ik duwde hem opzij om Bertrams blauwe envelop te pakken.

Hij lag er niet. Mijn fortuin was verdwenen.


11


Die ochtend heb ik kabaal gemaakt.

Ik was achttien, een ongevormd schepsel en (zoals mensen zeggen) onkundig van de wereld. Ik had mijn knellende jeugd doorstaan in Thrace, een achterafstadje waar de mensen de wereldgebeurtenissen de rug toekeerden, ook al vonden ze plaats op dat moment zelf, in dit tijdperk van beroering waarvan in Europa de aarde begon te schudden. Voor de ingezetenen van Thrace, voor Lena en haar zoontjes en voor elk ander gewoon huishouden, lag Europa buiten de realiteit, en voor mij was het nauwelijks anders: het was de sprookjeswereld van Pinokkio en Becky Sharp, en Oliver Twist. Toch vraag ik me nu af waarom ik me toen, in die zolderkamer in die zompige uithoek van de Bronx, niet afvroeg hoe professor Mitwisser daar was terechtgekomen, want in al mijn ongeïnformeerde onwetendheid zag zelfs ik het zonderlinge van zijn situatie wel in. Waarom stond er immers na zijn redding door de gewetensvolle quakers, die zich hadden vergist in zijn vakgebied, niet direct een andere universiteit om hem te popelen?

In die tijd werd ons land overspoeld door buitenlanders, zo heb ik later begrepen: gevluchte geleerden, gewond, gekleineerd, verward, stroomden de chaos van een vreemd toevluchtsoord binnen, hopend op een nieuw academisch nest, een replica van hun oude leven, van de eerbied die ze hadden gekend. Een flinke golf streek neer op de New School in New York en een handjevol bereikte Chicago of Princeton; de overigen dropen met hun geknakte waardigheid, hun medailles en hun titels af naar een maar al te onzekere verwelkoming bij instellingen in het noorden of westen of zuiden. Mitwisser hoorde bij geen van deze groepen.

Met mijn achttien jaar begreep ik nog maar zo weinig van de tijd, van al die beroering in de wereld, alsof ik nog zo groen was als het gras in de achtertuinen van Thrace. Toch zag ik in Mitwisser iets wraakzuchtigs. Hij was uit koers geraakt, hij was niet wat hij was geweest; maar het huilen dat me doodsangst had aangejaagd overtuigde me ervan dat alles voor hem besmet was en hij de hoop op herstel had laten varen. Geen ober zou ooit nog voor hem buigen. Wat was voor hem nog een universiteit? In die gewijde zalen hielden zich duivels schuil; zijn eigen studenten, zijn eigen collega's waren geëindigd als duivels. En al die anderen, die grote overzeese instroom, de geleerden, de vluchtelingen, ze waren niet meer dan dwergen in dit nieuwe land. Mann, Einstein, Ahrendt, ja, de grote uitleggers (ik zou ze op een dag zelf volgen), de idolen van de populaire pers; maar de rest waren dwergen, verstoten, vernederd, verduisterd, vertrapt, *zwergenhaft*. Dan liever een ketter! Liever een karaïet! Je distantiëren van de uitleggers! De strijd aanbinden met de uitleggers!

Het waren sprankjes inzicht als deze die bij me opkwamen, primitief en ongeschoold als ik was, toen ik Rudolf Mitwissers wanhoop meemaakte die avond dat het geld in Bertrams envelop verdween. Ik wist niets van de beroering in de wereld, ik wist niets van die wetenschappelijke golfstroom. Maar in de stroom van Mitwissers tranen door de ruwe voren van zijn gegroefde huid ving ik een glimp van ketterij op, de vastbeslotenheid van een man die de gangbare koers de rug heeft toegekeerd.

En ik heb zonder meer kabaal gemaakt. Ik vond het mijn recht. Ik heb me ingehouden tot de ochtend en toen heb ik kabaal gemaakt; en intussen broedde ik, woelend op mijn kussen in die kamer zonder lucht waarin mevrouw Mitwissers ademhaling klonk alsof ze fluisterde, op plannen om Anneliese te dwingen over geld te praten. Nu zou ze erover praten, ik zou haar dwingen. Ik zou haar onder druk zetten met de kracht van een ijzeren pers. Er was een dief in dat huis, en behalve ik was er niemand die niet een van hén was: niemand die er niet een van professor Mitwisser was.

Mevrouw Mitwisser sliep uit, zoals gewoonlijk. Ze bleef normaal gesproken liggen tot het ochtendlijk tumult van toilet maken en het gestommel was verstomd en het huis tot rust kwam. Ik kleedde me geluidloos aan en bleef waar ik was. Ik hoorde de voordeur open en dicht gaan; vanuit het raam kon ik Mitwisser de vroege warmte van de dag in zien stappen met zijn gleufhoed en geklede wollen kostuum. Hij had een rappe, geconcentreerde pas en zijn reuzengestalte werd al snel door het eind van de straat verzwolgen; hij verdween om de hoek, mogelijk niet onschuldig aan een of andere obscure ketterij, maar wel, daar was ik zeker van, aan diefstal. Hij meed het domein van zijn vrouw en had nooit een voet op de tweede verdieping gezet.

Een jongen verscheen op de drempel, nog geen meter van mevrouw Mitwissers gesloten oogleden; ze leken op bleke oesterschelpen. Ik was er inmiddels achter welke jongen wie was. Dit was de middelste.

'Anneliese wil je spreken.'

'Goed,' zei ik hem; het was Gert, Annelieses meest gebruikte boodschapper. 'Zeg tegen Anneliese dat ik háár wil spreken. Zeg haar dat ik haar nu direct wil spreken.'

'Je moet papa's machine in orde laten maken. Hij moet klaar zijn voor als hij hem nodig heeft vanavond.'

'Zeg tegen Anneliese dat ze boven moet komen, vooruit!'

Gerts blik richtte zich bezorgd op zijn slapende moeder. 'Is er iets met mama? Is mama in orde?'

'Het heeft niets te maken met mama. Wil je nu gaan? Ik zeg dat je moet gaan!'

Mevrouw Mitwisser trok onder de deken met haar benen. Haar ogen sprongen open. *'Ach, lass mich in Ruhe,'* mompelde ze en trok een schouder op om het binnendringende zonlicht af te weren. Haar oogleden knipperden op en neer.

Op de trap klonk gestommel: Anneliese met haar troepen, Waltraut in haar armen en drie opgewonden jongens die achter haar aan roffelden als een salvo knallende munitie.

'Is er iets met mama? Gert zegt dat er iets aan de hand...'

*'Was ist los?'* Mevrouw Mitwisser kwam met de gedachteloze ruk van een marionet overeind.

'Ik had geld in mijn ladekast,' zei ik. 'Het is weg. Iemand heeft het gepakt.'

*'Da muss etwas los sein...'*

'Je maakt mama helemaal van streek!'

'Mijn geld is weggepakt. Ik had het hierin zitten,' en ik wees met een beverige vinger naar de open lade naast mijn bed.

Anneliese koos haar koelste toon. 'En daar maak je mama voor wakker?'

'Mijn geld is weg,' zei ik weer. 'Ik had daar geld opgeborgen en het is weg.'

Heinz keek zo belangstellend als wanneer er op datzelfde moment onverklaarbaar een nachtvlinder door de kamer was gevlogen. 'Waar is het gebleven?' vroeg hij.

'In jouw zak misschien,' zei ik.

'Waag het niet die jongen de schuld te geven!' riep Anneliese.

'Niet die jongen? Welke dan?'

Abrupt zette ze Waltraut op de grond; ik zag hoe Anneliese haar vuist opstak als een keitje bekroond met strakke knokkels, maar haar andere hand hing open. Haar slapen, vrijgelaten door het strak naar achteren getrokken haar, werden rood; daarna ebde de kleur weg tot een bloedeloze doorschijnendheid. Een kiene blik trok over haar verblekende staarogen. 'Je hebt helemaal geen geld. Het is een verhaaltje, niet? Als je geld van jezelf had, bleef je niet bij ons, of wel soms?'

'Het zat in een envelop, een cadeau van mijn neef...'

Gert kwam openlijk genietend tussenbeide: 'Hoeveel was het?'

'Degene die het gepikt heeft, weet hoeveel.'

'Er was niks te pikken,' zei Anneliese grimmig. 'Het is maar een verhaaltje. Zo'n heisa maken over geld, je denkt zeker dat je niet betaald krijgt. Betaald, waarvoor? Je bent nog niet eens begonnen. Ben je begonnen? Wat heb je gedaan voor papa? Niets. Papa wil dat je zijn machine in orde maakt en zelfs dat heb je niet gedaan.'

'Ik kan geen nieuw lint kopen zonder geld.'

'Jij denkt alleen maar aan geld,' zei Anneliese.

Ze was, herkende ik, een wonder van vernuft: ze draaide de aanklacht om, ze beschuldigde de aanklager. Het kabaal glipte me uit handen en werd het hare. En ondertussen was er een wirwar van beweging om ons heen: mevrouw Mitwisser die aan haar nachtjapon plukte en met haar nagels razend gaten scheurde in het borststuk, Willi die van Annelieses zijde wegsprong alsof hij bang was zich te branden als haar gloeiende minachting uitschoot, Waltraut die zich op de grond liet zakken en vreemd omzichtig, alsof ze bang was voor een klap, naar haar moeders bed kroop, Heinz en Gert die tegelijkertijd begonnen te grinniken – een verontrust en rekbaar gegiechel dat grommend verstomde – omdat ze door een lange scheur in de stof van haar nachtpon een glimp hadden opgevangen van mevrouw Mitwissers verzonken roze tepels.

'Heinrich, Gerhardt,' waarschuwde Anneliese, 'laat mama rusten. Laat haar met rust, alsjeblieft.' Tegen mij zei ze: 'Je hebt mama weer van streek gemaakt. Ik ga papa zeggen dat hij je weg moet sturen. – Willi, naar beneden, *schnell!*'

Maar Willi tuurde naar de plek waar ik de blauwe envelop had verstopt. 'Kijk, ze heeft het wel, zei ik het niet?' Hij hield de verweerde *Bear Boy* omhoog. 'Die bewaart ze hier onderin, zie je?'

'Blijf van mijn spullen af,' sputterde ik. Ik was verslagen; ik zag hoe Anneliese opzwol van haar bittere kracht. Weggestuurd worden – de wanhoop, het gevaar. Waar kon ik heen? Waarheen, en naar wie? Mijn geld was gestolen; mijn kabaal was gestolen.

Willi vluchtte. Net als de anderen was hij een en al gehoorzaamheid.

En Waltraut kroop en kroop op handen en knieën, als een hondje dat terugdeinst voor een schop, in de richting van de om zich heen slaande figuur in het bed aan de andere kant van de kamer, de bezorgde maan van haar gezichtje opgeheven in de hoop op een beetje moederlijke weerschijn. Tevergeefs. Mevrouw Mitwissers rusteloze ogen verkozen de grillige scheuren in het plafond. Ze was een kluwen van bijeengegrepen repen stof, haar bezwete handen geklemd om de vaandels die ze uit haar nachtpon had gescheurd. Ze scheen te kauwen op de lucht; die erbarmelijke Duitse klanken wrikten zich los uit een weeklagende mond.

Op haar knieën gezeten stak Waltraut een klein vuistje omhoog en duwde het onder mevrouw Mitwissers matras. Een waaier speelkaarten kwam naar buiten gevlogen. Toen duwde ze haar polsje weer naar binnen, zo dun als een fluit, en het kwam terug met Bertrams blauwe envelop.

Zij die geen bedelaar wilde zijn, was een dievegge geworden.

Toen de opschudding van die ochtend kalmeerde (het kabaal was uiteindelijk toch mijn eigendom) kwam dit tevoorschijn uit Annelieses gedempte verantwoording: mevrouw Mitwisser had zich er enkel van willen verzekeren dat ze, als haar enige paar schoenen versleten raakte, de middelen zou hebben om een nieuw paar aan te schaffen.

Mijn geld was terug. Ik nam er een biljet van en ging op verkenning uit naar een nieuw lint voor professor Mitwissers voorhistorische machine.

Anneliese zei: 'Als James komt, hebben we weer geld genoeg. Hij komt zeker, let maar op.' Ik lette niet op. Ik begreep het niet, en zij had de hautaine toon weer aangeslagen die niets meer los wenste te laten over de geschiedenis van haar familie.


12


Ik begon mijn avondlijke bezoeken aan professor Mitwissers studeerkamer. De ruimte verdiende die naam nauwelijks omdat hij er vaker niet was dan wel. De kamer deed me trouwens meer denken aan een monnikencel: de muur van boeken die ons als stomme stenen in het rond omsloten, het echtelijke bed verlaten wegens huwelijkse tweeheid, ommuurd en ascetisch, de kleine houten tafel waarheen Mitwissers bazig gekromde vinger me ongeduldig verwees. Ik was een 'assistente' met een eenvoudige taak: ik moest Mitwissers woorden vastleggen zoals hij ze uit zijn aantekeningen oplas. De kreupele typemachine bleek alleen met tussenpozen te haperen en ik wist me al snel aan zijn vele kuren aan te passen. De 'w' was beschadigd en de letters sloegen soms over, zodat er zelfs in één lettergreep grote gaten konden vallen. De hoofdlettertoets had de neiging vast te blijven zitten, zodat ik een hele regel in kapitalen typte, alsof de woorden naar me terugschreeuwden.

Zulke moeilijkheden gingen aan Mitwisser voorbij. Al zijn aandacht was op één punt gericht. Soms steigerde hij overeind als een groot prehistorisch dier en klauwde naar een boek in de muur; zijn ogen vernauwden zich boven de opengeslagen pagina alsof hij uitkeek over een grazige weide die een levend hapje verborg, een prooidier dat binnenkort verorberd zou worden. Zulke uitbarstingen van jachtlust waren misschien aanwijzingen van een zekere snelheid van concentratie, maar het proces als geheel was pijnlijk traag. Vaak zat ik er met nutteloos afhangende handen apathisch bij; ik haatte die lange pauzes. De stilte was bijna lijmerig. Het was augustus, en we zaten middenin een hittegolf die al dagen duurde. 's Ochtends vertrok professor Mitwisser als gewoonlijk met zijn vilten hoed op, maar met zijn jasje over zijn arm: de onstuitbare vroege zon, dan al meedogenloos, had de macht zijn formaliteit te doorbreken. De avonden waren erger; de dakpannen hadden uren van verzengende hitte geabsorbeerd en er was geen elektrische ventilator in huis.

Zijn aantekeningen waren grotendeels in het Duits. Hij las ze hardop voor en vertaalde ze al doende in het Engels. Dat deed hij niet voor mij – wat had ik er immers mee te maken? Zelfs als ik met gedicteerd Duits uit de voeten had gekund, merkte ik, had hij daar niet voor gekozen. Hij deed afstand van zijn moedertaal; in het vervolg zou zijn werk (al formuleerde hij het innerlijk in de taal van zijn geboorte) de openbaarheid betreden in deze nieuwe, zij het wat al te bonte kleding. Zijn woorden, zoals ik ze nieuwsgierig transcribeerde, waren bloemrijk, nu en dan gedurfd archaïsch; ze hadden een statig slepend tempo, logisch, beredeneerd. Bij gelegenheid vielen ze helemaal stil, als een draai in een dans of een rust in een mars.

Dat was allemaal zinsbedrog. Het was een vermomming. In het begin leek het alsof de ademloze zwoelheid van die zomeravonden onze stimulans was, onze muze, maar het kan goed omgekeerd zijn geweest. Best mogelijk dat Mitwisser de muze was van die verstikkende benauwdheid, die ovenachtige beklemming; dat gevoel kreeg ik althans, nu zijn zaak me stukje bij beetje werd onthuld. Ziedende rebellie was Mitwissers onderwerp. Hij trok naar schismatici, vurige ketters, afvalligen: de gekken van de geschiedenis. Onder de huid van de wetenschapper hijgde een woeste balg met een brandende buidel die zich vulde en leegblies; een vlammend, koortsachtig uitademend fornuis. Het was niet de fakkel van augustus die het zweet van onze nek vergoot. Het was Mitwissers eigen vuurzee die bezit nam van de brandstapel, opgetast in die kamer met die dichte deur waaruit het ongedurige nachtelijke tikken van een typemachine stotterde.

Er waren bibliotheken die achter zijn horizon lagen: een archief in Cairo, een ander in Leningrad, bestemmingen die voor Rudolf Mitwisser in 1936 zo ver en onhaalbaar waren als de ringen van Saturnus. New York, de Leeszaal, spuide voor hem wat het kon opbrengen: bepaalde rariteiten en secundaire en tertiaire kroniekverslagen. Ontoereikende bronnen. Maar Cairo, Leningrad, Londen, New York, het reddeloos verloren Berlijn, wat deden ze er nog toe? Hij was zijn eigen archief geworden. Babylonië, Perzië, Byzantium dreven rond in zijn oogkassen; koren van esoterische namen klonken tegen het plafond omhoog. Ik raakte gewend aan de draaierige Egyptische muziek van al-Barqamani, al-Kirkisani, Ibn Saghir, al-Maghribi en het vervlochten trio van Arabisch en Aramees en Hebreeuws en, als hij door weerbarstigheid werd overmand, het Duits dat zich in uitroeptekens naar buiten perste. Hij was dat: een archief, een opslagplaats van eeuwen, een koerier van grondbeginselen en geschiedenissen. Thuis, voor ze hem eruit hadden gegooid, genoot hij achting omdat niemand wist wat hij wist. En hier, nu, werd hij geminacht om dezelfde reden: niemand wist wat hij wist. Hij werd geminacht, hij zat in quarantaine, hij was alleen op zijn missie. (Zijn missie? Is dat wat het uiteindelijk was?) Hij was geschonden. Hij had geen vrienden. Hij was, bij wijze van spreken, vrouwloos.

Op een avond kwam er bezoek. Het kwam om tien uur, toen Waltraut en de jongens sliepen. Ik had mevrouw Mitwisser al in haar nachtjapon geknoopt; ik had haar al vergeven. Ik moest haar elke avond vergeven, het was uitgegroeid tot ons gemeenschappelijk ritueel: zij smeekte me om vergeving en ik schonk die geduldig. Elke avond zei ze het verhaal van haar diefstal op, hoe ze me eens had bespied terwijl ik in een envelop gevuld met dollars keek, hoe ze in verzoeking was gekomen, hoe ze alleen had gedacht aan de kwestie van haar slijtende schoenen en wat dan? De schande! Het gevaar! Zij werd geen bedelaar, nee! De anderen mochten die James naar de mond praten, ze mochten voor die James op hun knieën gaan, ze mochten zichzelf binnenstebuiten Jamesen, zij wilde niets met hun gekonkel te maken hebben, nee!

Ik liet mevrouw Mitwisser in haar bed achter. Ze was wakker, ademloos, haar gezicht stond monter; ze trok aan mijn blouse om me vast te houden. Maar mijn taak lag beneden: Anneliese had me opdracht gegeven bij de groene deur te gaan staan en de bezoekers de smalle eetkamer binnen te leiden.

Eerder op de avond had ik theekopjes klaargezet op de bekraste eikenhouten tafel waaraan het gezin, uitgezonderd mevrouw Mitwisser en Waltraut, gewoonlijk at. 'Niet zo,' had Anneliese geschimpt; ze ruimde de theekopjes af en legde een wit tafelkleed op tafel. Het moest een bijzondere gebeurtenis worden. Zes of acht mannen druppelden binnen; een van hen droeg een keppeltje. Ze waren vrijwel gelijktijdig aangekomen, in twee auto's, en leken allemaal even oud, tussen de vijfenveertig en de zestig. Het was voor het eerst sinds ik het eilandfort van de Mitwissers was binnengegaan dat er vreemden werden ontvangen. En nog hing er geen sfeer van verwelkoming of zelfs maar gastvrijheid, het was meer een afspraak dan een bezoek. De mannen knorden elkaar gemoedelijk toe en zochten zich een stoel uit terwijl Anneliese en ik borden met geglazuurde miniatuurgebakjes ronddeelden. Ik keek mijn ogen uit naar die gebakjes: die kwamen anders nooit in huis. Zulke exquise hapjes had ik nog nooit gezien, delicaat gelaagd en elk bekroond met een eigen bloempje van opgespoten suiker. Op de een of andere manier was geld gevonden om dit ongewone gezelschap op fijne gebakjes te trakteren, al waren de kopjes gekerfd en dooraderd met meanderende bruine barstjes.

Ik schonk het hete water rechtstreeks uit de ketel, zoals Bertram het deed.

Anneliese fluisterde: 'De theepot! Kun je de porseleinen theepot niet nemen?' – met zoveel gif dat ik begon te begrijpen dat er een ware ceremonie gaande was. Moest het een verarmde echo worden van die Berlijnse salons waar Mitwisser ooit was gefêteerd? Was het een viering, een eerbetoon? De thee werd donker in de pot. De gebakjes glansden. Het bezoek mompelde, onverschillig, onthecht, afwachtend.

'Ga papa boven zeggen dat ze er zijn,' zei Anneliese uiteindelijk.

Ik klopte op de deur van de studeerkamer, hoewel die open was. Professor Mitwisser stond in het midden van de kamer met een borstel; hij borstelde het jasje van zijn kostuum.

'Hoe veel zijn er gekomen?' vroeg hij.

'Acht, dacht ik.'

'Acht? Dan hebben er vier bedankt.'

Dus hij had ze opgeroepen. Deze avond was zijn schepping.

'Zeg ze dat ik bijna klaar ben met wat schrijfwerk. Zeg ze dat ik in tien minuten bij ze kom.'

Hij ging verder met borstelen. Wie ze ook waren, hij zou hun meester zijn.

Anneliese had me vlak buiten de eetkamer geposteerd, met de theepot in de aanslag. Ik schonk tweede kopjes in en nog kwam Mitwisser niet naar beneden. Ik had me vergist: er waren zeven bezoekers, geen acht; er waren er twaalf uitgenodigd en vijf waren er niet komen opdagen. Ik nam de onregelmatige rij trommelende vingers in me op, en de verstrakt naar voren gebogen schouders, en de kale dan wel grijzende slapen omlijnd door richels. Zelfs de jongste had donker uitgesneden markeringen onder zijn ogen. Dit waren doorgewinterde en gebarsten gezichten gewend aan verveling, als een groep marktkooplui die zitten te wachten tot ze hun praatje kunnen afsteken. Ik was getroffen door de mildheid van hun geduld. Alleen de man met het keppeltje toonde vage tekenen van irritatie en draaide met een stijf toegeknepen duim de punt van zijn mahoniekleurige baard heen en weer. De baard wees samen met het keppeltje op een bepaald aspect van een praktijk of vroomheid en dat stemde me tot nadenken over de vraag waarom Mitwisser, die immers de geschiedenis van de godsdienst bestudeerde, in zijn eigen leven gespeend was van enig teken of restant van geloof. In dat gezin was er geen rite of plechtigheid, geen sabbat of Pesach of joods nieuwjaar. Zo, zo ongodsdienstig, was het bij mijn vader en mij ook geweest, en bij Bertram; mijn vader had zichzelf tot atheïst verklaard en Bertram bewonderde Ninel die van religieuze dingen afstand had gedaan. Maar professor Mitwissers brein schudde en beefde van de metafysica van voorvaderlijke gelovigen wier God een onwankelbare Schepper en Heerser was, en toch was God in dat huis niet te vinden. Als de bioloog die geobsedeerd studeert op juist de ziekte waarvoor hij immuun is, had Mitwisser een muur opgetrokken tussen geloof en de studie van geloof.

Daar kwam alles dus op neer: die muur, die door de anderen werd betwijfeld, of verworpen, of bestormd.

Toen hij eindelijk voor het voetlicht verscheen, stonden de mannen met een vormelijke hartelijkheid op en schudde hij elk van hen, een voor een, de hand. Hij droeg zijn pas geborstelde colbertjas, hoewel de smeltende hitte van augustus zo doordringend was dat ze kruipend langs de oren en de hals bezit nam van het gezelschap: ze hadden allemaal hun kraag open getrokken, waar het zweet poelen vormde in de holtes van hun sleutelbenen. Te oordelen naar de geremdheid van deze ontknoopte bezoekers zou je niet denken dat Mitwisser ook maar iemand van hen bij een eerdere gelegenheid had ontmoet; hoewel, misschien ook weer wél, uit de verte, op een van die internationale congressen waar theologen naartoe gaan, of zelfs op zijn eigen terrein, op bijeenkomsten van de Religionswissenschaftliche Vereinigung in Berlijn of Frankfurt of Heidelberg, voordat de beroering in de wereld hem naar deze onwaarschijnlijke plek had verdreven. Of misschien was hij de confrontatie met hen slechts aangegaan via een behoedzame maar toch scherpe correspondentie. Hoe dan ook was hij kennelijk vertrouwd met hun opvattingen en standpunten, wat die ook waren, zoals zij vertrouwd waren met de zijne. Tussen Mitwisser en de bezoekers gloeide het gevaarlijke besef van zijn keizerlijke macht, die hen immers had laten wachten in de dampende zwaarte van deze tropische kamer, waar vochtige ellebogen elkaar raakten en de thee met zijn eigen hete adem hun brillenglazen besloeg, terwijl een geheime barbarij als een opgloeiende sintel op vlamvatten stond. De man met het keppeltje, zo bleek, was een vluchteling uit Wenen. Een figuur met een bleke neus en een misvormde linkerhand was een specialist in het Egypte van de tiende eeuw; met zijn goede hand plukte hij kalmpjes een sigaar uit de vochtige borstzak van zijn overhemd en zoog daar met zoveel vlijt aan dat hij het plafond al spoe-dig in nevelen hulde. Dit moedigde de sigarettenrokers aan en aange-zien asbakken niet voorradig waren (die waren even vreemd aan het huishouden als elektrische ventilatoren), rende ik de tafel rond met extra schoteltjes om de uitgebrande peuken op te vangen.

De bebaarde Wener was vrij bescheiden begonnen in het Duits; Mitwisser ranselde hem bijna terug naar het Engels. Het was een nors moment. *Ik heb die taal achter me gelaten*, luidde Mitwissers oekaze, *en dat moet u ook*. In al die rook en smoorhitte zag ik hoe dit ze prikkelde, al kon ik geen plausibel verband ontdekken tussen de alledaagse gewoon-heid van deze mannen (afgezien van het keppeltje en de manke hand was er weinig verschil aan ze te ontdekken) en de drift die begon op te kringelen uit hun plotseling gewelddadige monden. Deze monden, die zo vlak en beheerst hadden geleken, als de monden van vakbekwaam vriendelijke kruideniers, trokken en spuwden nu wild, een aanzwellende orkaan van venijn. Of ze waren als de monden van kermisgoochelaars die slingers van aan elkaar geknoopte kleurige vlaggetjes van stof uit hun mond trekken, een oneindige sliert vlaggen, eindeloos, eindeloos. Maar dit waren geen onschuldige vlaggetjes, maar filosofieën als hagel-stenen.

Ze bestreden hem. Ze waren gekomen om hem te bestrijden. Ze wa-ren gekomen omdat hij ze tot de strijd had uitgedaagd en ze het restant van oud gezag in zijn uitdaging voelden; of omdat ze werden geleid door de duistere nieuwsgierigheid die de geest trekt naar dingen die grotesk zijn, of overwonnen, of verworpen, of obsceen; of omdat het moment van zijn reddeloze en dodelijke ondergang was aangebroken; of omdat zij het zelf waren, hun kant, de partij van de overwinning, die hem in zijn ondergang hadden gestort; of vanwege hun eigen vulkanische woede. Ze voeren uit tegen zijn wil, tegen zijn obsessie, zijn verlangen – zijn denken. Hij was een schenner (maar hij beschouwde zichzelf als geschonden door de beroering in de wereld, door hun beschuldigin-gen, door hun vijandige scepsis). Wat hij wilde, zeiden ze, was onder-graven, omvergooien. Hij was buiten de groene, vruchtbare ploegsnede getreden, hij was hartstochtelijk geworden, hij had de onpartijdigheid achter zich gelaten, hij had het olympisch evenwicht van de wetenschap-pelijke distantie verstoord, hij had het onderscheid tussen de onderzoeker en het onderzoeksobject vertroebeld, tussen de jager en de buit, hij was niet langer een historicus op zoek naar bronnen, hij was zelf de bron geworden, hij had zich aan de borst van zijn prooi geworpen. Hij had de muur doorbroken, de muur van zijn professie, de muur tussen geloof en de studie van geloof. Een valse professie. Hij had het odium van een renegaat.

De bleekneus met de lamme hand liet zijn sigaar vallen. De rook werd doorboord door een gil, hoog en scherp, een schelle schok van boven.

'Waltraut,' fluisterde Anneliese, 'al die herrie, ze moet wakker...'

Maar ik bewaarde mijn plaats in de deuropening van de eetkamer. 'Laat haar maar, ze valt wel weer...'

'Ga bij haar kijken!' beval Anneliese.

Ik bewaarde mijn plek. Mitwisser wilde ik zien. Hij stond rechtop (hij was al die tijd niet gaan zitten), in de ban van een geconcentreerde en belegerde, maar merkwaardig kalme berusting: een scheepskapitein die niet schrikt van een windvlaag. Hij keek voldaan; ik dacht dat hij voldaan was. Wie wind zaait zal storm oogsten, en hij had wind gezaaid, hij had de storm zijn eigen huis binnengehaald, hij had de storm gemáákt, hij was de god van de storm, hij was voldaan!

Weer die gil: nu onderweg naar beneden, nu uitgedund tot ijle ademloze weeklachten rondom een figuur op blote voeten. Mevrouw Mitwisser scheerde de kamer binnen als een vogel op een rukwind.

'Heren, het gaat niet, het heeft geen zin' – ze trok en trok aan het gerafelde borststuk van haar nachtjapon – 'helemaal geen zin...'

Het bezoek viel roerloos stil.

'Mijn lieve Elsa,' zei Mitwisser.

'Volkomen zinloos,' prevelde ze, 'zinloos, gaat niet...'

'Mama,' zei Anneliese smekend.

'Wat gebroken is, heren, kan niet heel gemaakt worden, *oder?*'

Het bezoek stond als één man op en druppelde zwijgend de deur uit; alleen de man met het keppeltje bleef aarzelend voor mevrouw Mitwisser staan. '*Guten Abend,*' zei hij.

'*Guten Abend,*' antwoordde ze: de chatelaine die de gasten uitgeleide doet na een avond van wijn en delicatessen.

Anneliese nam haar moeder bij de hand en begon haar weg te voeren. Mitwissers oog van blauw glazuur volgde hen; zijn gezicht gloeide.

'Inderdaad,' zei hij. Ik begreep nauwelijks wat hij daarmee bedoelde. Ik bedacht net hoe eigenaardig het was dat hij ooit naast de vrouw in de gescheurde nachtjapon had gelegen. Hij draaide zich weer naar me om en trok verbaasd even met zijn schouder, alsof hij me pas zojuist had ontdekt: 'U ziet het,' zei hij. 'Ik heb in deze zaak geen gelijken. Wat buiten het gebruikelijke ligt, wordt verworpen, het wordt beschouwd als buitensporig en pervers. Ze vinden dat het zinloos is, mijn werk. Wat ooit op waarde werd geschat, wordt hier niet gewaardeerd. Het ontbreekt ze hier aan de Europese geest, ze zijn klein.'

'Maar er is toch iemand bij uit Wenen...'

'Dat is helemaal niemand. Ik ga nu terug naar mijn studeerkamer. Alstublieft dooft u al deze lichten.' Hij gebaarde naar de keuken, waar de ketel nog stoomde, en reikte zelf naar de lichtknop van de eetkamer.

Hij liet me in het donker achter, te midden van de lege kopjes en vuile borden.

## 13

Het bezoek is nooit teruggekomen. Het huis hernam zijn isolement. De langgerekte hittegolf ebde weg. Mevrouw Mitwisser vroeg me niet meer om vergiffenis. Haar speelkaarten bleven onder haar kussen; een nieuwe bezigheid lokte haar. Ze zat op de rand van haar bed, met een laag kastje naar zich toe getrokken, en sorteerde de gekleurde tierelantijnstukjes van een enorme legpuzzel. Het plaatje op de doos was een boslandschap: massa's bladeren, boomstammen die donkere schaduwkolommen wierpen, een glimp van een vossenstaart in een groep struiken, een warboel van clair-obscur. Ik keek toe hoe ze de hoop stukjes bezag, hoe scherpzinnig ze ze beoordeelde en vergeleek en aaneen paste; ze overwoog alvorens te experimenteren. Ze was een natuurkundige in een laboratorium. Als het experiment een succes werd, was het omdat haar overweging klopte. Een rechthoek middagzon zette haar wilde haarkringels in brand; ze gaapte, dan vervolgde ze haar jacht en doopte haar vingers in het woelige kartonnen schuim van geel en oranje en bruin.

'Na deze komen nog twee dozen,' kondigde ze aan. Ze was voorbereid op een puzzelseizoen. Deze was van Willi, die gaf niet om zulke dingen. Gert of Heinz ook niet en ook zij hadden hun doos bijgedragen. De jongens waren geen van drieën geïnteresseerd in puzzels of kaartspelen (ze hadden een hekel aan kaarten) of zelfs boeken. Ze ontvluchtten het huis zodra ze wakker werden. Ze hadden genoeg van het water en het moeras en gingen tegenwoordig op verkenning in de buurt, waar ze een veld hadden gevonden dat ideaal was om te vliegeren. Het lag achter een militair monument, een hoge cenotaaf met daarop een gevleugelde bronzen godin Victoria, gewijd aan de gevallenen in de Eerste Wereldoorlog. Elke ochtend renden ze naar het veld om hun vliegers op te laten. Dan lagen ze op hun rug in het gras, maakten fluitjes van sappige groene sprieten en staarden omhoog naar de zonvergulde engel. Later sprongen ze weer op en renden met hun vliegers rond in de afnemende wind, zodat de vliegers duikvluchten maakten en plotseling weer opstegen, om tenslotte ter aarde te storten als gevallen soldaten.

'Hij geeft geschenken,' zei mevrouw Mitwisser. 'Veel geschenken. Immer, immer! Puzzels, vliegers. Deze James!' Het kwam eruit als 'Tsjeems', bitter, in haar onwillig en klonterig accent. Met een tastende hand tekende ze een verschijning in de lucht: een puzzelstuk in de vorm van een onzichtbare man, wiens aanwezigheid over het huis hing.

Ik zei: 'Hij is toch goed voor de jongens...'

'Voor mijn man is hij goed. Zo goed dat we *Parasiten* worden.' Haar aandacht fladderde weg. Rap en precies paste ze een schelpvormige uitstulping in de wachtende holte. Onder haar handpalm verscheen een bloeiende twijg. 'En jij, Röslein, jou betalen ze niet, hè?' Haar tong tastte haar onderlip af, navigerend, alsof ze op zoek was naar een woord dat daar aan het oppervlak voer. Toen vond ze het: 'Biecht op!'

'Nee, ze betalen me niet. Ik bedoel, nog niet.'

'Ze kunnen niet betalen tot hij het toestaat. Er is geen geld tot hij het toestaat. Hij staat de puzzels en de vliegers toe. Hij staat de nieuwe planken voor de boeken van mijn man toe. Hij staat de mooie kleine taartjes toe. Hij staat de flat in de stad toe en als die niet geschikt is, staat hij dit huis toe. Hij staat jou niet toe, want hij weet niet dat je hier bent.' Mevrouw Mitwisser lachte. Het was de lach van iemand die volkomen bij zinnen was. 'We hebben geen geld omdat we *Parasiten* zijn. Als hij komt, hij zal je zien en ze zullen het hem zeggen en dan weet hij het.'

'En wanneer zal dat gebeuren?'

'Als hij wenst, zal hij komen.'

Ze had een paar puzzelstukjes in de hand die onmogelijk ergens leken in te passen, elk een krans van slagtanden, en klikte ze in elkaar, soepel, als de kaken van een krokodil. Of als een stuurman die de benen van een passer samenknijpt om de wereld kleiner te maken.

## 14

De karaïeten.

Ik begin ze te zien, wazig, heel wazig, voorbijtrekkende schaduwen, verre echo's, die grauw voortsjokken aan de uiterste rand van de geschiedenis, de andere kant van de geschiedenis, de onderkant. Letters geschreven in inkt die van achteren door de pagina's van oude kronieken sijpelt, tekens die flauw, maar net zichtbaar doorschijnen, een alfabet binnenstebuiten.

Ze komen in kleine porties, stukje bij beetje, al naar gelang professor Mitwissers luimen. Of anders komen ze op me af in een geweldig kanonschot van eruditie, een hele kolonie, pardoes de lucht in geslingerd in één grote verduisterende wolk.

Het zijn scheurmakers; daarom zijn het haters. Maar het zijn ook liefhebbers, en wat ze liefhebben is zuiverheid, en wat ze haten is onzuiverheid. En wat ze beschouwen als onzuiver zijn de omzwervingen van het intellect; niettemin staan ze zelf bekend om hun intellect.

Intellect verwekt betekenis: interpretatie, commentaar, allegorie, illustratie, inzicht, dialoog, argument, bewijsvoering, tegenwerping, debat, ironie, anekdote, analyse, analogie, classificatie, opheldering. Dat alles verwerpen de karaïeten als zijnde borduurwerk en bedrog in de handen van hun vijanden (zij het niet in hun eigen handen). En dat alles is de Talmoed, met als eerste laag Misjna, dat het commentaar op de Schrift bevat, en als tweede laag Gemara, dat het commentaar op Misjna bevat. De stemmen van de exegeten die elkaar van eeuw tot eeuw aanroepen groeien aan tot een alsmaar dichter bevolkt woud. Een wijsgeer uit de derde eeuw weerspreekt een wijsgeer uit de eerste eeuw; een wijsgeer uit de vierde eeuw stemt niet toe maar trekt partij voor de wijsgeer uit de eerste eeuw. Een wijsgeer uit de vijfde eeuw komt met een geheel nieuw idee. Als je op een berg zou staan, neem de berg Tabor, of zelfs de Olympus, en je zou je oor naar beneden richten, naar waar de geesten van de filosofen wonen, dan kon je het gebulder van de hartstochtelijke samenspraak onder je horen, als een onheilspellend polyfoon onweer. En dat was dan de Talmoed, de fugatische muziek van de rabbi's in gesprek over de betekenis van één enkele lettergreep in het boek Genesis.

Dat alles weigeren en verwerpen de karaïeten. In de negende eeuw werden zij de vijanden van de rabbijnen. De Schrift! roepen ze, niets dan de Schrift! Ze dulden geen rabbijnse inmenging. Ze willen van rabbijns commentaar niet horen. Ze beschimpen de beeldspraak en de poëzie van de gevolgtrekking. Alleen de spraak van de Schrift zelf is het goddelijk erfgoed!

De rabbijnen (de karaïeten spreken van rabbanieten, of de stroming die zich aan de rabbi's vastklampt) noemen de karaïeten lettervereerders. De karaïeten, zeggen ze, zien alleen de letters, en niet de stralenkrans van betekenissen die rond de letters gloeit.

De karaïeten bespotten de rabbanieten. Ze bespotten hen omdat de rabbanieten hebben verklaard dat de Talmoed, die ze de Mondelinge Tora noemen, door Mozes op de berg Sinaï is ontvangen, samen met de Schrift, de Geschreven Tora. De rabbanieten beweren dat de Mondelinge Tora in heiligheid gelijkstaat aan de Geschreven Tora.

Lettervereerders! slaan de rabbanieten terug. Bekrompen zielen! Op Sinaï ontving de geest van de mens het vermogen de geest van God te lezen. Hoe zou de mens anders beschaafd kunnen worden? Hou zou de mens anders kunnen weten hoe hij een zin, of een verhaal, in de Schrift moet begrijpen?

Jullie begrijpen één zin op twintig verschillende manieren! schimpen de karaïeten. De een zegt het ene, de ander iets anders. En dit misbaar van tegenspraak noemen jullie gelijk aan de Tora zelf?

Het is gelijk, antwoorden de rabbanieten, omdat het schijnsel van de Tora de gedachten van de mensen verlicht. Uit de teelaarde van onvermoeibaar overdenken, het voertuig van heilige inspiratie dat jullie karaïeten afdoen als louter tegenspraak, ontspringen de zoete knoppen van Gedrag en Geweten. De Rationele Geest is de Geïnspireerde Geest.

De Rationele Geest, stellen de karaïeten (maar ze merken niet dat ze talmoedisch redeneren, want daar achten ze zich te goed voor), de Rationele Geest accepteert niet dat de zogenaamde Mondelinge Tora, gecodificeerd door mensenhanden die menselijke meningen vastlegden, gelijkstaat aan de Geschreven Tora die Mozes op de berg Sinaï van God heeft ontvangen! Jullie rabbanieten verwennen jezelf met waanideeën. Het ontbreekt jullie aan de wet van de logica. Daarom breken we met jullie, we verwerpen alle ordonnanties en versieringen, gevolgtrekkingen en uitweidingen, verzachtingen en mildheden die niet in de Geschreven Tora staan. We vegen de vloer aan met de laatgeboren lyriek die jullie gebedenboeken is binnengeslopen. Onze liturgie baseert zich louter op de Schrift, waarvan geen titel of jota mensenwerk is! Weg met jullie laatgeboren dichters, weg met jullie laatgeboren juristen! Alleen Mozes stond op de Sinaï!

Aldus spraken de karaïeten. Maar de joden omarmen tot op de dag van vandaag de rabbanieten en hun oceaan van exegese en disputatie, van overlevering en parabel, zo vruchtbaar en onbegrensd als de kosmos zelf, terwijl de karaïeten een vlekje zijn, een stip, een opgedroogd gerucht aan de onderkant van de geschiedenis. Saädja Gaon heeft ze in de tiende eeuw, in zijn fameuze polemiek tegen de karaïeten, met een puf van zijn lippen de duisternis van het schisma in geblazen.

Dat was wat ik, wazig, heel wazig, en stukje bij beetje, over de aard van de karaïeten opmaakte, 's avonds aan mijn typemachine, uit de psalmodie van Mitwissers esoterische recitaties.

En wazig, heel wazig, en stukje bij beetje, als inkt die door papier dringt, begon ik te geloven dat van alle schepselen op aarde alleen Mitwisser, Mitwisser alleen, dacht dat hij deze oude stippen en verbleekte vlekjes kon doen herleven. Hun levende nazaten leidden misschien nog altijd een kwijnend bestaan aan de overkant van de Oostzee, of dicht bij de Zwarte en Kaspische Zeeën, opgesloten in zonderlinge Europese reservaten, maar ze waren verdord, verborgen, verloren. Mitwissers licht volgde hen maar zelden daarheen. Isfahan, Bagdad, Byzantium waren op de loop gegaan met zijn brein en hadden het teruggedreven, ver terug, dertien, veertien, vijftien eeuwen terug, in de verstomde ruzies van sekte na sekte en leer op leer. De karaïtische wetten op bloedverwant-

schap en incest trokken Mitwissers blik met meer klem dan de straten
waar hij door liep. Deze verhitte en vergeten ketters en schismatici, hun
credo's en codes en kalenders, hun migraties en mutaties, de lange dy-
nastieën van hun denkers, die waren van hem alleen.

Alleen zijn kinderen deden er evenveel toe.

## 15

328 St. Peter's Street
The Bronx, Nevv York
5 september 1936

Lieve Bertram,
Het eerste vvat je vvaarschijnlijk zal opvallen is dat elke
'vv' in het midden van onder tot boven gespleten is, zodat als
ik 'vvasgoed' vvil typen, bijvoorbeeld, of 'vveervvolf', het er
zo                                    uit komt te zien!
Er zijn ook andere problemen. Kijk uit voor grote stukken
vvit die de indruk maken alsof ik midden in een zin ga
stotteren! Als ik op deze machine vverk, voel ik me soms
alsof ik een vliegtuig bestuur in vvindkracht 10. Ik vveet
nooit vvat er gaat gebeuren, of ik omhoog of omlaag of
opzij (zie je?) gekieperd vvord. Het is erg vvennen,
hoevvel ik het roer nu onderhand aardig kan hanteren, of
hoe je dat ding ook noemt vvaarmee je een vliegtuig op koers
houdt. Ik zou het Heinz kunnen vragen, die vveet dat soort
technische dingen. (Ik leg je zo vvel uit vvie Heinz is.)
Nou, en nu je ziet vvaar ik hier mee moet vverken,
begrijp je zeker vvel hoe erg ik jouvv typemachine mis. (Ik
had al bijna het idee gekregen dat het mijn typemachine
vvas.) Alleen ben ik bang dat je zult denken dat ik eigenlijk
bedoel dat ik jou mis. (Misschien vvel                      een
beetje.) Ninel zal vvel niet graag hebben dat ik je met brieven
lastigval, vvant je hebt me nooit verteld vvaar je ging

vvonen. Ik heb dan ook erg mijn best gedaan om je niet te
schrijven, en ik heb het tvvee lange maanden ook niet
gedaan. Niet dat ik precies zou vveten vvaar ik een brief
heen moest sturen! En jij kon mij niet schrijven, in het geval
je dat vvilde, vvant het adres in Nevv York dat ik je stuurde
(ik hoop dat je mijn ansichtkaart hebt gekregen!), daar zijn
vve nooit terechtgekomen. Er zijn hier geen vvolkenkrabbers
en het is hier zeker geen Manhattan! VVe vvonen in een
vreemd, half vervvilderd buurtje in een uithoek, vvat huisjes
en veel lege stukken grond, en een moeras vlakbij, dat vastzit
aan een kie                    zelstrand.

Het gezin is ook vreemd. Ze hangen heel erg aan elkaar,
vvat je van vluchtelingen zou vervvachten, alleen heerst er
een soort vertvvijfeling in hun huis, ze voelen zich nog steeds
niet veilig. De moeder is ziek. De vader is een soort
fanatiekeling. Ik vverk eigenlijk voor de vader; ik ben zoiets
als een secretaresse, maar in feite vveet ik niet vvat ik ben.
Ik vveet vvel dat ik een vreemde ben voor deze mensen; het
is alsof ze samen een geheime club vormen. Ze hebben drie
opgroeiende zoons, en elk van hen heeft drie namen. Die
Heinz die ik noemde, dat is Heinrich en soms, afhankelijk
van hun stemming, Hank. Op dit moment houdt hij zich bezig
met klokken. Hij haalt ze uit elkaar, zo                   dat je
nooit vveet hoe laat het is. Van de chronologie klopt hier toch
al niets. Er is een dochter die maar tvvee, drie jaar jonger is
dan ik, maar als je haar meemaakt, heel streng en plechtig,
zou je denken dat ze een vermoeide oude vrouvv van veertig
is. En dan is er nog een kleintje van drie, bijna vier, en die
slaapt nog in een vvieg, als een baby. Zo'n lelijke naam als
die van haar heb ik nog nooit gehoord. Haar moeder kijkt
totaal niet naar haar om.

In huis is het meestal heel stil, vooral nu de zomer voorbij
is en de jongens vveer naar school gaan. Ze gaan naar de
openbare school hier in de buurt; de vader vindt die
vvaardeloos maar hij verzet zich er niet tegen, vvant hij
vindt dat ze maar zo snel mogelijk moeten vergeten dat ze

Duitsers zijn. De oudste dochter en ik passen op het kleintje.
Dat is het deel van de dag vvaar ik een hekel aan heb, het is
vreselijk saai, maar het zou nog een stuk erger zijn als ze
geen lange middagdutjes deed. De vader komt pas 's avonds
thuis, vvat klinkt alsof hij een baan heeft. Dat is niet zo. De
oudste dochter zou op de highschool moeten zitten, maar dat
doet ze niet. Dat komt voor een deel omdat de vader

vvil dat ze voor de moeder en het kleintje zorgt,
maar vooral omdat hij zelf toezicht op haar opleiding vvil
houden. Zij is de meest leergierige en zijn favoriet. Hij brengt
altijd boeken mee naar huis die ze moet lezen, of hij haalt iets
van zijn eigen planken, en dan overhoort hij haar. De laatste
tijd mag niemand in het gezin van hem meer Duits praten.
(Maar hij laat het de oudste vvel <u>lezen</u>.) De moeder spreekt
soms toch Duits, zij laat zich niet echt zeggen vvat ze moet
doen. Soms denk ik dat haar ziekte een soort oorlog is. Ze is
net een revolutionair, ze doet niet mee met de anderen.

Ik probeer en probeer er maar achter te komen vvaar ze
hun inkomen vandaan halen. Niet dat ze zoiets zijn als vvat
Ninel couponknippers zou noemen! De moeder loopt bijna
altijd rond in haar nachtjapon en de vader in zijn ene pak. De
moeder laat steeds doorschemeren dat ze van deze of gene
afhankelijk zijn, maar je kunt lang niet alles aannemen vvat
ze zegt, en dat is jammer, vvant ze is de enige die eerlijk
genoeg is om te vvillen

Daar stopte ik. Wat wilde mevrouw Mitwisser? En wat wilde ik van
Bertram? De barst in de kapotte toets, zo vertrouwd nu dat ik nauwelijks
nog wist dat hij er was, begon ineens licht te lekken, als een onverwacht
opengaande deur. Een heldere spleet, een splijting tussen mevrouw
Mitwisser en haar gezin, tussen Mitwisser en zijn voormalige verhevenheid, de karaïeten en de hoofdstroom... tussen Bertram en mij. Ik dacht
aan Bertram in zijn nieuwe leven met Ninel. Ik stelde me voor dat Ninel
deze brief las, ik stelde me voor wat ze zou zeggen. Ik dacht aan het geld
in de blauwe envelop. De barst verwijdde zich, het licht spoot eruit.

Smeergeld! Het geld was smeergeld. Bertram had me omgekocht om uit zijn toekomst te blijven.

Ik pakte het vel papier bij een hoek vast en rukte het van de rol. Het kwam er gescheurd uit, gekarteld, met een zigzagrand dwars over de onderste helft.

En daar stond Anneliese in de gang, blozend als een plotseling opgekomen litteken.

'Wat doe je midden op de dag in papa's studeerkamer als hij er niet is? Je hebt daar niets te zoeken nu, maak dat je wegkomt!'

## 16

Mijn avondlijke werkbijeenkomsten met Mitwisser werden spaarzamer. Vaak als ik voor de deur van zijn studeerkamer verscheen, stuurde hij me weg en liet Anneliese in plaats van mij komen. Dan werd de deur voor mij gesloten. Ik legde mijn wang tegen de muur en luisterde. Er waren avonden dat ze Carlyle en Schiller lazen, andere keren was het Spinoza. Een week zette Mitwisser Anneliese aan een cursus boldriehoeksmeting. Het gemurmel van hun stemmen sijpelde onverstoord naar buiten. Anneliese was ijverig en vlug.

'Papa stelt zijn avondwerk uit voor mij, dus je moet mama ons niet laten storen,' waarschuwde ze me. 'Papa wil dat je haar bezighoudt als ik les krijg.'

Ik wist wat 'bezig' betekende: mevrouw Mitwisser moest stil gehouden worden. Ze was weer gaan zingen, Duitse liedjes met lieflijke melodieën. Ze had een luide grove alt die onnatuurlijk klonk, alsof wat uit haar keel opsteeg niet in staat was het geluid in haar hoofd weer te geven, of alsof ze de muziek strafte. Of anders strafte ze Anneliese: ze was met zingen begonnen toen de aankondiging kwam dat Anneliese niet naar de openbare highschool zou gaan.

'Mijn man maakt haar als hemzelf,' morde mevrouw Mitwisser. 'Ze wordt *eine Puppe*, hij zal haar te veel boeken geven, ze wordt *verrückt*.'

Ze zong om Annelieses lessen te verdringen. Gert en Willi sliepen overal doorheen, maar Waltraut werd gewoonlijk wakker en huilde, en dan werd Heinz, die in het bed naast haar wieg sliep, wakker en kwam klagen, en het huis dat de hele dag zo rustig was geweest, werd om tien uur 's avonds een lawaaierige chaos.

Mitwisser maakte er een eind aan. Hij riep me zijn studeerkamer binnen, waar Anneliese aan mijn tafeltje zat; de typemachine was afgevoerd. Ik speurde de kamer rond om te zien waar ze was gebleven en daar stond ze op de grond, in een hoek geschoven. Dat betekende dat ik ontslagen was, verdrongen. Annelieses schriften lagen open voor haar. Ik ving een glimp op van haar handschrift, zo verticaal en ordelijk als een rij schaakstukken: een Europese hand, verwant aan die van haar vader.

'Mijn vrouw,' begon Mitwisser, 'lijdt aan intellectuele ontbering. Ze is noodgedwongen verwijderd van haar eigen zaken, beroofd van haar laboratorium, van haar werkelijke leven. Haar geest,' hier aarzelde hij, terwijl Anneliese haar vuist opende om met haar vingers te spelen, waarbij ze de wijsvinger van haar ene hand tegen de wijsvinger van de andere drukte, 'ik kan beter zeggen haar zíel, haar ziel kijkt terug. Het is de taal, ziet u, de taal trekt haar terug naar de plekken van vroeger, het leven van vroeger, dus het is de taal die moet worden afgeleid, verslagen, verjaagd...'

'Papa wil graag dat mama beter Engels leert,' zei Anneliese. Kille diplomatie: de pijn van de vader, of zijn vertwijfeling – of simpelweg zijn verlangen naar rust? – vertaald in de kordate aanpak van de dochter. En ik zag hoe Annelieses kin bazig optrok, die lichte suggestieve kanteling die mijn gehoorzaamheid aankondigde, en ik vertaalde verder: geen verstoringen meer, geen lawaai meer, geen Duits meer! Gezongen noch gesproken.

'U zult haar voorlezen,' besloot Mitwisser.

'Maar als ze dat niet – als mevrouw Mitwisser niet bereid is...'

'Ze moet overreed worden.'

De grove onnatuurlijke stem haalde hoger en hoger uit en floot naar ons omlaag in een waterval van luchthartige spot, een imitatie, zo leek het bijna, van de jolige spot van een waanzinnige vrouw:

> *Mein Hut der hat drei Ecken,*
> *drei Ecken hat mein Hut.*
> *und hätt' er nicht drei Ecken,*
> *dann wär' er nicht mein Hut!*

Toen ik bovenkwam zat mevrouw Mitwisser op de rand van haar bed, zoals gewoonlijk, gebogen over haar puzzelstukjes, maar ze lagen nu allemaal door de war. Ze was ze één voor één uit elkaar aan het halen en liet de restanten vallen op een rommelige hoop; haar vlugge polsen bewogen zich als een schietspoel, met de snelheid van een kind dat vrolijk insect na insect de poten uit trekt.

'So ein schöner Wald!' begroette ze me. 'Niet meer, zie je? Ik maak het kapot.'

'U kunt hem weer in elkaar zetten,' verzekerde ik haar, 'een andere keer.'

Toen zag ik dat ze de moeite nam elk stukje te knikken en te verdraaien: het bos was vernietigd.

'Nu is het dood. Wat gebroken is, kan men niet meer heel maken.' Ze liet de verminkte stukjes door haar vingers glijden (vlugger en leniger in hun bewegingen dan die van Anneliese, en ook kleiner en soepeler) en keek naar me op met een glimlach die zo onbegrijpelijk onverenigbaar was met het werk van haar handen, en zo onverwacht en fris en sympathiek, dat ik het idee kreeg dat ik op de een of andere manier haar goedkeuring had gewonnen. 'Vind je mijn grappige liedje mooi? Een grappig liedje, voor kinderen, weet je.'

'De kinderen slapen, u wil ze toch niet wakker...'

De glimlach trok weg. 'Anneliese, die slaapt niet!'

'Anneliese is geen kind meer, ze studeert...'

'Daar beneden, in zijn Bücherei, weet je wat hij haar daar leert?'

'Geschiedenis, denk ik. En literatuur en wat wiskunde.'

'Hij leert haar een Bettler te zijn, ein Schmarotzer! Ein Parasit!'

En ze zong:

> Fünf Finger, aber keine Hand,
> Ein Schuh, doch ohne Sohle,
> Erst weiss wie eine Wand,
> Dann schwarz wie eine Kohle.

'Alstublieft,' zei ik. 'Daar is het nu de tijd niet voor, mevrouw Mitwisser.'

'Zo'n grappig liedje, ja?' De glimlach was terug. 'Ik leg het uit voor je: ein Handschuh! Wat schoon is maak je vuil. Je doet in die handschoen de hand en hij wordt een pop, zie je? En als je leert de hand op te houden, wordt hij een bedelaar, vuil, *Parasit*, snap je? Dat is omdat we geen geld meer hebben. Geen geld!' Ze lachte; ze kon al tijden niet anders dan satirisch lachen.

Onvoorspelbaar als altijd, was mevrouw Mitwisser voorspelbaar geworden: ze specialiseerde zich in refreinen. Haar gebroken geest keerde, waarheen hij ook afdwaalde, terug naar geld, maar ze reeg haar nukken en refreinen aaneen met zo'n fijne naald van hoon dat ik me vaak genoeg afvroeg of haar geest eigenlijk wel gebroken was.

Ik miste mijn avonden aan de typemachine; ik miste Mitwissers karaïtische heldendichten en uitwijdingen. Ik benijdde Anneliese, zo dicht aan het vuur van haar vaders wraakgeesten. Ik benijdde zelfs de drie jongens, die elk dag wilder leken (ze werden geleidelijk Amerikaanser), 's ochtends vertrokken met geschreeuw en terugkwamen met geschreeuw en gestomp, als schooljongens, met boekentassen waaruit ze losse bladeren verloren. Hun namen waren op school gestold: ze heetten nu onomstotelijk Hank, Jerry en Bill, hoewel alleen onder elkaar en nooit voor Anneliese. Ik was jaloers op de losgelaten onstuimigheid van hun leven buiten onze welvoeglijke en gedisciplineerde muren. Binnen die muren hield alleen Elsa Mitwisser zich onbeteugeld.

Het kwam niet bij me op om Waltraut te benijden, die zich nog altijd vastklampte aan een moederloos babybestaan dat ze ontgroeid had moeten zijn. Afgezien van de twee chocoladerepen waar ik voor had gezorgd, was haar vierde verjaardag onopgemerkt voorbijgegaan. Haar wieg was haar schuilplaats; de laatste tijd weigerde ze eruit te klimmen en bleef er de hele middag in liggen doezelen als een bejaarde dwerg. Anders zat ze op haar kussen haar pop aan en uit te kleden, terwijl ze nu en dan door de spijlen gluurde of er toevallig iemand langskwam. De pop was een vroeg bezit, een medevluchteling van de familie Mitwisser: ze had een porseleinen hoofdje, een rode cirkel op elke wang, een klein tongetje dat door halfopen lippen naar buiten stak, en lange benen gevuld met stro; ook zwarte stoffen schoenen, gerafeld bij de tenen. Het was een geelharige Beierse pop in een dirndljurk. Van tijd tot tijd liet Waltraut de pop vallen en drukte haar knokkels tegen haar oren, een vreemd gebruik waar ik meer dan eens getuige van was geweest, als mevrouw Mitwissers gezang de trap af dreef. Ik had medelijden met

Waltraut; ik was haar enige speelgenoot, en dat met tegenzin. In dat huis stak niemand mijn denken zo aan als professor Mitwisser.

'Heb je mama al aan het Engels gekregen?' vroeg Anneliese, een paar dagen na haar vaders opdracht.

Ik zei dat we aan een roman waren begonnen.

'Een Amerikaanse roman? Papa zegt dat het iets moet zijn dat haar niet opwindt.'

'Een Engelse.'

Anneliese was tevreden; ze vertrouwde erop dat iets dat niet Amerikaans was niet zou schreeuwen of stompen of opwinden.

De roman waaraan we waren begonnen was *Sense and Sensibility*. Er waren overal boeken, rijen en rijen, aantallen en aantallen, maar voorzover ik kon zien (de meeste waren geschreven in obscure talen of alfabetten), geen verzonnen boeken. De karaïeten hadden zichzelf verzonnen, natuurlijk, zij het niet uit het niets maar vanuit een al bestaande rijkdom, zoals ketters dat doen. Maar zij wilden de verbeelding juist indammen, niet uitbreiden. Mitwissers tienduizend boekwerken, met hun peilloze opgravingen van de karaïtische ketterij, waren te zien als fabelliteratuur, want de geschiedenis is op haar eigen manier een fabel, of ten minste een parabel. Maar wat we nodig hadden, wat mevrouw Mitwisser nodig had, was gewoon een Verhaal: een verhaal over mannen en vrouwen die vrij staan in de geschiedenis, behalve die van henzelf. 'Ze moet overreed worden,' had Mitwisser verkondigd. Mevrouw Mitwisser liet zich niet overreden; ze glipte weg als een wolk in de zon of ze zoog haar wangen dun met de irritante vibraties van haar wijsjes en wiegeliedjes. En aangezien ze zich niet liet overreden, overdacht ik, moest ik haar verleiden.

Dat idee zette me op pad naar de middelste lade van het dressoir naast mijn bed (de la boven de *Bear Boy* en Bertrams envelop, die blauwe plek waarvoor mevrouw Mitwisser honderd keer was vergeven), waar Ninels tweedehands cadeautjes tussen mijn ondergoed lagen, met aan hun bladzijden nog altijd de vage grondgeur van de vochtige Leger des Heilskelder. *Hard Times*, dat Ninels koele goedkeuring had meegekregen, legde ik direct opzij; mevrouw Mitwisser had genoeg zware tijden meegemaakt. Ik greep naar Jane Austen en ik wist precies waarom: het geld. Ninel had me *Sense and Sensibility* gegeven bij wijze van straf of berisping of sneer, om me eraan te herinneren dat de romans waar ik van hield wanproducten waren van de premarxistische duisternis die in dat kwade koloniale tijdperk heerste; hun huiselijke attracties ontgingen haar.

Ik las voor:

*De familie Dashwood had zich lang geleden in Sussex gevestigd. Ze woonde op Norland Park, te midden van haar uitgestrekte landerijen, waar ze vele generaties lang zo achtenswaardig had geleefd, dat ze het algemene respect van haar omgeving had verworven.*

Dat begreep mevrouw Mitwisser allemaal heel goed: het glinsterde van een onvertrouwde vertrouwdheid en niets ervan ging haar verstand te boven. Ze begreep het met plezier, in de wetenschap dat ze zelf zo'n achtenswaardig leven had geleid dat ze het algemene respect, etc. etc.; en toen het geluk de Dashwoods in de steek liet – 'Hun moeder bezat niets, en hun vader kon slechts beschikken over zevenduizend pond' – ontdooide ze voor de verwantschap die ze onmiddellijk voelde: het verlies van geld, het gebrek aan geld, de hoop op geld; stand, verwachting, reputatie.

Ik las en las tot mijn keel dik werd en mijn stem hees. Ik las haar avond na avond voor, als de Sheherazade van die halve wildernis aan de verre rand van de stad. Het gedrongen kastje waarop mevrouw Mitwisser aan haar puzzels had gewerkt stond nog op zijn plaats. Ik zette er een lamp op en trok een stoel bij; mevrouw Mitwisser zonk achterover in haar kussen. Beneden, in Mitwissers studeerkamer, vlocht de jambische cadans van de mompelende vader en dochter, vraag en antwoord, zich ineen. De jongens sliepen door. Waltraut, veilig in haar wiegje, werd niet één keer wakker. De waanzinnige zangeres was tot zwijgen gebracht.

We waren gekomen tot hoofdstuk Dertig, waarin de ontrouwe Willoughby zijn belofte aan Marianne Dashwood verbreekt en mevrouw Jennings schande spreekt van de man die 'niet het recht heeft zijn woord te breken, alleen maar omdat hij arm is geworden en er een rijker meisje is dat hem wel wil hebben,' toen Anneliese aan de deur verscheen en mijn naam fluisterde.

'Rosie! Kom even hier.'

Mevrouw Mitwisser, onder de lamp, bokte met haar hoofd als een pluizig paardje. Haar vlugge hand greep naar mijn knie. 'Je moet het uitlezen,' zei ze.

'Anneliese heeft me...'

'Eerst moet je het uitlezen.'

Anneliese stapte op ons af. De twee bruine vlechten die haar oren omringden waren hun spelden kwijt; haar haar stroomde langs haar schouders omlaag en over haar borsten. Ik wist niet dat haar haar zo lang was. Nu het zo los hing was het alsof de dreiging waar ik steeds voor op mijn hoede was geweest, de dreiging van een ingehouden furie, uit haar wegstroomde, uit de punten van haar golvende haren. Een demon was opgelost, een andere in aantocht: het losmaken van haar vlechten was het begin.

Ze pakte het boek, haar wilde arm cirkelde en maakte wind, en gooide het op mevrouw Mitwissers bed.

'Kom naar buiten, ik heb je wat te zeggen!'

Ik volgde haar. We stonden op de donkere overloop.

'Papa heeft me het nieuws net verteld. Nu net, terwijl hij het al de hele dag weet, sinds vanmorgen. Er is een brief, eindelijk.'

Een ongeduldig schuiven op het bed. 'Röslein, waar ga je heen, *komm schnell zurück...*'

'Als mama het hoort, komt ze niet meer tot bedaren.' Anneliese duwde me dieper het donker in. 'Het gaat over James,' fluisterde ze. 'James komt! Papa heeft het voor zich gehouden, gewacht tot de jongens sliepen, hij wil niet dat ze al te snel helemaal opgewonden raken. Maar we moeten ons direct klaarmaken. Heinz gaat bij Gert en Willi op de kamer slapen en ik bij Waltraut, en James krijgt mijn kamer, tegenover die van papa, dus we moeten de bedden opmaken en zo.'

'En je moeder?'

'Die blijft gewoon waar ze is. Bij jou.'

'Nee, ik bedoel met – die James.'

'Nou, dat moet ze accepteren, dat moet ze slikken!'

Ik dacht erover na. Mijn angst voor Anneliese stierf weg. Nu haar ongebonden omlaag stromende haren die frikkerige uitheemse oorbelletjes verborgen, was ze ook maar gewoon een meisje, zag ik.

Ik zei: 'En moet professor Mitwisser het ook maar slikken?'

'Zeg niet zulke domme dingen,' spuugde Anneliese me toe. 'Papa en

James, daar weet jij niets van. Die zijn als één persoon. Ze zijn exact hetzelfde.' Ze keerde zich zo krachtig van me af dat haar stuivende haren langs mijn gezicht zwiepten. 'Je moet me morgenochtend vroeg met de bedden helpen, daar gaat het om. Ga nu terug naar mama.'

Mevrouw Mitwisser was, half achterovergezakt in haar kussen, stil geworden. Ik meende dat ze onwillekeurig was ingedut. De lamp was dichterbij getrokken; ze verroerde zich niet. Het licht scheen wit op de zichtbare botten van haar pols en haar nauwe vingers. Maar haar ogen waren open, slapeloos, in vervoering. De dunne witte vingers omklemden het boek dat naar kelder rook. Mevrouw Mitwisser las, in een vlaag van geconcentreerde intelligentie, een Engelse roman.

Haar uitgekookte echtgenoot had de Duitse taal uit elke kamer van het huis verdreven, behalve de zijne.

## 17

De jongens Mitwisser hadden lange botten en lange voeten. Ze waren zonder twijfel voorbestemd om lang te worden. Aan Heinz was dat al te zien: zijn armen strekten zich uit zijn mouwen. Willi, de kleinste en de jongste, was de mooiste. Zijn ogen waren rond als wieltjes, vrijwel zonder vernauwing in de hoeken, en bruin dat smolt tot een zwart zo dicht dat men verwachtte dat er licht van verre sterren uit zou filteren, zoals uit een bodemloos zwart firmament. De ongeduldige huid van zijn slaap klopte; hij had de seksloze schoonheid van een jong kind. Waltraut helemaal niet. Ze kwijnde, gespeend van glimlachjes of genegenheid, ze was een oud vrouwtje aan het worden, het leven in huis maakte haar ouder. Ze gaf om niets behalve haar pop.

In dat gezin van lange botten, onderarmen en dijbenen was alleen mevrouw Mitwisser anders. Zij was een klein vrouwtje met wie het een reus behaagd had te paren. Mitwisser zelf, de verwekker van al die lange botten, schreed en ijsbeerde als een groot levend standbeeld, gehouwen uit een bergwand; hij moest zijn hoofd intrekken als hij een kamer binnenkwam, om zich niet te stoten aan de lateibalk. En Anneliese, vliegend van de ene huishoudelijke taak naar de andere, scheen omhoog en ten hemel te rijzen, met een elastische hals die zich ontwikkelde vanuit het lange rechte bot van haar sleutelbeen. Mitwisser en zijn dochter, een paar giganten. En naast hen, hoewel ze zelden naast hen te zien was en zich vaker afzonderde, Elsa Mitwisser, kort van nek, smal van schouders en klein van vingers. Het was alsof ze die smalheid, die kleinheid had ontworpen: al haar kinderen waren volgens een wetenschappelijk plan gevormd binnen de grenzen van haar kleinheid. Ze was een natuurwetenschapper en zowel de wetenschap als de natuur streven naar de meest doelmatige inzet van de beschikbare middelen. Wetenschap en natuur verzetten zich allebei tegen chaos en afbraak, maar chaos en afbraak hadden haar verslagen en eenzaam gemaakt. Ze hadden het gezag van haar geest omvergeworpen.

Toch vroeg ik me nog altijd af of ze werkelijk gek was, of dat haar gekte misschien zelf ook op een wetenschappelijk plan tot leven was gewekt. De beroering in de wereld had haar van slag gebracht en ontzet. Dan moest ze antwoord geven! Chaos met chaos beantwoorden, afbraak met afbraak; ze moest weigeren en weigeren. Een of twee keer had ze geweigerd en dat dan herroepen. Ze had haar schoenen geweigerd, maar ze droeg ze nu. Ze had de taal van de ballingschap geweigerd, maar nu was ze verdiept in een verhaal waarin de geest regeerde, de natie stabiel was, en chaos en afbraak waren getemd. Ze sprak over 'Tsjeen Osten' met een vuur dat alleen woede kan ontsteken en als ze aan het eind kwam begon ze opnieuw, al klaagde ze over de geur. Ze klaagde niet over de taal van de ballingschap, ze was erdoor gefascineerd, geboeid. Echte gekte, dacht ik, trekt zich niet terug. Echte gekte herroept niets. Was ze Hamlet, voor wie de gekte list en verdediging en valstrik is, of Ophelia, verzwolgen door echte waanzin? En haar kleinheid: die had ze uitgevonden om afstand te houden van die Mitwisser-reuzen; ze maakte zich klein zodat ze zich in verborgen hoekjes kon verstoppen. Nu zat ze weggedoken met haar boek. Ingewijd in toverkunsten en wanen die anderen ontzegd bleven, kon ze zich naar believen klein maken. Ze was een kleine vrouw met onkenbare krachten. Ze had geen liefde voor haar kinderen. Waltraut hunkerde naar haar en was bang voor haar.

Haar idee over James was krankzinnig. Daar was ik zeker van zodra hij de groene voordeur binnenkwam met een natte vuile rugzak op zijn rug en een gebutste koffer druipend van het water in zijn ene hand; met de andere trok hij een doorweekte wollen muts van zijn hoofd. Het regende, het goot, met druppels die horizontaal geblazen werden als kogels in een salvo, een plat gelegd loden watervalgordijn. Het was het soort regen dat me vaag verontrustte alsof het de herinnering aan een gevaar wakker riep, of een waarschuwing, of een keerpunt. We waren in de regen uit Albany vertrokken, maar dat was een gewone stortbui, een normaal verschijnsel. Door de open deur rook ik, terwijl hij bepakt en doorweekt binnenstommelde, die halfmetalige geur van grond en beton, de mengeling van tegenstrijdige elementen die soms in mijn neusvleugels opwelde als ik, in mijn dromen, mijn vaders autowrak langs de weg zag liggen, onder een beukend scherm van moordende regen. Ik was bang voor die dromen. Ze krioelden als heropvoeringen van een oude voorspelling.

Hij was niet jong, ook niet oud. Hij was een ruig soort kerel. Als ik hem op straat was tegengekomen, had ik hem voor een zwerver aangezien en was ik in een boog om hem heen gelopen, bang dat zijn mouw me per ongeluk zou aanraken. Hij droeg rubberen overschoenen, maar geen sokken. Toen hij zijn muts afzette, tuimelde er een bos zwart haar omlaag over de druipende glazen van zijn bril; achter al dat water waren zijn ogen niet te zien. Een zwerver, een vagebond, een man met een rugzak en geen sokken. Dit was James, James de verlosser, de James die mijn loon kwam brengen, de James die voor dit huis had gezorgd, en de mooie kleine taartjes, en de puzzels en de vliegers, en het weelderige appartement in de stad dat was afgezegd vanwege mevrouw Mitwissers nukken; dit was de James die *Parasiten* van ze had gemaakt, de James wiens messianistische komst, zoals Anneliese had voorspeld (was ze net zo gek als haar moeder?), een regen van geld zou brengen.

Hij werd besprongen door de jongens, een lawine van jongens, klimmend en krijsend en slaand en stompend en knijpend; ze knepen hem droog, zijn voeten persten plasjes uit, een geiser van gelach spoot omhoog. Gelach! Mitwisser was er deel van, deel van het gelach, hij dreef mee in het gejoel, gorgelend als de anderen, als zijn eigen onbeteugelde jongens. Ik had hem nog nooit zien lachen. Hij veranderde erdoor. Verborgen kreukels barstten uit in plooien en doortrokken de lange balk van zijn kaak en daar, achter de verwrongen lippen, als geopenbaarde geheimen, stonden zijn grote vervallen tanden. Geplooid en verwrongen: de verdraaiingen in zijn gezicht waren afschuwelijk herkenbaar. Mitwisser in zijn melancholieke diplomatenpak met vest, Mitwisser die lachte, leek precies op de Mitwisser ik had meegemaakt in de overvloed van zijn verdriet.

Hij stormde op de zwerver af, omhelsde hem en kuste zijn beide wangen. 'Welkom, welkom,' riep hij.

'Ho, ik word hier gewurgd. Hank, laat m'n nek los, verdorie! Bill! Hé! Kun je die mensapen niet van me af halen, Rudi?' Hij sloeg als een wildeman om zich heen en brulde; hij had Mitwisser Rudi genoemd, wat ondenkbaar was. In dit huis vol regels had hij geen regels.

Alleen Anneliese bleef op afstand. De vlechten zaten weer als slakkenhuisjes rond haar oren. Haar oorbelletjes fonkelden. Ze keek de natte wildeman met zijn woeste voorlok en woeste gebrul aan en zei vormelijk: 'Dit,' haar handpalm naar mij uitgestoken, 'is de mentor van mijn broers. Van toen we net aankwamen.' Maar ik was degene, niet James, wiens aanwezigheid werd uitgelegd, want hij was voor hen allemaal zo vanzelfsprekend als de regen; dus ik deed wat van me werd verwacht en stak mijn hand uit en zei mijn naam.

'Rosie,' herhaalde hij, en Anneliese zei: 'Ze typt voor papa.' Ik keek toe hoe ze de spullen van de man aannam, de rugzak, de koffer, de gebreide muts, het jack met de gerafelde kraag, alles doordrenkt en druipend van de regen, en zag hoe hij ze aangaf zonder een poging haar aan te kijken, kraaiend en stralend naar de jongens, zijn arm strak om Mitwisser geslagen. Ze verdween met zijn bezittingen en hij leidde de rest het huis binnen in een jubelende optocht; hij was een Rattenvanger, hij maakte met iedereen schik. 'Hé jij! Rosie!' riep hij. 'Waar is de kleine? Haal me die Wally eens, ik moet die kleine Wally zien!'

Boven aan de trap trof ik mevrouw Mitwisser, blootsvoets en weer in haar nachtjapon; een uur geleden was ze nog helemaal aangekleed. De bovenste tree was bezaaid met stukjes papier.

'Hij is hier,' zei ze.

Ik raapte een handjevol papiersnippers op. 'Wat is dit?'

'Hij is gekomen. Nu is hij gekomen.'

Jane Austen lag uiteengereten, bladzijde na bladzijde verscheurd en als confetti uitgestrooid langs een pad dat eindigde, of begon, aan het voeteneind van mevrouw Mitwissers bed. Ninel had ervan genoten!

# 18

Iedereen moest wennen aan de nieuwe kamerindeling. De drie jongens waren in één kamer gepropt, de kamer die van Gert en Willi was geweest. Maar nu kwam Heinz erbij, een indringer die Anneliese imiteerde en de anderen allerlei dingen opdroeg. Zij protesteerden met gillen en krijsen en rondvliegende projectielen: pennendozen, kussens, dikke harde ballen van in elkaar geknoopte sokken. De kleine voorraad bezittingen van Anneliese lag opgehoopt in een hoek bij Waltrauts wieg. Ledikanten werden van verdieping naar verdieping gesleept. Al die verplaatsingen gebeurden omwille van James, omwille van de immensiteit van zijn komst. Hij was gekomen, hij was hier. Annelieses bed was zijn bed, waar Anneliese had geslapen sliep hij nu, vlak bij Mitwissers schuilplaats. Alleen professor Mitwisser werd met rust gelaten. En hoewel ik mijn plek bij mevrouw Mitwisser behield, stonden de muren van ons gezamenlijke slaapvertrek, trillend van het gestomp van de jongens meters verderop, onder de stroom van een grotere verandering dan de verplaatsingen op het rigide schaakbord dat ons kleine huis was. We waren tot dan toe met achten, of liever gezegd: zij waren met hun zevenen geweest, en ik, de huurling, was nooit een huisgenoot geworden. Nu waren we met z'n negenen en de negende was meer dan een huisgenoot. Hij was een macht. Er lag macht in zijn gelach en het gelach kroop in de muren.

Mevrouw Mitwisser kwam onder geen beding naar beneden; ze at van een blad in haar bed. Het was weer als in Albany: het blad met de etensresten dat klaarstond om opgehaald te worden. Maar ze was stil. Ze haalde haar kaarten weer tevoorschijn en legde die uit op het houten kastje, terwijl haar nijdige ademhaling in geluidloze slierten uit haar opborrelde. Annelieses avondlijke lessen waren gestaakt; nu zat James bij Mitwisser. De deur stond wijdopen. Het was alsof een ooglid was opgetrokken. Gepraat zwermde naar buiten, gepraat en de roestige trillingen van Mitwissers vervreemde hilariteit die in plotselinge schrille mekkerkreten uit zijn zware donkere bas barstten. James had een lichte, dunne stem. Zijn ogen achter hun lenzen waren kleine observatie-instrumenten; zijn brillenglazen flikkerden en de lichtstralen gleden zoekend langs alle hoekjes. Hij was een soort detective. Hoe lang zou hij blijven? Er was geen teken dat hij zou vertrekken. 's Ochtends, als Mitwisser op weg ging naar de bibliotheek en de jongens naar school (nu met tegenzin, ze klampten zich plagend en duwend aan James vast), tilde hij Waltraut op en zwaaide haar tussen zijn benen en zei tegen haar dat ze een muisje was en hij een grote leeuw, en dan dat zij de leeuw was en hij de muis en dan rende ze rond en verstopte zich gillend van plezier. Maar er waren nu ook dagen dat Mitwisser zijn hoed niet opzette en zijn aktetas niet pakte om met die snelle reuzenstappen de straat uit en naar de trein te lopen. Dan nam hij in plaats daarvan James bij de arm en voerde hem zijn studeerkamer binnen. Ze mompelden samen in het zonlicht dat door het hoge raam naar binnen viel. Zelfs het licht leek nieuw; het was me nog nooit opgevallen hoe het een witte rechthoek op het vloerkleed stempelde. Niemand riep me. Anneliese gaf me weinig opdrachten. Ze bracht haar moeder haar maaltijden en kwam weer naar beneden. De blauwe aders in haar doorschijnende slapen klopten flauwtjes; voor het eerst zag ik dat ze op Willi leek. De dagen waren nu anders. De nachten waren anders.

Dozen begonnen aan te komen. Grote en zware dozen. Een ervan was bruin en heel groot en werd binnengedragen op de schouders van twee mannen: een bed voor Waltraut. Een andere doos bevatte een stuk of zes poppen, elk in een nationale klederdracht: een Spaanse pop, een Poolse pop, een Zweedse pop, een Tiroolse pop, een ratjetoe van petticoats en kleurige hoofdtooien en zijden bolero's, en een Schotse jongenspop in een kilt met ruiten, met een opgenaaide kleine doedelzak, en nog een jongenspop gekleed als clown, met een geschminkt gezicht en een plooikraag. En daarna verdween Waltrauts wieg, hoewel ik nooit heb geweten hoe. Er kwam een doos voor Heinz: een Erector-bouwdoos en een vierkante elektrische klok zonder wijzers, maar met grote getallen die vanuit het niets omlaag vielen en op hun plaats klikten. Voor Gert een autoped met blauwe handvaten en een mondharmonica en een vloot van drie dubbeldekkers met elastiekmotoren. En voor Willi rolschaatsen en een vogelkooi van balsahout met daarin een gele kanarie gemaakt van calico, die zong als je aan zijn snavel draaide.

Voor Anneliese was er niets.

Als Mitwisser weg was zat James in zijn studeerkamer, die sacrosancte grot die niemand durfde te betreden. Waltraut volgde hem er soms heen als ze elkaar achterna zaten en dan wervelden ze getweeën van hoek naar hoek, Waltraut half wild van de opwinding en James die maar 'Muis! Muis!' riep. Dan kwam Anneliese en lokte Waltraut mee. Waltraut was opgeleefd. Het was alsof ze uit haar melancholie was ontwaakt en weer een gewoon kind was geworden.

Maar in huis was het niet gewoon. De deur van Mitwissers studeerkamer stond steeds open. Toen ik er eens langskwam, zag ik James in Mitwissers stoel zitten terwijl hij zijn hand liet gaan over Mitwissers mysterieuze boekdelen. Hij pakte ze vast als een hond, nieuwsgierig maar niet-begrijpend. 'Hé, Rosie,' riep hij. 'Kom me eens iets uitleggen.'

Het was elf uur in de ochtend. De jongens waren naar school en Anneliese had Waltraut meegenomen. Ze waren naar de schemerige winkels onder het spoorwegviaduct, Waltrauts kleine handje in die van Anneliese. Ook dat was iets nieuws. Haar oude pop uit Berlijn, die met de benen van stro, had ze weggedaan. De pop was tegelijk met haar wieg verdwenen en ze keek er niet meer naar om. Ze vergat haar diepe kinderlijke middagdutje. De geuren van de herfst waren overal, de geur van rood en bruin verkleurende bladeren, en de hitte ebde weg uit de trottoirs. Onze zomerse wandelingen leken ver weg en onwerkelijk.

Mevrouw Mitwisser volgde alles wat beneden gaande was, zelfs twee verdiepingen onder haar. Ze boog haar hoofd en luisterde. Ik wist zeker dat ze op dit moment haar hoofd boog. Haar gehoor was scherp. Haar oren waren gretig en kwaad.

'Dit spul is allemaal Grieks voor me,' zei James. 'Ik kom er niet achter of ik het alfabet op zijn kop of achterstevoren heb.'

'Volgens mij zitten er ook echt een paar Grieken bij,' zei ik.

'Daar kom jij ook niet uit, zeker?'

'Nee,' zei ik, 'ik ook niet.'

'En dit?' Hij wees met zijn duim een plek op de bladzijde aan.

Ik had die tekens de laatste tijd vaker gezien. 'Ik geloof dat het Hebreeuws is, maar het kan ook Aramees zijn. Tot nu toe houdt professor Mitwisser me bij die boeken vandaan, hij zegt dat ik er niet klaar voor ben. Anneliese is de enige.'

'Waarom zou je je neus in iets steken als je niet weet wat het is, bedoelt hij dat?' Onder zijn flikkerende brillenglazen liet hij een dun satirisch fluittoontje horen. 'Ik geef er niks om, zelf. En Duits? Kun je Duits lezen? Veel hier is in het Duits. En dit dan, Arabisch? Arabisch, ja, dat kan ik wel zien, ik heb daar gewoond.'

'Ik kan er niets van lezen.'

Hij had het zichzelf gemakkelijk gemaakt in die kamer. Hij had zijn theekopje meegebracht.

'Zeg, maar wat doe jij voor Rudi? Annie zegt dat je dingen uittypt...'

'Professor Mitwisser dicteert en ik typ.'

'Op dat oude wrak daar? Die rammelkast?'

Daar lag ze, opzijgeschoven: de typemachine met de spleet in de w. Ik stond zenuwachtig in de rechthoek ochtendlicht. Het brandde me in de ogen. Ik dacht aan mevrouw Mitwisser die boven haar groezelige speelkaarten door haar vingers liet gaan; ik dacht aan geld.

'Professor Mitwisser heeft me al in Albany aangenomen,' zei ik.

'Hij heeft je aangenomen? In dienst?'

'Hij had een advertentie in de krant gezet en daar heb ik op gereageerd.'

'Hij heeft je aangenomen?' zei hij weer. 'Dat betekent een salaris, niet? Goed. Vijftien... nee, achttien dollar per week. Is dat genoeg?' Het slinkse fluitje. 'Je moet iets waard zijn voor Rudi, anders was je hier niet.'

'Ik doe wat ik kan,' zei ik.

'Ik heb gehoord dat je de Frau Doktor zover probeert te krijgen dat ze algemeen beschaafd Engels gaat praten. Dat zou Rudi mooi vinden. Als je dat voor elkaar kreeg zou je hem een dienst bewijzen. Sommige mensen moeten hun leven veranderen, anders hebben ze helemaal geen leven. Maar Rudi niet, die moet volhouden. Rudi is een groot man, Rudi is geweldig – ik hoop dat je dat begrijpt.' Hij nam een slokje van zijn thee, keek me recht aan over de halve maan van het kopje en klokte de rest weg. 'Wat deed je daar, in Albany?'

'Ik zat op de kweekschool.'

'Annie zegt dat je daar weg was.'

Waarom vragen als hij het antwoord al wist? Ik zei: 'Ik woonde bij een neef die ging trouwen, dus ik moest weg.' Om redenen die ik nauwelijks doorgrondde, voegde ik eraan toe: 'Zijn vrouw is communist.'

Dit maakte hem lang aan het lachen. Ik herkende die lach; hij was als een golf door de kinderen getrokken, hij was door Mitwisser getrokken. Ik hoorde hem 's avonds, vermengd met het schokkend gebroken kraaien van Mitwisser.

'Een communist? Serieus, als jouw nicht het ooit voor het zeggen krijgt, ben ik de sigaar. Dan neemt ze me te grazen. Want ik ben een regelrechte plutocraat, dus ga maar na.'

Plutocraat was echt een woord voor Ninel. Ik wilde uitleggen dat ze geen nicht van me was, dat Ninel en Bertram niet echt gingen trouwen, maar net op dat moment schokte het plafond boven ons hoofd van een gongslag alsof er een monumentale munt op de grond was gesmeten.

'Mevrouw Mitwisser!' zei ik, en rende weg om boven te gaan kijken.

Ze had haar ontbijtblad aan de andere kant van de slaapkamer in de gang gesmeten, de nauwe overloop waar Anneliese me had toegefluisterd dat James in aantocht was.

'Hij trekt aan je, hij trekt je aan zijn kant! Hij koopt je, hij geeft geld! Met zijn geld, laat hem in het El Dorado gaan wonen, niet hier!'

Een paar dagen daarna, laat in de middag, werd er nog een doos, compact en zwaar, aan de groene voordeur afgeleverd. De jongens gingen in een kring om Anneliese heen staan toen ze hem openmaakte. In de doos zat een glimmende zwarte Royal typemachine, met de geur van nieuw metaal en verse olie. De oude machine, het fossiel, was verdwenen.

'Kijk eens hoe goed James voor je is,' zei Anneliese tegen me. 'Een vreemde, net als jij zelf. Als papa thuiskomt zal hij zó opkijken.'

'Welnee,' riepen Gert en Heinz en Willi allemaal tegelijk uit.

'Welnee,' zei Waltraut. Het was haar eerste Engelse woordje.

Niet lang daarna kwam ik erachter dat El Dorado de naam was van het meest luxueuze hotel in Berlijn.


## 19


De nieuwe typemachine werd in een kast gestald. Professor Mitwisser had hem nu niet nodig; hij had mij niet nodig. Elke avond dronk hij met James thee in zijn studeerkamer. Anneliese bracht het theeservies binnen op een dienblad; nogal wat anders dan de gebutste blikken schotels die mevrouw Mitwisser boven kreeg gebracht. Dit servies was gemaakt van porselein, met bijpassende kopjes en schotels rondom versierd met gele rozen, en een melkkannetje en een suikerpot en een dikke ronde pot. De kopjes waren goudomrand. Net als de nieuwe typemachine en het speelgoed en Waltrauts bed waren de theespullen pas onlangs in huis geïntroduceerd. De 'theespullen', zo noemde James ze. 'Mijn moeder was dol op theespullen,' zei hij, 'ze had er tientallen'; en vanwege dat 'tientallen' verdacht ik hem van parodie.

Hij schonk thee in voor Mitwisser. In zijn eigen kopje goot hij nog iets anders; ik zag een grote amberkleurige fles bij zijn voet staan. En ik bedacht dat als hij hier 's ochtends rondhing met zijn theekopje er whisky in zat.

'Die daar met zijn schnaps,' wierp mevrouw Mitwisser me vanaf haar kussen toe. 'Hij zit bij mijn man en doet de ha-ha-ha, *dieser Säufer!*'

Het taalproject was gestaakt. Overreding noch verleiding hadden nog effect op mevrouw Mitwisser. 'Tsjeen Osten', wijlen, was afgevoerd en uitgebannen. Mevrouw Mitwisser bleef in bed en rommelde met haar kaarten. Ze taalde niet naar een boek in het Engels. Ze taalde naar geen enkel boek. Ze gaf een gil – het was meer gillen dan janken – als ik haar probeerde voor te lezen. In plaats daarvan ging ik Waltraut voorlezen (er was plotseling een doos vol plaatjesboeken tevoorschijn gekomen), maar vaak genoeg werd ze bij me vandaan gegrist door Anneliese: James, legde ze uit, wenste een wandelingetje te maken met de kleine Wally. Dan vertrokken de drie, Anneliese en Waltraut en James, naar een van de met onkruid overgroeide velden, hooiachtig en herfstig nu, die de buurt omringden. Op een ochtend verscheen een taxi. 'We zijn met de kleine Wally naar de dierentuin,' kondigde James aan. Anneliese zei 'Zorg voor mama', en zij en James tilden Waltraut tussen hen in op de bank en sloten het portier, en de taxi bromde weg.

Voor mevrouw Mitwisser kon ik niets doen. Ik mocht haar geen eten meer brengen. Ze nam het niet van me aan; de aanklacht luidde dat ik James' geld in mijn zak had. Weer had ik geen taken; toch stopte Anneliese me twee weken na mijn gesprek met James stilletjes een twintigdollarbiljet, een tiendollarbiljet, een vijfdollarbiljet en vier zilveren kwartjes in de handen. Behalve het tientje en de munten verstopte ik alles samen met Bertrams blauwe envelop, niet onder de *Bear Boy* in de dressoirlade, zoals eerder, maar in een nieuwe bergplaats. In de achtertuin was ik gestruikeld over een van Willi's afgedankte gymschoenen, gescheurd en doorweekt en onder de modder. Die leek me een onneembare verstopplek, immuun voor diefstal. Ik liet hem drogen, maakte hem zo schoon als ik kon en propte er Bertrams geld in en een groot deel van het geld dat Anneliese me had gegeven. De gymschoen lag opgesloten in mijn koffer en de koffer zelf was veilig opgeborgen onder mevrouw Mitwissers bed.

Ik had niets te doen, ik was vrij. Hele dagen gingen voorbij waarop James Anneliese meenam op weer een volgend uitstapje. 'De kleine moet naar buiten,' zei hij. 'Je kunt een kind niet zo in een kooitje houden.' Taxi's kwamen en gingen, terwijl ik door het lege huis doolde, zelf gekooid, en luisterde naar mevrouw Mitwissers aanhoudende zuchten en kreunen. Binnensmonds geprevel en gemopper was in de plaats gekomen van het grove zingen; ze riep geheime betoveringen en vervloekingen over het huis af. Ik begon uit de ramen te kijken, uit dit raam en dat, maar er was weinig te zien, alleen de grijze stoepranden, de rij kleine woningen met hun lage groenblijvende heesters, het modderige lapje achtererf waar ik onder de enige boom Willi's doorweekte gymschoen had gevonden. Hier en daar een driehoekje lucht. Vanuit het raam van de kamer van de jongens was de lucht het grootst, met daartegen, in de verte, een donkere horizontale vlek: de hoge spoorbrug, straten verderop, met daarop de golvende rails naar de echte stad, en naar de grote Bibliotheek waar Mitwisser dag na dag zijn zware werk deed.

Als de jongens na school binnen kletterden, bracht Heinz mevrouw Mitwissers blad middageten naar boven. Die ochtend vroeg had de taxi Waltraut en haar stel begeleiders afgevoerd, dit keer gelokt door een poppenkastvoorstelling. Naar het scheen waren er meer poppenkastvoorstellingen dan iemand ter wereld wist, en meer speelgoedwinkels en draaimolens, en meer onontdekte verafgelegen speeltuinen. Mevrouw Mitwisser zat met een woeste rode blik die haar oogleden deed opzwellen rechtop in haar nachtjapon en kauwde sloom kwaad op haar toast. Vlakbij, in de smalle gang voor haar deur, joelden de jongens plat op hun buik om een spelletje Monopoly. Een cadeau van James, een prijs meegebracht van Waltrauts laatste uitje. De dobbelstenen ratelden, er klonken kreten van hilariteit. Een spel voor gokkers; ik hoorde mevrouw

Mitwisser mompelen 'Er soll zum El Dorado gehen' (de El Dorado was een van haar toverwoorden geworden); ik dacht aan mijn vader die op Croft Hall om een paar schoenen dobbelde, trok mijn jas aan en verliet het huis.

De rit naar de stad was lang. De trein vertrok in de lucht, bleef een tijd gelijk met de daken en boomkruinen, werd dan toenemend overschaduwd door de bovenverdiepingen van pakhuizen en fabrieken tot hij schuddend het oogverblindende duister van de tunnel in verdween. Toen ik op 42nd Street uit de ondergrondse bovenkwam, stond ik midden in een stroom rasse schreden, grijze gleufhoeden als een veld doorgeschoten paardebloemen, haastige vrouwen op klepperende Chinese hakken. Een gedenatureerde wind die rook naar trolley-ozon. Onder de stoffige torens van Manhattan spoedde de zon zich ten onder.

Ik zocht me in die menselijke rivier een koers naar het zuiden en zag op de hoek van Fifth Avenue in de invallende duisternis een paar leeuwen met stoïcijnse flanken en struise manen, en daarachter de brede stenen traptreden van de Bibliotheek, waarop zwervers hurkten met hun bundels. De deuren door, marmer boven en marmer beneden: een koninklijke hal, geboende gangen behangen met manuscripten en oude prenten, een imposante marmeren trap en dan de bovenaardse grot van de Leeszaal, uitgestrekt, onmetelijk, zijn verre plafond besneden en goud geschilderd, zijn muren bekleed met eikenhouten catalogi (duizend laden, een miljoen kaarten), de immense tafels breed en glanzend, bespikkeld met groen overhuifde lampen, de honderd mannen en vrouwen ineengedoken of half achterover gezeten, boeken die open lagen als vluchten stervende vleugels, de ruis van bladerende vingers. Een nevelige, sluierachtige afwezigheid roerde zich in de ruime leegte boven al die kromme nekken, alsof er geesten speelden in het niets, onzichtbare gedaanten die het geluid neurieden van de geluidloosheid.

In een geheim kamertje in die uitgestrektheid, een hoekje omkaderd door kasten die haaks op elkaar van de muur uitstaken, ontdekte ik het Hotel El Dorado. Het stond vermeld, met foto's, in een broze oude reisgids getiteld *Grand Inns of Europe: The Modern Tourist's Guide*. Ik trok hem van zijn plek, ingeklemd tussen grote ingebonden landkaarten (naties die geen naties meer waren) en afbrokkelende stadsgidsen (Turijn, München, Glasgow, Reims, Aarhus, die fleurig genaamde nederzettingen in de Oude Wereld met hun legendarische verborgen straten) en las: *Het meest illustere hotel van Berlijn. 55 suites met salon en bad. Drie luisterrijke diner-zalen, selecte wijnen, beroemde orkesten, avondgezelschappen welkom, uniform toegestaan.* Een foto toonde een luifel met franje, een portier met thea-trale epauletten, een knappe jonge vrouw met pagekapsel, glimlachend onder een clochehoed. Uniform toegestaan; de officieren van de Kaiser, een achterhaald regime. Was dit een van de hotels waarin de Mitwissers vastberaden binnen waren geparadeerd, in hun beste kleren, met de pre-tentie dat ze de rechten van wettige gasten bezaten, om gebruik te ma-ken van het toilet in de lobby? Op de volgende bladzijde nog twee foto's, met op de eerste de voorgevel van het El Dorado: hij leek op een kathe-draal, met torenspitsen en waterspuwers. De andere toonde een enorm bed overladen met satijnen kussens met ruches; het bijschrift luidde RUST VREDIG IN DE MEEST GASTVRIJE STAD VAN DUITSLAND.

Ik schoof de *Modern Tourist's Guide* terug in zijn nis; het brosse linnen omslag scheurde met een rasperig geluidje. Een jaap. Aan beide zijden daalden kaartfragmenten neer.

Al die gebogen nekken. Schrijfblokken en vulpennen. Piramides van naslagwerken. Geschiedenissen. Verloren talen. Mannen in hemdsmou-wen en vesten, zigzaggend met hun pen; hier een vrouw die bezeten aantekeningen maakte van getallen onder een vergrootglas. Rusteloos geschuifel van voeten, een hand gestrekt tegen het licht van een lamp met bronzen voet en groene kap. Ellebogen die bewogen. Kromme nek-ken; meer strekkende ledematen; geeuwen.

Ver weg over de volle lengte van de Leeszaal, een eeuwigheid ver weg, zat professor Mitwisser. Ik zag zijn reuzenrug met zijn monumentale schouders; ik zag een bobbel op de tafel voor hem: zijn hoed. Overal rondom het geritsel van papieren die werden verzameld, schrapende stoelpoten, boeken die dichtsloegen als even zoveel pistoolschoten. Het was half zes; de grote zaal liep leeg. Ik zocht mijn kronkelweg door de gangpaden tot ik Mitwisser zo dicht was genaderd als ik durfde. Zijn tas stond slap en ongeopend op de stoel naast hem. De grenzeloze vlakte van die enorme tafel strekte zich volkomen leeg van rand tot rand; de leeslampen werden plotseling donker. 'Sluitingstijd, we gaan sluiten,' waarschuwde een stem, een verre ijle vrouwenstem vibrerend uit een leegte. Mitwisser zat roerloos. Zijn hoofd een zwaar gevallen ding. Zijn armen in hun lang gedragen wollen mouwen. Zijn ogen, angstwekkende blauwe kijkers. Dit was de man wiens avonden sinds kort met gelach heengingen, met James' komedie. Hij deed me nu denken aan een mummie in een uitstalkast: een mummie wiens windsels waren gestolen.

## 20

Ik zag hem daar ook de volgende dag, en een paar dagen later. Ik kon gemakkelijk uit huis weg. Niemand lette op me, niemand merkte het. Ik koos alleen de tijdstippen dat Anneliese er met James en Waltraut vandoor was op een van hun dagvullende excursies, en daarvan kwamen er steeds meer. Ik het begin wachtte ik tot de jongens thuiskwamen van school, om half vier, en Heinz mevrouw Mitwissers blad naar boven bracht; de maaltijd die Anneliese of ik die ochtend had klaargemaakt. Maar na een tijd leek wachten zinloos. Mevrouw Mitwisser sliep toch. Ze had de gewoonte al vroeg in de middag in te dutten en ze werd pas wakker als haar zoons met hun geraas de hal binnen kwamen stormen.

Om een uur zat ik al in de trein, de diepte van de stad in. Was het slecht om mevrouw Mitwisser in een leeg huis aan haar lot over te laten? Ik was op weg naar nog slechtere dingen: ik wilde professor Mitwisser nog eens bespioneren. Dat was aanvankelijk niet mijn bedoeling geweest. Ik was van plan hem aan te schieten – wat zou hij schrikken! – en hem uit te leggen dat ik hem graag wilde helpen: was ik daar niet voor aangenomen? Ik stond klaar om boeken te halen, zelfs bladzijden over te schrijven, zolang ze geschreven waren in een alfabet dat ik kende en dat ik, met hoe veel moeite ook, kon kopiëren. Mijn plan was mijn diensten aan te bieden. Maar er was geen werk. Hij was punctueel, hij was een man van regelmaat. Hij werd gedreven door het plichtsbesef van de wetenschapper. Hij kwam elke dag met zijn hoed en zijn aktetas.

Ik zocht een plek aan een tafel schuin achter hem en keek naar hem. Hij zat niet altijd stil. Soms haalde hij een vel papier uit een zak en een pen uit zijn vest en legde ze naast elkaar. Dan nam hij de pen op, kraste een paar woorden en liet hem weer vallen. Of hij duwde zijn stoel achteruit en wandelde naar de grote centrale balie om een dik boek te halen dat hij had opgevraagd. Onder dat immense plafond vloeide de macht uit zijn schouders en kromp zijn grote gestalte. De dagelijkse reis, de punctualiteit, de regelmaat, allemaal schijn. Zolang James in huis was zou de Royal opgeborgen en monddood blijven. Hij was een man zonder plek in de wereld. Ik voelde me alsof ik een ontwijding bespioneerde. Het was spannend: zou hij op- en rondkijken, zou hij me in zo'n onverwachte omgeving herkennen? En zo ja, wat zou ik dan zeggen, wat zou er gebeuren? Om het lot te tarten, ging ik aan de tafel recht voor de zijne zitten, pal in zijn gezichtsveld. Maar zijn blik was gefixeerd op zijn hoed.

Het was over drieën. Zijn hoofd was nu gevallen. Ik zag de kreukels in zijn nek en dacht aan mevrouw Mitwisser, moederziel alleen in een trance van droefenis. De late herfstzon wierp door een granieten masker houtskoolgrijze schaduwen aan de voeten van de Leeuwen. Terwijl ik de brede stenen trappen afdaalde richting Fifth Avenue golfde vanaf de straat een ritmisch geroep omhoog, in slordige salvo's, alsof er tientallen roeiboten met blaffende stuurlui voorbijkwamen. De staart van een groep demonstranten met spandoeken en borden stond op het punt uit elkaar te gaan. De haag toeschouwers was al in een chaos opgelost en alles wat overbleef waren een paar disputanten die bleven hangen. Een bebaarde man met een zigeunerhalsdoek sprong met een druipende verfkwast op een van de Leeuwen af, kladderde een rode veeg over zijn klauw en rende de trappen op. Een politieman te paard gaf een gil en klepperde weg. Een vrouw met stekels en een mannenbroek liet zich op de onderste tree zakken, kwakte de steel van haar bord neer en keek naar me omhoog.

'Wel, wel, wel,' zei ze. Haar stem klonk hees, ze was een van de stuurlui. 'Als dat niet de kleine boekenwurm zelf was, die Bert buiten heeft gezet, precies waar je haar zou verwachten...'

'Bertram heeft me niet buiten gezet,' zei ik.

'... pal voor het monument voor de uitbuiterbaron, kijk eens aan...'

Ik herhaalde: 'Bertram heeft me niet buiten gezet. Dat was jij.'

'Je kunt niet zeggen dat je niet beter uit bent. Je mag me wel bedanken dat je uit Albany weg ben, ik hoorde al dat je weg was,' zei Ninel. 'Albany is een dood gat. Ik heb het Bert gezégd dat ik me daar niet liet begraven.' Ze zette haar bord rechtop: in grote paarse letters stond erop NCDPP, en daaronder, in kleinere zwarte letters: NATIONAL COM-

MITTEE FOR THE DEFENSE OF POLITICAL PRISONERS. 'Ik zit nou in de Village. Actie genoeg in de Village.'

Het trof me dat ze 'ik' had gezegd, en niet 'we', dus ik vroeg waar Bertram was.

'Achtergebleven waar ik hem achtergelaten heb. Hij is uit mijn oude huis weg, dus wie weet. Een nepfiguur; die was niet serieus. Voor hem was het allemaal sentiment, alsof sentiment iets beters is dan gesnotter. Met snotteren beréik je niks.'

Boven haar hoofd bloedde de klauw van de Leeuw verf.

'Zie je dat? Zo bereik je iets.' Ze wees met haar stok omhoog, naar de grote deuren van de Bibliotheek. Weet je wie dat ding heeft gebouwd?'

'Hij is gratis,' zei ik, 'iedereen kan er gebruik van maken...'

'Weet je wat gratis was? Het werk van de arme drommels die die stenen moesten sjouwen! Nee, ga maar door, hebt uw weldoener lief...'

Het was net als vroeger: Ninel bracht me in de war en maakte me bang. Haar woorden klonken net zo als het bord op haar stok.

'Mijn weldoener was Bertram,' zei ik.

'Dat zou ik zeggen. Je hebt geld van hem gehad.'

'Hoe weet je dat...'

'Die blik van het Meisje met de Zwavelstokjes van jou? Ik heb het uit hem gewurmd. Hij heeft je geld gegeven dat naar de beweging had moeten gaan. Dat was de druppel.'

'Ninel!' riep iemand.

'Hé, Charlie – Charlie!' Ze stond op en zwaaide: de bebaarde man met de halsdoek kwam de trappen van de Bibliotheek af gestuiterd.

'Even wezen pissen in John Jacob Astors eigen latrine,' zei hij. 'Beetje opgeknapt ook. Joekel van een A voor de MEN gezet. Zat zonder verf, heb de kwast maar in de plee gedouwd. – En wie is dit?'

'Zo'n parasiet uit Albany. Haar papa kwijlde met de hoge heren. Hier,' zei Ninel en duwde me de lange steel van haar bord in de handen, 'steek die maar in de reet van je weldoener,' en liep weg met de man met de rode halsdoek.

Parasiet. Precies het woord dat mevrouw Mitwisser gebruikte.

# 21

328 St. Peter's Street
The Bronx, New York
26 oktober 1936

Lieve Bertram,
Ik heb al eerder geprobeerd je te schrijven, op een zieke oude typemachine, maar ik wist niet waar ik een brief naartoe moest sturen, en ik
weet het nog niet. Zoals je ziet is dit een mooi nieuw lint, en de machine
komt net uit de winkel. Ik ben de eerste die erop typt, al is hij niet van
mij. Ik heb hem uit de kast gehaald waarin hij was opgeborgen; hij is
gekocht voor mijn werkgever, professor Rudolf Mitwisser, die

26 oktober 1936

Lieve Bertram,
Wist ik maar waar je woonde, dan kon ik je deze brief sturen! Ik kan
hem natuurlijk naar het ziekenhuis sturen, als je nog in de apotheek
werkt, maar het lijkt me om de een of andere reden lijkt het me niet

26 oktober 1936

Lieve Bertram,
Je zult ervan opkijken als je hoort dat ik Ninel heb gezien! Ze kwam
van een demonstratie en ik zag haar net toen die uit elkaar ging. Ze had
een bord en haar haar was korter dan ik me herinnerde, maar verder zag
ze er precies hetzelfde uit. Het was een of ander protest en ze was met een
man die met verf gooide. Dat was in New York, op Fifth Avenue.
Dat was in New York, waar ik wo
Ik woon niet precies in New Yo
Overal mensen, en politie, en lawaai en geschreeuw. Ik was in de
bibliotheek op 42nd Street in mijn hoedanigheid als assistent van
Ik assisteerde daar

26 oktober 1936

Lieve Bertram,
Ik heb gehoord dat Ninel je in de steek heeft gelaten
Ik heb gehoord dat Ninel bij je weg is, dus het is achteraf maar goed
dat jullie niet echt zijn getrouwd
Ik heb gehoord dat jij en Ninel uit elkaar zijn, en ik weet niet of jullie
nog contact hebben, ondanks alles, maar als dat zo is, weet je waarschijnlijk wel dat ze

26 oktober 1936

Lieve Bertram,
Ik denk nog altijd met genegenheid aan je. Ik heb je gisteren nog mijn
weld

26 oktober 1936

Lieve Bertram,
Als je nog contact hebt met Ninel (ik heb begrepen dat ze niet meer bij
je woont), heb je misschien gehoord dat zij en ik elkaar hebben ontmoet,
even, op straat in New York. Maar dat was niet de enige verrassing van
die dag. Je herinnert je vast nog wel een paar van de dingen die in die
doos zaten die ze me na het ongeluk opstuurden uit Croft Hall. Die
schoenen bijvoorbeeld, zo goed als nieuw. Die heb je aan iemand in het
ziekenhuis gegeven. En je herinnert je waarschijnlijk dat kinderboek, een
van de Bear Boy-serie, in niet zo'n beste staat. Jij dacht dat mijn vader
het misschien had bewaard omdat hij er een of ander sentimenteel gevoel
bij had en het scheelde maar weinig of ik had het van je aangenomen.
Maar nee, Bertram, nee! Hij zag dat het waarde had, hij zag dat hij er
iets aan kon hebben. Ik bedoel dat hij gokte dat het hem ooit een mooie
winst kon opleveren. Daar ben ik allemaal achtergekomen door Willi, de
jongste zoon van professor Mitwisser, die ik assisteer bij die me heeft
aangenomen het heeft geen zin het heeft helemaal geen zin mijn god ik
klink als Frau Doktor M

106

## 22

Ik kon Bertram niet schrijven. Ik dacht dat het kwam doordat ik een hekel had aan de nieuwe typemachine. Hij viel, net als de theespullen, onder James' regime, waarin elk vast ritueel werd afgeschaft en elke gewoonte achterhaald begon te lijken. James had zowel gezondheid als ziekte in huis gebracht. Waltrauts hele gezicht, tot en met het driehoekje van haar kin, was gaan blozen. Haar mond was gretig en ontblootte haar kleine tandjes. Ze sprak Engels en vergat het Duits. En Anneliese: zij was sereen, ze was vervallen in een pose van onverschilligheid, ze leek bijna willoos. Ze liep met vloeiende lome stappen. Ze gaf de jongens niet meer op hun kop. Die waren nu zo ongetemd als een kudde pony's.

Maar mevrouw Mitwisser bleef, blootsvoets en in nachtjapon, weigeren naar beneden te komen en professor Mitwisser droeg de avondlijke vrolijkheid als een kwaal.

Ninels stekelhaar en wijde broek. Haar hatelijkheid en haar stok; het was alsof ze me ermee had geslagen. Bertram had me weggestuurd; hij was niet serieus, het was allemaal sentiment. Hij had me op mijn mond gekust en weggestuurd. Hij had me geld gegeven en weggestuurd.

Toen ik het huis binnenkwam, trof ik ze allemaal in een afwachtend soort stilte, in een kring rond de grote tafel in de eetkamer, in een kring zoals professor Mitwissers vijanden hadden gezeten, maanden geleden, op die luchtloze avond in augustus. Een bosje droge bladeren bleef aan mijn voeten hangen en zweefde me door de open deur voorbij. Waltraut zat in de hoek tegen zichzelf te zingen en ging op in de salto's en pirouetten die ze een van haar nieuwe poppen liet maken; het was de Spaanse, met haar opgestoken haar vastgehouden door een kam, een scharlakenrode jurk met biezen en hoge flamencohakken. Waltraut mompelde en neuriede, ze was rozig en vrolijk en haar kleine tandjes glommen.

Rond de tafel zaten James en Anneliese en Gert en Heinz en Willi. De jongens waren bijna ceremonieel stil, alsof ze uithijgden van een of andere naamloze rite. Toen Willi me binnen zag komen, sprong hij op en rende de kamer uit.

Gert zei: 'Bill heeft je beroofd, hij is een vuile dief.'

'Ik wou het alleen maar aan James laten zien. Ik heb het niet gestólen, ze krijgt het terug...'

'Je bent daar naar binnen gegaan en je hebt het weggepakt.'

'Kom terug hier, Willi,' riep Anneliese. 'Heeft mama je niet gezien? Mama heeft je gezien, of niet?' Ze liet haar bruine ogen van James naar mij glijden. 'Als je thuis was geweest...'

'Ik ben naar de stad geweest. Ik heb iemand ontmoet.'

'Wat doet het er toe waar je heen bent geweest,' zei Anneliese en brak haar zin daar af.

Heinz zei: 'Je kent niemand, dus hoe kun je dan iemand ontmoeten?'

Wat moest ik deze onvriendelijke jongen met zijn lange ledematen zeggen? Dat ik Mitwisser had ontmoet, starend naar zijn hoed? Dat ik Ninel had ontmoet, met haar hatelijkheid en haar stok?

'Ik ben een toverheks tegengekomen op Fifth Avenue,' zei ik. Barse gezichten waren aanstekelijk, overal barse gezichten.

James keek me aan, niet terloops; een nieuwe manier van kijken.

'Waar komt dit vandaan?' vroeg hij.

Toen zag ik de *Bear Boy* met zijn gescheurde schutblad open op tafel liggen.

'Het zat bij mijn vaders spullen toen hij stierf.'

'Jouw vader,' zei hij. 'Is dat een grap, jouw vader?'

'Ik weet niet waarom hij het had.'

'Maar je weet wel wat het waard is, of niet.'

De Berenjongen zat in een boom. Hij had lange losse bruine krullen. Zijn benen bungelden van een tak omlaag. Hij droeg blauwe sokken en bruine schoenen met twee gespen en een witte blouse met een geplooide ronde galonkraag. De kraag was afgezet met een blauwe bies; op een zak was een vogel met een oranje worm in zijn bek geborduurd. Het gras was erg groen; op de grond onder hem stond een buitenmodel groene hoed, hoog en breed en voornaam, zo groen als het gras. De hoed had kunnen doorgaan voor een groen heuveltje, behalve dat er een lange pauwenstaart van groene veren uit omhoog stak.

Eronder stond dit rijmpje:

> *Ik ben echt niet zo blij*
> *Met mij*
> *Maar als ik die jongens zie*

*Met hun rommel en ruzie*
*Ben ik o zo blij*
*Met mij!*

'Die hoed,' zei James, 'is in 1911 voor zestigduizend dollar gekocht door J.P. Morgan.'

'Maar het is maar een plaatje,' zei Gert.

'Een plaatje overgetekend van een echte hoed.'

'Waarom wil iemand zoveel betalen voor een stomme hoed?'

'Vanwege de *Bear Boy*. Alles wat de Berenjongen aanraakte veranderde in geld. Zijn bloezen, zijn brilletje. De Berenjongen,' zei James, 'was de koning Midas van zijn tijd.'

'Dat verhaal ken ik,' zei Gert. 'Wat koning Midas ook maar aanraakte, hield op met leven.'

'Een kleuterverhaal,' zei Gert. 'En die hele Berenjongen is een kleuterverhaal. We hadden het thuis ook, alleen heette het toen de *Bärknabe*...'

'Vertel mij wat,' zei Willi.

'Daar weet je niks van, daar was je te klein voor.'

'Welles, ik weet het nog wel, ik heb het háár zelfs verteld.' Hij wees me aan als een aanklager. En alsof ik terecht was aangeklaagd, voelde ik een vlaag van schuldgevoel, al wist ik niet waarom.

'En dit hier,' zei James, 'is nog massa's meer waard dan die hoed.'

'Maar de voorkant is gescheurd en het zit onder de vlekken...'

'Vlekken van de Berenjongen. Zijn vlekken zijn goud waard. Zijn boter, zijn jam. Het boek dat hij van zijn vader kreeg toen hij vijf was, het boek dat hij met zich mee heeft gesleept tot hij het niet meer kon uitstaan... Wat een grap.'

Anneliese verstijfde. 'Jij moest op mama letten,' kwam ze tussenbeide. 'Zomaar er vandoor gaan en haar alleen laten...'

'Ze sliep. Er kon haar niets gebeuren,' protesteerde ik, 'en de jongens zouden uit school komen...'

'Ze slaapt te veel.' Ze vroeg Heinz: 'Toen je mama's blad naar boven bracht, sliep ze toen nog?'

'Ze waren na school handbal aan het spelen en Gert wilde blijven, dus toen hebben we Willi naar huis gestuurd om het te doen.'

'Ik had toast gemaakt en melk gepakt,' zei Willi, maar zijn nek kleurde rood. Ik had Annelieses nek net zo rood zien kleuren. 'Mama lag niet in haar bed, dus toen ben ik die *Bear Boy* gaan zoeken. Omdat niemand keek, maar het was alleen maar om James te laten zien...'

'Mama lag niet in bed?' zei Anneliese.

'Waar was ze dan?'

Het rood verspreidde zich naar zijn voorhoofd; zijn oren gloeiden, zijn hele hoofd gloeide. 'Ik heb overal in huis gekeken...'

'Zeg waar mama was,' zei Anneliese.

'In James z'n bed. Met een schaar, zijn kussen kapot aan het knippen.'

Tegen mij schamperde Anneliese: 'En daar betalen we je voor?' Het klonk meer als een diagnose dan als een aanklacht, bars en droog.

Maar ik dacht: James betaalt me, jullie niet!

'Wat een grap,' zei James nog eens. Hij klapte de *Bear Boy* dicht en ik begreep wat mijn schuld was. Niet dat ik mevrouw Mitwisser alleen had gelaten. Het was, zoals altijd, mijn vaders ondeugd.

## 23

De volgende ochtend, nadat de jongens naar school waren vertrokken, pakte professor Mitwisser zoals gewoonlijk zijn aktetas, zette zijn hoed op en riep me bij zich. Hij zag er vagelijk onverzorgd uit en ik zag dat hij niet de moeite had genomen zich te scheren. Een dunne witte rijp hing als nevel rond zijn kin.

'U moet nooit meer zo iets doen. U moet nooit meer op die manier het huis uit gaan. Mijn zoons zijn maar kinderen, ze zijn niet verantwoordelijk, u mag niet op ze rekenen. U moet mijn arme vrouw nooit meer alleen laten. Is dat begrepen?'

Zijn hoofd was laag, zijn schouders hoog; zijn schouders waren een grot. Hij zocht zich te voorzichtig een weg door de straat, als een man die zich schuilhoudt.

'Jij past op Waltraut vandaag,' zei Anneliese tegen me. 'Ik moet weg met James.'

'Je neemt haar niet mee?'

'Het is jouw taak om voor Waltraut en mama te zorgen. Onthoud dat alsjeblieft.'

'Het is mijn taak om professor Mitwisser te helpen.'

Verzet was nu gemakkelijk; Anneliese had geen macht meer over me. Ze was inschikkelijk geworden. Het was alsof ze geen macht meer over zichzelf had.

'Papa is de hele dag weg voor zijn werk, dat weet je. En zijn avonden zijn voor James.' Een ei kookte in een pan. Ze was mevrouw Mitwissers ontbijt aan het klaarmaken, maar haar blik dwaalde af naar boven, naar Mitwissers studeerkamer, waar James met zijn theekopje in Mitwissers stoel zat. 'Je moet het Willi niet kwalijk nemen. En ga nu Waltraut halen.'

'Mevrouw Mitwisser wil niet dat ik bij haar in de buurt kom,' klaagde ik.

'Ach, doe gewoon je werk, wil je?' Een ongewone luiheid gonsde in haar keel. 'Ik heb je gezegd: papa en James zijn precies hetzelfde, dat is het enige dat telt.'

Waltraut lag bij James op schoot te spelen met een touwtje.

'Die kleine Wally leert de kop-en-schotel,' zei James.

Ik zei: 'Dat is geen thee wat je daarin hebt...'

'Goed gezien. Helpt een man de dag door. Redt zijn ziel van gisteren.' Hij gaf een duwtje; Waltraut, haar vuistjes verward in een web van touw, gleed van zijn knieën. 'Je had zeker al zo'n vermoeden dat je vader van dobbelstenen hield,' zei hij.

Nu voelde ik zijn macht: de macht die het huis in zijn greep hield, de macht van gezondheid en ziekte, de macht die mevrouw Mitwisser naar haar schaar dreef. Een zwerver, een landloper, een nietsnut, een bezetter! *Dieser Säufer.* Maar hij voelde dingen; hij wist dingen.

'Hij heeft het van me gewonnen,' zei James. 'Ik had het hem ook kunnen geven, ik zoek altijd manieren om van die rotzooi af te komen. Die godvergeten schattige blóezen zijn in Londen terechtgekomen, in een of ander museum daar.' De langgerekte lach. 'Maar die kerel wilde erom dobbelen. Hij zat krap bij kas, en toch wilde hij erom dobbelen.'

Dat was, in de maalstroom van toevalligheden waarvan de wereld naar ik toch al vermoedde aan elkaar hing, de bevestiging dat de Berenjongen met mijn vader had gegokt en dat mijn vader had gewonnen, of dat hij mijn vader listig zijn eigen relikwie van de Berenjongen had laten winnen, bevlekt met de jam van de Berenjongen zelf. Het relikwie was goud waard en ik had het geërfd.

Anneliese stond in de deuropening. 'Hier is mama's ontbijt. Geen cornflakes, ze heeft genoeg van cornflakes, die laat ze staan. Breng het naar boven alsjeblieft, ik heb geen tijd. Tegen James zei ze: 'Ik ben klaar.'

'Ik wil ook mee,' piepte Waltraut met haar hoge lamstemmetje. Ze keek naar James op met haar ronde staarogen; de Mitwisserblik, maar met dit verschil: deze ogen waren gewend geraakt aan een wereld vol poppenkastvoorstellingen en draaimolens.

'Nee, dat wil je niet,' fluisterde James. 'Vandaag wil de muis haar huisje niet uit' – en ik ving onder de sussende woorden de resonantie op van een elektrische bromtoon die scheen te zeggen: je hebt je werk gedaan.

## 24

Mevrouw Mitwisser putte zich weer uit in excuses. Ze bekende schuld aan een grove overtreding, een belediging, ze was een en al berouw, ze had me onrecht aangedaan, me gekwetst, en niet één keer maar twee: eerst had ze mijn geld gepakt en toen had ze me verweten dat ik geld van James aannam. Het eerste was diefstal, het tweede was... ze wist niet wat ze het tweede moest noemen. Ik was een bediende in huis, nietwaar, was ik niet een soort bediende? En als zodanig verdiende ik betaald te krijgen, en aangezien zij ('wij' zei ze, met de verhevenheid van een prinses) zelf niet in staat waren me te betalen... Thuis werden de bedienden, de meid, de kokkin, altijd stipt betaald, elke vrijdagochtend, behalve de gouvernante, Mademoiselle De Bonrepos, die haar salaris de eerste van de maand ontving in een zijden zakje met een trekkoord, altijd met een klein geschenk, zodat het leek alsof het geschenk haar werd overhandigd, niet zozeer het geld, het was niet netjes om zoiets te openlijk te doen, te cru, een gouvernante is geen meid...

Ik vergaf haar keer op keer. Ik keek toe hoe ze diep in haar hardgekookte ei beet. Haar tanden waren zo ordelijk en onbedorven als die van

Waltraut. 'Zie je?' zei ze en liet me het ei met de hap eruit zien: de halve maan die achterbleef nu de kop eraf was. 'Mijn eerste artikelen, die komen van deze beet.' Ze beschreef de curve met haar vinger in de lucht. 'Ik was met Herr Doktor Schrödinger in Zwitserland, in Arosa, de beet is er niet meer, maar toch kunnen we weten waar de vorm gaat, zie je?...' Ze noemden het de Schrödingervergelijking, legde ze uit, een golffunctie die zich uitbreidt in de ruimte, net zoals de ontbrekende omtrek van de hap uit het ei zich in principe uitstrekte buiten de overgebleven massa van het ei. Ze hadden de kerstvakantie van 1925 in Arosa doorgebracht, zij en Erwin, in een goed hotel. Anneliese, toen zes, was thuisgebleven met Mademoiselle De Bonrepos om voor haar te zorgen en in die tijd was het natuurlijk niet gepast, maar haar man wist er niets van, niets, hij was al die tijd in Spanje, in een archief daar, op het spoor van een van zijn geliefde Egyptenaren, Ibn Saghir, was het niet? Ze waren geen geliefden, zij en Erwin, geen moment, in feite waren ze zelfs concurrenten, rivalen. Ze hadden elk hun eigen kamer maar ze werkten tot diep in de nacht in de zijne, en het was in zijn kamer geweest, na middernacht, toen ze wat hadden besteld om op de been te blijven, dat zij in het hardgekookte ei had gebeten, en daar was het, de bliksemslag van het zíen, van de mogelijkheid die ze tot op dat moment was ontgaan, het idee dat het object van hun passie, net als een golf in de zee, bij nader inzien niet geacht kon worden rustig op zijn plaats te blijven hangen, want het was immers een kracht en geen ding, hun ontembare, zwervende, onbestemde elektron! O, wat waren ze uitgelaten; de grap, de komedie, de absurditeit, de opwinding van dat ei! Ze hadden samen geworsteld met de formulering van de vergelijking, het had nachtenlang in beslag genomen, overdag gingen ze lopen, alsmaar in debat, over de bergpaden, in de lobby stond een grote Tannenbaum behangen met bollen van gekleurd glas waarin kaarsen schuilden, ja, men dacht vast dat ze geliefden waren, de Zwitsers blijven achterdochtig... Schrödinger, die arrogante lange jonge Oostenrijker met zijn hoge voorhoofd en zijn oogleden die vochtig trilden, als natte lippen, van de opwinding, en zij zijn toegewezen assistente, een getrouwde vrouw en moeder... Op het Instituut hadden ze haar aarzelend geaccepteerd, ze was een volwaardige collega, toch bleven ze haar zien als Schrödingers ondergeschikte, ze konden in een vrouw geen gelijke zien, maar tegen haar artikelen was geen verweer, die kon men niet negeren, ze was daar dankzij haar artikelen, die waren net zo goed van haar als van Schrödinger, en zíj was degene geweest die in het ei had gebeten... Dat waren tijden! Pauli, Heisenberg, allemaal in de twintig, Fermi was maar drieëntwintig, zijzelf achtentwintig, alleen Erwin Schrödinger was ouder, iets, en ze hadden allemaal andere theorieën, ze waren als een mystieke orde op zoek naar ingebeelde engelen: golven en deeltjes!

'En daarna,' besloot ze – na wat? na Zwitserland? – 'werd ik zwanger van Heinz.'

Ze viel abrupt stil.

In de nauwe gang voor de slaapkamerdeur, precies waar Anneliese me de komst van James had toegefluisterd, talmde Waltraut met een speelgoedauto die ze door een poort in een blokkentoren duwde. De auto botste tegen de toren en die tuimelde ineen in een regen van blauwe en gele blokken. Mevrouw Mitwisser knipperde toen ze de herrie hoorde, keek naar buiten en wendde zich af. Waltraut keek niet naar binnen.

'De kleine spreekt nu altijd Engels,' ging mevrouw Mitwisser verder.

'Kinderen leren snel,' zei ik. Maar wat Waltraut had geleerd, en snel, was bij haar moeder uit de buurt blijven.

'En de jongens, dat worden vandalen...'

'Zo zijn alle jongens.'

'Willi, hij is een dief.'

'Het geeft niet,' zei ik, al vond ik van wel.

Ze wist precies wat er gaande was. Al sliep ze, ze bleef wakker. Ze leefde boven in het huis, een alwetende godin in een wolk: ze luisterde, ze hoorde. Ze dacht na over dieven en diefstal. Schrödinger bijvoorbeeld, hij was wel en geen dief. Ze hadden zij aan zij samengewerkt, maar zij had de hap van het ei genomen. Toch noemden ze het de Schrödingervergelijking en was zij uiteindelijk verdreven! Verdreven uit de geschiedenis van het elektron. Verdreven, zei ze (net als Willi, als Anneliese, had ze een nek die rood aanliep), en ze zei het opnieuw, in het idioom van de waarheid, opdat ik het zou aannemen: *Vertrieben! Vertrieben aus der Geschichte der Physik.*

De geschiedenis had haar onrecht aangedaan, niet Schrödinger, en niet de geschiedenis van het elektron (dat was haar vreemde formulering, ingepakt in een waterval van zulke weerspannige namen als Born,

Bohr, Dirac, Jordan, Verschaffelt, Kramers, Ehrenfest, Lorentz en meer, en nog meer!). De beroering in de wereld had haar onrecht aangedaan. Ze was gevlucht voor de beroering in de wereld en haar verstand, haar verstand, kon tegen geen enkele prijs geacht worden rustig op zijn plaats te blijven hangen, het was een kracht, en geen ding, een functie die zich voortzette in de ruimte... en daarom was het, zo niet volledig te begrijpen, in zekere zin toch te vertrouwen.

Ik heb haar toen verteld dat mijn vader een jongen had gedood.

Alleen Bertram wist dat, en Ninel.

Het doden van een jongen liet mevrouw Mitwisser onverschillig. Het was niet een van haar jongens, en haar jongens lieten haar trouwens ook onverschillig. Dat ik een vader had gehad liet haar onverschillig; had het haar ooit iets uitgemaakt of Mademoiselle De Bonrepos een vader had, en of de kokkin of de meid een vader hadden? Ze duwde het blad van zich af. Daar lag het rafelige overblijfsel van het half opgegeten ei, gekarteld door haar mooie tanden. Een grauwe vermoeidheid kwam over haar, als een innerlijke mist. De koortsachtig fanatieke nachten in Zwitserland vloeiden weg; ze waren haar glorietijd geweest en de herinnering eraan wond haar zelfs nu nog op, en putte haar uit. Of misschien was ze weer ondergedoken in die zwarte limousine die alsmaar in Berlijn rondreed.

'Hij heeft een auto in de prak gereden,' hield ik vol, 'en een jongen gedood, en hij vertelde leugens en hij gokte. Hij heeft met James gegokt.'

James liet haar niet onverschillig. 'Waarom vertel je me dit?'

'Het gaat over dat boek dat Willi heeft gepakt, dat was van mijn vader – maar u hebt het gehoord, u hebt het gehoord! U was gewoon boven, en u heeft gehoord...'

Ze zei bedaard: 'Ik heb met de schaar geknipt waar hij zijn hoofd legt.'

Ik zei: 'Mijn vader kénde James, in elk geval heeft hij hem een keer ontmoet...'

'Dan is je vader ook een *Parasit*!' Een kreet van triomf, of van medeleven.

Het was alsof ze een jaap in mijn adem had gemaakt. Van onder haar dekens haalde ze een schaartje met ronde punten tevoorschijn, een kinderschaartje. Ik herkende het van een poppentoiletset die rondslingerde tussen Waltrauts nieuwe speelgoed. Het schaartje was, zag ik, het natuurlijke uitvloeisel van Schrödingers vergelijking, het spook van de logica dat de wetenschap achtervolgt. Als Jane Austen verscheurd en verstrooid kon worden, als James' beddengoed verknipt kon worden tot sneeuwvlokken, was het om een bewijs te formuleren: dat de schichtige elektronen overal tegelijk zijn en de deeltjes zowel oorzaak als gevolg, dat niets vormvast of statisch is, dat het denken zelf niet meer is dan stroming, dat de geschiedenis sijpelt en sijpelt en nooit slaapt; en dat James, zelfs James, verdreven kon worden.

Het verbaasde me hoe kalm ze was geworden, en hoe haar ogen zich aftekenden als met olie opgewreven knoesten in hout. Ze boog zich over de overblijfselen van het ontbijt en raakte mijn gezicht aan; het was een soort experiment, een onderzoek. Het was de allereerste keer dat ze me aanraakte. Was het omdat ze veronderstelde dat mijn vader ook een vijand van James was? Maar dan vergiste ze zich: mijn vader had met James gedobbeld en gewonnen. Maar aan de andere kant, als James hem had laten winnen...

'Nu zal ik je zeggen,' zei ze met nadruk, 'twee gedachten. De ene is voor stilte, de andere niet. Mijn man denkt dat Heinz niet zijn zoon is. Daarom houdt hij van hem. En deze James, *dieser Säufer*! Hij denkt dat hij karaïet is. Daarom houdt hij van mijn man. Nu begrijp je het, *nicht wahr?*'

Ik vroeg welke gedachte voor stilte was.

'Ach,' zei ze, 'die lievelingen van mijn man, de vuurvliegjes.'

De vuurvliegjes waren de karaïeten. Ze hadden een uurtje om te flonkeren, dan waren ze verdwenen. Dat legde ze me uit met een obsessieve intelligentie die me bevestigde dat ze een pure natuurkundige was. De elektronen leefden alleen in de verbeelding, toch waren ze productief en plausibel. De karaïeten waren dat niet, dus waarom zou men over hen spreken, waarom zou men zijn levensbloed aan hen schenken, waarom op hen bouwen? Waarom ze niet verdrijven?

# 25

In het begin hield de Berenjongen van de plaatjes die zijn vader maakte. Hij stond achter zijn vaders tekenbord en zag hoe de aquarelkleuren, bleek en magisch, de nerven van de tekening doorstroomden. Hij zag zichzelf langzaam tot leven bloeien: hij was het zelf, een bontharig jongetje in de pose die zijn vader hem had laten aannemen, zittend op een tak bijvoorbeeld, of terwijl hij met een stok in een plas roerde, of een gezicht op een ui verfde, al die zonderlinge ideeën die zijn vader had over wat hij graag deed. Sommige dingen deed hij werkelijk graag, een neus en een mond op een ui verven, met zo'n grappig knotje, deed hij werkelijk graag, en hij vond de blouses die zijn moeder naaide niet zo erg, en hij vond de lange pony niet zo erg, die kon hij opzij schuiven... In het begin hield hij van de plaatjes en hij volgde met belangstelling de vreemde manier waarop de verhalen groeiden terwijl zijn vader hem scheen te bestuderen, hoewel hij niet hield van bestudeerd worden, en niet hield van de dubbele gespen op zijn schoenen, en niet hield van de rouge die zijn moeder op zijn knieën deed om zijn vader bij het schetsen een plezier te doen. Zijn vader was altijd aan het schetsen en altijd aan het prutsen aan de verhalen, hij bedacht versjes en woorden die hij nooit zou zeggen, nooit zou kúnnen zeggen, en hij deed het voorkomen alsof zijn moeders grote groene oude hoed kon práten, terwijl iedereen weet dat een hoed niet kan praten, ook al vouw je hem in de vorm van een paar gigantische groene lippen, zoals zijn vader deed. Hij hield er niet van bestudeerd te worden en hij hield niet van rouge op zijn knieën, en soms zelfs op zijn wangen, maar er was iets opwindends gaande, dat was duidelijk, en op een ochtend, zijn moeder was érg opgewonden, legde zijn vader hem een mooi boekje in de hand met op de omslag een plaatje van de groene hoed en hemzelf opgekruld erin. 'Kijk eens!' zei zijn vader. 'Dat ben jij!' Het was geen gewoon boek, het leek op geen ander boek in huis of in de wereld, legde zijn moeder uit, want het was Gekomen Van De Uitgever en zijn vader had het Geschreven en Geïllustreerd.

Daarna kwam er nog veel meer opwinding, de deurbel die maar galmde en mensen die bij de poort bleven staan en door het raam naar binnen keken om te zien of hij binnen was, en nieuwe volwassenen overal, vreemden, iemand om de Brieven Te Beantwoorden en iemand anders om Voor Hem Te Zorgen, hoewel hij alleen maar bij zijn moeder wilde zijn, die spannend naar sigaretten rook, hij wilde niet bij zijn vader zijn, voor wie hij moest stilstaan en poseren, met zijn pony die voor zijn ogen hing en een waas maakte, en opeens was er een Tuinman en zijn moeder zei hoe fijn het was dat ze nu Middelen hadden, zijn vader was Beroemd en hij was ook Beroemd, maar wat was Beroemd?

Hij was toen vijf, en toen hij zes was gebeurden er twee nare dingen: hij verloor zijn voornaam, want alle mensen die de verhalen aan hun kinderen voorlazen (duizenden, zei zijn moeder) waren hem de A'Bair Boy gaan noemen, en dat werd de Bear Boy, en het tweede nare ding was dat hij naar school moest en moest leren lezen, en op school noemde iedereen hem de Berenjongen, alsof hij een knuffelbeest was dat je mee naar bed nam, of alsof hij precies zo was als de plaatjes die zijn vader maakte, en geen echte jongen. Er was ook nog een derde narigheid: hij leerde inderdaad lezen en toen hij zeven was, toen er inmiddels al een half dozijn van zijn vaders plaatjesboeken was Gekomen Van De Uitgever, kon hij ze zelf lezen. Hij haatte ze, omdat zijn vader hem in de boeken zélf de Berenjongen noemde en hij vreesde (en hij had gelijk) dat hij nooit meer Jimmy zou zijn, en dat hij voor de rest van zijn leven de Berenjongen moest blijven, met schoenen met gespen en een lange pony en blouses met ruches, als een Jan Klaassenpop die nooit andere kleren aantrok. Speelgoed interesseerde hem niets meer, hij had bergen speelgoed, hij had treinen en een hele troep grote en kleine Jan Klaassens, en vrachtwagens en auto's en een houten melkkar met een houten paard ervoor en een fort vol tinnen soldaatjes in allerlei uniformen en een indianentent. Een tijdlang had hij zelfs een poppenhuis gehad; het was het enige speelgoed waar hij echt om gaf. En hij schaamde zich voor zijn knieën.

Maar hij wist dat hij Belangrijk was; dat ben je als je Beroemd bent. Zijn vader, die de verhalen verzon en de plaatjes schilderde, was eigenlijk degene die Beroemd was, dat zei zijn moeder tegen hem, en de vrouw Die Voor Hem Zorgde zei hetzelfde, de vrouw met haar gekreukelde hals die helemaal vanzelf omlaag hing als een lege waszak; toch kwamen ze niet zijn vader fotograferen maar de Berenjongen. Ze zochten drie, vier van zijn speeltjes uit (zijn speelgoed werd publiek bezit, als de schommels in het park) en zetten hem ertussen en noemden hem de Berenjongen en probeerden hem te laten lachen. Hij lachte nooit voor ze, en dat scheen hem nog Belangrijker te maken. 'Een ernstig gezichtje onder een verblindende pony' beschreef iemand hem (dat was in het fotogravurekatern van een krant), en zo begon zijn vader hem nu te tekenen, zodat hij in de latere boeken wordt afgebeeld als Ernstig, en Ernstig zag eruit als Vroeg Wijs en Vroeg Wijs was Kostelijk Grillig. En ze moesten hem van school halen want hij was te Beroemd voor school, hij liep gevaar ontvoerd te worden (al werd dat voor hem verborgen gehouden), dus moest hij Onderwijs Aan Huis krijgen, en daaruit kwam *De berenjongen – van Apenhuis tot Zeeaquarium* voort, de elfde in de reeks en de meest kleurrijke, met versieringen van bloemen en dieren rond elke pagina en de malle groene hoed die zong:

> *Een aap woont in een apenhuis*
> *Een hondje in zijn hok*
> *De bijen in een bijenkorf*
> *En de kip? Die gaat op stok*
> *Maar de meester zegt:*
> *Voor vissen een aquarium*
> *Een herbarium voor bomen*
> *Voor kikkers een terrarium*
> *Hoe zou dat allemaal komen?*
>
> *Al die moeilijke woorden gaan me zo vervelen*
> *Ik heb een gouden theepot, laat mij daar maar mee spelen*

En daar was de Berenjongen, knielend naast de groene hoed op zijn blozende knieën, met een klein gouden theepotje bij zich in de buurt en een ander dat balanceerde op een boomtak. Op zijn linkerschouder zat een uil, terwijl boven zijn hoofd een regen van bijen neerdaalde op een oranje zon met blaadjes rondom zijn gezicht. De Berenjongen wist dat zijn vader de theepotjes voor zijn moeder had getekend, omdat de moeder van de Berenjongen, nu ze Middelen hadden, verschillende luxe theeserviezen had gekocht, van porselein en goudomrand, met suikerkommetjes en melkkannetjes en dikke ronde goudomrande potten voor theebladeren. O, Middelen hadden ze!

Het ging best tot hij tien was, en met elf jaar was het nog te verdragen, maar op zijn twaalfde zag hij een bepaalde vreemdheid oplichten, en niet de vreemdheid waaraan hij gewend was; hij begon te zien (hoe kon hij ook anders?) dat zijn leven anders was dan dat van andere jongens, dat alleen hij Belangrijk was en de anderen klaarblijkelijk niet, en hij zag in dat hij aangestaard zou blijven worden, ook al waren de fotografen vertrokken en ook al begonnen zijn polsen zich uit de manchetten van zijn blouses te strekken. Op zijn veertiende kreeg hij een adamsappel en werd de oplichtende vreemdheid een vrees. Het was een vrees voor alles, een vrees voor het leven. Hij begreep dat vluchten uitgesloten zou zijn; hij zou altijd getekend blijven als de Berenjongen en hij zou dat teken moeten dragen tot hij oud was; als hij veertig was zouden de mensen zeggen: 'Kijk die man eens, dat is de Berenjongen, helemaal volwassen geworden,' en als hij zeventig was zouden ze zeggen: 'Dat was ooit de Bérenjongen, kun je je dat voorstellen?'

In januari van het jaar dat hij zestien werd, ging zijn moeder naar buiten met haar sigaret en vatte kou, en de kou trok in haar longen; ze hoestte een maand heftig en werd natuurlijk ook weer beter, ze leek het aardig te doen, maar toen bezweek ze ineens. Hij was alleen met zijn vader en zijn vaders tekenbord. Zijn vader had niets aan hem want hij was nu te lang; zijn vader schetste met behulp van foto's, de verhalen werden uit de lucht gegrepen, uit lucht geweven, ze werden alsmaar grilliger en de jongen op de plaatjes was nog altijd vijf jaar oud en ondertussen was de Berenjongen met glazuur gebalsemd, hij was onsterfelijk, maar zijn auteur was dat niet, vandaar dat de *Boston Herald* op een dag, drie jaar na de dood van zijn moeder, een overlijdensbericht van een halve pagina plaatste met deze kop:

JAMES PHILIP A'BAIR SR. (68)
AUTEUR-ILLUSTRATOR
SCHEPPER VAN VERHALEN DIE
GELIEFD ZIJN BIJ
KINDEREN OVER DE HELE WERELD

Maar de Berenjongen ging niet met zijn schepper onder de grond. De Berenjongen kon niet vergaan, hij had in te veel talen gereisd, hij ging maar door en door, met zijn bonthaar en ernstige ogen, Vroeg Wijs en Grillig, gewapend met zijn Dropstaaf-toverwoord en zijn stuiterende veellettergrepige versjes. In Duitsland moest hij in verkoopcijfers alleen *Emil und die Detektive* voor zich dulden, in Groot-Brittannië en al zijn kolonies streed hij om de eer met Beatrix Potter. Hij verscheen in Italië en Frankrijk en de Lage Landen en zelfs (clandestien) in de zojuist gestichte Sovjet-Unie, waar zijn kleding werd gehekeld en hijzelf werd uitgemaakt voor een nietsdoende aristocraat.

De Berenjongen schreef venijnig in de kantlijn van het bericht in de *Herald:*

AQUARIUM

HERBARIUM

TERRARIUM

MORTUARIUM!

– of liever gezegd schreef hij het niet echt in de kantlijn, hoewel hij het van plan was geweest, maar zong hij het bitter voor zich uit, met de stem van de groene hoed. Nu waren alle Middelen voor hem, de overvloedige hoorns des overvloeds; de *Bear Boy* was een Nalatenschap geworden (royalty's voor altijd, royalty's tot in de verre, verre toekomst!) en hij was de Erfgenaam. Hij was de bezitter van alles wat hij verfoeide; hij was de bezitter van wat zijn vader van hem had gemaakt. Wat hij ook was geweest in het onbedorven uur van zijn geboorte, wat zijn bestemming ook was geweest, zijn vader had het overladen met versieringen: met leugens en onzuiverheid. Hij sprak niet in rijmpjes. De spelletjes die zijn vader voor hem had uitgevonden waren niet zijn spelletjes. Het Dropstaaf-toverwoord was een verzinsel. Zijn kleren, de blouses, de kousen tot aan zijn knieën, de schoenen met dubbele gespen, die rouge! – allemaal romantische verbeelding. Zelfs zijn haar! En toen aan het licht kwam dat hij enigszins bijziend was en een bril nodig had (de vrouw Die Voor Hem Zorgde had dat ontdekt), kreeg hij die bril natuurlijk wel, maar kon hij er niet al te vaak van genieten: het bleke ovaal van het Berenjongensgezichtje, zo onschuldig als een leeg bord, moest helder blijven, dus hij leefde in een waas, de waas van de lange pony die aan zijn oogleden kriebelde, en de waas van lichte kippigheid. Hij wist van zichzelf dat hij een aanhangsel was, de nazaat van de bedrieger die zijn vaders boeken bezielde. Hij was geen normale jongen, hij was zijn vaders tekening, zijn vaders betoog, zijn vaders exegese van een jongen. Zijn vader had een parallelle jongen verwekt; zijn vader had hem voor de wereld vertolkt. De Berenjongen was nooit zichzelf. Hij was zijn vaders commentaar op zijn lichaam en brein.

# 26

Het sneeuwde, en er kwam een brief van Bertram. De sneeuw, die ongezien midden in de nacht had ingezet, blies uur na uur omlaag, alsof ze werd uitgespuugd door een onzichtbare opgeblazen maag die aan de hemel vastzat: koud wit braaksel. Het wikkelde zichzelf rond de voeten van de telefoonpalen en kuifde hun kabels tot ze zwaar en slap afhingen. De sneeuw was een verrassing; het was begin december en de sporen van de herfst waren niet vertrokken: langs de trottoirs lagen nog droge bladeren in de vorm van opgekrulde schelpdieren. De daken en bosjes en stoepen gingen geluidloos onder in een stortvloed van dichte vlokken. De spoorbrug raakte verstopt met sneeuw. De treinen reden traag of helemaal niet; de rails gingen in ijs gehuld. Professor Mitwisser deed de deur open, keek naar buiten, zag de brievenbesteller schuin tegen de wind in worstelen, nam de brieven van hem aan en legde zijn hoed weg.

'Vandaag,' zei hij tegen me, 'zal ik in mijn studeerkamer moeten werken.'

Hij overhandigde me Bertrams brief en zocht zich een weg langs Waltraut, die van de trap een tribune voor haar poppen had gemaakt. Elke pop was rechtop op een tree gezet: zes treden, zes gekostumeerde figuurtjes. De jongens hadden vrij van school en zaten in hun kamer druk te kwetteren, nu en dan oplopend tot geschreeuw, rond hun Backgammonspel; van tijd tot tijd klonk een donderend geraas alsof er een projectiel neerstortte. Het sneeuwgordijn voor de ramen leek het huis te verduisteren tot een schemerige grot. Anneliese en James waren niet teruggekomen.

Mevrouw Mitwisser trok haar schoenen aan. 'Ik ga naar beneden,' zei ze.

'Ik stond op het punt uw ontbijt naar boven te brengen...'

Ze vond een sjaal en sloeg die over haar nachtjapon. 'Ik ga naar beneden,' hield ze aan.

Ze ging in de eetkamer aan tafel zitten en liet zich door me bedienen, haar rug vorstelijk recht onder haar sjaal. Ze hield haar ogen op de toast gericht. De broodrooster was gisteren nog onbruikbaar; een van de kleppen was verbogen en ontzet geraakt. Heinz had hem gemaakt.

'Mijn man,' zei mevrouw Mitwisser, *'er ist doch zu Hause.'*

Ik had hem de deur van zijn studeerkamer zien sluiten toen zijn vrouw er onderweg naar beneden langs kwam.

'En die James is niet in huis.'

'De storm...'

'Hij zal niet terugkomen. Die, nee.' Ze pakte mijn hand met samenzweerderige warmte. 'Dan zijn we vrij, ja?'

In de zak van mijn jurk had ik Bertrams brief; in mijn zak, tegen mijn dijbeen, zat Bertrams stem. Wat wilde ik graag vrij zijn van mevrouw Mitwissers voorspellingen – ging ze maar weer naar bed, haar eeuwige slapeloze slaap slapen!

Maar ze bukte zich en viste een snipper witte driehoek uit haar schoen en vouwde die open.

*'Schau mal!'*

In het papieren bootje lag een pluk donker haar.

'Hij daar! Ik heb gezien, ik heb gevonden...' Ze wachtte tot ik het zou begrijpen. 'Mijn Anneliese, zij heeft het onder zijn kussen gelegd.'

'Annelieses haar? Onder James' kussen?'

Ze liet het zien. Een ovale, diepbruine lok. Onmiskenbaar de kleur van Annelieses haar. Maar, zo zag ik, niet anders dan mevrouw Mitwissers eigen bruine haar, springerig en wild.

'Als mijn man het weet,' vertrouwde ze me toe, *'wie tragisch...* ach hoe ongelukkig zal hij zijn.'

Ze glimlachte een beetje, rouwig, en liep naar onderaan de trap om Waltraut en haar poppen tribune in ogenschouw te nemen; kennelijk wilde ze haar man laten weten wat ze in haar schoen had.

Ze sprak het kind in het Duits aan. Waltraut gaf geen antwoord, ze prikte vlijtig haar vingertje in de celluloidogen van de clownspop en liet de oogleden open en dicht gaan. Op-klik, neer-klik, op-klik.

'Komm, die Mutter ist da...'

Waltraut gaf geen antwoord.

De treurige glimlach ebde weg. 'Hij daar neemt mijn kinderen mee. Hij daar steelt mijn kinderen. Ik heb geen kinderen...'

'U heeft er vijf,' zei ik, zinloos; in het geheim verwarmde Bertrams brief mijn zij, mijn dij, mijn heup.

Een donker fluisteren. 'Vier.' Ze stak haar vingers op en verstopte de duim. 'Mijn man, nein! Hij daar is de dief!' riep ze uit.

Mitwisser riep naar beneden. 'Alstublieft komt u direct.' Een donderslag zonder tegenspraak.

Ik liet mevrouw Mitwisser verloren staan in haar schoenen en sjaal en haalde de nieuwe typemachine tevoorschijn en zette die klaar op de tafel in Mitwissers studeerkamer. James had zijn theekopje laten staan. Ik zette het weg; er meanderde een geur van schnaps uit. Mitwisser klemde een pak aantekeningen in zijn grote vuist. Hij was sterk en paraat: de spookachtige ineengedoken gestalte van de Bibliotheek had een gedaantewisseling ondergaan. De ambitie roerde zich in hem als een wakker geworden dier.

'Al-Kirkisani!' kondigde hij aan. Hij gebaarde bijna gewelddadig naar de toetsen en spelde de lettergrepen voor me uit, al kende ik ze sinds kort; toen barstte hij uit in een vulkanische dicteerstroom. Ik had de naam al vaker gehoord: Jacob al-Kirkisani, de ongeëvenaarde karaïtische denker van de vroege tiende eeuw, geboren in Circesium, in Boven-Mesopotamië. Nog bestaande hoofdwerken: *Het boek van tuinen en parken* en *Het boek van lichten en wachttorens*. Talrijke nog onontdekte verhandelingen. Reisde naar China en India, deed verslag van bepaalde hindoe-gebruiken van die tijd. Geloofde in de rede, in *rationele gevolgtrekkingen gebaseerd op de kennis ontleend aan zintuiglijke waarneming* (dicteerde Mitwisser), in *de perfectie van de hele Schrift ten aanzien van weergave, aanspreking, verklaring en vraag, met betrekking tot feit, metafoor, generalisatie, bevordering, uitstel, inkorting, overdaad, scheiding, combinatie* (dicteerde Mitwisser, dit alles uit de *Grondbeginselen van Bijbelexegese*). Zijn grootste stelling: *De Schrift is als geheel letterlijk te nemen. Als het ons was toegestaan een gegeven bijbelpassage* los te maken van haar letterlijke betekenis, zonder geldige reden, konden we met recht hetzelfde doen met de Schrift als geheel, hetgeen zou leiden tot de nietigverklaring van al het daarin gestelde, met inbegrip van alle geboden, verboden, enzovoort, wat gelijk zou staan aan het opperste kwaad (dicteerde Mitwisser).

Het opperste kwaad! Ik was geschokt door die woorden. Ze waren Mitwisser dierbaar; ze waren tegelijk ook een vestibule naar het geheugen. Midden in de nacht, zei hij, was hij geschrokken van een fel schijnsel; er was te veel licht, neervallende sluiers van een witte schittering in een griezelig spel op het plafond. Het huis was stil. James' kamer aan de andere kant van de gang, de kamer die daarvoor van zijn dochter was geweest, de kamer die ze aan James had afgestaan, was leeg. James was weg, hij was niet teruggekomen; zijn dochter was weg. Vanwege de storm waren ze niet teruggekomen. De sneeuw, de golvende zeeën van sneeuw, de middernachtelijke lichtsluier. Lang geleden, sneeuw in Berlijn, een menigte kerstlichtjes alom; maar hij was ver weg in het zuiden, in het zonbeschenen Spanje, op onderzoek in een archief waar hij niets vond. In het noorden kwamen de treinen tot stilstand, de treinen vroren vast aan de rails, sneeuw en ijs helemaal tot aan de Oostzee! Berlijn omringd door bergen sneeuw. Hij kon niet terug, vanwege de sneeuw kon hij niet terug. Hij stuurde een telegram, verlengde zijn verblijf, ging terug naar het archief (een obscure islamitische bibliotheek), en ontdekte de Egyptenaar die hij zocht. Het weer werd zachter en hij keerde in een staat van voldoening terug naar Berlijn: de Egyptenaar had hij in handen. Ja, ja, het was lang geleden, en zijn vrouw… laten we niet denken aan zijn arme vrouw. Vandaag was er een brief gekomen! Een triomf van een brief! Net vandaag! Een uur geleden!

(Vandaag! Een uur geleden! Een brief! Hij brandde tegen mijn heup.)

Een paar weken geleden, nutteloos in de vreemde stad, in de Bibliotheek, met gebogen hoofd, misschien dromend, gekweld, ach, noem het meelijwekkend, hij was immers een beklagenswaardige kerel met zijn arme vrouw en ondanks zijn geliefde kinderen, zijn geliefde Heinrich, zijn prachtige Heinz, dacht hij terug aan die lange week in Spanje, die verkruimelende documenten, die gewijde geschriften, gewijd door ouderdom en eerbied, kostbare oude perkamentrollen in hun vloeiende Arabische kalligrafie, de schoonheid van oude dingen, hoe ze zijn ogen verblijdden, en ja, hij had zijn Egyptenaar gevonden, maar toen herinnerde hij zich – hij had zijn hoofd opgericht en de spieren van zijn blik naar de gebosseleerde gouden hemel van de Bibliotheek uitgestrekt, alsof die inspanning hem weg zou kunnen voeren, weg uit New York naar het voorbije leven – hoe hij destijds op een opening was gestuit, een nis, een bergplaats, aangekoekt van het vuil, aan onderhoud werd er niet gedaan, de beheerder was vriendelijk maar lui, een smerig donker gat in feite, waar misschien… Zijn vingers waren de viezigheid van die holte in gescharreld, hadden er iets uit getrokken, iets over India; hij had er een te achteloze blik op geworpen, hij was niet op zoek naar India, hij was op zoek naar zijn Egyptenaar, hij had het teruggeschoven. Dat was tien jaar terug. Het was tot stof vergaan in zijn gedachten. Maar onder het goud van de Bibliotheek, zijn hoofd gebogen en dromend, doezelend, dwalend… Het eind van het liedje was dit: hij had naar dat obscure Spaanse archief geschreven, zonder de geringste illusie dat het wat zou opleveren in de chaos en beroering van dat verscheurde land, altijd tweedracht en haat, teniet gedane verkiezingen, de dreiging van tirannie. De oude beheerder, een zachtaardige Marokkaan, was dood. De nieuwe, een Arabist uit Cádiz, een fascist, hij heette nu directeur, was een derwisj van orde en netheid en had een eind gemaakt aan gruis en chaos en kon zijn vinger precies leggen op elk document dat werd verlangd. Het benodigde honorarium van een kopiist was echter torenhoog en ook de vergoeding voor de dienst zelf (waarmee, naar Mitwisser vermoedde en in gewone taal, een premie voor de directeur zelf werd bedoeld), maar daar was James, hier in huis, en James had de noodzaak begrepen…

Zeven magere weken, en vandaag! Vandaag de brief uit Spanje! Hier, hier in zijn huis, een dunne brief, twee dunne vellen, in al-Kirkisani's eigen compact sierlijke stijl, het handschrift van die weergaloze geest! Een fragment, ach ja, natuurlijk een kopie, maar toch, kijk, een fragment van een verdwenen werk over het hindoeïsme, in zijn beknoptheid veel rijker dan de spaarzame aantekeningen in *Het boek van lichten en wachttorens*, blijkbaar behorend tot een afzonderlijk en veel langer traktaat gebaseerd op een Arabische vertaling van de *Bhagavad Gita*. De *Bhagavad Gita*! Onvoorstelbare, verbluffende vondst! Dat een karaïtische denker, ja, een genie, zich ooit had uitgesproken over de *Bhagavad Gita*, o, immens, immens! Onvoorstelbaar, verbluffend, immens! Dat legt voor ons een onpeilbare bron van speculatie bloot, van onvermoede nieuwe tendensen, van ongekende wonderen! En het mysterieuze ervan! Bedenk dat waar het karaïsme krimpt, het hindoeïsme tiert! Daarom! Kan het zijn dat al-Kirkisani, de koning-parel van de karaïeten, opdoemt als een ketter onder de ketters?

Op professor Mitwissers uitgestrekte open handpalm lag een gekreukte envelop met veel buitenlandse stempels. Hij keek erop neer met de begerige blik van een veroveraar. Toen tikte hij met zijn duimnagel op de typemachine; er klonk een zacht gerinkeld, als van water dat in een smal glas stroomt. 'Dankzij James heb ik dit,' zei hij.

Vanaf de trap klonk een herhaald gebonk. Bonk-bonk. Bonk. Bonkbonk. Iemand gooide de poppen de trap op en weer naar beneden. 'Zie, zie!' fluisterde mevrouw Mitwisser hardop en klaaglijk.

Dankzij James (dankzij geld) trokken Krishna en prins Arjuna bij ons in. En al-Kirkisani, de verwoede schuttingbouwer tegen de buitenstaanders, verwoede eiser en advocaat van de bijbelse zuiverheid – Mitwissers parel, mevrouw Mitwissers vuurvlieg! – liet ze binnen.

Intussen was ik er zeker van (geloofde ik absoluut) dat mevrouw Mitwisser die bos krullen van haar eigen hoofd had geknipt. Een hoofd dat insinueerde, een hoofd dat aanklaagde. Een hoofd waaruit vergelijkingen opkringelden. Ze was een vrouw van complotten en hypotheses. Diefstal ontkiemt, ontspruit: een jongen is een dief, een man is een dief, een continent is een dief! En als James' bed een geheime intimiteit verbergt, als hij van plan is Anneliese te stelen, als hij verleider, aanrander, dief is, zal haar man hem dan niet wegsturen? En zullen ze dan niet vrij zijn?

27

$14^1/_2$ S.E. State Street
Albany, New York
2 december 1936

Hallo Rosie, jij naald in een hooiberg!
Wat heb ik een toeren moeten uithalen om je op te sporen! Dat sjieke adres aan Madison Avenue dat je stuurde voordat je uit onze schone stad

vertrok? Mooie adreswijziging was dat, een ansichtkaart van een woud wolkenkrabbers. Ik schrijven naar genoemd sjiek adres te midden van genoemd woud. Brief kwam terug.

Ik geef toe dat ik niets heb teruggedaan, je nooit heb laten weten waar ik heen ging. Jouw kaart kwam en Ninel heeft hem ook gezien. Toen zijn we verhuisd naar Ninels adres. Hoef ik je nou niet meer te laten weten, want zij is er weg en ik ook. Jammer genoeg. Je kunt aan het adres hierboven wel zien waar ik beland ben: bij iemand op zolder. Een zolderkamertje in een groot oud huis met bruine shingles. Ik zit daar best. Het huis is van een aardige Napolitaanse familie. Ik heb twee ramen en een flinke bloempot met vier geraniums, met de complimenten van mevrouw Capolino.

Hoe ik je heb gevonden? (Als ik je heb gevonden!) Eerlijk gezegd dankzij Ninel. Zij heeft me op het idee gebracht. Als iets tegen haar principes ingaat, kan ze nogal fel zijn, dat heb je vroeger zelf gezien. Maar ze is nooit tegen de quakers geweest, want ze is zelf ook een soort pacifist. Wie weet voor hoe lang, als je ziet hoe heet het er momenteel in Spanje aan toe gaat. Een stel kameraden, die club van Ninel, denkt erover om erheen te gaan en de loyalisten te gaan helpen vechten tegen de fascisten. Het zou me niet verbazen als Ninel ook ging, pacifist of niet, als er echt een oorlog komt.

We kregen er een meningsverschil over. In die tijd hadden we massa's meningsverschillen. Ik zei: je kunt geen pacifist blijven als je een antifascist bent, en Ninel zei: en de quakers dan? Pacifisme hoort bij hun godsdienst en ze zijn antifascistisch, ze redden mensen van de fascisten. Ik zei: vanwaar ineens die achting voor een godsdienst? Je geeft geen moer om godsdienst. En precies op dat moment, als een donderslag, herinnerde ik me dat jij had gezegd, of misschien stond het op die ansichtkaart met de wolkenkrabbers, dat die man voor wie jij was gaan werken te maken had gehad met een of ander quakercollege hier in de buurt. Dus ik dat opzoeken, en spoorslags erheen en ja hoor, zo ben ik je op het spoor geraakt. Schijnt dat ze het verzoek hebben gekregen alle post voor Herr Zus-en-zo door te sturen naar een of ander ondenkbaar achterbuurtje in de Bronx. Dus als je nog steeds bij die Herr Weetikveel woont, heb ik je gevonden.

Het grote slechte nieuws is dat Ninel bij me weg is. Te veel menings-

verschillen, denk ik. Niet dat ik haar niet graag zag ontploffen! Ze heeft
een tong als een scheermes en ik bewonder haar erom, al heeft ze mijn
hart gebroken. Ze heeft me laten zitten, en achter mijn rug om ook nog.
Ik kwam op een avond thuis van het ziekenhuis met een kip van de slager,
en geen Ninel. Dus toen heb ik de nek en de poten maar weggegooid
(Ninel maakte meestal soep) en dat ding zelf klaargemaakt en opgegeten.
Vond er niet veel aan.

Laat me weten of je deze brief hebt gehad. Zal je zeggen waarom.
Er is een poststuk voor je gekomen van Croft Hall en ik bewaar het al
maanden, zelfs al van voor ik bij Ninel introk. (Wel gemeld in de brief die
terugkwam.) Ik zou het met deze meesturen, maar misschien blijkt straks
dat ik je nog niet écht heb gevonden. Ik kom een dezer dagen naar New
York en als je daar bent, kan ik het je zelf afgeven.

Liefs,
Bertram

De brief stelde teleur. Hij ergerde, hij bevredigde niet, hij deed zeer. Bertram had het alleen maar over Ninel. Ninel, Ninel en nog eens Ninel.
Het ging hem om Ninel; dat hij kwam was vanwege haar. Hij wilde haar
teruglokken; hij verlangde naar de uithalen van haar scheermestong. Ik
was maar nauwelijks een bijgedachte, en Bertram, wat was Bertram? Hij
was niet beter dan een postbode: 'Een poststuk'. Wat moest ik van Croft
Hall weten? Ninel had me uit huis gezet, Bertram had me omgekocht
om weg te gaan, Ninel was weggelopen, Bertram liep achter haar aan.
Hoe ik wenste dat Ninel aan de andere kant van de wereld tegen het
fascisme ging vechten!

Ik schreef Bertram terug. Hij schreef opnieuw. We spraken af elkaar
te treffen, maar waar? Ik kon niet bedenken waar. De Bibliotheek, zei ik
uiteindelijk. De Bibliotheek is alles wat ik van de stad weet.

Ik hoorde hem al soebatten met Ninel: ik moest wel komen om dat
arme kind haar post te geven. Iets in verband met die stomme dode pa,
misschien had ze iemand nodig om haar hand vast te houden.

En Ninel die terugspuugde: maak dat je grootmoeder wijs!

Ik was Bertrams alibi, zijn excuus. Ik moest zijn gezicht redden. Hij
kwam zogenaamd voor mij, vanwege een verdwaald poststuk van Croft
Hall – en wat moest ik van Croft Hall weten? – dus hij zou nooit hoeven
erkennen, zelfs niet tegen zichzelf, dat hij achter Ninel aan zat.

## 28

Als profeet was mevrouw Mitwisser mislukt. James kwam de volgende dag terug, en Anneliese met hem. Zoals Mitwisser had verondersteld, waren ze door de storm opgehouden, vervoer was onmogelijk, telefoon-verbindingen verbroken, enzovoort. Anneliese mompelde dingen van die strekking, ze werden stilletjes geaccepteerd en het huis leek zijn rit-mes te hernemen, de jongens naar school, Waltraut naar haar eenzame spel.

Maar mevrouw Mitwisser mocht dan gefaald hebben als profeet – hier was James, met zijn adem die als mist opsteeg in de deuropening, zijn beslagen bril, zijn gebreide muts over zijn oren getrokken – ze was geen valse. Er was iets veranderd: het was alsof een reukloze geur, een schuin wegdrijvende wasem, tegen de muren mistte. James was hier, hij was teruggekomen. Anneliese niet. Haar schim waarde van kamer naar kamer, van taak naar taak, maar wat ze ook deed, ze deed het slordig. Ze droeg een pantser van afwezigheid. Ze was nalatig aan het worden. Me-vrouw Mitwisser kreeg haar blad niet meer. Ze trok elke dag haar schoe-nen aan.

Ze was Waltraut serieus het hof gaan maken.

's Ochtends gebaarde professor Mitwisser me zijn studeerkamer bin-nen en sloot de deur; hij wees me met een zwaai van zijn enorme arm mijn plek aan de typemachine. De dagelijkse tochten naar de stad wa-ren afgeschaft. Zijn hoofd stond rechtop, vooruitgestoken, als een dier dat prooi ruikt in de wind. Zijn adoratie voor de afvallige al-Kirkisani had hem kracht gegeven. Zijn stem sprong op en viel terug, sprong op en viel terug. Hij was Vasco da Gama, hij was Magalhães, hij was Marco Polo, hij was Columbus! Hij had zijn India gevonden: niet het illusoire land van vergissing en misrekening, maar het werkelijke en ware India. Hij zag hoe logica logica verwekt, hoe de verre logica de dichtbije aan-vuurt. En soms vielen de namen van geringere karaïeten, Salmon ben Jeroham bijvoorbeeld, de volgeling van al-Kirkisani die zijn razernij te-gen de rabbanieten uitzong in prozaïsche verzen. Mitwisser bulderde en ik hamerde op de toetsen:

*Hun woorden zijn leeg*
*en zinloos geworden*
*en met hun eigen mond*
*hebben ze erkend*
*dat ze Gods gramschap over zichzelf*
*hebben afgeroepen.*

Gods gramschap! Het opperste kwaad! Mitwisser en ik waren alleen en cirkelden rond in een meer van wonderen en huiveringen. Een roekeloos schitterende duizeling glansde om ons heen. Niemand mocht binnenkomen, zelfs James niet. Hoewel, we waren niet alleen: de geesten van renegaten doorkruisten de kamer en streken als denkbeeldige vleermuizen langs Mitwissers zware schedel. Zweet parelde in de plooien van zijn nek. Al-Kirkisani, Ben Jeroham, Ben Elijah, al-Maghribi, Basyatchi van Constantinopel, wiskundige, astronoom, dichter, schrijver van een verdwenen werk over de sterren! En Mozes van Damascus, de weifelachtige secretaris van de emir, die onder dwang werd bekeerd tot de islam en gedwongen op pelgrimsreis naar Mekka te gaan, componist van canto's van dankzegging toen de Almachtige hem in zijn rechtmatige geloof herstelde! En de anderen, rechtsgeleerden, filosofen, grammatici, polemici! Sahl ben Mesliah van Jeruzalem die de rabbaniet Saädja een schurk noemde, dezelfde Saädja die de rabbanieten vereren als hun Wijze en Gaon, en hem bitter aanklaagde *in woorden recht als nagels.* David al-Kumisi, die het bestaan van engelen ontkende, ook al komen ze in de Schrift voor, en ze eenvoudigweg definieerde als *vuur, wolk, wind.* En die vroegste van de karaïeten, hun stichter Anan ben David, die er door de rabbanieten van werd beschuldigd dat hij *een berg van ketterij opbouwt, Israël weglokt van de overlevering van de Wijzen, boeken en wetten uit zijn eigen hart uitvindt, zijn eigen discipelen verzamelt!* (Mitwisser buldert, dicteert, en ik, de secretaresse van de emir, hamer op de toetsen.)

Ik verzamelde het werk van de ochtend en gaf het aan Mitwisser. Zijn blik als hij de vellen van me aannam – ik voelde de opwinding van zijn vingertoppen – was bezield, vermetel. De blauwe ogen bliksemden vrij. Ik zag hem als een klimmer op de berg van de ketterij.

Hij stond op het punt me weg te sturen. Hij keerde me zijn rug toe en richtte zijn aandacht op de witte schittering in het venster. Draden hingen af van zijn manchetten.

Ik zei: 'Uw vrouw lijkt het vandaag beter te gaan.'

Nu keek hij me aan. De uitgelatenheid liet hem in de steek. Hij was zijn vrouw vergeten.

'Ze komt naar beneden om te eten.'

Hij zweeg.

'Ze zorgt zelfs een beetje voor Waltraut...'

'Mijn vrouw is van nature teruggetrokken. Het is haar natuur,' zei hij.

Ik vroeg me af of ik het zou durven. En toen durfde ik het. 'Waarom noemt uw vrouw James een karaïet?'

'Ze is onwel,' zei hij zacht.

'Ze heeft een hekel aan hem.'

'Mijn vrouw heeft aan niemand een hekel. James is een goede vriend van ons gezin. Wat haar ongelukkig maakt,' even was hij bevroren, 'is onze situatie.'

'Ze wil dat hij weggaat.'

'Hij is hier hartelijk welkom. Mijn vrouw is zich terdege bewust van onze affiniteit.' Zijn ruwe hand lag op de deurknop. 'Het werk van vanmorgen is klaar, Fräulein. Alstublieft affronteert u mij niet nog eens door uw taken hier te buiten te gaan.'

## 29

Mevrouw Mitwisser keerde niet terug naar bed. Ze was vervuld van een abrupte energie: ze kleedde zich aan, ze knoopte haar schoenveters. Ze nam de kleine huishoudelijke taken op zich die Anneliese liet liggen. Waltraut kromp niet langer voor haar weg.

Ik was onverwacht haar vertrouweling geworden. Ze had me twee keer onrecht aangedaan, ik had haar twee keer vergeven. En daarbij: ik wist wat het was om een *Parasit* te zijn; was ik niet de dochter van mijn vader, nog een slachtoffer van James, nog een *Parasit*? Ze was nu klaar voor een andere tactiek. Wat had ze bereikt door zich af te sluiten, zich te verschuilen? Hij was weggegaan, ze had gedacht dat ze vrij zouden zijn, maar hij was teruggekomen. Hij was teruggekomen! Het bewijs van die donkere haarlok ten spijt. Anneliese had hem teruggebracht, daarom, en kijk hoe ingetogen ze is: ze heeft hem weerstaan, ze heeft hem geweigerd, ze stond niet toe dat hij haar meenam, ze heeft hem teruggebracht, samen zijn ze teruggekomen; wat is ze afgemat, een slaapwandelaar, zie hoe stil, haar haar hangt over haar gezicht. Nu is het Anneliese die zich verschuilt, voor hem! Maar verschuilen is niet de goede manier, je moet je niet afzonderen, de deeltjes niet laten vliegen; een schaar is geen zwaard. Oorlog is de goede manier. Van nu af aan ben ik een krijger, ik zal tegen hem in het strijdperk treden!

Ze was geëlektrificeerd; ze had opnieuw in het ei gebeten.

'Hij zal gaan,' zei ze tegen me.

's Avonds het gelach: James en Mitwisser samen in Mitwissers studeerkamer.

'Hoor je? Hoor je? Mijn man, hij is de *Sklave* van die daar.' Ze omcirkelde haar nek met een denkbeeldige ketting.

Ik luisterde. Het gelach schraapte en gorgelde. Het huis trilde. De jongens en Waltraut sliepen; het was elf uur. Anneliese was onzichtbaar; ze zat nu meestal in een hoek in de keuken, met een pen in haar mond te staren naar een bevlekt notitieblok: ze leek haar eigen onderwijs op zich te hebben genomen. Maar er lag geen ambitie in. Verschuilde ze zich voor James? Ik geloofde dat ze op hem wachtte.

Mevrouw Mitwisser stond in het halletje, haar hoofd schuin, haar korte vingers verstrengeld, haar fijne tandjes beten in haar koude lip. 'Het zal ophouden,' zei ze. 'Morgen zal het ophouden. Daar beneden,' zei ze, 'bij mijn man. Het zal ophouden.' Haar gekke gewiekste ogen daagden me uit. 'Ik ben zijn vrouw, dat zul je zien!'

De volgende avond, al om negen uur en gekleed in een schone nachtjapon, hernam mevrouw Mitwisser haar rechtmatige plek tussen de echtelijke lakens. Ze lag in het bed van haar man in de studeerkamer van haar man en het avondlijke gelach was uitgebannen.

## 30

Een paar auto's hadden midden in onze smalle straat sleuven gekerfd maar de ouder en grijzer wordende sneeuw bleef slapjes hangen, meest in vuile hopen tegen de stoepranden. De melkrijder kwam langs, nog altijd met zijn paard in dat tijdperk van Model A Fords, en liet ronde klompen gelige keutels waaruit stukjes onverteerd stro staken dampend achter op de ijzige straat. De bomen hadden inmiddels hun witte bekleding afgeschud, hoewel een enkel twijgje zich rillend vastklampte aan zijn dunne randje sneeuw. De zigzagdaken van de buurhuizen prikten naar een lege lucht, een lucht die nooit een zon leek te hebben geherbergd sinds het begin van de wereld. Van de buren in deze huizen kenden we niemand. We waren ons nauwelijks bewust van hun komen en gaan; buiten ons ingegroeide proscenium was er geen theater. Vanuit het raam van mijn kamer op de tweede verdieping – het was helemaal mijn kamer geworden sinds mevrouw Mitwisser haar bed en lamp in de steek had gelaten – kon ik de blauwgroene wintervacht zien op de bronzen Victoria die de herdenkingszuil op ons veldje in de Bronx bewoonde.

Mevrouw Mitwisser had haar avondgevecht tegen James gewonnen. Haar oneven tepels die stilletjes door haar pon gluurden hielden hem tegen. De uitheemse ruggen op de ruwe planken tegenover Mitwissers bed namen een echtelijke geur aan, of dan ten minste de geur van een vrouw die de plek naast haar man bezet houdt. Ze was er opdat James er niet zou zijn. Als Mitwisser me 's ochtends bij zich riep, was het bed soms opgemaakt, en soms niet. Ik kon niet merken of de verwilderde staat ervan hem in verlegenheid bracht, de nachtpon die zijn vrouw over de lakens uitgespreid had laten liggen, de opengeslagen deken in de vorm van gebogen bloembladeren, waaruit een dikke lichaamswarmte opsteeg. Het was niet onprettig, het was in de plaats gekomen van de vage onwelkome geursporen van James' theekopjes, maar op Mitwisser had het de uitwerking van een extra aanwezigheid. Hij was niet langer alleen met zijn geslepen oude ketters. Voor hem was het alsof zijn vrouw was gekomen om al-Kirkisani een oog uit te steken. Ze had naast hem geslapen. In haar slaap had ze haar zijden arm over zijn rug geslagen; zijn naakte dij was geraakt door een rusteloos been. Was ze in zijn nachten teruggekeerd om James bij hem vandaan te houden, of omdat ze normaal was geworden?

'Nu is het genoeg,' zei Mitwisser eindelijk. Hij was, zoals altijd, geagiteerd door de zonderlinge vervoering van zijn inspanningen. Hij ademde gevaarlijk snel. 'Alstublieft sluit u de deur als u weggaat.' Ik had drie uur typen doorstaan. Mijn schouders deden zeer. Mijn gevoelige vingertoppen tintelden alsof er vonken uit de toetsen hadden geschoten; hun glazen kapjes hadden het licht gevangen en violette flitsen op mijn pupillen afgevuurd. Mijn laatste blik achterom viel op Mitwisser, gebogen als een hoveling, verzonken in de aanbidding van zijn papieren geestelijken.

James stond bij de trap.

'Jij,' zei hij.

Ik liep hem voorbij, de man die met mijn vader had gedobbeld.

'Jij bent het, jij zit erachter, jij bent degene die die vrouw stuurt. Niemand anders kan dat, dus jij bent het. Jij hebt haar gezegd dat ze daar moest slapen.' Hij wees oneerbiedig met zijn duim naar Mitwissers studeerkamer. De ruggen van zijn handen waren bestippeld met roestkleurige haartjes; hij hield ze op als seinvlaggen. De ambergeur van theekopjes zweefde uit zijn richting.

'Mevrouw Mitwisser doet waar ze zin in heeft...'

'Ze is door iemand gestuurd.'

'Ze wordt door haar verstand gestuurd,' zei ik.

Ze was het huis gaan besturen; ze leek vrij normaal. Ze was ooit gewend geweest bedienden aan te spreken: haar opdrachten waren onbetwistbaar ('Waltraut moet eten', 'Mijn man moet hier een knoop hebben') en ik aanvaardde ze zoals ik die van Anneliese had aanvaard. Anneliese trok zich terug. Haar nek kromde zich ongericht onder het losgemaakte haar. Ze ritselde met de bladen van haar notitieblok; ik ving een glimp op van nette getallen en schema's. Haar vader had zijn leerling vergeten. Maar mevrouw Mitwisser begon zich te ontpoppen als een soort moeder. Ze bestookte Waltraut in galopperend Duits met lieve woordjes: *Spatzi*, *Schatzi*, mijn musje, mijn schatje, mijn oogappeltje, mijn vogeltje... Voor Waltraut waren het enkel geluiden. Ze trok zich terug bij het geluid van een Duitse lettergreep. Mevrouw Mitwisser liet zich niet uit het veld slaan. Ze had haar schoenen doelbewust aangesnoerd. Ze had haar schoenen aangesnoerd, ze had een nette jurk aangetrokken, ze herinnerde zich haar bedienden, ze had zich verzoend met haar kind: ze had zich midden in het leven gestort, eten voor de kleine, knopen voor haar man, stof op de vloer. Doelgericht! Haar waakzame oog verkleurde tot een furieus kastanjebruin; in haar hoofd (waarvan ze de buitenkant fatsoenlijk glad had gekamd) pompte een machine donker bloed rond, en haar oorlogszuchtige blik bleef James volgen.

In de stad was het anders, nergens een spoor van sneeuw. Het was alsof er nooit een storm was geweest. De mangaten ademden vlagen stoom. De trottoirs waren droog en schoon. Auto's en voetgangers schoten voorbij. Niemand droeg overschoenen. Op 42nd Street stond een ijzige wind die de lucht brak als een stemvork, trillend bij elke stap en zucht. Voor de bibliotheek hurkten de trouwe Leeuwen; een van hen droeg op zijn poot nog altijd een verbleekte rode veeg.

Ik trof Bertram in zijn overjas, leunend tegen de marmeren balustrade van een marmeren trap. Er zat oud vuil tussen de spijlen en van boven kwam weinig licht.

'Niet veel verkeer, goeie plek voor een amoureus afspraakje.'

Ik ging naast hem zitten. 'Bertram,' zei ik. 'O Bertram!'

'O Rosie.' Hij zond me zijn zijdelingse grijnslachje. Ik zag drie kringelige witte, voor mij nieuwe haren rond zijn oren kruipen. 'En, hoe is het leven bij Herr Krautenheimer?'

'Ze praten bijna geen Duits meer. Ze willen geen Duitsers zijn.'

'Ze? Met hoeveel zijn ze?'

'Een heel gezin. Ik heb een keer geprobeerd je over ze te schrijven, maar... dat ging niet.'

'Kon je niet. Ja, Ninel hè? Zet graag de schaar in de navelstreng.' Hij stond op en rekte zich uit. Ik was vergeten dat hij zo klein was, ik was aan reuzen gewend geraakt. 'Ik ben vanmorgen in de Village geweest,' zei hij. 'Op de hoek van 9th Avenue en Broadway. Heeft ze een flatje.'

'Toen ik haar tegenkwam had ze iemand bij zich...'

'Je bent haar tegengekomen? Ninel, heb je Ninel gezien?'

Dus Ninel had hem er niets over gezegd. Wat was ik voor Ninel?

'Heeft ze er niets van gezegd? Bij het eind van een demonstratie.'

Bertram lachte. 'Wat heb ik op m'n geweten? Ik had je dat liturgieboekje nooit moeten geven. Wat deed jij in een demonstratie met de bolsjewieken?'

'Ik deed er niet aan mee. Ik was... hier. Met professor Mitwisser. Er liep daar een man met verf te gooien en Ninel had een bord...' Daar stopte ik. Ik wilde Bertram vertellen over professor Mitwisser; ik wilde hem vertellen over de karaïeten, en over de Berenjongen. Maar hij zou alleen over Ninel praten. 'Ik heb het nog,' zei ik. 'Dat pamflet dat je me hebt gegeven, met dat roze omslag? Ik heb het bewaard omdat je het me had gegeven.'

'Hallo zeg, kind,' zei Bertram.

'Gaan Ninel en jij het weer aanmaken?'

'God, dat is een portret!' Hij stapte een tree omhoog en weer omlaag, hij was rusteloos. 'Vergeet het pacifisme, pacifisme heeft afgedaan, en verdomd, ze meent het nog ook. Er is daar een burgeroorlog aan het broeien en ze meent het. Ze collecteert ervoor. Geld. Uniformen. Ik denk zelfs wapens.' Hij huilde bijna. 'Ze wil dat ik met haar meega. En pal daarop zegt ze dat ik te week ben.'

'Misschien is zij te hard.'

'Laten we even binnen rondkijken,' zei Bertram.

We liepen een marmeren trap op, sloegen een marmeren gang in en kwamen een oververhit zaaltje binnen met gepoetste donkere houten lambrisering. Middenin stonden glazen vitrinekasten met manuscripten. In de hoek stond het bureau van een bibliothecaris, met erachter een lege stoel.

Bertram tuurde een van de kasten in. 'Elizabeth Barrett Browning,' zei hij.

Ik keek in een andere. 'Robert Browning. Drie brieven aan Elizabeth Barrett.'

'Ach, waarom ook niet hier?' zei Bertram en trok de envelop van Croft Hall uit de diepe binnenzak van zijn overjas.

Er zaten twee handgeschreven brieven in, een met een verguld briefhoofd en een andere alleen een opgevouwen blad lijntjespapier van school.

L.S., begon de eerste. *Het bijgaande is onlangs aangetroffen in een docentenbureau in de Vierde Klas, gebruikt door Jacob Meadows gedurende zijn betreurenswaardige dienstverband hier, en ontbrak dus aan de persoonlijke bezittingen die enige tijd geleden zijn verzonden. Wij wensen niets achter te houden en retourneren het bij deze aan zijn erfgenaam of erfgenamen.* Het briefje was getekend door de hoofdmeester.

'Ze willen alles kwijt,' zei Bertram. 'Tot de laatste snipper.'

Ik vouwde de tweede brief open en spreidde die uit over Robert Browning.

*Lieve Rose,* begon mijn vader. *Ik moet je even laten weten dat de Driekleur achter me aan zit voor 750 dollar die ik volgens hem van hem heb geleend. Ik zou die rijke klootzak nog niet om een aardappel vragen. Ik heb ze van hem gewonnen in een weddenschap, ik zei dat mijn klas zijn klas zou verslaan. Jij bent mijn getuige dat ik de hele tijd alleen vrouwelijke leerlingen heb gehad. Hij heeft geen flauw benul dat ik hier zit, dus als hij me komt zoeken, hou maar gewoon je mond dicht. Groeten aan de neef. Je vader.*

Dat was alles.

'Niet huilen,' zei Bertram.

'Als ik hem schreef antwoordde hij nooit. Nooit. En deze heeft hij nooit verstuurd. En hij is ook nog eens afschuwelijk.'

Bertram vroeg: 'Hoe zit dat met die Driekleur?'

'Dat is een man die bij hem op school in Thrace lesgaf. Hij heette Doherty. Mijn vader was ervan overtuigd dat Doherty ervoor had gezorgd dat hij werd ontslagen.'

'Was dat zo?'

'Ik weet het niet en het doet er niet toe.' Ik legde mijn hoofd op de vitrinekast. 'Die hoofdmeester. Die heeft hem gestuurd om me te pesten. Vanwege die jongen.'

Bertram haalde een zakdoek tevoorschijn. Ik dacht dat hij mijn gezicht ermee wilde afvegen, maar in plaats daarvan droogde hij de tranen die op het glas van Robert Browning waren gedruppeld. Ik herinnerde me hoe netjes zijn keuken was.

'Ik had je die verrekte spullen niet moeten brengen,' zei hij.

'Je wilde Ninel zien.'

'Nou ja, iets dat van Croft Hall komt...'

'Zoals dit prachtige souvenir, dank je wel.' Ik was ineens boos. Mijn kin droop van de tranen; ik had zelf een zakdoek en depte mijn kin ermee. 'Ik ben niet sentimenteel over mijn vader, dat weet je. Jij bent de sentimentele. Dat zei Ninel al, dat het allemaal gesnotter is.'

'Gesnotter?' Hij knipperde met zijn ogen. Het woord trof hem als een klap op zijn ogen. 'Zei ze dat?'

'Ze zei dat je niet serieus bent.'

'Het restant van het verzekeringsgeld, de meubels, de flat, god weet wat nog meer. Ik was wel serieus genoeg om me door haar te laten uitkleden. En ze hééft me uitgekleed, geloof dat maar. En dan zegt ze me dat ik te week ben.'

Dat maakte me toegeeflijker. 'Ik ben blij dat je week bent. Als je niet week was, had ik niet bij je mogen wonen.

Een petieterig grijs vrouwtje kwam tevoorschijn uit een deur achter het bureau en nam met het gezag van een potentaat haar plaats in.

'Leunt u alstublieft niet op de kasten, dat is niet toegestaan,' beval ze en verdreef ons uit haar hete domein.

We bleven even voor de leeuwen staan. De wind drong de openingen van onze jasmouwen binnen. 'Ga je weer de stad in?' vroeg ik rillend.

'Ik wil nog een poging wagen. Ik geef het niet op. Ze heeft iets, al is het allemaal donder en bliksem.'

'Ze komt nooit terug naar Albany.'

'Nee.'

'Ze gaat naar Spanje.'

'Waarschijnlijk. Misschien ook niet.'

'Professor Mitwisser heeft net bericht gehad van daar. Een van zijn karaïeten is met de *Bhagavad Gita* aan de haal gegaan.'

Bertram floot. 'Is dat het waar je tegenwoordig mee bezig bent?'

'Ik ben nergens mee bezig.'

'Arm kind. Luister, maak je geen zorgen over dat kladje van je pa. Die is van het toneel verdwenen.'

Ik zag dat hij geen interesse had voor mijn leven. Hij gaf alleen om donder en bliksem. We schudden elkaar de hand. Toen sloeg hij zijn armen om mijn middel en kuste me zoals hij het de laatste keer in Albany had gedaan. Zijn mond was warm, en ik stelde me voor dat hij aan Ninel dacht.

Op metrostation 42nd Street zag ik aan het eind van het perron een afvalbak en gooide de envelop van Croft Hall erin. Lijn Zes Locaal kwam binnenknarsen en ik keerde terug naar de sneeuwwresten van de Bronx.

## 31

Toen hij negentien was viel de Berenjongen in handen van advocaten. Het was een hinderlaag die hij niet had voorzien. Hij had zijn pony al afgeknipt (dat deed hij op de dag dat zijn vaders overlijdensbericht in de *Herald* verscheen) en geprobeerd een vuurtje te stoken van de allereerste blouse die zijn moeder voor hem had genaaid, en die ze zo zorgvuldig in vloeipapier had weggeborgen. Hij maakte een la open en kwam de blouse tegen, en propte haar samen met het vloeipapier in de grootste van zijn moeders porseleinen vazen, gooide er een lucifer bij en keek hoe het vuur ontbrandde. Het papier vlamde op en was snel verdwenen, maar de stof schroeide alleen maar en verspreidde een vieze lucht.

Toen verschenen de advocaten, in drommen leek het, al waren het er maar drie: Mr. Brooks, Mr. Winberry en Mr. Fullerton. Hij begreep hun taal niet, wat ze ook uitlegden en verklaarden; hij verwonderde zich erover dat ze nooit geërgerd raakten en nooit hun geduld verloren en hem nooit van koppigheid beschuldigden. Zijn vader had zich vast groen en geel geërgerd; zijn vader begon al te grommen als hij even opkeek, als hij alleen maar naar de andere kant van de kamer probeerde te kijken. De advocaten spraken over 'fondsen', 'instrumenten', 'documenten in duplo', tot hij zo verlamd was van verveling als wanneer hij voor zijn vader moest poseren, stokstijf rechtop en zonder op te kijken. Ze zeiden, met alle respect, dat hij alles mocht doen wat zij als raadslieden verstandig vonden, nu hij zoveel geld had. Ze bedoelden geld, maar ze spraken het woord nooit uit; hij leerde op hoeveel verschillende manieren je over rijkdom kunt praten als je nu eenmaal erg rijk bent, zonder het ooit over geld te hebben. Op een middag, gekluisterd in hun taal, begon het hem te dagen dat hun geduld en eerbied alleen te danken waren aan zijn rijkdom (die fondsen en instrumenten en documenten in duplo, al die namen die zijn geld had gekregen). Onder het strelende gewicht van hun respect voelde hij hun minachting: wat was hij onrijp, wat ruw, hij was niet meer dan een kind, hij was dát kind, de Berenjongen, en kijk, kijk naar de redeloze dwaasheid van zo'n vuurtje, kinderachtig, in rook opgegaan! Hij had geen idee van de waarde van dingen, hij had geen idee van de waarde van de nalatenschap; hij had geen idee van de waarde van de heren Brooks, Winberry en Fullerton.

Uiteindelijk wist hij ze van zich af te schudden met een 'regeling': alles wat zij de 'boedel' noemden mocht hij naar eigen goeddunken gebruiken en het geld, welke naam ze er ook aan gaven, zou in een hele grote theepot worden gestort waaruit hij zich kon inschenken zoveel hij wilde. Ze bedoelden natuurlijk niet een echte theepot, maar een juridisch geval, een soort uitvinding die hij weigerde te begrijpen. Hij minachtte uitvindingen; hij vreesde ze. Hij had negentien jaar geleefd als zijn vaders uitvinding en dat was genoeg. Maar het ontging hem niet dat er, welke vorm zo'n juridische theepot uiteindelijk ook zou aannemen, altijd ruim voldoende kopjes thee zouden zijn voor de heren Brooks, Winberry en Fullerton.

O zo geduldig en respectvol vroeg Mr. Winberry hem hoe hij zou beginnen.

'Beginnen, waarmee?' zei hij.

'Met uw nieuwe leven,' zei Mr. Brooks.

'Uw onafhankelijkheid,' zei Mr. Fullerton.

'O, ik weet wel wat ik wil. Ik heb er altijd al een willen hebben, zo een met overal zakken, alleen mocht ik er van mijn vader nooit een hebben omdat hij zei dat het schadelijk was voor mijn...' Hij probeerde zich te herinneren waar het volgens zijn vader ook alweer schadelijk voor was: iets met zijn rug, hoe zijn blouse over zijn rug viel. 'Voor mijn postuur, geloof ik,' zei hij.

Hij liet de advocaten het huis verkopen waarin de Berenjongen was opgegroeid en dat hij beroemd had gemaakt, en ging erop uit om een rugzak te kopen en een ticket voor de stoomboot, en vertrok naar Cairo.

## 32

James was ervan overtuigd geraakt dat het controleren van de krankzinnige vrouw mijn primaire taak in dat huishouden was en al het andere, mijn werk voor professor Mitwisser, een voorwendsel. Hij concludeerde dat deels uit waarneming, maar grotendeels, giste ik, uit wat Anneliese hem had gezegd. Misschien vermoedde ze het, en misschien was het zelfs waar. James nam me kwalijk dat mevrouw Mitwisser me in vertrouwen nam. Hij zag het als samenspannen. Wat hij me vooral kwalijk nam was het papieren pakketje in mevrouw Mitwissers schoen.

'Daar heb jij haar toe aangezet,' zei James, 'die smerige streek.'

'Ze heeft tegen mij gezegd dat ze het onder je kussen had gevonden.'

'Het is allemaal dommigheid. Ze heeft gewoon een stuk van haar eigen haar afgeknipt...'

Hij had me terzijde genomen; in dat nauwe huis was het een wonder als je iemand kon spreken zonder getuigen. Maar het was ochtend; de sneeuw was geweken, de jongens waren terug naar school en Mitwisser, die zich al in zijn studeerkamer had opgesloten, had me nog niet geroepen. Mevrouw Mitwisser en Anneliese waren op de tweede verdieping Waltraut in het bad aan het doen. Ik kon het geplas en de boze kreten horen. Waltraut had een hekel aan baden, en ze vocht ertegen.

'Ze wil jou kwijt,' erkende ik.

'Nou, Rudi niet. Hij heeft me die dommigheid laten zien en hij lachte erom.'

'Je maakt hem altijd aan het lachen.'

'Hij lacht als hij zich ongemakkelijk voelt.'

'In dat geval,' zei ik, 'moet je hem wel erg ongemakkelijk maken.'

'Daar heb je het al. Je stookt haar op...'

'Mevrouw Mitwisser volgt haar intuïtie. Ik heb je al gezegd dat ze een eigen wil heeft.'

'De wil van een gek. Hij lachte erom toen ze mijn kussen kapot had geknipt, wat kon hij anders? En dat plukje haar... wat kon hij anders? De kinderen vinden me aardig, ik vind de kinderen aardig...'

Ik dacht aan Bertrams kus. 'Anneliese is geen kind,' zei ik.

'Jij moest eens gewoon doen wat je gevraagd wordt en je neus uit andermans zaken houden. En je mag Frau Doktor er wel eens aan helpen herinneren dat ze zonder James allemaal op straat stonden.'

'Dat weet ze. Daar windt ze zich al die tijd al over op.'

'Ik kan jou ook op straat laten zetten,' zei hij, 'in dertig seconden.'

'Nee hoor. Dat zou professor Mitwisser niet toestaan, hij heeft me nodig.'

'Jou? Dat is een goeie. Mij heeft hij nodig.'

Dat kon ik niet tegenspreken: James betaalde om het huishouden van de Mitwissers aan de gang te houden; om Mitwissers brein aan de gang te houden. Hij had die kopie van al-Kirkisani betaald. Hij betaalde alles. Hij betaalde mij.

'Je hebt me rijk gemaakt,' zei ik.

'Achttien per week is niet slecht, momenteel.'

'Ik bedoel toen je met mijn vader hebt gedobbeld.'

'Dat was ergens in het noorden en een tijdje geleden. Het waren trouwens zijn dobbelstenen.'

'Je had hem toch laten winnen, zei je dat niet?'

Een verstrooid lachje flakkerde op in James' blik. Ik dacht dat het voldaanheid was. Hij was een kerel tegengekomen die niets voorstelde en die dacht dat hij ook niets voorstelde, en had zich in een mum van tijd ontdaan van iets dat ooit aan de Berenjongen had toebehoord; hij had het een of andere nietsnut aangesmeerd die dacht dat hij er wel een slaatje uit kon slaan.

'Misschien dacht hij wel dat ik het had gestolen. Misschien had hij met de stenen geprutst, niet dat het mij wat kon schelen. Ik heb hem gezegd dat hij het goed moest bewaren, want die halve gare verzamelaars gaan er een smak geld voor ophoesten.'

Ik stelde me voor hoe mijn vader afwachtte, jaar na jaar, tot hij een geschikt iemand zou tegenkomen aan wie hij de *Bear Boy* kon verkopen. In Thrace? In Troy? De jongens van Croft Hall? Mijn arme ondeugende vader, gedwongen om een schat – in goed vertrouwen aangenomen – te omarmen tot de dag van zijn dood; wat wist hij van verzamelaars? Waar zou hij er een vinden?

'En verdomd, komt dat klereding uitgerekend hier weer opduiken. Als zo'n soort voodoo die aan je kont blijft hangen. Luister,' zei hij ruw, 'als je dat ding maar uit m'n buurt houdt.'

Ik zag dat hij mij als zijn vijand had uitgekozen. En ik vroeg hem, zoals men een vijand een vraag stelt: 'Waarom heb je een eind gemaakt aan de lessen die Anneliese van haar vader kreeg?'

'Wat?'

'Jij bent ertussen gekomen. Voor jij kwam zat ze elke avond bij haar vader.'

'Dat is net het probleem. Rudi houdt haar opgesloten. Ze moet eens wat meer van de wereld zien.'

'Ze heeft er al veel van gezien,' zei ik.

'De oude. Ik heb het over de nieuwe.'

'Professor Mitwisser leeft voor het oude. Dat is het enige waar hij aan denkt.'

Een grijns. 'Hij denkt aan mij.'

'Vanwege het geld.'

'Dat geld komt hem goed uit, natuurlijk, dat ontken ik niet...' Hij stopte en keek rond, als een man die uitkijkt naar spionnen. Maar er was alleen het waterballet boven. 'Het gaat Rudi niet om het oude, maar om het omvergooien. Hij wil de boel omvergooien. Daar werkt hij aan.'

'Je weet niets van zijn werk.'

Hij zette zijn bril af, blies een pluisje van een van de glazen en zette hem terug. 'Ik hoor dingen, ik vang dingen op. Ik heb zijn jongens toch lesgegeven, niet? Zelfs Annie, een tijdje. Rudi weet dat ik hem goed doe.'

Van boven aan de trap kwam een glibberig peddelgeluid: Waltraut, naakt en glanzend, was uit bad ontsnapt, een voortvluchtige riviernimf kwam omlaag gespetterd.

'Daar is die kleine Wally!' zei James en ving het glimmende lijfje op.

'Ik ben een muis!' kraaide het kind.

'Een kletsnatte muis. En ik ben de kat en ik heb je!'

Tegen mij zei hij: 'Zeg maar tegen de Frau Doktor dat ik net zo lang hier blijf tot ik besluit weg te gaan.'

## 33

Op sommige dagen, er zat geen patroon in, gingen James en Anneliese samen het huis uit en kwamen pas 's avonds terug. Mevrouw Mitwisser was berustend geworden: ze hoopte niet meer dat James op een van deze uitjes zou verdwijnen. Als James zou verdwijnen, dan ook Anneliese, en wat dan? Haar man had de haarlok genegeerd; als het een list was betekende die niets voor hem, en als het geen list was betekende het ook niets. Het was niet meer dan ophef. Hij verfoeide en versmaadde ophef. Sinds zijn vrouw naar zijn bed was teruggekomen, was er meer ophef. Zijn kinderen waren veilig, er was niemand die ze kwaad zou doen, dus waarom al die ophef? Ze lag in zijn bed, dat was al ophef genoeg. Geen echtelijke hitte die dat bed verwarmde. Dat wist ik: zag ik immers niet dagelijks waar Mitwissers werkelijke begeerte lag? Zijn drift gold het fragment dat uit Spanje was gestuurd, die twee dunne koortsachtig walmende velletjes, gekocht (dat was inmiddels nauwelijks een mysterie) met James' geld. Maar het miraculeuze fragment was maar een kopie. Zijn lust ging uit naar het origineel, de hand van een schrijver op perkament, generfd en opgerold; de nieuwe directeur van het archief was blijkbaar te benaderen. Een hoog genoeg bod – een vorstelijke omkoopsom – was misschien genoeg, aangenomen dat James gul was, en waneer was James niet gul? Om daarvoor te zorgen, vertrouwde mevrouw Mitwisser me toe, hoefde Mitwisser het hem alleen maar naar de zin te maken, dat afschuwelijk jolige huilen op gang brengen, lachen, lachen en lachen. Aan dat lachen had ze goddank een eind gemaakt, tenminste. En wat betekende dat vreselijke gelach? Ach, de vuurvliegjes. Die James en haar man, ze vereren de vuurvliegjes, ze worden verblind door de vuurvliegjes, haar man wordt verblind door die James!

Geen omkoopsom, geen geld ter wereld, zou volstaan om dat ruwe ding los te maken dat professor Mitwisser met zijn vingers had gevoeld in die smerige spleet die de oude Marokkaan over het hoofd had gezien. En wie ter wereld zou geloof hechten aan een verse kopie, die zo overduidelijk een vervalsing kon zijn, en wie zou erop durven vertrouwen? Niettemin: hier was hij, de wereldse al-Kirkisani, de auteur van 'Een onderzoek naar Joodse Sekten', die met minachting schreef over de misjawieten maar in vervoering raakte van het hindoedenken. Iets wat niemand had kunnen dromen. De eruditie verzette zich tegen zo'n vondst, de intuïtie verzette zich ertegen. Maar Spanje was in oproer en toen Mitwisser weer informeerde, per telegram ditmaal, antwoordde de directeur dat hij blij mocht zijn dat hij nog in leven was. Het archief was tot de grond toe afgebrand. De directeur was een falangist en de brandstichters, schreef hij, waren een criminele bende loyalisten. De kopie was het enige dat over was. Mitwissers grootse ontdekking was verloren – en wie zou erover inzitten? Ze zouden zeggen dat hij iets uit zijn duim had gezogen, ze zouden hem een oplichter noemen. Ze stonden klaar om hem van willekeurig wat te beschuldigen. Hoe dan ook, zijn kinderen waren veilig, zijn Anneliese, zijn jongens, zijn geliefde lange Heinz, die zo ingenieus was met zijn handen.

Mevrouw Mitwisser zei: 'Erwin Schrödinger was ook lang. Lang als mijn man.'

En ze zei: 'Die James, hij neemt mijn dochter mee.'

'Hij brengt haar altijd weer terug,' zei ik.

'Op een dag misschien niet.'

Ze opende haar dunne neusvleugels. Ze was bevreesd om Anneliese. Ze vreesde het ongeoorloofde, ze rook het ongeoorloofde. Mijn man, zei ze, hij kan zijn horloge nog niet gelijkzetten, hij is zo onhandig met zulke dingen, zijn grote vingers, zo lomp en dik als ze zijn – *so gross und dick!* – terwijl Heinz... *dieser verdammte Mann und seine verdammten Geschenke, er gibt, er gibt!* De jongen, Heinz, tweemaal neemt hij de rare klok die James hem heeft gegeven uit elkaar, en tweemaal past hij de stukken weer in elkaar...

Haar neusvleugels openden zich, ze snoof in snelle kleine stootjes. Wilde ze me het idee geven dat Heinz geen kind van haar man was? Ze had haar man de haarlok laten zien; hij had zich afgewend. En toen ze hem Heinz had laten zien, na de geboorte, had hij zich toen afgewend? De haarlok was van haarzelf; Heinz was de zoon van haar man zelf. Dacht ik althans. Maar zij was een leverancier van hypotheses, van mogelijkheden. Ze was een theoreticus. Ze had me aan het twijfelen gebracht over Heinz. Ik staarde vaak naar hem. Hij had net zulke lange botten als de andere jongens, en even bruine ogen.

Het weer was nu milder, en nog lokte de bibliotheek Mitwisser niet naar de stad. Onder dat vergulde plafond had hij zijn futiliteit verborgen, of misschien was de bibliotheek zelf tot futiliteit verdord. Zijn intellect – zijn verlangen – was een grotere schatkamer dan enige andere; bestond er één bibliotheek in de wereld die wist van een karaïtische band met India? New York niet, Cairo niet, Istanboel niet! Alleen hij bezat dit potente, dit verleidelijke fragment. Of als iemand de rest ervan te pakken had gekregen, elders, wat maakte het voor verschil? Was er een grotere meester van het karaïsme? Al-Kirkisani had de misjawitische rivalen veroordeeld: *Er is onder hen niet één die bedreven is in kennis en speculatie* had al-Kirkisani geschreven (en ik getranscribeerd). En was dat niet precies professor Mitwissers oordeel over die andere onderzoekers van het karaïsme – als er in onze eeuw al anderen waren overgebleven die zijn achting verdienden?

146

Hij hield me dicht bij zich aan het kleine typemachinetafeltje terwijl hij voor zijn boekenplanken ijsbeerde, het ene deel na het andere greep en op het bed achter ons gooide, waar mevrouw Mitwissers haarspelden zich hadden genesteld in de plooien van haar nachtjapon. Het bed was onopgemaakt. De deur was gesloten. Ik had niets te doen.

'Wilt u dat ik ga? Ik kan later terugkomen als u wilt...'

'U kunt niet gaan,' zei hij.

Maar ik zag dat hij nauwelijks voorbereid was als gebruikelijk. Hij had niets te dicteren in handen. Ik zat werkloos aan de typemachine. De boeken die hij had gepakt waren allemaal in het Arabisch en Grieks.

'Hier is een man,' zei hij, 'een geest met begrip van het onmetelijke, een lichtgevende ster, een majesteit, en de geschiedenis verduistert hem, begraaft hem, verstikt hem! Verstoot hem! Wist zijn naam uit de toekomst, verdringt hem, noemt hem dissident, subversief, heterodox, transgressief...'

Mitwissers ogen staarden elektrisch blauw.

'Transgressief, de sleutel, de sleutel! Dissident van de norm, dan dissident van de dissidenten... hier, zoek mijn aantekeningen over *Lichten en Wachttorens*...'

Een ziggoerat van getypte vellen, mijn eigen handwerk, rees gekarteld op uit een doos aan het voeteneind van het bed. Mitwisser had ze zelf geclassificeerd; ze lagen in een esoterische volgorde die ik had leren kennen.

'Wat bent u toch langzaam,' klaagde hij. 'Daar, net onder díe, ziet u ze niet? Goed. Die is het. Alstublieft, leest u.'

Het was een ongeordende lijst. Ik las:

*kennis en rede*
*tovenarij*
*slaap en dromen*
*droomduiding*
*de waarde van de sjekel*
*zelfmoord*
*medicijnen*
*astronomie*
*natuurkunde*

filologie, Arabisch
filologie, Hebreeuws
commentaar op Genesis
commentaar op Job
commentaar op Ecclesiasticus
Mohammed en profetie
kunst der tekstinterpretatie
kunst der vertaling
zonnekalender
nationalisme
engelen als bemiddelaren
consensus en overdracht
onreine dieren
jubelfeest
voedselvoorschriften
Sabbat
de dag na de Sabbat
verwantschap
de Natuur van God

'Een schamel beetje, het is niet klaar. Men kan geen encyclopedie maken op één vel papier. En zo veel verloren. Kijk, alstublieft! Staat op dit papier hindoedenken?'

'Nee,' zei ik.

'Dan zullen we het erop zetten.'

Hij pakte de twee velletjes uit Spanje en reciteerde (in donkerdere intonaties, Engels opgediept uit buitenlandse hoeken en curves): *Noch door studie, noch door ascese, noch door liefdadigheid, noch door het brengen van offers, kan men Mij zien, zoals gij Mij hebt gezien. Slechts door toewijding aan Mij kan men Mij dus zien en kennen. Hij voor wie Ik het hoogste heil ben, zonder haat jegens welke mens dan ook, hij zal tot Mij komen.* Woorden uit de Bhagavad Gita, door al-Kirkisani vertaald in zijn eigen Arabisch. Hij looft deze woorden! En hij schrijft – buitengewoon! – hij schrijft... hij schrijft...'

De angstwekkende elektrische ogen, sijpelende blauwe tranen, en ik was er nogmaals getuige van.

'"Ik, Jacob, ben geworden Arjuna." Buitengewoon! En ja, ja, meer, nog meer! *Degenen die demonisch zijn weten niet hoe het wel en niet hoort. Men vindt bij hen reinheid noch wellevendheid, noch waarheidsliefde. Ze beweren dat deze wereld onwerkelijk is en nergens op berust en dat er geen God is die alles bestuurt. Aldus spreken demonische mensen.* Wat, wat is dit? Men vindt bij hen geen waarheidsliefde, en is dat niet precies wat de karaïeten van de rabbanieten zeggen? Hier staat het, ik heb het ontdekt, deze kennis, deze nieuwe vondst, van mij!'

Ik voelde me op dat moment erg ver van hem verwijderd. Hij leek me het eenzaamste schepsel op aarde. Het pad van tranen schitterde op zijn wangen, zelfs nu het door de stoppels omlaag tuimelde – steeds vaker nam hij niet de moeite om zich te scheren. Of hij liet zijn borstelige baard met opzet staan. Een baard zou hem overdrijven – was dat wat hij wilde? Zijn concentratie was al overdreven, en met baard zou hij er als een fanaticus uitzien. Hij was eeuwen teruggevallen, alleen achtergebleven op de koude planeet van het verleden, en dat alles omwille van een verstoten scheurmaker, een rebelse jood, een man die in de boom van de geschiedenis geen spoor had nagelaten. Een vergeten sektariër waar niemand naar omkeek. Niemand op enig continent. Niemand veraf, niemand dichtbij. Niemand in dit huis. Niet mevrouw Mitwisser, niet Anneliese, niet Heinz, of Gert of Willi. En James ook niet!

James was niet in huis. Er was een taxi gekomen en hij was weggegaan met Anneliese.

Ik vroeg: 'Wat gaat u nu doen?'

'Ik zal vastleggen wat ik heb gevonden. Bewijzen zal lastig zijn. Herkomst en context zullen misschien maanden in beslag nemen. Bent u bereid hier te blijven?'

De vraag overviel me. Het was mijn eigen vraag: waar moest ik heen? Nog maar vijf dagen daarvoor was ik stilletjes, heimelijk leek het wel, negentien geworden. 'Negentien jaar sinds mijn Jenny me heeft verlaten,' had mijn vader kunnen zeggen. Ik herinnerde me zijn emotie, de enige emotie die ik van hem kende, met wegebbende wrok. Ik had geen reden voor wrok. Klaarblijkelijk beschouwde professor Mitwisser me als vreemd, maar nuttig. Ik was inschikkelijk, ik was snel, ik was meestal stil. Mijn stilte verborg waakzaamheid, maar de aandacht was niet wederzijds. Ik was op een praktische manier onzichtbaar: buiten mijn nut aan de typemachine werd ik uitgewist. Ik was zijn typiste, meer niet.

Maar ik verschafte hem de vrijheid om zich over te geven aan wat hem ook maar bewoog: hij kon huilend voor me staan – nu al de tweede keer! – want ik had geen inhoud.

En voor de tweede keer vroeg ik: 'Uw vrouw noemt James een karaïet, waarom is dat?'

'Mijn vrouw?'

'Is dat omdat hij sympathiek staat tegenover wat u doet?'

'Sympathiek? Wat is dat voor taal? Sympathiek, hoezo? Om gevoel te hebben voor mijn werk moet men de geschriften meester zijn, de tijd...' Hij stopte; hij zou zijn adem niet verspillen aan een catalogus van wat hij had overmeesterd. Hij had keizerrijken overmeesterd, werelddelen, geschiedenissen. Hij had millennia overmeesterd. 'Uw aanwezigheid zal hier zonder onderbreking vereist zijn, begrijpt u dat? Wat ik voorheb is het voorbereiden... het onthullen... een onweerlegbaar verband aan te tonen, een verband, en niet louter een spoor, tussen al-Kirkisani en...' Weer stopte hij. Ik was de half waargenomen figuur aan de typemachine; hij zou zijn adem niet verspillen aan wat hij voorhad. Hij veegde met de bultig geaderde rug van zijn grote hand over zijn oogleden.

'Mijn vrouw,' zei hij. 'Ze kan niet opgeven. Om die reden kan ze niet onderscheiden. Voor mijzelf wordt de ballingschap een overgave. Ik spreek van ballingschap. Ik zou moeten spreken van ontsnapping. Men moet natuurlijk Duits lezen, maar ik zal die taal niet gebruiken, in woord noch geschrift, hoe onvolmaakt of vreemd mijn Engels ook moge zijn.'

'Maar u noemt mij soms Fräulein...'

'Wat zou u anders wensen?'

'Ik weet niet. Rose. Mijn neef in Albany noemde me altijd Rosie.'

'Ik stel geen belang in familiariteit. Ik stel geen belang in uw neef. Mijn vrouw is uw zaak niet. James is uw zaak niet.'

'Hij is de uwe, niet?' Het trillen van mijn durf.

'Hij zorgt voor mijn kinderen. Hij mag ze graag. Mijn kinderen mogen hem graag.'

Ik voelde mezelf in die kamer gevangen door een slimme man met een hard hart. Hij gaf om zijn kinderen, hij gaf om James, hij gaf om al-Kirkisani, duizend jaar dood. Wat benijdde ik Anneliese! Ik was bereid mevrouw Mitwisser te geloven: Anneliese, nog geen zeventien, was het huis uit gegaan met haar minnaar.

Ze kwamen net terug. Het was vroeg in de avond, kennelijk kwamen ze net thuis. Stemmen. Opschudding bij de deur. Opschudding op de trap. Mevrouw Mitwisser huilend, ontzet. Scheuren, krassen.

Heinz: 'Ik héb hem niet binnengelaten, hij duwde me...'

Mevrouw Mitwisser: 'Dat kunt u niet doen!'

Gert: 'Hij gaat naar papa's studeerkamer boven...'

Willi: 'Dat mag niet...'

Mevrouw Mitwisser: '*Lieber Gott, nein, nein!*'

De deur van de studeerkamer werd opengerukt.

'Ik heb het uit hem gekregen, hij vertelde me dat je ergens in de rimboe zat, maar ik heb het uit hem gekregen. Hele klus om hier te komen trouwens, langste metrorit op aarde, en ze wilden me niet binnenlaten...'

Mitwisser stond bevroren; de reus was plotseling klein geworden. Ninel keek niet naar hem. Ze was gefixeerd op mij. Ze droeg een gekreukeld leren jasje en een arbeiderspet. Ze had dezelfde broek aan als toen ik haar het laatst had gezien, alleen zat hij nu vast aan een paar bretels. Ik herkende de bretels. Het waren die van Bertram.

'Bert had je dat geld niet mogen geven,' zei ze: de rauwe kreet van de stuurman.

'Maar dat heeft hij wel gedaan, hij heeft het me gegeven.'

'Mooi. Dan mag je het nu aan mij geven. Ik heb er een goeie bestemming voor en Bert zei dat je het af zou geven.'

'Dat heeft hij niet gezegd.'

'Wat weet jij daarvan? Hij heeft gezegd dat je het me zou geven.'

'Zijn jullie weer samen?'

'Dat hangt van jou af.'

Ik wist niet wat ik moest zeggen.

'Ik heb hem gezegd,' zei Ninel, 'dat ik als je me het geld gaf nu en dan eens langs zou komen in Albany.'

'Dus dan zijn jullie weer samen...'

'Ooit misschien. Nu heb ik de poen nodig, ik ga naar Spanje.'

Mitwissers ademhaling werd oppervlakkig; zijn kin trilde minder. Het verwoeste archief. Het teleurstellende telegram. Falangisten, loyalisten, het ontsnapte fragment...

'Heeft Bertram echt gezegd...'

'Nou, het was echt niet alleen mijn idee, of wel soms? Hij is zelf ook platzak en jij zit hier goed, je hebt een of ander baantje...' Haar oog viel op het wanordelijke bed tegen de muur, mevrouw Mitwissers nachtjapon, de verdwaalde haarspelden, de typemachine. 'Je zit in elk geval niet te slijmen met de rijkelui, zoals die ouwe van je.' De witte mist van Mitwissers beginnende baard was naar zijn voorhoofd en nek gekropen. Hij was helemaal wit. 'Dat kind heeft een baantje bij jou, ja toch? Nou, één ding moet ik haar meegeven, ze kan typen als een duivel.' Ze liet zich op de grond zakken. Ik zag de zolen van haar hoge schoenen. 'Ga jij de poen even halen, wil je? Geloof me maar: ik blijf hier zitten tot ik het in mijn broekzak kan voelen.' Ze grijnsde omhoog naar Mitwisser. 'Ooit van een sitdownstaking gehoord?'

Ik racete de trap op naar de tweede verdieping en trok mijn koffer onder wat mevrouw Mitwissers bed was geweest vandaan. Uit Willi's oude gymschoen haalde ik Bertrams blauwe envelop. Het geld was niet compleet. Er was wat afgegaan voor het lint en de rest van wat ik had gekocht voor de oude machine. Ik vulde het verschil aan met vijf dollar uit mijn salaris.

Ik telde Bertrams geld uit op Ninels open handpalm.

'Goed. Vijfhonderd. Voor de goeie zaak.'

'En wat is dat?' vroeg Mitwisser met zijn nieuwe dunne stem.

'Tegen de fascisten. Voor het volk.'

'Je hebt Bertram bedonderd. Hij denkt dat hij je terugkrijgt,' zei ik.

'Daar komt ie wel overheen.'

De voordeur knalde als een pistoolschot; ze was weg. Ik had haar gehoorzaamd, ik was laf geweest, Ninel in gevechtshouding had me gekoeioneerd en ik had me overgegeven. Het geld was weggegrist, ingeleverd. Ik had geen kabaal gemaakt.

Toen daagde het idee dat ik niet Ninel had gehoorzaamd, maar Bertram.

Mevrouw Mitwisser zat op de onderste tree, met haar schoenen in haar handen. Ze staarde in de donkere holtes.

'Mijn arme Elsa,' mompelde Mitwisser.

Heinz zei: 'Die man bleef maar Rose roepen. Hij moest jou hebben.'

'Het was geen man. Het is iemand die mijn neef kent...'

De broek, de stekels, de pet. Ze hadden gedacht dat Ninel met haar pet en broek een man was. Een man die het huis binnenviel. Een man die binnen kwam stormen, een vechtersbaas die schreeuwde, eiste, bevelen gaf! Zoals vroeger. Zoals vroeger. Rond en rond in de zwarte wagen, het El Dorado, de tunnels van haar schoenen, de afgesloten tunnels. Afgesloten. Zwart gemaakt.

Mitwisser verhief zich en zwol op; hij verdikte tot een brul. 'Zie wat u mijn vrouw hebt aangedaan!'

Die avond keerde mevrouw Mitwisser niet tussen de lakens van haar man terug; weer werd ze gedeponeerd in het bed tegenover het mijne. En weer was ik afhankelijk van de goede wil van het huishouden. Als ik Bertrams geld niet had, wat was ik dan? Zelfs toen ik het had, kon ik nergens heen, maar Bertrams blauwe envelop had me de illusie gelaten dat ik mijn lot in eigen handen had, dat de vrijheid voor me openlag, dat ik kon vertrekken wanneer ik wilde, dat ik niet de gevangene was van iemands harde hart... en dat Bertram de vleugels van zijn genegenheid over me had gespreid. Bertram had geen vleugels. Die had hij aan Ninel gegeven. Zijn kus was as. Mijn angst was dat Mitwisser me weg zou sturen: ik had de gevaarlijkste ophef van allemaal in huis gebracht, en zijn vrouw was teruggevallen. Zijn broze vrouw, geknakt. Ingestort. Ze zou niet eten, ze zou haar schoenen niet aantrekken, ze zou niet naar beneden komen. Zoals vroeger, zoals vroeger. En wat was ze opgebloeid in haar nette jurk, wat prachtig hersteld, en wat had ze een tederheid en overredingskracht aan de dag gelegd om haar kleinste kind terug te winnen!

Ik had Bertrams geld verloren, wat deed het ertoe zonder zijn genegenheid? James had me in elk geval verzekerd dat ik een erfgename was. De Berenjongen in de groene hoed. Duizenden waard, als ik James moest geloven. Duizenden? Een schat in vertrouwen aangenomen. Net als mijn vader: wat wist ik van verzamelaars? Waar zou ik er een tegenkomen?

Met een dag of wat werd het duidelijk dat professor Mitwisser me niet weg zou sturen. Ik kon typen als een duivel; en bovendien, ik was gewend aan zijn golvende accent, zijn ellipsen, zijn stiltes, de vormelijke nukken van zijn Engels, en als hij erom verzocht wist ik de hand te leggen op elk boek op zijn planken, in welke taal ook. Ik kende de controverse over de bekering van rabbanieten tot karaïet volgens de getuigenis van Tobias ben Mozes uit Constantinopel. En ik kende de weerleggingen van het karaïtisch rationalisme, ten gunste van de poëzie, door de rabbaniet Tobias ben Eliëzer uit Thessaloniki. Ik kende al die curieuze conflicten en twisten en die zeker zo curieuze namen en steden en streken.

Hij zou me niet wegsturen. Hij kon het niet.

James, tegengekomen in de gang, fluisterde: 'Ze ligt eruit, ik ben terug, wat vind je daarvan?'

'Nee,' zei ik, 'Anneliese krijgt weer les.'

Maar het werd geen van beide. Mevrouw Mitwisser had haar mans bed ontruimd. De late uren in zijn studeerkamer waren vrijgegeven aan Mitwissers keuze. Boldriehoeksmeting en Molière met Anneliese of gieren van het lachen en theekopjes met James. Hij koos het fragment uit Spanje; hij koos de Natuur van God; hij koos al-Kirkisani. Elke avond betrad ik zijn studeerkamer stipt om tien uur, sloot de deur en typte tegen Mitwissers extase in, tot diep in de slapende stilte.

# 34

Hij wist nauwelijks waarom hij Cairo had gekozen. Waarschijnlijk was het vanwege de piramides. Of omdat er geruchten gingen dat er in Europa een oorlog op uitbreken stond. Hij zat er niet mee, maar hij veronderstelde dat het wel Engeland tegen de Kaiser zou worden, en in dat geval was hij voor de Kaiser, hij kon niet voor Engeland zijn: zijn moeder had hem aangekleed als een Engels jongetje, en zijn vader had hem zo getekend, hij was in een karikatuur van Engelsheid veranderd en sommige mensen waren zelfs zover gegaan dat ze hem vergeleken met Christopher Robin. Logisch dus dat hij een hekel had aan alles wat Engels was en onverschillig stond tegenover Europa, maar als er een oorlog kwam, bleef hij er wel bij uit de buurt. Hij deed wat alle toeristen in Egypte doen: hij huurde een gids, maakte een rit op een kameel, zeilde de Nijl af in een dhow, vergaapte zich aan de eindeloze zandvlaktes, de oude stenen, de afbrokkelende poten van de sfinx en keek in een bouwvallig museum met gebarsten en opgelapte muren in het strakgetrokken leren gezicht van een mummie. De mummie lag in een glazen kast; op de een of andere manier was er een levende vlieg binnengekomen, die op een akelige gebarsten gele tand zijn voorpoten tegen elkaar stond te wrijven. Er waren overal vliegen.

Jeruzalem was niet ver; hij ging naar Jeruzalem, waar al evenveel vliegen waren, en nietsdoende groepjes Turkse militairen, en monniken in lange bruine gewaden en Arabieren in stoffige witte djellaba's en joden in stoffige zwarte kaftans. De militairen en de joden en de Arabieren droegen bijna allemaal fatsoenlijke schoenen; de monniken droegen sandalen die hun stoffige teennagels lieten zien. Het was net zo heet als in Cairo, ondraaglijk heet, maar in de avondschemering, die plotseling inzette, dreef er een tere koelte van heuvel naar heuvel.

Hij nam een kamer bij de YMCA en wandelde elke dag door de rotsige velden waaruit karige struiken opschoten – schapen knabbelden eraan onder de waakzame blik van bejaarde herders – naar de Oude Stad. Hij zwierf de soek binnen om te kijken naar de schoenlappers en de bebloede slagers in hun duistere grotwinkels en de mannen die in kaffiyehs een waterpijp zaten te roken in smerige portieken onder middeleeuwse bogen. In een ander deel van de stad (tot zijn verrassing was het legendarische Jeruzalem maar een klein stadje) kocht hij in een joodse winkel een hoed met een brede rand tegen de zon. Hij meed de Klaagmuur, maar op een dag raakte hij verzeild in wat hem een van de kleinere kerken leek – de stad was vergeven van de sektes – en hij zou het nooit weten, maar het was een oude karaïtische synagoge. Van tijd tot tijd waren er rellen: Arabieren, joden, soldaten. Messen, schoten, gegil. Hij probeerde zulke gebeurtenissen zoveel mogelijk te negeren; ze gingen hem niet aan. Eind juni hoorde hij van de moord in Sarajevo. Hij las het in de *Palestine Post*, vertrok naar Jaffa, vond een Italiaans vrachtschip en reisde af naar Algiers.

Een overtocht vinden, zelfs op een vrachtschip, was niet gemakkelijk, maar hij had in Egypte de wet van de Levantijnse steekpenning ontdekt, waarmee men kon kopen wat men wenste en voorzien in elke gril. Grillen waren alles wat hij had, en waarom ook niet? Hij kon kopen waar hij zin in had. Het schip bleef zo dicht mogelijk bij de Afrikaanse kust, alsof het, net als hijzelf, beducht was voor Europa's oorlogszuchtige inslag. In Algiers werd Arabisch en Frans gesproken. Hij was onderhand gewend aan het geluid van Arabisch, dat hij liever hoorde dan Frans, al vond hij beide niet meer dan wanklanken. Frankrijk was in oorlog en

Frankrijk zat in Algerije, maar het was ook ver weg. Hij pikte wat Frans op, genoeg om in een restaurant te bestellen wat hij wilde eten. Hij experimenteerde nu met goed leven: een suite in het Hotel Promenade. Hij gaf zich uit voor een Amerikaanse zakenman. Hij was bijna eenentwintig en niemand geloofde hem, maar niemand twijfelde aan de waarde van zijn geld. Hij kocht een paar maatpakken en een panamahoed met een lint en een kleine blauwe veer; hij kocht een hoop zijden dassen en flirtte met de blonde serveerster met de gestifte lippen in wat zijn favoriete restaurant was geworden. Soms kwam ze 's avonds laat naar zijn suite. Hij was gewaarschuwd bij Arabische meisjes uit de buurt te blijven. Hun broers zouden wraak nemen.

Maar het goede leven beviel hem niet. Hij hield niet van zijn dure kleren en gaf ze weg, in één bundel, aan een bedelaar op straat, die hem op beide wangen kuste en overlaadde met de zegeningen van Allah. De zijden dassen en maatpakken voelden aan als een tenue. De Berenjongen had genoeg van tenues: die vernederende ronde schulpkragen, die kant en versiersels! Hij maakte een eind aan Jim en Jimmy en begon zichzelf James te noemen. Om hem heen was iedereen met de oorlog bezig. De Fransen waren vurig loyaal; de jonge mannen namen dienst en gingen meevechten. Hij had meer gemeen met de Arabieren, die naar de Kaiser neigden; ze haatten de Fransen en wensten hun kwaad toe en wensten ze weg.

Hij probeerde de oorlog te negeren. Het ging niet alleen om Engeland en Frankrijk (en de stad vulde zich met uniformen), maar ook om Rusland, België, Servië, Italië, Japan! Later Amerika, dankzij die dwaas van een Wilson. En aan de kant van de Kaiser Turkije, Bulgarije, het hele Habsburgse rijk, zulke ongemakkelijke bedgenoten. De helft van de wereld die op de andere helft schoot, wat had het voor zin? Hij was blij dat hij de kranten niet kon lezen, maar de oorlog was toch vervelend; zijn geld kwam herhaaldelijk met vertraging en Mr. Fullerton schreef dat Mr. Winberry nu een Officiersopleiding volgde en wat jammer dat James vastzat in zo'n godverlaten oord. Hij voelde zich ook een beetje vastzitten; hij had gehoopt wat van Scandinavië te zien, nevels en fjorden en noorderlicht, maar gewoon reizen was nu onmogelijk. In plaats daarvan kuierde hij 's avonds bepaalde steegjes in die hij had ontdekt, en jaagde de jongetjes weg die zichzelf verkochten, en vond de muur in de schaduw waar men kif kon kopen bij een westers geklede man die in het daglicht kon doorgaan voor een locale *avocat*.

De kif gaf hem dromen. Hij bleef altijd wakker en kon de dromen manipuleren, hoewel ze vanzelf kwamen: hij kon ze draaien, hij kon ze doen opzwellen of vernauwen, hij kon ze lichter of donkerder maken. Het was alsof hij de scenario's van de verhalen die op hem af kwamen kon sturen. Een keer droomde hij dat hij een koning was, en tegelijkertijd was hij de lakei van de koning, en hij kon kiezen wie hij liever wilde blijven, koning of lakei; maar dat hij moest kiezen was verplicht, dus koos hij voor koning, en het ik dat lakei was loste op in de mist, een geparfumeerde mist die in golven wegwoei, als gedrapeerde zijde. Een andere keer had de droom de vorm van een raam, waardoor hij rode stormen kon zien en tuinen die deinden in de wervelwind. De meeste dromen waren vredig, de kif was vriendelijk en hielp hem de oorlog door, zodat hij er uiteindelijk niet veel van hoefde te merken. Als hij de beschaduwde muur overdag bezocht, vonkte het schelle zonlicht ervan af; met haar rug naar de muur zat een oude vrouw in een omslagdoek meloenen open te snijden voor de verkoop.

De kif was een vriendelijke voogd die hem tot een nieuw inzicht bracht: hij wilde niet zijn of worden.

Overdag was er in de steeg een wezen met een haarloos vergeeld gezicht dat op een soort blaasinstrument speelde, een pijpje met driehoekige gaten. Hij kon uit de vodden rond het gezicht niet opmaken of het wezen mannelijk of vrouwelijk was. Op de keien stond een roestige pot voor de muntjes. Om een wijsje te horen gooide hij er het equivalent van tien Amerikaanse dollars in, en het wezen kraaide van verrukking en blies zijn ene bibberige wijsje nog eens en nog eens, hief zijn knieën op en sprong en paradeerde. Het wijsje was dun, onhelder, vreemd, afgeleid van een onherkenbaar soort toonladder; er zat geen patroon in, het wond zich rond als een draad die in een afgrond kringelt, en hij dacht: dat is wat ik wil, vormloos zijn als deze muziek, en eigenwijs: niemand die me kan voorspellen, niemand die me kan vormen.

De blonde serveerster (knap was ze zeker niet, maar ze had aangenaam lange benen) die naar zijn suite in het Promenadehotel kwam, wilde nu hij die had opgegeven niet meer komen. Hij had een kamer in een pension – alleen inwoning, geen kost. Hij mocht zijn Franse hospita niet, die hem er (naar hij aannam) van verdacht dat hij een gangster was of een dief die zich schuilhoudt, maar zijn kamertje beviel hem wel, met het zorgzame kleedje op dit of dat oppervlak, om vochtvlekken tegen te gaan. Hij vond het er prettig omdat de kamer niets deed om hem te dwingen of vast te houden, en omdat de kleedjes, die er wél met die bedoeling waren neergelegd, alleen maar komedie waren. Algiers was komedie: de hooghartige Fransen, de boze Arabieren, de domme oorlog. Het geslachtsloze wezen dat op zijn fluit toeterde; het wijsje dat de schepping van betekenis ontdeed. Zijn kifdromen waren gedachteloos, vormloos, doelloos. Onder de voogdij van de kif lachte hij. Kraaide en lachte uit over de leegte.

De oorlog kwam ten einde. Zijn schip meerde aan in New York, een Zweeds schip, het dichtst dat hij ooit bij zijn noordse fantasieën zou komen. Mr. Winberry was dood, begraven in Frankrijk. Maar de heren Fullerton en Brooks waren waar hij ze had achtergelaten. 'Ik ben er weer,' giechelde hij in de telefoon. Ze vertelden hem dat dankzij de aanhoudende vitaliteit van de *Bear Boy*, en ondanks het tumult van de recente wereldbrand, zijn middelen – ze zeiden nooit geld – floreerden als nooit tevoren. Hij lachte weer, recht in de hoorn. Komedie, zei hij tegen zichzelf (maar zijn taal was simpel en los, zijn taal was aards, zijn vaders verheven luim was uit zijn mond verbannen), is wat mij niet kan definiëren. Zoiets denken was onheilspellend, het was arrogant, het was oppervlakkig, zo zouden de heren Fullerton en Brooks althans in stilte hebben geoordeeld, maar hij geloofde het.

## 35

Heinz zei: 'Het was een man, je kunt zeggen wat je wil...'
'Niet.'
'Ik heb hem gezien, ík heb de deur toch opengedaan, of niet? Hij zei dat hij Nino heette en dat hij jou moest hebben, en toen keek mama hem recht in zijn gezicht en riep tegen me dat ik de deur dicht moest doen, en dat probeerde ik ook, maar hij duwde hem open en rende de trap op. Het was een mán.'

Heinz droeg mevrouw Mitwissers dienblad naar boven: vierkantjes toast, boter, thee, jam. Een invalidenmaaltijd.

Ik zei: 'Het was gewoon iemand die geld kwam halen dat ze volgens haar van me tegoed had, dat was alles.' En ik voegde eraan toe: 'Ze heet Miriam'.

Zijn nek werd rood, op de typische Mitwissermanier; het leek me veelbetekenend. 'Een vrouw zou mama niet zo aan het schrikken maken.'

'Ze is een vrouw die zich kleedt als een man.'

'Waarom?'

'Ze wil soldaat worden.'

'Vrouwen kunnen geen soldaat worden.'

'Soms wel.'

Hij stak een vinger in de jam en zoog eraan. 'Was dat het geld dat mama had gepakt? De vorige keer dat ze ziek was?'

'Je moeder zit op haar eten te wachten,' zei ik.

'Ze eet het toch niet op. – Als je die man... die dame geld schuldig was, waarom heb je het dan niet eerder betaald?'

'Ik was het haar niet echt schuldig.'

'Wij hebben altijd schulden,' zei Heinz. 'Meestal kunnen we ze niet betalen tot James komt.'

Hier had ik geen antwoord op.

'Mama mag James niet,' zei hij.

'Maar je vader wel.'

'Papa houdt niet van vreemden.'

'Is James een vreemde?'

'Dat is iedereen buiten ons gezin.' Zijn smalle bruine ogen, zo anders dan die van Mitwisser, spraken zijn oordeel uit: 'Jij bent er ook een.'

Ik herinnerde me dat Anneliese dat al eens precies zo had benadrukt.

'Kijk naar mama's blad,' zei Heinz met klem. 'Zie je? Alleen maar een lepel. Anneliese zegt dat we de toast in kleine stukjes moeten snijden, zodat mama geen mes hoeft te gebruiken. Mama mag van nu af aan geen mes meer op haar blad hebben. En zal ik je eens wat zeggen? Anneliese heeft Waltrauts poppenschaartje weggegooid, waar mama James zijn kussen mee kapotgemaakt heeft. En zal ik je nog eens wat zeggen?

'Wat?' vroeg ik.

'Ik krijg van James een handleiding hoe je een kristalontvanger moet maken, en hij koopt alle onderdelen voor me. Ik ga mijn eigen radio maken, dat!'

Er was geen enkele radio in huis. Professor Mitwisser wilde het niet hebben; hij tolereerde geen instrument bij zich in de buurt dat de hele dag trilde van de trivia en kattengejank. Maar Anneliese had me verteld dat Mitwisser niet wilde dat zijn vrouw het nieuws uit Duitsland zou horen. Hitler had de Reichstag al naar huis gestuurd en een trots Arisch volk stond op het punt hem in een triomfantelijke nationale verkiezing zijn stem te geven.

'Een trots Arisch volk,' het waren Mitwissers woorden. Toen Anneliese ze herhaalde, sprak ze op dezelfde toon als die mevrouw Mitwisser had gebruikt toen ze El Dorado uitsprak.

# 36

Mevrouw Mitwisser had haar belangstelling voor haar speelkaarten verloren. Ze stak ze naar me uit met een enkele kwade lettergreep: 'Nee'. En nog eens: 'Nee'. En omdat ik ze nog altijd niet aannam (wat moest ik ermee?): '*Nein!*' En toen ik ze niet snel genoeg van haar aanpakte, gooide ze ze op de grond, waar ze in een warboel uitwaaierden.

Ze bleef 's middags weer liggen doezelen. Maar 's nachts was ze vreselijk wakker, waakzaam, argwanend bij elk geluid. Haar ogen schoten van links naar rechts; in het halfdonker waren het vage rollende knikkers. Ze ging rechtop in bed zitten luisteren.

'Wat is dat?'

'Het is Waltraut. Een nachthoestje.'

Het kind was ontdaan. Haar neus was schraal en lekte; ze had kou gevat, als door verdriet. Zo pas nog maar bevriend, zo serieus vertroeteld, de poppen op de trap, haar moeders nabijheid, haar moeders blik... allemaal abrupt gestaakt. Ze begreep er niets van, en ook Anneliese, en zelfs James... Gert schudde haar af, Willi schudde haar af. Maar Heinz nam haar bij de hand en liet haar de lange draad zien die de antenne moest worden, de korte draad die naar het kristal leidde, het koperdraad dat om de spoel gewonden moest worden, de condensator met zijn dwarsplaatjes, de komische koptelefoon die een soort dier van hem maakte. Al die vreemde dingen lagen verspreid over de grote tafel in de eetkamer. Mitwisser keurde ze geen blik waardig.

'Wat is dat? Wie is daar?'

De voordeur ging open en dicht: Anneliese en James die na middernacht thuiskwamen. Hun uitjes – hoe die regelmatige verdwijningen anders te noemen? – werden langduriger en later.

Maar mevrouw Mitwisser sidderde en slaakte een angstkreet: '*Der Mann!*'

En een andere keer, toen een voorbijgaande auto met een kapotte uitlaat door onze normaal stille straat scheurde: 'Die jongen, die jongen!'

Die jongen? Het huis was vol jongens. Willi, de mooie, en Gert en Heinz. En de nasleep, het stoffelijk overschot, van de Berenjongen.

'Je vader,' gooide ze eruit, 'die jongen...'

In haar geest leefde hij nog. De jongen wiens lichaam kapot was gemaakt, samen met dat van mijn vader, op de natte weg naar Saratoga. De jongen aan wie ze geen aandacht had besteed toen ik de ruwe steen van mijn vaders misdaad in de draaikolk van haar dolende verlangens had gegooid. Maar hij was diep ingeslagen, hij was vast blijven zitten, ze had hem ingeslikt. De steen lag in haar buik.

'Deze jongen die je vader doodmaakt, wie is hij?'

'Ik ben nooit achter zijn naam gekomen. Een schooljongen. Mijn vader was zijn leraar. Het was een ongeluk,' zei ik, 'het was avond, en het regende...'

'Wat leert hij, je vader?'

'Wiskunde. Maar mijn vader is dood.'

'Deze jongen die geen naam heeft leert hij dood.'

Haar stem klonk bijtend, alsof de woorden in bloed waren gekerfd.

'Mijn Heinz,' zei ze, 'hij draagt de naam van mijn man maar hij is niet de jongen van mijn man.' En toornig: 'Dat heb ik je al gezegd!'

Maar ze had me gezegd dat haar man van de jongen hield.

'Mijn man zal doen als jouw vader, hij zal deze jongen doden. Op een dag zal hij hem doden.'

Ze was teruggevallen in de nachtmerrie; ze had zich mijn vaders nachtmerrie toegeëigend. Ik zag in de vuurzee van haar zienersblik een kritische logica die de naam gekte nauwelijks verdiende. Niets werd toegedekt, de realiteit brandde en brandde. Ze wist en ze wist. In de beschaduwde beslotenheid van ons kleine huis aan een vergeten straat in een onbeduidende uithoek die heel het stadse leven de rug toekeerde, verborgen tussen de kattenstaarten langs de rand van een baai waar het neergaand tij geuren achterliet van zeewier en vogellust, hier in haar nachtjapon, alert op de onderaardse calamiteiten van de wereld, hier zat de sibille. Alle maskers vielen af; of anders droeg iedereen een masker, in een gekrioel van herinneringen en verbeeldingen: het verleden was het heden, het heden was het verleden, de zin van het ene was de zin van het andere, alle betekenissen waren één. In deze smeltkroes van al-heid was een vertrouwd kwaad binnengevallen met het masker van Ninel, en daarachter een stoet van ongemaskerde beroeringen, de rondrijdende zwarte auto, de dode jongen, de zoon die wel en geen zoon was, en James, altijd weer James, bezetter, usurpator, dief. Alles in één.

Het was een chaos in huis. Gert en Willi waren vijanden geworden. Ze vochten met vuisten en longen en tanden. Ze vochten om bezit: wat van wie was, of James de caleidoscoop aan Gert had gegeven en de mechanische kikker aan Willi, of vice versa. Heinz liet Waltrauts hand los en trok zich terug in zijn dierenkoptelefoon en tapte de draad naar het kristal af op zoek naar onzichtbaar gezoem in de lucht, terwijl Waltraut jammerend van broer naar broer rende, huilend om ontbijt, huilend om avondeten, en Anneliese machteloos, afwezig, door de maalstroom zweefde. Haar schriften bleven ongeopend liggen. Haar ogen waren donzig. Ze hield ze op James gericht, van opzij, met een voor haar nieuwe sluwheid. En daar was James, midden in de kakofonie, en hitste die verder op met de belofte van nieuwe kikkers, nieuwe caleidoscopen, de belofte van bezit op bezit – een liefhebber van anarchie en hebzucht. Zijn theekop talmde op het dressoir. Het gaf zijn vertrouwde geur af en James kwam er vaak naar terug, soms met een wild kronkelende Waltraut onder zijn arm of onderweg uit de koers gebracht door een opgewonden stoeiende jongen. Wilde, wilde Waltraut, wilde Willi, wilde Gert! Heinz ging op in de ether, doof voor de heksenketel. Anneliese ging op in haar trance; haar oorbellen flonkerden als scherfjes glas.

Professor Mitwissers deur was een muur tegen deze chaos. Het werk in zijn kamer was verdubbeld; hij liet me 's ochtends al roepen. In deze uren kwamen zijn voordrachten snel en beslist. Spontane opwellingen van '*Rote Indianer*', zonder vuur rondgestrooid, verdronken in golf na golf van zijn stollende frasen, gedicteerd, ontleed, vloeiend, stromend. De avonden waren anders, verzonken in de stiltes van tien uur. De stiltes waren bodemloos. Ik zat geduldig, met nutteloos bungelende armen, aan de typemachine te wachten tot de heser wordende stem verderging; ik was een onbeschreven stofje, wist ik, in die onbeschreven stilte – de witte vijver waaruit hij, aarzelend en moeizaam, de schimmige alen van zijn denken viste. Hij stak zijn grote lelijke knokkels omhoog en klauwde naar het niets. De rimpels in zijn voorhoofd werden donkerder. En dan spatte uit zijn hele gezicht één enkel vulkanisch woord, werd hij overmand door een bui van onverzadigde woede en ratelden en rammelden die vreemde namen over zijn lippen, Jehoeda Hadassi, al-Nahawendi, en de oude, verloren steden op achterhaalde kaarten, Castoria, Zagora, Mastaura, sneller dan ik ze kon bijhouden.

Tijdens een van de gezwollen stiltes die deze nachtelijke stormen omgaven, viel ik boven de toetsen in slaap.

'Luilak!' Mitwissers adem. De haren in zijn neusvleugels. 'Achteloosheid! Nalatigheid!'

Ik zei slapjes, uit schaamte: 'Mevrouw Mitwisser... ze slaapt niet, ze praat de hele nacht...'

'Mijn vrouw is niet de nalatige. Mijn vrouw is niet de onachtzame.'

Hij liet me toen gaan. Het had geen zin, zei hij, verder proberen te gaan met een luilak; ik moest morgen in betere conditie terugkomen. Maar zijn beschuldigingen klonken na: een overspelige vrouw, een nalatige moeder, een vrouw die in bed bleef. Een luilak.

Mijn oogleden waren zwaar van het slaapgebrek. De vorige nacht had me uitgeput; mevrouw Mitwisser aan het kwebbelen, kletteren, klauwen. Ze omklemde een voorwerp. Het glansde in het milde schijnsel van het raam.

'Maak het licht,' commandeerde ze.

Ik knipte de lamp aan. Ze klampte een zilveren rechthoek tegen haar borsten. De hoeken waren scherp en lieten wigvormige afdrukken achter op haar huid. Ik herinnerde me de foto in het versierde lijstje dat ik voor het laatst had gezien in het huis in Albany: de zwartharige jonge vrouw in de schaduw van de hoge plant met de getande bladeren; de stenen urn, de cherubijn.

'Die Mutter,' zei ze, alsof ze het over een relikwie had, of een icoon. Ze drukte het harder tegen haar lijf; de tepels onder haar nachtjapon staken vooruit. Het leek me alsof de krankzinnige vrouw bij haar verstand haar moeder zoogde, en waarom niet? Voor de wervelende elektronen is er geen voor of na, boven of onder, en gevolg kan aan oorzaak voorafgaan, waarom niet? De les van de hap uit het ei.

Willi, daar kwam ik later achter, had de foto gevonden, verstopt tussen Annelieses spullen.

## 37

Hij bewaarde zijn oude rugzak, nu een beetje versleten (maar de leren riemen hielden het), en vroeg zich af of hij een motorfiets moest kopen. Uiteindelijk nam hij bussen. Hij had geen bestemming. Om een bestemming te hebben, heeft men een opleiding nodig: hoe kan men anders een pelgrim zijn? Zo was het bijvoorbeeld puur toeval, de bus ging erheen, dat hij in Walden Pond terechtkwam, waar Henry David Thoreau had gewoond; voor hem was het een meertje als alle andere. Hij overwoog zich in te schrijven op een universiteit, maar hij werd al moe bij de gedachte aan studeren, en bovendien, wat had het voor zin? Hij had een afkeer van boeken; hij was zelf een boek, hij was vijftien boeken, zijn pony en zijn knieën waren in een soort evangelie veranderd. De bussen brachten hem overal in New England en New England was saai, dus hij reed terug naar New York, belde de heren Fullerton en Brooks (hij sloeg de uitnodiging om naar hun kantoor te komen af), voerde een luidruchtig gesprek over wat ze noemden 'diverse waardevolle objecten in bewaring' en vond zijn weg naar bepaalde clandestiene cafés. Hij miste de kif en probeerde een groen poeder dat volgens een maffe kerel die hij bij het busstation tegenkwam 'bijna zo goed' was (dat was het niet). In die tijd kon men alleen maar drinken in geheime kelders, *speakeasies*, waar de klanten nogal wat lol hadden, rookten en flirtten en hun armen en benen strikten om het dichtstbijzijnde lichaam van welk geslacht ook (hij deed mee) en lachten om politie-invallen, alsof ze zo onvoorspelbaar en vanzelfsprekend waren als regen. Hij maakte zelf ook eens een inval mee en bracht een paar uur door in de cel, tot hij briefjes van honderd dollar begon uit te delen; daardoor gingen zijn bewakers hem, met zijn uiterlijk, verdenken van bankovervallen, maar ze staken de biljetten in hun zak en lieten hem gaan. De volgende dag, een vrijdag, nam hij de trein op Grand Central – hij trakteerde zichzelf spontaan op een couchette – en kwam in de restauratiewagen te zitten tegenover een man van middelbare leeftijd met een priesterboord en een soutane. De man was geen priester. Hij was een acteur die reisde in zijn kostuum. Zijn naam was Arnold Partridge en hij moest eruit in Altoona, waar hij de rest van het gezelschap nog hoopte te treffen voordat het doek opging. Hij zei dat hij een kale pruik droeg en dat het opzetten daarvan ontzettend veel tijd kostte. De dag daarvoor had hij naar de begrafenis van zijn tante gemoeten, de zus van zijn moeder, in Yonkers. De regisseur kon niet voorkomen dat hij ging, maar had erop gestaan (er was geen vervanger) dat hij voor de voorstelling van vrijdagavond terug zou zijn, vandaar dat hij geheel gekleed en bepruikt aankwam, klaar om de planken op te gaan. Vermomd als priester rondlopen vond hij niet erg, zei hij. Hij werd met respect behandeld, en zonder boordje nooit, en bovendien was mensen nadoen zijn vak. Geen vak dat veel voorstelde: hij behoorde tot een klein rondreizend repertoiregezelschap dat van de hand in de tand leefde en alleen in het weekeinde optrad.

'Wat spelen jullie?'

'Rommel,' zei Arnold Partridge. 'Moord in het klooster.'

'Bent u de moordenaar?'

'Ik ben degene die in het derde bedrijf wordt gekeeld. Kom maar kijken.'

Zijn kaartje was helemaal tot Chicago geldig. Hij verscheurde het (geen probleem, naar Chicago kon hij altijd nog) en stapte in Altoona uit met de valse priester die, zo kondigde hij zelfverzekerd aan, juist op tijd was voor zijn opkomst in het Tweede Bedrijf. De achtenzestig stoelen in het Little Glory Theatre, een dollar tachtig per kaartje, waren allemaal bezet, merendeels door grijsharige dames met witte schoenen en in hun hand waaiers waarop de naam van het gezelschap gedrukt stond onder een plaatje van een Japanse brug over een riviertje. De mannen droegen losgeknoopte vesten over hun overhemd en geen jasjes en hielden hun strohoeden dociel bij zich op schoot. Het script was zowel ingewikkeld als lachwekkend maar het publiek was dankbaar en klapte toen de pauze aanbrak, en klapte nog enthousiaster toen de acteurs een buiging maakten. De ingénue, die (met vlechten) de onechte dochter van de priester speelde, leek bijna vijftig. Er figureerde ook een jongen van tien die zonder een woord bleef staan, zijn ogen dood van verveling. Dezelfde jongen zette tijdens de pauze een krukje achter een tafel achterin de theaterzaal en verkocht snoeprepen voor vijf cent en zakjes zoute droptoffee van het merk 'Genuine Atlantic City Boardwalk' voor twintig cent per stuk. Hij was de zoon van de ingénue. Hij trok met het gezelschap mee en ging nooit naar school.

Arnold Partridge vond voor zijn reisgenoot een slaapplaats in het pension waar de acteurs logeerden en tegen het eind van de serie voorstellingen van de volgende week sjouwde de Berenjongen decorstukken en veegde het toneel aan, met de belofte van een rol in Johnstown, waar ze allemaal hun teksten voor het volgende stuk moesten opfrissen. Johnstown was kleiner dan Altoona, en het theater bouwvalliger, maar het pension daar, met zijn vochtig bedompte geur van overbevolking, was bijna identiek. Het stoorde hem niet; hij was gewend het zich gemakkelijk te maken in provisorische omstandigheden; hij was pensions gewend. Het stuk voor Johnstown had een heroïsch thema: Abraham Lincoln, van knaap tot martelaar. De zoon van de ingénue speelde Lincoln als kind. Hij werd neergezet bij een geschilderde haard met een geschilderd vuur en las daar boek na boek, maar hij zei niets. De Berenjongen had ook geen tekst. Ze gaven hem een lange zwarte jas vol mottengaten en een ouderwetse rubberen revolver met een dikke loop; hij was de moordenaar, John Wilkes Booth. Hij moest in de voorlaatste scène Arnold Partridge neerschieten en de coulissen in vluchten. Achter het toneel ontdekte hij dat de zoon van de ingénue de boeken niet kon lezen waar hij zijn neus in stak als hij zich op zijn buik lag te warmen aan het geschilderde vuur. Ze hadden geprobeerd hem een paar regels tekst te leren, maar hij wilde niet. Iedereen had een script, behalve hij. Als hij ook een script wilde hebben, net als de anderen, zei zijn moeder, moest hij leren lezen. Hij weigerde en rende er vandoor naar de vrachtwagen van het gezelschap, waar hij zich in de bevlekte en opgelapte kostuums begroef. Zijn moeder was niet met zijn vader getrouwd. Zijn vader was lang geleden vertrokken; hij kon zich niets van hem herinneren. De jongen was wel bruikbaar als decorstuk en soms gaven ze hem een rol; hij speelde een keer een dwerg en een andere keer de page van de koning. En altijd de kleine Lincoln, verdiept in zijn boeken.

Het gezelschap trok van stad naar stad, in een optocht van drie auto's achter de vrachtwagen die de grote geschilderde landschappen vervoerde en kisten met op een hoop gegooide toneelkleding. De vrachtwagen droeg in grote rode, blauwe en oranje letters de naam van het gezelschap en stopte op straathoeken waar hij zijn carillon liet horen en waar ronde kartonnen waaiers op stokjes werden uitgedeeld. Veel van zulke plaatsen hadden geen theater, dus dan huurden ze de zaal van het American Legion en hingen affiches op in etalages en aan telefoonpalen. De Berenjongen maakte intussen vooruitgang van stille actie – een bediende, een dove oom – naar sprekende rollen. Hij was er niet beter of slechter in dan een ander; hij was zijn hele leven al acteur geweest, een sprookjesfiguur, gedwongen om de huid van de Berenjongen te dragen. In deze gehuchten in centraal Pennsylvania, Bellefonte, Pleasant Gap, Port Matilda of Tyrone oreerde hij, fluisterde hij luid, weende hij vals; hij dreef de spot met zijn oude zelf. Alles hier was onecht: de onechte priester, de onechte ingénue, de onechte jonge Lincoln die voor het onechte haardvuur net deed alsof hij las.

Arnold Partridge en de ingénue, haar naam was Bridget, waren minnaars. Toen de regisseur verdween (zoals gebeurde in Chambersburg), met medeneming van drie weken recette, werd Arnold Partridge vanzelf de nieuwe regisseur en viel Bridget bij de Berenjongen in bed. Ze was te oud voor hem, zevenenveertig, maar ze gaf hem geen reden tot klagen, en Arnold Partridge, die nu aan het hoofd stond van een verarmd gezelschap, mócht niet klagen: de Berenjongen had de weggevallen recette direct aangevuld, plus nog wat. Dat hij geld zou kunnen hebben was bij niemand opgekomen, er was nooit een aanwijzing voor geweest, het was een soort mirakel, het was de onwaarschijnlijke ommekeer in het derde bedrijf. Ze hadden hem aangezien voor een soort circusknecht, een van die meelopers die zich vastklampen aan reizende artiesten en die met kleine rolletjes worden beloond voor het versjouwen van de decorstukken. En was hij dat ook niet precies?

En toch ook weer niet. Ze begonnen tegen hem op te kijken; Bridget was in vervoering. Hij voelde haar tong graag in zijn mond, maar nog liever kringelend rond zijn lid, op een fatsoenlijke afstand van zijn neusvleugels. Ze deed alles wat hij haar zei, dus stuurde hij haar naar een tandarts in Harrisburg om wat aan haar tanden en haar adem te laten doen. Hij gaf zijn rol weg en ging in de zaal zitten zoals hij dat die eerste avond, net uit de trein, had gedaan. Toen vroeg hij Arnold Partridge of hij het geen goed idee vond toneelknechten in te huren om de decors te sjouwen en de vrachtwagen te laden, en of hij het erg zou vinden de oude, door de motten aangevreten garderobe weg te smijten en te vervangen door nieuw goed. 'Jij bent de baas,' zei Arnold Partridge. De prijs voor de toneelknechten en de nieuwe garderobe was Bridget, zoveel was duidelijk.

Hij zei tegen Bridget dat haar zoon moest leren lezen.

'Dat doet hij niet,' zei ze.

'Dat doet hij wel. Daar zal ik voor zorgen.'

'Dan mag je wel een tovenaar zijn.'

Hij was ook een tovenaar. Hij bezat de macht van de verrassing; geld kon verrassen, het kon mensen overrompelen. Het was zalig het in te houden en zalig het te laten rollen, als een duveltje uit een doosje, aan een springveer.

Ze waren aangekomen in Lemonville en traden op in de aula van de school. Het was een vervallen stadje met één benzinepomp en een slaperige boerenwinkel waar het naar kamfer en kruidnagel rook en waar bejaarde half kale katten uitgestrekt lagen op lappen jute. Aan de ene kant van het dorp begon de landbouwgrond en aan de andere rees een geel bos op rond een meertje waar een groenige waas omheen hing. Hij had deze plek ontdekt op een ochtendwandeling met Bridget, een soort ven met een stenen muur aan de rand.

'Kom zondag direct na de matinee naar me toe bij de brug aan het water,' zei hij tegen Bridgets zoon, 'en je krijgt dit van me.' Hij hield een briefje van tien dollar op.

De matinee duurde van twaalf uur tot tegen drieën. De modder aan de voet van de muur was bespikkeld met vergeelde bladeren; het was vroeg in de herfst. Toen de jongen naderde kraakten de bolsters van paardekastanjes onder zijn voeten; een menigte spreeuwen die in laag onkruid zat te pikken brak uit in oproer en vluchtte de bomen in. Hij had deze plek gekozen om zijn afzondering.

'Hier heb je dit,' zei hij tegen Bridgets zoon, 'later kun je meer krijgen.'

'Waarom?' vroeg de jongen. Hij stak het geld in zijn zak. Een stuurse verwarring trok over zijn ogen.

'Ik wil je veel cadeautjes geven, daarom.'

'Alleen maar omdat je dol bent op m'n moeder...'

'Je moeder is ook dol op mij. Maar ze zou nog meer van me houden als ze door mij meer van jou ging houden.'

'Je krijgt me niet naar de tandarts. Ik ga niet, wat er ook gebeurt, al geef je me' – hij dacht even na – 'vijftig dollar.'

'Je kunt nu direct vijftig dollar van me krijgen, en niet voor de tandarts.'

'Je bent gek,' zei de zoon van Bridget.

'Ze hebben een goed script voor David Copperfield, en niemand om de hoofdrol te spelen.'

'Wat weet jij ervan? We hebben David Copperfield twee jaar geleden nog gedaan...'

'Zat er toen dan nog een andere jongen bij het gezelschap?'

'Wat dacht je. Mijn moeder.'

Zijn gelach weerkaatste tegen de muur: Bridget als David Copperfield! Bridget, met haar vlezige heupen, in een korte broek! En was dat wat anders dan hijzelf, met zijn opgeruwde knieën? Hij voelde een drift in zich opkomen: hij zou deze jongen de onechtheid afleren. Hij propte Bridgets zoon nog vier briefjes van tien dollar in de zakken en liet hem het Eerste Leesboek zien, dat hij in zijn eigen zak had gestopt.

'Als ik je ervoor betaal,' zei hij, 'als ik je betaal en nog eens betaal, leer je dan lezen?'

'Je bent gek,' zei de jongen.

'Doe je het?'

'Wat dacht je?' zei de jongen.

De lessen begonnen, daar tegen de stenen muur, en gingen door in Clearville, daarna in Pearstown en toen in Mansfield. Het lukte: de jongen was slim en snel en boos en hebzuchtig. Het kwam niet bij de leraar op de leerling te vragen wat hij ging doen met het geld dat hij had vergaard, het was zijn zaak niet. Hij nam niet aan dat de jongen het aan zijn moeder zou geven, het kon hem niet schelen. Het was een openbaring, een bedwelming, die jongen leren lezen. Een klein wonder. Het wonder was niet dat hij zag dat hij het zoetjesaan begreep; wat kon Bridgets zoon hem schelen? Hoe dichter hij bij hem kwam, zij tweeën in studieuze afzondering, hoe afstotelijker hij de jongen vond. Vies strohaar, kleine platte apenoortjes, tanden met groene randen bij het tandvlees en zo schots en scheef als die van zijn moeder, zweet dat langs de kanten van een dikke puberneus druipt. En erger: de norse hebberigheid; ambitie gevoed door hebberigheid. Daar was niets wonderlijks aan. Vergeet de jongen; het wonder was wat hij in zichzelf voelde. Hij wist nauwelijks hoe hij het moest noemen; hij begreep er weinig van, maar het was iets dat in zijn geheugen zat, een lang vergeten gewaarwording die terugkwam, een soort steek achter de ogen. Een vuur. Een overstijgen. Een meesterschap. Het poppenhuis, met zijn miniatuurkamers en piepkleine poppetjes; zijn vaders woede. De cadeaus, onophoudelijke cadeaus, dozen van ver weg, gestuurd door wat zijn moeder Het Lezerspubliek noemde en zijn vader Mijn Fans. Meestal stuurden ze hem beren: bruine beren, pandaberen, ijsberen en beren die meer op mensen dan op beren leken. Ze stuurden hem gebreide sokken en sjaals en opwindbare auto's en verfdozen en kussens in kruissteken met replica's van hemzelf. Het poppenhuis kwam uit Zweden (waar, zoals zijn vader hem herhaaldelijk vertelde, de *Bear Boy* beter verkocht dan Selma Lagerlöf). Het was een rustiek soort landhuisje met een puntdak en uitkragende dakranden, en kleine tafeltjes en stoeltjes, en vier kleine bedjes voor de vier kleine houten kinderen die erin woonden. De kinderen waren met de hand gesneden, net als het huis; ze hadden opgeverfd geel haar en rode kringen op hun wangen, en zelfs op hun knieën. Op hun knieën! Volwassenen woonden er in dit huis niet. Hij verplaatste de kinderen van kamer naar kamer; ze stonden onder zijn bevel. Ze gingen waar hij ze heen commandeerde, hij hoefde ze alleen maar bij hun gele kopjes te pakken. En soms zei hij dat ze moesten blijven waar ze waren, stokstijf stilstaan in deze of gene houding. Ze gehoorzaamden altijd, en dan stroomde er een elektrisch gevoel door hem heen, een vreemde warme tinteling daalde helemaal langs zijn ruggengraat omlaag, en als zijn vader hem op dat moment riep gaf hij nooit antwoord omdat het zo zalig was de gele hoofdjes van de kleine poppenhuismensen tussen zijn vingers te knijpen, de baas te zijn, de meester van het poppenhuis. Maar op een dag was het poppenhuis verdwenen. Zijn moeder legde uit dat het was weggegeven aan arme kinderen die geen speelgoed hadden, net zoals de gebreide kousen en sjaals werden weggegeven, en de beren, en al die andere overtollige dingen die hij niet nodig had. Maar hij wist dat zijn vader het poppenhuis had weggedaan. Zijn vader vond dat het dwangmatig was, afwijkend, onbetamelijk, dat hij zijn tijd verdeed en zijn plicht verzaakte, dat was te zeggen dat hij moest komen als hij werd geroepen en dan heel stil moest staan, terwijl zijn vader, op- en weer omlaag kijkend, schets na schets van de Berenjongen maakte.

Hij verliet het gezelschap, liet Bridget jammerend achter, probeerde Chicago een weekje, het beviel hem niet, en stapte in het eerste voertuig naar een andere staat dat het groezelige busstation binnen kwam rommelen, een verlengde oude T-Ford die olie verbrandde, met een gedeukte blauwe neus. Hij wiegde in slaap en werd wakker in Elmira, een stadje als andere, niet anders dan de stadjes in centraal Pennsylvania, maar de zelfbewuste rustplaats van het gebeente van Mark Twain, wiens graf toeristendollars lokte. Een stad die trots was op dode botten! Hij bleef er een nacht om zijn haar te laten knippen en zich te laten scheren (hij had zijn haar tot zijn kin laten groeien, als een echte toneelspeler) en reisde verder naar Endicott, Johnson City en het grote Binghamton, toen noordwaarts naar Syracuse, Rome en Utica. Onderweg (de bus was nu roestbruin) rook hij appels. Al deze plaatsen konden New York heten, maar ze hadden even weinig van doen met het kantoor van de heren Brooks en Fullerton als de wijnachtige geur van gevallen appels. Hij reed naar het oosten, kwam door Amsterdam en Rotterdam en Schenectady (te groot) en eindigde in Clarksville, niet ver van Albany, waar hij neerstreek in een pension dat bijna te achtenswaardig was voor zijn smaak. Op de veranda stond een bordje met TOERISTEN, maar het werd bewoond door een schare oudere vrouwen, weduwen en oude vrijsters, allemaal gepensioneerde onderwijzeressen. Ze verspreidden zoete poederige odeurs. Ze vonden hem een plezierige nieuwigheid, een licht geheimzinnige, vers gekapte jongeman met grote sterke tanden en fonkelende brillenglazen. Oude vrouwen had hij nog nooit meegemaakt. Ze kwamen als uitermate lelijk op hem over met hun rollende halskwabben en de accordeonrimpels die in hun bovenlip sneden, maar hun nieuwsgierige aandacht beviel hem wel. Ze fladderden om hem heen en vroegen hem wat hij 'deed' en hij plaagde hen en zei dat hij een entomoloog was, gespecialiseerd in de mierenhopen in het noorden van de staat New York, die gelaagde tunnels en verkeersstromen hadden die typisch waren voor de regio, hoewel hij best wist dat deze kwebbelende dames met hun identiek gekrulde witte haren te snugger waren om hem te geloven. Uiteindelijk vertelde hij ze dat hij een gesjeesde acteur was op zoek naar een zinniger tijdsbesteding; hij had wat lesgegeven en dat wilde hij best meer doen. De dames kwamen al snel met aanknopingspunten. Ze waren maar al te goed op de hoogte van de leesproblemen bij kinderen en bewonderden hem dat hij zo'n nuttig beroep had gekozen.

Maar toen de plaatselijke moeders hem, op aanraden van zijn dames, te hulp begonnen te roepen bij hun achterblijvende kroost, wandelde hij naar een bloemenwinkel en bestelde massa's rozen in vloeipapier gerold, legde die onder het bordje TOERISTEN op de veranda, nam de bus naar Saratoga en vergokte er evenveel dollars als hij het zoontje van Bridget had betaald. Diezelfde avond belandde hij in Thrace, waar hij een pension hoopte te vinden dat nooit voor achtenswaardig door zou kunnen gaan.

In zijn rugzak zat – altijd al, uit wrok, uit afkeer, uit wraak, uit voorzorg voor een onverwachte gebeurtenis (alleen God, in wie hij niet geloofde, wist waarom hij het daar bewaarde) – de allereerste editie van *De Jongen Die in een Hoed Woonde*, het boek dat zijn vader in de handen van zijn zoontje had gelegd. Anderhalf miljoen gedrukte exemplaren binnen een week na verschijning! Zijn vader had gezegd: 'Zie je hoe prachtig dat is, wat ervan kan komen als je naar me luistert als ik je zeg dat je je niet moet bewegen en heel stil moet blijven zitten?' In het begin wás het ook prachtig: kijk, dat was hij zelf op die plaatjes, stel je voor! Hij bladerde en bladerde door en at zijn boterham met jam en bladerde weer verder.

Maar in Thrace had hij dat prachtigs vergokt – weggegeven, vergooid. Het was een gruwel geworden, het bewijs van een geheime moord, een kadaver in zijn rugzak dat stonk en stonk, een stank die hij op zijn rug moest meedragen waar hij ook heen ging, tot het moment dat hij die vent op het schoolplein tegenkwam. De datum dat hij het kwijtraakte vergat hij nooit, vijftien februari, een datum die die vent leek op te winden; hij maakte er in elk geval veel poeha over, al werd niet duidelijk waarom. Hij was een geslepen type, niet dom, en zijn dobbelstenen waren zo afgesleten dat ze glommen. Zijn ogen glommen ook, knipperende glanzende bollen die te ver uit elkaar stonden onder zijn waakzame oogleden. Hij zei dat hij leraar was, wat plausibel klonk (het schoolplein was immers het bewijs, een betonnen plaatsje tegen de rode baksteen), en dat hij een kind had, wat niet plausibel klonk; hij was zo overduidelijk een man alleen, en kwaad. De man wist niet of hij moest geloven dat dat oude kinderboek zoveel waard was of niet, zei hij, maar hij wilde het er wel op wagen, voor het geval dát; hij was een man die geloofde in geluk, hoewel hij nog niet veel geluk had gehad; hij kon wachten, je wist het nooit, en als dat ding werkelijk was wat hij zei...

'Wat zou je voor zoiets krijgen?' zei hij.

'Wat de gek ervoor geeft. Een paar duizend nu, zou ik zeggen. Later meer.'

'Natuurlijk zou je dat zeggen, niet dan? Ik ben wel vaker opgelicht. Als het de echte is, hoe ben jij er dan aangekomen?'

'Ik heb het van de schrijver gekregen, jaren geleden.'

'Waarom zou je dan het risico lopen dat je het kwijtraakt?'

'Ik had een hekel aan die man. Iets waar je een hekel aan hebt wil je niet bewaren.'

'Bravo. Hier, ik zet er vijf dollar op. Als je wilt, doe ik m'n kind er gratis bij.' Die vent praatte niet als iemands vader. Hij gedroeg zich niet als iemands vader. Hij zei: 'Waarom niet? Het is goddomme de vijftiende.'

Het was avond; het schoolplein was verlaten. Hij kwam net aan met de bus uit Clarksville, waar hij de rozen voor zijn dames op een hoop had gegooid, en hij was op weg om een slaapplaats te zoeken. Een gewone, zonder de geur van rouge en poeder. Hij had een fles in zijn zak en was het schoolplein op gewandeld om te kijken waar hij was en een sigaret te roken. De sigaret bevredigde niet, dus die gooide hij weg. Toen zag hij die kwade vent over het plein lopen, zijn hoofd omlaag zodat zijn nek gelig oplichtte in het groezelige schijnsel van een gehelmde gloeilamp die in de bakstenen verankerd zat. Hij was nagebleven om examens na te kijken, zei hij. Thuis zat hij met het kind. Een buurvrouw paste op het kind, zei hij. Hij had geen vrouw, zei hij. Hij was waarschijnlijk een leugenaar: als hij geen vrouw had, had hij geen kind. Hij loog en hij was kwaad; zijn woede had iets te maken met de vijftiende februari.

'Ik zit vast,' zei de kerel. 'Ik heb altijd vastgezeten.' Hier zat hij, zei hij, met een diploma van Yale op zak, in een niemandsland, les te geven in elementaire algebra. 'Zeg, maar, wacht even, hoe weet ik of het echt is?' zei hij weer. 'Hoe dan ook, ik zet er vijf dollar op.' Hij knielde neer op de stoep en hij rolde zijn dobbelstenen, zijn geluksstenen, zei hij, met een fraaie polsbeweging.

Binnen een minuut was het kadaver in de rugzak verbannen naar Thrace.

De Berenjongen wist dat hij die woorden nog nooit hardop had gezegd: dat hij een hekel had aan de schrijver van de *Bear Boy*.

# 38

'Vanavond,' zei professor Mitwisser, 'komt er een bezoeker. Daarom zal ik uw gebruikelijke hulp niet nodig hebben, en aangezien dr. Tandoori pas vrij laat hier kan zijn, verzoek ik u hem direct naar mijn studeerkamer te brengen. Hij heeft een auto en komt van ver. Hij zal het ongetwijfeld koud hebben na zijn reis. Alstublieft serveert u onmiddellijk de thee.'

Niemand was meer op bezoek gekomen (Ninel telde niet mee) sinds de vorige zomer, toen Mitwissers tegenstanders het plafond van de eetkamer in de lome nevelen van hun sigaretten hadden gehuld, maar toen had Anneliese de leiding over het welkomstritueel gehad. Ik was opgeklommen; of misschien was Anneliese neergedaald in de rook van afwezigheid.

Er was een briefwisseling geweest, scheen het. Dr. Gopal Tandoori, voormalig docent Indiase filosofie aan een hogeschool in Bombay, was uitgenodigd, niet zozeer om de kwaliteit van al-Kirkisani's uiteenzetting in het fragment uit Spanje te bevestigen, die had Mitwisser zelf al vastgesteld, maar om de gedachten van al-Kirkisani te plaatsen in relatie tot een bepaalde stroming in het hindoedenken. Om half elf stond ik bij de groene voordeur te wachten. Van onder de drempel blies een gure wind naar binnen. Op dit uur waren er maar weinig auto's op straat; nu en dan stapte ik de kou in om te kijken naar een enkel stel koplampen dat naderde en dan voorbijreed. Op straat glommen ijzige ovalen. De auto's werden schaarser en schaarser. Ik ging naar binnen en zette de ketel op. Om tien over elf was ik de theespullen aan het klaarzetten (de spullen van James, op James' vergulde blad) en hoorde ik het geloei van een worstelende motor en tegenstribbelende versnellingen: dr. Tandoori had de hele rechterhelft van zijn auto over de stoeprand en op het trottoir geknald, net niet tegen de straatlantaarn.

Een kleine man met een bruine gleufhoed en grote rode oorwarmers stapte uit, keek hoe de auto erbij stond en liet hem zo staan. Ik was teleurgesteld. Ik had me een Indiër voorgesteld, gerold in ongebleekte katoen waar zijn knieën uit staken, zoals Mahatma Gandhi in het bioscoopjournaal. Dr. Tandoori was niet uitzonderlijk gekleed. Hij stapte wat stuiterend het huis binnen, gaf me zijn jas aan en schoof de oorwarmers in een mouw. Ze vielen er prompt weer uit. Hij stuiterde omlaag om ze op te pakken. 'Gravesend,' zei hij, 'en aangezien ik een immigrant ben, raak ik vaak in de war zoals immigranten dat doen. Brooklyn, lieve hemel, Brooklyn! De toestand van de wegen, heel slecht, hier ijs, daar ijs! Ik moet toegeven dat ik op zoek naar hier verschillende keren de weg ben kwijtgeraakt. Toen ik die straatnaam voor het eerst hoorde, Gravesend...' hij volgde me de trap op, 'moest ik denken aan het graf en het einde van de mensheid, maar toch, maar toch! De naam verwijst misschien naar het hiernamaals! De namen van dingen bevatten vast voortekenen, hoewel ik zelf geen aanhanger ben van dat geloof. Ah, meneer! Mijnheer! We ontmoeten elkaar in dit onbestendige lichaam, en zullen we dan van universele en eeuwige waarheden spreken? Om eerlijk te zijn ben ikzelf nogal een materialist, een instelling die mijn lot heeft bepaald, hoewel de notie van het lot nauwelijks passend is voor iemand die zich tot het materialisme bekent...'

Toen ik terugkwam met de thee zat dr. Tandoori in Mitwissers stoel en had Mitwisser mijn gebruikelijke plaats ingenomen, voor de typemachine. 'Mijn hemel, wat een plezierige ontvangst. Deze heerlijke warme thee,' zei dr. Tandoori, 'ik ben er dankbaar voor. Als immigrant zonder gezin leef ik noodgedwongen een beperkt leven. Ik moet mijn eigen thee koken! Zeggen we dat ik noodgedwongen...' een rukje en de thee stroomde over op zijn schotel, 'de tekst moet laten staan voor tex-

tiel. Een privégrapje, als u me toestaat. In mijn winkel moet ik laat door-
werken, zoals u zo vriendelijk was te accepteren, zelfs nu. Mag ik aannemen dat deze jonge persoon uw dochter is?'

'Dat is ze niet,' beet Mitwisser hem toe. 'Ze is mijn amanuensis.' Ik
had hem dat vreemd woord nog nooit horen gebruiken; het was gepe-
keld met woede en, zo dacht ik, hoon. Ik was allesbehalve zo verheven
als een amanuensis; de laatste tijd was het opmaken van Mitwissers bed
's ochtends mijn eerste taak geworden. 'U kunt nu gaan,' beval hij me.

'Gaat u alstublieft niet; een jong gezicht is zo'n vreugde in de wereld. Een jonge dame is zulk verfrissend gezelschap als twee oude heren
zoals wijzelf converseren. Het is als de nabijheid van een vogel in de
ochtendschemering.'

Ik ging op de rand van Mitwissers bed zitten. Ik wist dat het een uitdaging en een overtreding was, toch protesteerde Mitwisser niet; of het
de ingehouden afkeer was die hem het zwijgen oplegde of de beleefd-
heid tegenover zijn gast, kon ik niet uitmaken. Er was geen andere plek
voor me in die vreemde ruimte, die toen ineens heel vreemd voor me
werd, nu ik haar zag door de ogen van de bezoeker: de oude boeken
rondom, de stapels papier, de dozen vol mappen, de verkrampte geuren
van de bezetenheid, de intieme inmenging van het massieve bed (het
nam bijna de halve kamer in beslag) met zijn lichamelijke herinneringen. Mitwisser was een man die zich had voortgeplant; hij had met zijn
Elsa gelegen, hij had haar lichaam met het zijne omklemd. Hij was niet
oud, alleen vermoeid. Dr. Tandoori was ook niet oud, hij was eerder te
vitaal. Hij had het kleermakersvak gekozen, zei hij, in plaats van de filosofie. Hij herhaalde dat hij in zijn hart een materialist was. 'Ik heb mijn
plek aan de hogeschool niet geheel en al vrijwillig verlaten, een omstan-
digheid die me heeft gedwongen tot een verandering van stóf, vergeeft
u me nogmaals een grapje. Tot een keuze voor de zuiver realistische stof
van de kleermaker! Men zei dat ik in mijn colleges te zwaar, misschien
zelfs te uitsluitend, overhelde in de richting van de school van Brihaspati
en zijn volgelingen, de charvakas. Ze worden als groep aangeduid als de
nastiks, de materialisten, de sceptici, de ongelovigen...'

Dus Tandoori was ook op straat gezet, al kon hij geen vluchteling
worden genoemd. Hij was gewoon ontslagen omdat hij het opnam voor
een sekte die spotte met de Veda's, de Upanishaden, de Bhagavad Gita.

Hij scheen zich niet vernederd te voelen; op straat gezet worden was iets om van te genieten.

'Men beweerde,' zei hij, 'dat ik grapjes maakte met mijn studenten. Ik maakte grapjes, natuurlijk, dat is mijn aard, maar men beweerde dat ik te veel grapjes maakte. Vandaag de dag maak ik grapjes tegen mijn klanten en is dat volkomen, hm, gepast. Niemand wil een ernstige kleermaker, zeker niet in Gravesend, dat immers het eind van het graf aankondigt...'

Tot mijn verwondering zag ik een minuscuul halvemaantje van een glimlach groeien op Mitwissers lippen. Hij keek als een bewonderaar.

'U spreekt van sceptici en ongelovigen,' zei hij.

'O ja, ze kijken op de priesters neer. U zult zelfs in de *Upanishaden* vinden hoe de priesters in een processie worden vergeleken met een rij witte honden, elk met de staart van de hond voor hem in zijn bek. Sceptici worden spotters.'

'De karaïeten spotten ook.'

'De nastiks verwerpen.'

'De karaïeten verwerpen ook. Ze zonderen zich af van de hoofdstroom. Ze maken de hoofdstroom belachelijk.'

'De nastiks zijn niet alleen separatisten. Ze zijn nihilisten. Ze verwerpen de mystieke devotie, ze verwerpen het geloof. Geloof is voor hen illusie.' Hij barstte uit: 'Ik mag ze ontzettend graag!'

De halvemaan die bijna een glimlach was, verwijdde zich. Mitwisser had plezier. Ik had hem nog nooit zo vrolijk gezien. 'En zijn uw nastiks dan,' drong hij aan, de "demonische mensen" die al-Kirkisani...'

'Was tegengekomen in dat stukje van de Gita? Meer dan waarschijnlijk, meer dan waarschijnlijk. Maar, meneer, uw man... al uw karaïeten, zoals u ze beschrijft, richten zich op de godheid. Mijn nastiks beweren dat God fantasie is. Fantasie! De wereld bestaat uit atomen, de mens wordt geregeerd door zijn instincten. Heiligheid is hete lucht.'

'Daarmee zegt u me dat uw belangstelling niets gemeen heeft met de mijne,' zei Mitwisser. Maar hij zei het op lichte toon.

'O meneer! Mijn beste! In tegendeel: de impuls waarvan u blijk heeft gegeven door me uw uitérmate boeiende vraag te sturen, is volkomen, vol-ko-men, gerechtvaardigd. En het is ook waarlijk de impuls – de impuls! – die ons verenigt. U ziet toch zelf hoe verenigd we zijn? U met uw karaïeten, ikzelf met mijn geliefde nastiks. Brihaspati, weet u, hun grondlegger, drijft de spot met de heiligheid van de Veda's...'

'De karaïeten drijven de spot met de heiligheid van de Mondelinge Wet...'

'Quod erat demonstrandum!'

Dr. Tandoori katapulteerde zichzelf stuiterend omhoog uit zijn stoel; ik zag al bijna aankomen dat hij Mitwisser bij de hand zou pakken en een rondje met hem ging dansen. 'O, meneer, niets, werkelijk niets betekent meer dan dit! De vurige drang tot afwijken, tot omverwerpen, tot loochenen van wat iedereen aanneemt! Gezapigheid weigeren, afwijzen wat doorgaat voor gevestigde wijsheid! Het gegevene afwijzen, het algemeen aanvaarde, het erfgoed, die hele goedgelovige gemeenschappelijke dwaasheid! Ik zou liever een verstoten kleermaker zijn – hoewel ik staande moet houden dat mijn Singer een fantástische machine is waaraan ik met hárt en ziel ben gehecht, hij bekleedt een voorname plaats in mijn affectie – o, liever een verstotene onder verstotenen, dan aan de kant van de ambtenarij staan! Bij hen die de gedachten regeren! Ach meneer, mijn beste meneer, u en ik, we zijn vrij!'

Professor Mitwisser lachte. Hij lachte anders dan hij met James had gelachen. Zijn gast, meende ik, had hem een uur van zuiver geluk bezorgd.

'En die daar,' vroeg dr. Tandoori, 'hij daarbuiten, is hij ook een amanuensis?'

In de onverlichte gang was een bleke jongen verschenen, die naar adem hapte. Rond zijn nek hing een stel oortelefoons.

'Papa,' begon de jongen en stopte toen. Hij staarde naar dr. Tandoori.

'Of misschien is hij uw zoon?'

'Wat is er? Wat? Waarom lig je op dit uur niet in bed? Je ziet toch dat ik bezoek...'

Heinz zei: 'Er is bloed. Bloed op mama. Dat uit mama komt...'

'En waarom zou hij mijn zoon niet zijn!' brulde Mitwisser en vloog naar zijn vrouw.

# 39

Dr. Tandoori bedolf zijn oren zorgvuldig onder zijn buitenmaatse warmers. 'Met een gezin is het niet mogelijk geheel en al meester over zijn eigen leven te zijn. Ik heb ooit een vrouw gehad, een echtgenote absoluut! Ze was blij dat ik haar achterliet waar ik haar had gevonden. In Bombay is ze bij mijn langdurige ontstentenis gelukkig. Heersen of overheerst worden, een oeroud inzicht. Zeg eens, meisje,' zei hij, 'hoeveel kinderen heeft professor Mitwisser? Die jongen met de rode ogen, en zijn er nog andere?'

'Vijf in totaal,' zei ik.

'Erg spijtig. Dan is hij ondanks alles niet zo vrij. En hoeveel – vergeeft u een oosterling zijn grapje – hoeveel vrouwen? Ach jee, ach jee, een calamiteit...'

De calamiteit was een band. Een platte band. Ik had dr. Tandoori met blote armen uitgeleide gedaan naar zijn auto; nu stond ik met mijn armen stijf om mezelf geslagen in de kou terwijl hij om de auto heen liep en de banden inspecteerde, twee op de straat en twee op het trottoir.

'Erg spijtig,' zei hij nogmaals. 'Het bewijs dat het toeval regeert. Heersen of overheerst worden, maar het toeval regeert en de materie is zijn onderkoning. Wie kan de materie regeren? Hier! De boosdoener!' Hij hield een dikke verroeste spijker op die aan de voet van de straatlantaarn lag.

Ik liet hem pompend aan een krik achter (de felgekleurde oorwarmers stuiterden op en neer) met zijn filosofieën over de materialiteit van de wereld, onderbroken door explosieve verwensingen in een onbekende tongval.

Het bloedverlies was gering. Er waren twee wonden, een boven de rechterborst, de andere verticaal langs de pols. Beide waren oppervlakkig. Wat voor schade kon een zilveren fotolijstje immers aanrichten? De hoeken waren scherp, maar een fotolijstje is geen mes. Een fotolijstje is geen wapen. Mitwisser waste de wonden van zijn vrouw en probeerde onhandig ze te verbinden,

'Elsa, Elsa, *was hast du gemacht?*' Het gezicht van de vrouw op de foto en de stenen urn met zijn cherubijn waren met bloed besmeurd. Hij keek wild om zich heen in de kamer. 'Anneliese, waarom is Anneliese niet in huis? Jij, Heinz, hoe is dit gekomen?'

De jongen snikte. 'Ik was naar mijn kristalontvanger aan het luisteren...'

'Je wat?'

'Mijn radio... en ik hoorde mama een geluid maken...'

'Radio? Radio is verboden. Geen radio!'

'Hij is van mezelf, ik heb hem gemaakt,' plukkend aan de koptelefoon, 'en er is toch niemand die hem kan horen...'

Mitwisser hield het bebloede lijstje omhoog. 'Wie heeft dit aan mama gegeven? Idioot! Kijk hoe ze zich heeft gesneden...'

'Willi, hij had het gevonden en aan mama laten zien en toen wilde ze het hebben en toen heeft hij het haar gegeven...'

'Je moet mama beschermen!'

Mitwissers enorme vlakke hand kwam hard neer op het hoofd van de jongen. Uit zijn mond ontsnapte een zacht gemauw als van een dier. Zijn ogen stonden dof van pure schrik.

'Zie je nu.' Lui, haast dromerig, keek mevrouw Mitwisser me aan; haar vingers frommelden aan het verbandgaasje boven haar borst. 'Mijn man,' zei ze met een vermoeide stem, 'hij wenst deze jongen te doden.'

'Het was Willi,' huilde Heinz.

Ik was getuige geweest van iets nieuws onder de zon van Mitwissers heelal: hij had een kind geslagen, en niet alleen in een vlaag van woede. Een of andere demon had bezit van hem genomen. Wilde hij eigenlijk zijn vrouw slaan? Was het eigenlijk (ik dacht aan dr. Tandoori's laatste opmerking) omdat hij niet vrij was? Geketend aan zijn Elsa, aan zijn kinderen, aan zijn karaïeten? Aan de beroering in de wereld, aan dit huis in een woestenij van banaliteit? Een uurtje plezier, en dat met een kleermaker!

'Ga terug naar bed,' zei hij tegen Heinz.

En tegen mij: 'Kijk hoe het verband loslaat. Misschien kunt u... of als Anneliese...'

'Dat doe ik wel,' zei ik.

Hij was onzeker, de kluts kwijt. De klap was door zijn eigen lichaam teruggeslagen. Hij beefde; de huid onder de witte mistflarden van zijn groeiende baard was bleek geworden. De hand die het kind op het hoofd had geslagen gloeide.

Zijn vrouw met haar verflauwende stem zei: 'Je doodt hem niet. Deze jongen, je doodt hem niet.'

'Rustig, Elsa, rustig. Het is maar een sneetje, een ongelukje. Ga maar liggen. Hier, ik zal het kussen even goed leggen, *sei ruhig...*' Hij haalde adem als een vulkaan; er lag geweld in. 'O, mijn arme Elsa,' zei hij, 'waarom doe je zoiets? Zo'n gevaar voor jezelf...'

Ik bukte me over haar heen om een nieuw verband aan te brengen. Ze duwde me met een zwak gebaar opzij. Maar er lag iets geheimzinnigs in haar blik dat me vasthield.

'Zoveel gevaar,' zei ze slaperig en riep me onverwacht bij haar eigen naampje voor me: 'Röslein, zie je het nu? Elsa moet Elsa doodmaken, dat hij deze jongen niet doodmaakt, zie je het nu?'

Mitwisser bedekte zijn gezicht met zijn vreselijke vuisten.


## 40


Mevrouw Mitwisser sliep. Professor Mitwisser had me opgedragen de rest van de nacht bij zijn vrouw te waken: ik mocht haar geen moment uit het oog verliezen, en niet wegdoezelen. Hij zei dit alles bijna deemoedig, gebroken, meer als een beroep op me dan als een bevel.

In de omfloerste half-stilte vervaagde het huis alsof het onder water lag. Geluiden verloren hun bron: was dat Heinz die kreunde in een droom, of Waltraut die zachtjes snoof, met een brom zo regelmatig als een metronoom? Overal ademtocht, zo ongrijpbaar en glibberig als het schichtig wegduiken van kleine visjes uit de kaken van grote. Op de vloer beneden, tussen de muren van zijn studeerkamer, ijsbeerden Mitwissers voetstappen heen en weer, maten de tijd of probeerden die uit te wissen. Uiteindelijk stopten ze. Hij had zich in de lege vlakte van zijn bed uitgestrekt. Anneliese was niet in huis, James niet. De geur van urine zwol aan in zure golven.

Ik zag de zon opkomen. Of hij zag mij, spiedend over de vensterbank; hij dijde uit, hoger en hoger, tot hij de hemel in trok, een verticaal violet licht, als een verrezen wachttoren.

Mevrouw Mitwisser bewoog. Ik legde mijn hand op haar omhoog gedraaide heup.

'Laat me u wassen.'

Ik haalde een waskom en waste haar lichaam, beschaamd om haar naakt te zien, maar zij schaamde zich niet. Als een gewillige invalide rolde ze braaf opzij toen ik het laken verschoonde.

'Durstig,' zei ze.

Ik gaf haar water en ze dronk en dronk en vroeg om meer. Haar gezicht weerkaatste het opkomende ochtendlicht.

'Ze komen niet,' zei ze. Haar stem won snel aan kracht. Hij nam een lage zware klankkleur aan en rommelde uit haar verbonden borst omhoog als een orkestrale trommelpartij. 'Zie je nu? Ze komen niet.' En hoewel ze aan mijn blouse trok, wilde ik niets liever dan dat ik mijn hoofd op mijn eigen koude kussen mocht laten vallen. Ik was zwaar van de uitputting en de misselijkmakende druk van het opgesloten zitten; ik beneed dr. Tandoori zijn zelfverklaarde vrijheid. Hoe makkelijk was het niet voor hem: een band verwisselen en hij was er vandoor! Hoe makkelijk was het niet voor Anneliese de lijfeigenschap van dit huis te verbreken en er vandoor te gaan! Dr. Tandoori had zijn filosofie, die hem aan geen enkele vaste structuur bond, en Anneliese... Anneliese had James.

'De zon is al op,' zei mevrouw Mitwisser, 'en ze komen niet.'

Ze was in vervoering. Uit haar keel, of van ergens dieper weg, tuimelde een spraakwaterval, een schuim van huiselijke intriges, drukke schijnbewegingen en listige opwellingen, dat nu en dan openbrak in een hulpeloos gesputter in het Duits. Het was haar gelukt, ze had haar bloed als krijgslist ingezet en de victorie behaald. Haar victorie was Heinz. Hij was veilig. Ze had de gedachten van haar man verstikt. Nooit zou haar man meer wagen te betwijfelen wiens zoon haar slimme jongen was – hij moest het eens durven! Hij hoefde maar naar de jongen te kíjken, hoefde het zich maar af te vragen, of er zou bloed vloeien, haar eigen bloed, het bloed van haar hand, het bloed van haar hart, en hem verslaan! Ze zou sterven om Heinz te redden, en nu was haar man betrapt, nu begreep hij, nu zou hij haat nooit meer vermommen als liefde. Dat is wat hoeren doen, en wie is hier dan de hoer?

Ze sprak tegen me als tegen een medeplichtige. Ik was immers degene die de kiem, het aanknopingspunt (der Kern, zoals ze het in een van haar terugvallen noemde) voor haar succes had geleverd. Bij dit woord, succes, voelde ze aan het verband om haar pols, trots: een zichtbare duelwond. Wat die kiem betrof, dat aanknopingspunt: het ging om mijn vader en die andere jongen; mijn vader had die andere jongen lang geleden gedood, voor hem was het te laat. Maar niet voor Heinz, nee! De wilde klap die haar man op het arme hoofd van het kind had laten neerkomen was de eerste, ja, en het was ook de laatste. Het lag in haar bedoeling (haar toon werd prekerig) het huis uit te mesten, hen allen te verlossen van de oneerlijkheid. Ze had de helft bereikt. Heinz was veilig, en dat was de helft.

Ze was logisch, methodisch, empirisch. Het snijden, de zilveren lijst, het bloed, daarmee was haar laboratorium ingericht. Geen wonder dat ze aan de glorie van haar wonden voelde!

'Als ze komen,' zei ze, en stopte. Dat 'als' klonk vreemd, alsof ze peinsde over een onbewezen theorie, een soort omkering: het klonk naar hoop, en waar hoopte ze dan op? Ze richtte zich een beetje op om uit het raam te kijken. Daar waren alleen de getande daken van de naburige huizen te zien. Maar haar mond stond open en haar fijne tandjes wierpen flonkeringen van de vroege zon af als een gecodeerd signaal aan een zon die verder stond, achter de onze.

Verschillende dagen daarna vroeg professor Mitwisser niet naar me. Ik moest voor zijn vrouw zorgen, het werk aan de typemachine was ondergeschikt aan het welzijn van zijn vrouw, ik moest zijn vrouw rustig houden, bovenal rustig, zijn eigen aanwezigheid werkte alleen maar averechts. Als hij naar zijn vrouw kwam kijken, prikkelde dat haar op vreselijke manieren. En de kinderen moesten ook geen toegang krijgen. Hij ratelde die dingen keer op keer af en sloot dan zijn deur tegen de perikelen in zijn huis.

De vierde dag riep hij me bij zich.

'Wat weet u van mijn dochter?'

'Ze is met James meegegaan.'

'Ja, ja, met James. Dat is mijn vraag niet. Ik informeer niet naar James. Ik informeer naar mijn dochter. Haar moeder is ziek en ze is niet in huis. Mijn zoons vechten, het kleine kind is van streek, en waar is mijn dochter?'

Hij was onwetend van het leven om hem heen. Hij merkte weinig op van wat hem niet uitkwam. De kristalontvanger, de Spaanse pop uitgestrekt op de trap, de theepot met de gouden tuit, zo veel toevoegingen en vernieuwingen waar hij allemaal blind voor was.

'Ze studeert niet meer. Ze wordt onverschillig.'

'Als u haar naar school stuurde...'

'Mijn dochter heeft de Europese geest. Een Amerikaanse school is niet geschikt voor haar.'

'U stuurt de jongens wel.'

'Mijn zoons zijn kinderen. Mijn dochter is een jonge vrouw. Ze hoort aan haar moeders zijde te zijn. Mijn dochter, niet een vreemde.'

Een roekeloosheid overviel me, een infectie van ongeremdheid: ik voelde me aangestoken door mevrouw Mitwissers vervoering. Haar bloedige victorie.

'Dat plukje haar,' zei ik, 'dat uw vrouw in haar schoen had, dat ze had gevonden in James' bed...'

'Spreekt u me daar niet van!'

'Als het van uw dochter was...'

'Mijn vrouw is getroffen, ze hallucineert, ze is haar verstand verloren, ze beschuldigt de een en de ander, ze beschuldigt zichzelf...' De lange botten van zijn onderarmen, reusachtig zwart in hun zwarte mouwen, hakten in de leegte als een paar handbijlen.

Ik zei langzaam: 'Mevrouw Mitwisser hallucineert niet. Ik denk dat ze ziet.'

'Alstublieft gaat u, ik heb u niet nodig.'

De grote handen vielen omlaag. Hij stond er hulpeloos bij.

'Mijn dochter,' zei hij, 'is drie nachten van dit huis weggebleven.'

'Met James.'

'Hij is onze goede vriend, het kan geen kwaad.'

Ik had elk ontzag voor hem verloren. 'Uw vrouw,' begon ik, en liet de rest oplossen in de lucht.

'Ik heb geen vrouw, mijn vrouw is gek!'

Zijn vrouw zag alles. Hij zag niets.

## 41

Willi bracht me twee brieven. Hij keek teleurgesteld: de post was gekomen en er waren geen pakjes bij. De cadeaus van James, de verrassingen, begonnen terug te lopen. De laatste tijd kwam er niets. Maar het
huis was al bestookt met speelgoed en spellen en dozen in vele soorten
en maten, sommige maar nauwelijks geopend en opzij geschoven. Een
hoek van de keuken werd ingenomen door een piramide van zulke aan-
kopen. Het kwam me voor dat de bel van de postbode en het gegil en het
opgewonden uitpakken dat erop volgde de hebzucht van het huishouden eerder opwekten dan stilden. Alleen Waltraut was tevreden met haar
poppen in hun kleurige klederdrachten. Of in elk geval hoopte ze niet
op meer.

Willi zei: 'Iemand wil met je trouwen.'

Hij hijgde een beetje. Hij was de trap op komen rennen. Zijn beval-
lige hoofdje, een onrijpe versie van dat van Anneliese, was één en al verwaarloosd haar. Het hing over zijn ogen als een schutting voor de duisternis; Anneliese had wekenlang nagelaten hem te knippen.

'Dat staat hier,' zei hij.

'Is die brief voor jou?'

'Hij is voor jou,' gaf hij toe.

'Waarom heb je hem dan gelezen?'

'De envelop was open. Hij viel eruit.'

Ik bekeek de envelop. Een deel van de klep zat niet gelijmd. Maar de
rest ervan was losgetrokken.

'Het is verkeerd om andermans brieven te lezen. Het is verkeerd om
in andermans spullen te snuffelen,' zei ik.

'Als je gaat trouwen, moet papa iemand anders zoeken om voor mama
te zorgen, en hoe moet het dan met Waltraut? Anneliese is niet terug, en
papa... papa...' Het was moeilijk praten over papa.

Ik zag dat hij bang was. We zonken steeds dieper weg in de wildernis, de jongens in oorlog, ongewassen ondergoed, overkokende pannen, Mitwisser ijsberend achter een gesloten deur, zijn zorgbehoevende
vrouw in bed, Waltraut ongebaad en alsmaar moedelozer. Soms brak ze
uit in ontroostbare huilbuien. Als ik ergens orde bracht, sijpelde het ver-

val ergens anders alweer binnen. Ik, de vreemde, was alles wat ons te-
genhield van de laatste stadia van de anarchie; ik was een verborgen
overlevingsmotor geworden. Niemand nam hier enige notitie van. In
dat gezin toonde alleen Willi, het diefachtige kind, enige nieuwsgierigheid naar wie, of wat, ik wel mocht zijn.

'Ik ga helemaal niet trouwen,' zei ik tegen hem.

Ik herkende het handschrift onmiddellijk. Maar het liet me koud.
Een brief van Bertram kon me niet meer prikkelen. Hij had Ninel gestuurd om weg te halen wat voor mij was bedoeld. Zelfs zijn kus was
niet voor mij bedoeld. Hij was trouwens niet eens een echte neef.

In het eilandrijk van de Mitwissers was een brief niettemin groot
nieuws. Het huis was niet alleen een radio ontzegd (de buitenaardse
bromgeluiden in Heinz' koptelefoon telden niet), het bezat ook geen
telefoon. In 1936 had bijna elk Amerikaans gezin wel een radio, maar
een telefoon in huis was nog geen wijdverbreid gemak. Het was vreemd
dat zoiets ontbrak aan de verrassingen die James het huishouden had
bezorgd; had Mitwisser het verboden, als een ongewenste inbreuk? Of
had James het om een ondoorgrondelijke reden achterwege gelaten? We
aten en sliepen op een eiland, aangespoeld. De jongens waren een natie
op zich. Ze kibbelden en vochten maar hun loyaliteit lag binnenshuis,
hun leven op school ten spijt. Geen vriendje of klasgenoot kwam ooit
onze drempel voorbij. De storende wereld had geen toegang tot ons,
behalve per brief. En brieven kwamen ook maar zelden: de catastrofale
onthulling uit Spanje en nu en dan, in antwoord op Mitwissers verzoe-
ken (waarvan ik er een handvol had getypt), een straaltje controversieel
karaïtisme van hier of daar. Anneliese en mevrouw Mitwisser ontvingen
geen post. En ik? Nou, hier was Bertram weer. Maar ik was ongerust:
waarom schreef hij dit keer? Was er nog een pijl uit Croft Hall gekomen,
nog een overblijfsel van mijn vaders schande?

Ik pakte de envelop waarvan Willi het geheim had verbroken (laat
Bertram maar wachten, dacht ik) en er kwam een briefhoofd uit tevoorschijn met in reliëf een plaatje van een klos groen garen. De draad was
afgewonden tot een lange spiraal met aan het eind ervan de kop van een
slang, en uit de bek van de slang kwamen deze woorden:

Gopal V. Tandoori, M.A., Ph.D.
Avatar van de Filosofie van de Slang
Herenmode op Maat
Gravesend Neck Road 118
Gravesend, Brooklyn, New York

Mijn beste Miss Meadows [las ik], mijn beste Amanuensis!

Heb geduld met deze missive, smeek ik u. Ik zal mezelf aanstonds nader verklaren. Mag ik hopen dat mevrouw Professor Rudolf Mitwisser goed is hersteld van haar ongelukkige verwonding? En dat uzelf nog altijd een goede gezondheid geniet?

U behoort te weten dat ik talrijke artikelen heb gepubliceerd in de International Journal of Historical Metaphysics, gevestigd in New Delhi. In het verleden was ik adviseur van dit vooraanstaande tijdschrift, maar sinds mijn vertrek naar deze streken helaas niet meer. Gelukkig bewaart de Openbare Bibliotheek de afleveringen ervan, hetgeen verklaart hoe ze zijn ontdekt door professor Mitwisser, die aldus mijn persoon aan de overige vergetelheid heeft ontrukt. En hoe zijn bericht vervolgens de wijde wereld heeft rondgereisd! Van New York naar New Delhi naar Bombay en uiteindelijk, gelukkigerwijze, mag ik zeggen, naar Brooklyn!

Vandaar mijn kennismaking met deze voortreffelijke heer, die nog verder werd veraangenaamd door de aanwezigheid van zijn charmante Amanuensis!

Gedurende het verloop van mijn hoogst plezierige bezoek houdt ze (gelieve op te merken, mijn evenbeeld vermijdt uit hoffelijkheid de tweede persoon) zich stil. Niettemin merk ik op dat ze opmerkt. Ikzelf ben cruciaal opmerkzaam. Ik merk deze stille maar hoogst intelligente jongedame op. Haar ogen zijn klein maar respectvol. Haar bovenlip is kort, een hoogst bewonderenswaardige trek die we ook bij onze Indiase jongedames aantreffen. Haar stilte duidt op bescheidenheid. Ze onthoudt zich van gemakkelijke vrolijkheid en legt in haar voorkomen een hoogst bekoorlijke ernst aan de dag. Ze luistert met begrip. Ze is rijp van waarneming, maar lijkt ook gehuld in melancholie.

Niet alle vrijheid is wenselijk (u herinnert zich misschien dat ik het onderwerp vrijheid heb aangeroerd). Niet alle beheersing is onwenselijk. Men kan beheerst worden door het oog – onverwacht! Men kan beheerst worden door het hart – onverwacht! Men is niet altijd in staat de immateriële innerlijke roerselen van zijn materiële natuur te negeren. U verdient daarom te weten dat mijn echtgenote (die niet langer mijn echtgenote is) dat geworden is via een familieovereenkomst, op grond van de conventie, noch door oog of hart.

Staat u me een nadere verklaring toe. Vlijtige arbeid in mijn winkel heeft me, in combinatie met onvermoeibare uren, niet direct welvarend gemaakt, toch mag ik zeggen dat ik niets tekort kom. Ik ben van plan mijn avondlijke werkuren te beperken om meer tijd te besteden aan een studie waarmee ik reeds goed ben gevorderd. In feite was ze reeds enkele jaren geleden aangevangen en voel ik nu pas de inspiratie (durf ik het te erkennen?) haar tot bloei te brengen. Ze reikt op dit moment tot honderden-vijf bladen, allemaal in het handschrift dat u voor zich ziet!

Kort en goed, mijn lieve Amanuensis, ook ik heb een Amanuensis nodig!

Ik nodig u uit in mijn gerieflijke huis.

Mijn flat, op de eerste verdieping (de tweede, naar Amerikaanse telling) van een bruin bakstenen woongebouw van vijf verdiepingen, netjes onderhouden, omvat twee achterkamers, een royale salon, een goed voorziene keuken en een wc (met bad).

De beloning zal gelijk zijn aan de beloning die u nu van professor Rudolf Mitwisser ontvangt, en mocht er een tijd aanbreken dat beloning geen overweging meer is, dat beloning overbodig wordt, een tijd dat u bereid zou zijn de bewondering van mijn oog en de toewijding van mijn hart te aanvaarden, dan, dan (durf ik het zeggen?) hoop ik dat u zult instemmen met een huwelijksaanzoek van mijn kant.

Wellicht bent u benieuwd naar het onderwerp van mijn studie. Ik heb haar de titel 'Contra de Goden' gegeven. Ik moge opmerken dat het, mocht u genegen zijn op mijn aanbod in te gaan, in mijn bedoeling ligt een Underwood aan te schaffen. Ik moge ook opmerken dat mijn autoband is gerepareerd.

Vergeeft u mij alstublieft mijn openhartigheid. Ik haal me uw kleine lippen met verrukking voor de geest!!

Hoogachtend,

Gopal V. Tandoori

Wat kon Willi hieruit hebben opgemaakt?

Als een vogel die met zijn scherpe ogen precies dat ene zaadje op een grindpad vindt, had hij 'huwelijksaanzoek' opgepikt.

Bertrams brief:

*Hé daar, Rosie kindje!*

*Dit is mijn laatste nacht bij de familie Capolino. Morgen sta ik op straat. Ze zeggen dat ze mijn kamer nodig hebben voor een nicht die net is getrouwd, maar de waarheid is dat ik de laatste tijd achterloop met de huur. Ik denk niet dat die nicht werkelijk bestaat (niet dat ze niet genoeg nichten hebben! maar dat zijn zo te zien allemaal oma's), dat zegt mevrouw Capolino maar. Ze wil me niet kwetsen. Het is hierboven al krap genoeg in je eentje, laat staan als pasgetrouwd stel. Ninel zei dat het was alsof je de nacht doorbrengt in een koffiepot. Hoe dan ook, ik ga de wijde horizon tegemoet.*

*Nu dan het goede (ha ha!) nieuws. De directeur heeft me mijn ontslag gegeven. Net even te vaak met de stakers meegegaan, de orde in het ziekenhuis verstoord, hij noemt me een agitator. Jouw eigen neef Bertram, een agitator! Ik ben wel in beroep gegaan bij een paar van die hoge heren in het bestuur, maar dat hielp niet, dus nou zit ik zonder werk. Oneerlijk eigenlijk, want de laatste staking is al een tijdje geleden. Ik ga tegenwoordig niet met die lui om, er zit niemand bij die me inspireert. Dus zo zit dat, kind, zware tijden.*

*Maar ik hoor dat het jóu goed gaat. Ninel veronderstelt dat ze je daar als een soort secretaresse hebben, ze zag een typemachine klaarstaan bij die Herr Katzenjammer. Een stel vluchtelingen, een hele krijsende meute, zei ze, maar je bent dik met ze, je zit goed, je zit tenminste niet op zwart zaad. Ik ben blij dat je haar wel wou helpen; Ninel vertelde me dat je het geen enkel probleem vond. Ze is er met haar club vandoor, ze is daar nu, iets met ziekenwagens, maar volgens mij zijn het wapens.*

*Dat is het zo'n beetje. Ik moet op de een of andere manier weer op de been zien te komen, ik heb genoeg poeders gewreven en pillen gedraaid voor een heel leven. Heb jij een idee?*

*Mevrouw Capolino zegt dat ik de geraniums mag houden, een*
*afscheidscadeau.*
*Hou je haaks, kind.*
*Bertram*


In de halfdonkere gang bekeek ik mezelf in de spiegel. Had ik zo'n korte bovenlip? Moeilijk te zeggen. Maar de amanuensis in de spiegel was ontegenzeggelijk gehuld in melancholie.

Inmiddels was een hele week verstreken sinds Anneliese en James uit huis weg waren.


# 42


Het platteland beviel hem. Upstate New York, half vervallen, met zijn bouwvallige boerderijen, rottende schuren en silo's en in de stadjes vermoeide vakwerkhuizen met scheefgetrokken veranda's die bedelden om verf, dorp na dorp onderuitgezakt in de bedwelmende schittering van de zomer, de zakenwijk, drie straten met kwijnende winkels erlangs, verduisterd door stoffen zonneschermen, aan de uitputting overgegeven. Hij dacht aan vertrapte en achtergelaten mierenhopen, het was een beeld dat telkens terugkwam. Wat had hij die tuttende oude dames in Clarksville niet op de mouw gespeld met zijn gepraat over mierenhopen, maanden geleden? En die lepe kerel in Thrace, een insect van een man met de uitpuilende ogen van een bidsprinkhaan, een achterlijke die geen benul had van de waarde van de *Bear Boy*. Badend in het geld. Goed! Weggestopt, die *Bear Boy*, begraven, misschien verscheurd. Thrace lag achter hem, Clarksville lag achter hem, al die schuilplaatsen – hij had zich schuilgehouden, hij had zich een winter en een voorjaar ingegraven en hij had het gedaan zonder de kif (de kif was lang geleden) maar wel met wat hulp van de fles. Meestal verdeed hij zijn dagen slapend, maar nu en dan knapte hij zichzelf op en nam de bus naar Albany. Albany had meer van wat de natuur van de man nodig heeft: bepaalde kleine hotels met een slechte reputatie.

Op een warme junidag werd hij in één daarvan midden op de dag wakker, met een zwaar hoofd en lege ogen. De vrouw was al uren weg en de kamer rook naar wat ze samen hadden gedronken. Hij had geen rekening te betalen (betalen moest je vooruit) en liep de onbekende straten buiten in. Lopen scheen hem te helen, zijn benen althans; de gevoelloosheid, de mannelijke zelfbeschuldiging die volgt op gehaaste seks, zakte weg uit zijn kuiten en dijen en knieën en hij ontdekte, in het begin haast zonder het te merken, dat hij rende. Hoe meer hij rende, hoe meer hij zich gezegend voelde, deels door het zonlicht, deels door het zweet. De drank vloog van hem af; het was alsof een pak opgeplakte veren suizend losliet in de wind die hij opwekte met de pure snelheid van het rennen. Wat de vorige avond hem ook had nagelaten – een stemming, een gevoel, een angst, maar geen droefheid want droefheid was zijn habitat, daar leefde hij in, die was hem net zo eigen als de ogen waar hij door keek – zijn rennende spieren losten het op. Hij rende! De buurten veranderden nu, van verwaarloosd naar voornaam. Hij raasde voorbij de witte zuilen van een wit gebouw met een vierkant gazon ervoor en een zwart hek met ijzeren spijlen: het was een of andere school. Hij minderde snelheid en ging terug om te kijken: een college van de quakers. Toen rende hij verder.

Drie dagen later was hij naar Albany gekomen, zo niet, serieus, om er te blijven, dan toch voor even. De verrassing had hem erheen geleid. Albany had hem verrast. Het had hem gevleid; het had zijn achting voor zijn lichaam hersteld, het was een tegengif tegen laksheid. Het had hem overvallen met vijftien minuten blijdschap. Om de hoek van de quakerschool vond hij een eenvoudig klein hotel met een onberispelijke reputatie, al moest je daar ook vooruit betalen, een maand per keer. De zon gloeide op de vensterbanken en herinnerde hem aan Algiers. Sinds zijn dandytijd in Algiers was hij nooit meer opgestegen naar de status van een breed bed in een hotel, waar de lakens dagelijks werden verschoond en het kamermeisje stapeltjes verse handdoeken klaarlegde. Afgezien hiervan – het simpele feit dat een hotel geen pension was – had het William Penn niets gemeen met het Promenadehotel. Hij leerde snel genoeg dat een dame voor de nacht hier niet welkom zou zijn, evenmin als de geur van een fles. De gemeenschappelijke ontbijtsalon was spartaans gemeubileerd: drie lange tafels en een buffet waarop manden bruin brood en dikke porseleinen kommen in een rij werden opgesteld.

Eenvoudige inrichting, eenvoudig voedsel: het William Penn-hotel was een dependance van het Hudson Valley Friends College om de hoek.

's Ochtends stak de vroege zon door gordijnloze vensters naar binnen en maakte hem wakker. Hij liep de ontbijtsalon door, greep een broodje en ging op weg. Rennen! Wat hem voortdreef was de trillende hitte, de kokende zomer; of anders waren het die curieuze versleten buurten versluierd door eeuwenoude onbekende geschiedenissen, of de vreemd koude beekjes zweet die langs zijn schenen druppelden. Hij was een vliegend bad, hij was een vis die het getij omarmt, hij was een golf! Beneveld van gewichtloosheid, honderd keer lichter dan ooit. Het bracht hem terug naar de avond dat hij vrij was geworden van de *Bear Boy*, het in een opwelling had weggedaan aan een niemand in niemandsland. Een oud, oud voornemen van hem, in een mum van tijd uitgevoerd. Tenzij, nou ja, verzwaarde dobbelstenen, wie had wie dan in de maling genomen? Hoe dan ook, die vent had geen idee.

Er was een toilet in een uitham van de lobby net buiten de ontbijt-salon. Hij waste zich – uit zijn vochtige lendenen en oksels walmde een doorschijnende geur, nog net geen stank – en ging een van de lange tafels verkennen. Een hulp was het buffet aan het opruimen. Hij was te laat, het was al half tien geweest, de uren die voor het ontbijt waren toegewezen liepen ten einde. De laatste gasten vertrokken en hij zocht de koffiepot. Een stel zakenmensen (raadde hij) met leren aktetassen. Een witharige, gebochelde vrouw met een pince-nez en een wandelstok. Een zwerm kinderen, te veel kinderen allemaal in één groep, en allemaal jongens. Nee, er was een meisje bij, langer dan de rest. Het ergerde hem dat het eten werd afgeruimd; alles in dit nette hotel was precies. Maar de bruine vloeistof in zijn kop was smerig: het onderste uit de kan, bitter en korrelig van de drab. Hij nam zich voor vroeger te gaan rennen. Het was het middelpunt van zijn concentratie geworden, omdat het hem verloste van concentratie. Het was zijn eigen verlossing.

Om acht uur de volgende dag was het in de ontbijtsalon druk maar gedempt (alles hier was gedempt, ernstig, kerkachtig). Verse koffie, warme broodjes. Een vleugje kaneel hing in de lucht. Hij kwam glimmend binnen, alsof hij van top tot teen in olijfolie was gedrenkt. Zijn gezicht was roze en hij voelde dat hij hijgde als het hondje dat hem achterna was gegaloppeerd, een nerveus klein geval dat naar zijn hielen kefte, zij het alleen tot de stoeprand, waar het met een soort quakerdecorum was blijven staan. Decorum beheerste ook de ontbijtsalon, zodat hij bij het buffet opzij stapte om een klein donker bundeltje vrouw een lepel bosbessen in een schaaltje te laten scheppen; maar haar handen beefden, de schaal beefde, en de bessen stroomden over. Direct haastte een man, heel lang en op een bepaalde manier somber, zich naar haar toe en nam haar mee naar een van de lange tafels aan de andere kant van de zaal. De bende kinderen die hij de dag daarvoor had opgemerkt, zat daar: een gezinsbende, maar stil, zelfs de baby, niet wat je van kinderen zou verwachten. Het meisje stond op (er was maar één meisje bij, tenzij de baby vrouwelijk was, dat kon hij van deze afstand niet zien), kwam naar het buffet, en vulde een ander schaaltje met bessen. Maar toen ze terugging naar de gezinstafel was de vader opgestaan (hij nam aan dat het de vader was) en overreedde hij de moeder (hij nam aan dat ze de moeder was) om met hem mee te gaan. Hij leidde dit af uit de uitdrukking van de vader, bezorgd en smekend, maar vooral uit de manier waarop hij de moeder bij de arm had gepakt en haar overeind probeerde te trekken. De vrouw tuurde alleen omlaag naar de bosbessen die het meisje haar had voorgezet. Toen begroef ze haar knokkels erin en maalde ze rond en rond in de schaal. Het meisje begon te huilen. De andere kinderen staarden en zeiden niets. Maar de vrouw sprak, en de man sprak, en de vrouw sprak luider, en de man deed een beroep op haar met een ongeduldig geluid, en uiteindelijk nam de man de vrouw bij haar schouders en manoeuvreerde haar de deur uit.

Het waren buitenlanders. Hun spraak was onduidelijk: Zweeds of Noors of iets dergelijks. Hij zou geïnteresseerd zijn als ze Zweden waren. Ze zagen er niet uit als Zweden: alle kinderen hadden donker haar en de moeder kon bijna voor een joodse doorgaan – maar wat moesten joden hier? Hij zag dat de kinderen opgewonden raakten, hoewel hun stemmen nog steeds gedempt klonken. Duits. Het was Duits wat hij hoorde, en Duits gekrijs van de baby, die niet echt een baby was: ze holde bij de anderen weg. Een klein meisje, in paniek. Het oudere meisje onderschepte haar en leidde ze allemaal weg. Ze hadden vreemde kleren aan, de jongens korte broeken en lange kousen, het lange meisje ouwelijk, donker haar in vlechten boven haar oren opgebonden, edelsteentjes in de oorlellen. Het schokte hem, het was zo uitheems.

De volgende ochtend regende het. Hij lag achterover in het lekker naar wasserij ruikende bed met zijn paar dikke zachte kussens en keek toe hoe de beekjes botsten op de ramen, totdat twee of drie grillige zijriviertjes samenvloeiden tot één besliste stroom. De lucht was vlak en kalkgrijs, nu en dan verscheurd door zigzaggende bliksemschichten, als tanden die plotsklaps toehapten. Dan kwam de vertraagd grommende donder, mijlenver weg. Hij dutte ervan in. Toen hij weer wakker werd waren de omfloerste trommelslagen van de donder verzwakt, maar de regen hield aan en stroomde in ondoorzichtige gordijnen langs de ramen.

Hij was benieuwd of hij ze opnieuw zou zien, de vrouw die zich had verzet tegen de man, en vooral de man zelf, die reusachtige Teutoon. Er was aan de vrouw iets dat niet klopte. Er was aan het hele gezelschap iets dat niet klopte. Iets opgejaagds, iets hachelijks. Hij had hachelijkheid leren herkennen. Het meisje toen ze het kleine kind oppakte. Oude ogen in een jong gezicht. Maar de ontbijtsalon was verlaten. Het eten was weggeruimd, de koffie was drab, hij had zijn tijd verslapen.

Na de regen barstte de opgeleefde zon uit als een gong. De hitte trof hem met de kracht van een uitgeworpen net. Hij herinnerde zich een delicatessenzaak op een straathoekje net voorbij de quakerhogeschool en begaf zich erheen in de hoop op een sandwich; hij had inmiddels flinke honger. Op het trottoir voor het groene gazon en de witte zuilen zag hij het meisje. Ze stond met haar rug naar hem toe, een lange rug, en hield het kleine kind bij de hand.

'Hé, hallo,' zei hij.

Ze draaide zich om en deinsde een halve meter terug in de richting van het hek.

'Ik zag jullie gisteren in het hotel. Jullie zaten te ontbijten, met je hele gezin. Gaat het goed met je moeder?' Toen daagde het hem dat ze het misschien niet verstond.

Maar ze antwoordde beleefd: 'Dank u. Met mijn moeder gaat het goed.'

Ze hield afstand. Ze had een soort adolescente hooghartigheid. Dat verraste hem. Het was alsof ze zich van een vreemdheid bewust was – alsof hij de vreemdeling was. En hij wist dat ze loog, of eenvoudigweg op haar hoede was. Klaarblijkelijk was er aan de moeder iets dat niet klopte.

'Dus je spreekt Engels,' zei hij.

'Dat heb ik op school geleerd. Ook van mijn vader. Maar nu moet ik meer studeren.'

'En al die andere kinderen?'

'Mijn broers moeten van voren af aan beginnen.' Ze zei dit op de toon van een bevel. Haar kin rees op; ze hief haar nette hoofd. Ze was bijna even lang als hijzelf. Hij veronderstelde dat ze niet ouder was dan dertien, veertien, maar ze had de beslistheid van een vrouw, en de lange rug van een vrouw.

Het kind had een stok gevonden en sloeg er ritmisch mee op een metalen plaquette die aan het hek vastzat. Een of ander naambord.

'Waltraut, *nein!*' vermaande het meisje haar. Maar het kind bleef lawaaierig op het schild slaan.

'Hoe noemde je haar?'

'Waltraut.'

'Wat een rare naam.' Hij zocht in zijn zakken en diepte een paar munten op. Hij koos twee van de glimmendste en hield die het kind voor. Ze liet de stok vallen en kwam gretig naar hem toe. 'Hier is een penny, en die daar is een dime.'

'Alstublieft, nee,' zei het meisje. 'In mijn familie nemen we geen...'

Hij onderbrak haar, 'In godsnaam, het zijn maar een paar centen.'

Dit scheen haar zenuwachtig te maken. 'We zijn hier maar korte tijd, ik weet nog niet hoe je het geld uitlegt.'

Hij strooide een watervalletje munten op het trottoir. Het kind keek verrukt op. 'Kijk, dat is een nickel, vijf cent, en dat een quarter, dat is vijfentwintig. Pak ze maar,' zei hij tegen het kind, 'schud ze maar, maak er een stapeltje van.' En tegen het oudere meisje zei hij: 'Ik kan je de papieren biljetten laten zien als je wil.'

Een rode blos verspreidde zich over haar nek. 'Alstublieft, nee. We gaan nu...' Ze bukte zich om de munten op te rapen. 'Hier, neemt u die alstublieft.'

Het was – wat moest hij het noemen? – welopgevoedheid. Het kwam op hem over als domheid – domme trots om een handjevol kleingeld. Het kleine kind dat aan zijn voeten speelde bekoorde hem: zijn penny's werden in een regenplas gewassen. 'Laat de kleine ze houden, net als zandtaartjes, wat kan het voor kwaad?'

'Alstublieft, nee,' zei ze weer. Het was een aanwijzing, geen verzoek. 'Mijn moeder staat het niet toe.' En toen, met het air van een keizerin: 'We nemen geen geld aan dat niet van ons is.'

'Laten we dan zeggen dat het een lening is. Hé, kleintje,' zei hij en trok een clownsgezicht, 'jij geeft me dat gebruikte Amerikaanse geld wel terug als ik je in het hotel zie, oké?'

Het kind giechelde.

'We zijn uit het hotel weg.'

'Echt waar?'

'Vanmorgen. Mijn moeder en mijn broers zijn al in ons nieuwe huis. En hier komt mijn vader.'

De man schreed op hen toe van tussen de zuilen die de entree van de hogeschool flankeerden. Een torenhoge Teutoon in een zwaar kostuum. Wol in juni! Het was excentriek. Maar het meisje was een curiositeit op zich: de zwaarte, de zelfbeheersing. Ze had haar vaders lengte geërfd, maar niet haar vaders ogen. Zijn ogen waren zo blauw als die van een Zweedse zeeman; toch was geen Zweedse zeemansblik zo fel als de zijne. De vader gromde omlaag naar het kind, in het Duits; het kind zat midden in de plas geld te wassen, haar ondergoed nat, haar jurk nat.

'... van het hotel,' hoorde hij het meisje zeggen (Engels dat oprees uit het Duits), 'hij heeft ze aan haar gegeven. Maar mama zegt...'

De vader sneed haar af met een Duitse grom en stak majesteitelijk zijn hand uit. 'Vriendelijk van u dat u mijn kleine dochter vermaakt. U heeft ons vereerd met onze eerste Amerikaanse schat.'

Dus wat mama niet toestond moest wijken voor buitenlandse hoffelijkheid.

Hij liep door naar zijn delicatessenzaak, at zijn sandwich met corned beef en dacht: waarom rennen? Niet op een volle maag in ieder geval, maar waarom helemaal? Waarom ooit nog rennen? Hij had geen bestemming, er was geen eindstreep. Als hij aan het eind van de ren kwam, vond hij alleen zichzelf: dezelfde, dezelfde. Hoe meer hij verder trok, hoe meer hij bij zichzelf aankwam. De bedwelming was kortstondig, een verlokking, een illusie. Ze duurde niet voort. Eén gooi met de dobbelstenen, de *Bear Boy* in een flits verspeeld. De opwinding van de opwelling en hij was terug bij zichzelf. Rugzak een tikje lichter. Hijzelf een beetje – wat? Schoner. Niet dat hij zich ooit kon ontdoen van het restant van de Berenjongen, dat zat in zijn lever en zijn longen. Verontreiniging. Leven zonder voorbedachten rade, dat is de manier. Terloops. Kif, drank, rozen voor bejaarde dames, de vent met zijn insectenogen op het schoolplein. Bridget. De opwinding van de opwelling, het meesterschap van het moment, hoe anders moet het zijn voor mensen die uit hun oude leven worden gesmeten en zich naderhand niet meer kunnen herkennen. Hijzelf was er niet uit gesmeten, hij was er zelf uit gekropen. Die mensen – buitenlanders. Ze zagen er verstomd uit. De larynx verstomt in een andere taal. Hij kende het gevoel, hij was zelf ook een buitenlander geweest (nee, een reiziger, een trekker, een zwerver, hij was nergens uit gesmeten). Het meisje was niet stom, ze had een paar woorden in het Engels gezegd. De vader was op de een of andere manier ontzagwekkend. Van wie die welsprekende – wat? spotternij? – omlaag kwam kringelen. U *heeft ons vereerd met onze eerste Amerikaanse schat*, mijn God, wat was dat? Schat, vereerd, wat had dat allemaal te betekenen?

Hij kocht zich een paar nieuwe overhemden, betaalde twee maanden vooruit en installeerde zich in het William Penn.

Het meisje had het hun nieuwe huis genoemd, maar het was oud, in een vervallen buurt. Een verlaten pompstation op de hoek. Rottende voorwerpen op een leegstaand erf. Toch, leuke antieke details aan de voorgevels die je meer ziet in deze versleten oude Amerikaanse steden, koperen olielampen in de portieken, waaiervensters van glas in lood boven de deur. In het begin was alleen het meisje – het keizerlijke vrouwmeisje – de moeite van het aankijken waard. De slakkenhuisvlechten boven de oren, die lelijke kleine oorknopjes, de zekerheid. Die nuchtere blik van geheimhouding. Maar uiteindelijk kwam hij voor de vader, de Teutoon die geen Teutoon was, hier geïnstalleerd tussen de afgeschreven restanten tafels en bedden, de liefdadige kliekjes van goedhartige christenen. De vader die 's ochtends vertrok naar die hogeschool met de witte zuilen, de bovenmatig grote passen, het wollen pak. De vader die avond aan avond kratten boeken in vreemde alfabetten uitpakte en ze sorteerde alsof zijn leven ervan afhing of ze in de juiste volgorde stonden.

Hij was hier als huisleraar voor het meisje, maar niet lang: ze vloog hem voorbij, ze zat urenlang ijverig met een van haar vaders woordenboeken te schrijven over de onderwerpen die hij haar opgaf. Soms was ze meegaand, soms recalcitrant. Ze weigerde 'Mijn familiegeschiedenis', maar ze boog haar hoofd gehoorzaam over 'Tuinen en parken waar ik van hou'. Ze sprak al snel vloeiend Engels, eigenlijk had ze geen huisleraar nodig (zoals hij, weer een acteur, een imitator, de Berenjongen in weer een ander pak), en bovendien, ze had haar verantwoordelijkheden. Het kleine kind, de moeder. Weg van het hotel was de moeder opgeknapt. In het hotel was ze angstig geweest; ze haalde uit naar de geesten in de bosbessen, haalde uit naar de vader, de kinderen veranderden in steen; was het dat ze terugschrok voor het provisorische, die toestand van half-en-half? Het Bestuur had opvang in het William Penn voor ze geregeld, een tijdelijke halteplaats terwijl het huis werd klaargemaakt. In het oude huis in Albany met het leuke waaierlicht boven de deur, halfvol afgedankt meubilair van andere mensen, kwam de moeder bijna tot rust. De krakende traptreden, haar echtgenoot en diens geregelde komen en gaan, zijn vertrouwde gekrabbel tussen zijn boeken, haar zoontjes veilig naar de openbare school, waren ze iets anders dan een normaal gezin? Toch was de moeder nog altijd nerveus. Hij kon zien hoe nerveus, vooral als hij in huis was. Hij nam de jongens onder zijn hoede, die buitenlandse kinderen met hun plechtige gezichten. Op school waren ze verlegen. Ze waren zo stil als stokken. Ze verstonden het niet als iemand ze toesprak. Hun lelijke vreemde namen waren een vernedering, zulke lelijke en vreemde namen als dat lelijke vreemde Waltraut. (Een kind daarmee opzadelen!) Hun nieuwe klasgenoten bespotten hun onzegbare namen en hun hoge zwarte kousen en hun vreselijke buitenlandse ernst.

Eerst bedacht hij nieuwe namen voor ze, namen die alles eruit flapten wat ze niet waren. Hank, Jerry, Bill. Dat zijn namen van jongens die gaan vissen met levende wormen als aas. Dat zijn stoere en rauwe namen; die porren en stompen en gooien elkaar op de grond en praten gewoon Albanyaans en springen van de klerenkast, zodat het beneden stukjes pleisterwerk regent. De nieuwe namen hadden effect. De angstige buitenlandse heertjes waren herkenbare jongens aan het worden. Hij stoeide met ze en werkte ze tegen de grond en verstikte ze met vermenigvuldigsommen (zijn kindermeisje, zij met de afhangende onderkaak, dat erop had gestaan dat hij een bril kreeg, had hém ermee verstikt), en liet ze woordjes leren, en niet alleen nette. Hij leerde ze de regels van honkbal. Het was lang niet hetzelfde als met het zoontje van Bridget. Deze jongens hoefde hij nog geen stuiver te geven.

In het begin dacht hij dat het vanwege het meisje was geweest dat hij ze in het huis met het waaierlicht had opgezocht. Opgezocht, precies, ze waren verloren mensen, geen gewone toeristen, ze waren geen bezoekers van overzee, ze waren niet gekomen met reisgidsen van Niagara en de Adirondacks. Hij had de vader uit dat witte gebouw met de zuilen zien komen. Bij de receptie vroeg hij naar de naam die op het bordje op het hek buiten stond: INTERNATIONALE VRIENDENHULP. Hij was meegenomen naar een ander kantoor en te woord gestaan: wat had hij precies te bieden?

– Meubilair komt altijd goed uit, weet u. Ze komen hier met niets.

– Ik ben onderwijzer, zei hij, ik heb ervaring als huisleraar.

– Wat onderwijst u?

– Nou, ik heb leesles gegeven.

– Juist. Kunt u nieuwkomers Engels leren? We hebben twee gezinnen, zei men, de familie Steiner en de familie Mitwisser. De Steiners hebben maar één kind, en de Mitwissers een hele stoet. Ze zijn nog maar net overgekomen en we hebben de vader hier geplaatst. Vooraanstaand godsdiensthistoricus, gespecialiseerd in de charismieten. Bekende familie daarginds, moeder heeft zelf ook het een en ander gepresteerd. Beetje de kluts kwijt door de reis, weet u. Die kinderen: dat hele stel spreekt geen woord Engels, behalve de oudste, de dochter. Ik zou de Steiners nemen, die hebben er maar één. Aardige mensen ook, hebben we geen kind aan.

– Nee, nee, zei hij, die anderen, die van hoe-heten-ze-ook-alweer?

– Mitwisser. De vader is professor Rudolf Mitwisser, hij geeft hier college.

– Een hele mondvol anders, maar goed, doe me die Mitwissers maar.

– Als ze u willen hebben, kreeg hij te horen. De vader is heel precies als het om zijn gezin gaat, dat hebben we zelf wel gemerkt. Hij heeft ons wat achter de broek aan gezeten om dat huis af te maken, dat was knap lastig. Zijn vrouw voelde zich niet lekker in het hotel. Houdt niet van hotels. Een vreemd stel. U begrijpt toch wel dat dit allemaal vrijwilligerswerk is, dat u niet betaald krijgt voor uw tijd?

– Dat begrijp ik, zei hij.

– Uw naam en adres? Ah, het William Penn, dan bent u ze misschien al tegengekomen? Hoe lang blijft u?

– Ik woon daar voorlopig.

Hij kreeg een strookje papier in handen gedrukt: Westerley 22.

– We zullen professor Mitwisser op de hoogte stellen. Meestal zijn deze mensen heel dankbaar als je iets voor ze doet, maar dit is een geval apart.

Uiteindelijk was hij hier voor de vader. Het draaide allemaal om de vader en de vader was degene die hij in het oog hield. Het meisje was nog maar een kind, zij het een mysterieus kind; ze had een soort mysterieuze trots over zich. Die wetende blik had hem aangetrokken. Weten als een kwaal. Deed ze zo vrouwelijk aan omdat ze zo lang was? De zwaarte, de sluier van melancholie. Geen lachje kon ervan af, bij geen van allen. Hoewel, de jongens – de jongens waren de laatste tijd een kudde vee en loeiden als de beste. Of de slechtste. Ze trokken hun lange kousen omlaag op hun enkels en sleten hun schoenen kaal en stompten doelloos in de lucht of naar elkaar. Hij had ze nu in het Engels aan het kwetteren, zelfs onder elkaar, al was dat niet allemaal zijn werk. De drang om als de anderen te zijn. Ze pikten akelige woorden van de straat op, al hadden ze nog steeds dat stroperig Duitse verval in hun stem, die opgerolde 'l' en de gorgelende 'r'. De oudste, Hank, zou zijn accent nooit kwijtraken. De jongeren misschien. Het meisje niet. Hij zag haar nu maar zelden, ze was steeds bij de moeder of het kleine kind.

Het was meer dan een maand sinds de vader hem bij zijn kinderen had toegelaten. Hij hield zijn kinderen met al zijn aandacht in veilige bewaring. Hij omringde ze met barrières, en de barrières lagen allemaal binnen het veld van zijn waakzame blauwe blik. Om te beginnen was er de vraag naar de kwalificatie. De Vrienden hadden hem gestuurd, dus dat was goed – maar, hoe moet men dit formuleren? – er was ook... hoe zegt men dat?

– Mijn kinderen, mijn gezin, zei Mitwisser, we zijn gewend aan... bepaalde verwachtingen. Europese manieren, misschien. Het spijt me dat we geen vergoeding kunnen bieden, de Vrienden zijn zeer vriendelijk, iedereen is zo vriendelijk, maar mijn eigen vergoeding hier is... laat ik zeggen onvoldoende. Helaas zijn we niet...'

– Ik ben een vrijwilliger, zei hij, en grijnsde. Hebben ze u dat niet gezegd? Dat betekent dat ik kan komen en gaan. Vrijheid blijheid van twee kanten. U bent mij niets verplicht.

– Mijn dochter, mijn zoons, ze mogen niet... hoe zal ik het zeggen? Ze mogen niet verlaagd worden. Er was altijd een gouvernante, maar toen we... en hier, zoals u ziet...

– Ik heb ook een kindermeisje gehad, vroeger.

– Ah.

– Ik had te veel speelgoed om mee te kunnen spelen.

– Mijn arme kinderen, zei Mitwisser, we waren gedwongen alles achter te laten.

Het sollicitatiegesprek was direct ten einde. De reusachtige Teutoon die geen Teutoon was. Vooraanstaand godsdiensthistoricus. De man stond als een geslagen kind voor hem, gloeiend van schaamte. Of als een kind dat in de hoek heeft moeten staan en staan en staan.

Ze waren vluchtelingen zonder een cent, verzonken in argwaan. En toch had de vader hem te snel zijn vertrouwen gegeven. Kwalificaties? Had hij niet; ja, die bokkige zoon van Bridget zeker! Maar kijk eens: hoe diep gezonken, een gegeven paard en heel de rest. Ze namen wat ze konden krijgen. Hij had zelf een kindermeisje gehad, kennelijk telde dat mee. Bovendien bleken de zoontjes Mitwisser hem te mogen, ze waren gek op hem, hij liet ze een halfuur sommen maken en gaf ze dan twee uur vrij. Achter de rug van de vader, om zo te zeggen: de vader was college aan het geven over de charismieten. Het meisje en de moeder en het kleine kind waren meestal onzichtbaar. Het kleine kind, als hij een glimp van haar opving, klampte zich vast aan een buitenlands uitziende pop, gekleed in een dirndljurk; ze hadden dus toch niet alles achtergelaten. En al die boeken die Mitwisser aan het sorteren was, honderden, misschien wel duizenden? Die hadden ze ook niet achtergelaten.

Na een tijdje kwam hij erachter dat het geen charismieten waren, wat dat ook mochten zijn, die professor Mitwisser bezighielden. Het waren karaïeten, wat dat ook mochten zijn. Joden, iets met joden. Deze oude rabbi en die oude rabbi. Het was allemaal zo buitenaards als de maan.

Op een dag vroeg hij ernaar. Hij was verrast door Mitwissers bijna chagrijnige verrastheid. Het was alsof hij een fort verdedigde. Een belegerd fort, volgestouwd met dodelijke wapens.

'Wat interesseert dat u?' vroeg Mitwisser. Hij wachtte het antwoord niet af. 'Ikzelf interesseer me voor religieuze afwijking, voor wat ketterij wordt genoemd. Interesseert u dat? Ik dacht het niet.'

'Niet veel belangstelling voor rabbi's en dergelijke,' zei hij.

Dat was de eerste keer. De tweede keer vroeg hij het meisje ernaar. Hij was op weg terug naar het William Penn, er was een bushalte aan de overkant van het oude pompstation, en hij zag haar op een brok steen zitten in het braakliggende terreintje dat zo te zien een kinderspeelplaats was geweest. Verroeste kettingen, kapotte schommels. Overal rommel. Het kleine kind zat in haar buurt gehurkt moedertje te spelen met die pop in de dirndljurk; ze deed alsof ze haar stukjes droog gras voerde.

'Kom je hier graag?'

'We gaan niet ver. Papa wenst dat Waltraut dicht bij huis blijft. Dus gaan we hierheen, ook al is het niet zo prettig.'

Hij merkte dat ze al pratend met hem niet meer 'mijn vader' zei; het was papa geworden.

'Hij houdt jullie zeker erg strak, hè?'

Ze begreep het niet.

'Hij past op jullie.'

'O ja. Hij geeft veel om ons.'

'Maar er is niets om bang voor te zijn. Het is hier niet zoals daar.'

'Er is overal gevaar,' zei ze.

'Die mensen waar professor Mitwisser mee bezig is,' zei hij, 'zijn die gevaarlijk?'

'De mensen van de hogeschool?' zei ze verontrust. 'Nee, welnee, die zijn zo goed voor ons, papa's werk en ook het huis...'

'Niet die mensen van de hogeschool. Die in die boeken waar hij met zijn neus in zit.'

Ze flakkerde op in een rap klein glimlachje. Het kwam en ging. 'Papa's mensen zijn al duizend jaar dood.'

Duizend jaar. Meer kreeg hij niet uit het meisje. Het kleine kind scharrelde naar hem toe en trok aan zijn zakken. 'Hé daar, jij kleine Wally,' zei hij en tilde haar op zijn schouders en schudde haar daarboven tot ze gilde van het lachen.

Mitwisser lachte nooit. Blijkbaar hadden zijn mensen, die oude rabbi en die andere, zich ertegen uitgesproken.

Uiteindelijk was het mevrouw Mitwisser die de karaïeten voor hem verklaarde. Hij trof haar aan op de kaal gesleten sofa in de schemerige zitkamer. Ze zat in een spiegel met een zilveren lijstje te kijken (nog iets dat ze niet hadden achtergelaten?) en bestudeerde zichzelf in het half-duister. Hij begreep dat ze zich zorgen maakten om de elektriciteits-rekening. Ze aten gekookte rijst omdat het goedkoop was. Ze droegen kleren die niet bij het weer pasten; hun schoenzolen sleten.

Toen hij haar naderde, zette ze het zilveren lijstje neer op het bekraste tafeltje naast haar; het was helemaal geen spiegel. Het was een met de hand ingekleurde foto: een kleine vrouw, een grote plant.

Hij wist dat ze hem niet mocht. Ze had hem vanaf het begin niet ge-mogen. Was het omdat hij in haar ogen niets had van een echte huis-leraar – respectvol, bescheiden, kostuum en stropdas, respectvol met name tegenover zijn jonge pupillen, die immers van hogere stand wa-ren dan hijzelf? Ze kon zijn stand niet peilen. Hij had geen stand, geen status, geen plek: hij was vanuit het niets op hen af gestuurd, net als de kuilige matrassen en de versleten tafels. Hij leek wel een clown: hij don-derjaagde met haar jongens en maakte een soort hijgende derwisjen van ze. De hele dag weerklonk hun geschreeuw. Ze voelde zich losgemaakt van haar eigen kinderen. Ze herkende ze nauwelijks.

Ze had hem opgemerkt in het hotel, in wat ze de ontbijtsalon noem-den. Het was niet erg indrukwekkend, dat hotel. Ze had thuis voorna-mere hotels meegemaakt, zo voornaam dat ze haar aan het beven had-den gebracht, zodat ze met de hand op haar borst had moeten lopen om haar angst te verbergen. Dit nieuwe hotel waar ze naartoe waren ge-stuurd, was erg gewoon. Een ontbijtzaal zonder bedienden; men werd geacht zichzelf te bedienen van een soort bar, als een serveerster in een koffiehuis. Vanuit haar ooghoeken had ze hem naast haar gezien, ont-worteld, glimmend over zijn hele lijf, met zweet dat langs zijn onderar-men omlaag druppelde, zijn gezicht gevlekt van de hitte, alsof hij met een voorhamer had gewerkt. Hij deed een stap terug; nu was hij achter haar. Ze schepte wat bessen in een schaal. Hij was akelig dichtbij, vlak achter haar, ze kon de zoogdierlijke hitte van zijn oksels ruiken, er was overal gevaar, wat had hij voor? Ze begon te beven, de bessen vielen uit de schaal...

Ze had zich vergist, maar toch smeekte ze Rudi het bestuur te bewe-

gen hen uit dit hotel te halen. Er waren veel vergissingen hier. Charismieten zijn geen karaïeten – haar arme Rudi. Ze zouden deze plaats verlaten zodra er geld was, zei hij, ze zouden naar New York gaan, het was
natuurlijk goed voor zijn werk als hij bij een grote bibliotheek in de buurt
was. Maar ze hadden geen geld, er zou nooit geld zijn, ze waren eruit
gesmeten, charismieten zijn geen karaïeten, ze herkende haar eigen kinderen niet! Overal gevaar. O, als haar moeder eens wist hoe diep ze allemaal gezonken waren! Haar moeder, tien jaar dood, het ingekleurde
gezicht in het zilveren lijstje, gered door een beverige leugen: het is niets
dan waardeloos pleet, *Nicht Silber, sondern nur eine dünne Silberauflage. Völlig
wertlos!*

Hij had haar laten schrikken. Ze vertrouwde hem niet. Hij leerde haar
zoons vreemde dingen. Hij stelde haar vreemde vragen – Rudi's werk,
Rudi's mensen. Rudi's mensen waren weglopers. Wat wilde hij met hen,
waarom kwam hij bij haar, waarom ging hij niet naar Rudi? Maar Rudi
zou hem niet verder helpen. Rudi was voorzichtig, hij was behoedzaam,
hij paste op zijn mensen, ze waren voor hem hetzelfde als zijn kinderen,
en ook – wat was hij streng! wat arrogant! Om Rudi's mensen te pakken
te krijgen moest men eerst doordringen in hun talen, hun geschriften,
hun overtuigingen, hun geschiedenis, hun uitsluitingen. Ze zwoeren
alles af dat niet tot de Essentie behoorde. Ze veroordeelden elk misbruik
van de Essentie, elke toevoeging, elke versiering. Wat uit de hand van
God is gevallen, moet precies zo blijven als het is ontvangen. Het eerste
is eeuwig. Toevoegen is ondermijnen. Rudi's mensen, vertelde ze hem
in haar gefnuikte Engels – zij, met haar rappe geest en tong die mank
gingen aan onnatuurlijke, ongewilde, obstakels! – Rudi's mensen, zei
ze, gaven om niets dan Gods eigen woord en wil.

God bestaat niet. Hij geloofde niet in God. God zei hem niets. Zijn
moeder had, lang geleden, wat tegen hem gemompeld over het Kindje
Jezus, en zijn kindermeisje had ernstig gesproken over het Kruis en de
Wederopstanding, alsof dat dingen waren die je uit je hoofd moest leren, net als de tafels van vermenigvuldiging. Tussen de bergen cadeaus
die elke ochtend voor zijn slaapkamerdeur verschenen was er soms een
kussen geborduurd met een religieus tafereel, meestal wolken en cherubijnen met mollige ellebogen met kuiltjes en kleine vleugeltjes, ge-
schaard rond een bebaarde heilige die een stralenkrans droeg. De stra-

lenkrans leek op de gouden randen van zijn moeders nieuwe theekopjes. Cherubijnen en heiligen lieten hem onverschillig. Je kon er niet mee spelen, en het enige speelgoed dat ertoe deed (het was meer dan speelgoed, het had een echt dak en raampjes waar je door naar binnen kon kijken en een deur die open en dicht kon) was verdwenen, was meegenomen, was het speelgoed dat te veel afleidde (gromde zijn vader) van wat ze te doen hadden.

Haar tong haperde maar ze kende haar Rudi, ze kende zijn mensen en het gebeurde maar zelden dat iemand háár kwam vragen wie ze waren! Rudi's mensen zijn volkomen obscuur, zei ze met haar haperende stem (bij elkaar gegriste fragmenten betekenis, door hem samengeperst tot uitbarstingen van betekenis), en behalve voor Rudi zijn ze slechts van belang voor een handjevol anderen, misschien drie of vier in de hele wereld. Er zijn ook de vijanden van Rudi's mensen, die worden Rudi's eigen vijanden, ook al zijn Rudi's mensen maar kleine stipjes op het aangezicht van de aarde, verloren, verscholen deeltjes die niet meer tot leven zijn te wekken, dus wie zou bang voor ze zijn? En wie zou naar ze verlangen? Ze hebben even weinig te betekenen als vuurvliegjes.

Rudi's vijanden, deeltjes en vuurvliegjes, nu was ze aan het dolen, aan het rumineren in vreemde klanken, weggegleden van 'wat het eerste is, is eeuwig, toevoegen is ondermijnen' – hoe dat in hem brandde! 'Ze veroordelen elk misbruik van de Essentie.'

Hij viel op zijn knieën voor de gebutste tafel waarop het zilveren lijstje stond. Wat, wat deed hij? Hij greep haar twee polsen, ze beefde, hij maakte haar aan het beven, hij bedreigde haar, wat deed hij? Een huisleraar, nee! Wat voor afzichtelijk schepsel had Rudi binnengelaten? Zijn afzichtelijke ogen achter hun brillenglazen! Het gele licht van de lamp, de gele schichten fonkelden van zijn glazen, wat was hij aan het doen? Zou hij haar kwaad doen, zou hij haar zoons kwaad doen, haar kleine dochter?

Ze kon niet in zijn geest kijken, maar hij, hij zag, het was opgehelderd, het lag daar voor hem, in de doornige netels van haar halfverstikte gedachten, de rafelige fragmenten van haar relaas. Het monsterlijke branden. Hij liet haar polsen los; hij kuste ze. Hij maakte haar bang, hij zag hoe hij haar bang maakte, maar er was niets aan te doen, het was monsterlijk, een monsterlijke brand, 'het eerste is eeuwig, toevoegen is ondermijnen!'

'Verrückt!' gilde ze.

Ergens ging een deur open: Mitwisser die terugkeerde van zijn middagcolleges: het wollen vest, de vilten hoed met zijn hoedenband, de goedkope nieuwe tas.

'Elsa,' zei Mitwisser. Hij keek de huisleraar van zijn zoons aan. 'Hoe komt het dat mijn vrouw van streek is? Sta op, alstublieft.'

Hij stond op.

'Rudi, Rudi,' riep mevrouw Mitwisser uit, alsof haar man ver weg was, in een verre kamer. Maar hij stond vlak voor haar.

'Dieser Mann,' riep ze, 'er hat so viele Fragen, Fragen, Fragen, er fragt und fragt...'

'Elsa,' zei Mitwisser, 'je moet kalmeren...'

Maar ze keek naar de man die haar polsen had gekust. Haar polsen die nog steeds beefden. Ze zag in zijn geest. Ze zag bij welke partij hij hoorde.

'Hij is karaïet,' zei ze.

En Mitwisser lachte.


# 43


Er kwam een moment waarop de eerste jongen, de jongen die als Jim was geboren, de tweede jongen minachtte, de namaakjongen. Hij minachtte hem, hij verstootte hem, hij gooide hem weg. De vurige kou (het was bitterheid, het was razernij) bevrijdde hem; hij was vrij. De Berenjongen was een afgelegde huid, en als hij tegelijkertijd de wereld veroverde, als hij van het ene continent naar het andere een Begrip was – volgens de heren Brooks en Fullerton had hij sinds kort naam gemaakt in Zuid-Azië: 'verfrissend, schattig en bekoorlijk' schreef de Times of India – dan was dat maar zo. Voor hem was de Berenjongen een dood ding. Hoewel niet helemaal. Niet helemaal dood. Uit het hoofd van de Berenjongen bleef nog altijd geld stromen, en wie gelooft dat je met geld de totale vrijheid kunt kopen, heeft nooit kennis gemaakt met het geld dat uit het hoofd van de Berenjongen stroomt.

De vrouw had hem een karaïet genoemd. Ze kon in zijn binnenste

zien; ze was vlijmscherp. Ze zag een man op de vlucht, een wegloper.
Een vluchteling, een dissident. Een gevaar. Ze doorzag hem direct. Haar
man niet. Haar man zag een man op zijn knieën, de leraar van zijn zoons;
hij zag hoe geagiteerd zijn vrouw was. En dat was niets abnormaals.
Misschien had zijn vrouw iets laten vallen. Ze beefde vaak, ze liet vaak
dingen vallen. Als ze beefde, raakte ze geagiteerd. 'Sta op,' zei hij tegen
de leraar. Deze stond op. Het was niets. En toen zijn vrouw, bevend en
geagiteerd, de leraar een karaïet noemde, kon hij toch niet anders dan
lachen?

Dat was het begin van het lang aanhoudende geldgelach.

De huisleraar, de bedrieger (ze hadden aangenomen dat hij een leraar was, een gegeven paard, en hoe diep ze waren gezonken, etc.), hield
van improviseren, zo veel wist hij wel van zichzelf, hoewel het misschien
alleen de jeuk van de rusteloosheid was. Luxe leven in Algiers, en dan
weer niet. De *Bear Boy* jarenlang als een bochel op zijn rug meedragen,
en dan plotseling niet meer. Arnold Partridge en Bridget. Hij voelde zich
heen en weer geslingerd door een innerlijke wind, soms een gloeiende
woestijnwind, soms een verkleumende kou. En soms kon hij niet uitmaken of de wind een oven was of een ijzelstorm, zo leken ze op elkaar.
Nu en dan ontving hij een briefje van de heren Brooks en Fullerton (hij
huurde in elke plaats waar hij belandde een postbus), die hem tactvol
berispten wegens 'onvoorzichtigheid'. Hij was niet onvoorzichtig. Hij
was namaak.

De vrouw opende haar neusvleugels om hem op te nemen, alsof ze
een geur ontcijferde. Ze taxeerde hem. Het meisje – hij vermeed die lange
Duitse worm van een naam en noemde haar Annie – het meisje had hem
verteld dat haar vader brandde van verlangen om naar New York te gaan.
Ze vertelde hem dat haar moeder een soort wetenschapster was en thuis
in Berlijn deel had uitgemaakt van het Kaiser Wilhelminstituut. Dat leek
hem onwaarschijnlijk: ze was eerder een heks dan een wetenschapster.
Ze had hem met een toverspreuk veranderd in een karaïet. De echtgenoot had erom gelachen, hij lachte zoals een geleerde lacht om iets
absurds. Het was niet absurd. Wat was hij, de valse leraar, anders dan de
karaïeten, die vonden dat niets mocht worden geënt op de ongerepte
gift van God. Ook hij was tegen enting. Hij was onbezwaard geboren,
naakt zichzelf, zonder kanten kraag. De auteur van de *Bear Boy* had de

kanten kraag op hem geënt. Zodra hij vrij was, rukte hij hem af. Vanaf dat moment deed hij alles impulsief.

Een zandloper gevuld met geld was het idee dat bij hem opkwam. Een idee van affiniteit.

– Ik kan jullie hier weghalen, zei hij.

Mitwisser vroeg naar de bron van dit menslievende aanbod dat zo ongewoon, zo onverwacht, zo absurd, van de huisleraar van zijn zoons kwam. Net als de advocaten nam hij het woord 'geld' niet in de mond.

– Ik kan u hier weghalen, zei hij nog eens. Waar u maar heen wilt, wat u maar nodig heeft.

– En waarom zou u dat willen doen? vroeg Mitwisser, die onzin hoorde.

– Vanwege die mensen. Die waar u aan werkt. Ik zou u op gang kunnen helpen, weet u. Geen probleem, ik heb geld genoeg.

En dus bekende hij. Hij bekende dat hij de Berenjongen was. *Der Bärknabe!* Mitwissers zoons wervelden rond in een opgewonden tumult: *der Bärknabe!* De Berenjongen, helemaal groot geworden! Maar *der Bärknabe* sprak Duits, hun leraar niet. Hij zag eruit als een gewone man. Was hij het echt? Hoe kon dat? Het meisje legde de jongens uit hoe kunstenaars met modellen werken en bleef hem maar aanstaren. Hij was bij hen aan de deur gekomen als een totale onbekende. Een niemand die ooit iemand was geweest en nu weer niemand was: de ongerijmde toekomst van een legendarisch kind.

Mitwisser geloofde hem niet direct. Het was een té bizarre bekentenis. Had hij het verzonnen, was het een potsierlijke leugen? Aan de andere kant: waarom zou hij hem niet geloven? Hij beweerde niet dat hij een prins van het huis Romanov was. Hij beweerde niet dat hij een profeet was. Zijn bewering was eigenlijk vrij bescheiden: hij had ooit een leven geleid in rijmpjes en verhalen, hij was ooit het onderwerp geweest van een kinderboek, al was het dan wereldberoemd en dat maakte Mitwisser wantrouwig. Was dit onaantrekkelijke schepsel, op wie zijn zoons zo overvloedig dol waren, wat er van het rozig geschilderde elfje was geworden? Mitwissers kinderen waren, op het kleintje na, allemaal vertrouwd met de elf en zijn rijmelarijen, die kenden ze van buiten, thuis had hun kindermeisje ze keer op keer voorgelezen uit *Der grüne Hut*. De roodharige Madame Mercier had het ze in het Frans voorgelezen! En hier stond de Berenjongen voor ze, in de volle raadselachtigheid van zijn gedaantewisseling, als een prins of een profeet: de glorie, de betovering in de ogen van zijn zoons!

De vrouw in de hoek begon te beven. Ze pakte de zilveren fotolijst van het tafeltje en drukte hem aan haar borst; hij gleed uit haar handen en viel op de grond.

– Vroeger sleepte ik altijd een *Bear Boy*-boek met me mee, zei hij tegen ze. Maar nu niet meer.

– Niet meer, zei de vrouw hem zinloos na.

– Maar ik kan niet zeggen dat ik ermee klaar ben. Ik bedoel: het is nog niet klaar met mij. Ik krijg nog altijd royalty's en dergelijke, dat gaat maar door.

Royalty's, een plausibel woord. Er zat aan de man een randje plausibiliteit. Maar ook een nauwelijks ingetoomde liederlijkheid. Iets excentrieks dat paste bij dit nieuwe land en zijn wilde schoolkinderen, zijn onopgeruimde straten – denk alleen aan die rommelhoek een paar straten verderop, waar zijn dochter het kleine kind mee naartoe nam om er in de modder te spelen. Thuis in Berlijn zag je zulk verderf niet op straat! Hij moest aan gezondheid en ziekte denken. Hij voelde zich ziek in dit ballingsoord; zijn vrouw was ziek, zijn kinderen waren besmet. Hij dacht aan de wachttorens van oude citadellen, het gouden licht van verre bibliotheken.

## 44

De Berenjongen besprak de zaken onder vier ogen met Mitwisser. Hij zou komen en gaan; hij was niet gewoon zich aan één plek te binden. Hij zou komen en gaan, en als hij kwam zou hij hen – hij zei het zonder omwegen – geld geven.

– Een soort beurs? Nee, nee, zoiets niet, zei hij. Ik ben niet een type dat zo denkt, ik ben geen advocaat, en ik ga me niet binden aan een of andere verdomde kalender. Het eerste wat u wil is verkassen naar New York, klopt?

– Dat kan pas over twee jaar, zei Mitwisser. Mijn contract met de hogeschool loopt tot 1935.

– Een contract kun je breken, toch, waarom niet? Gewoon inpakken en wegwezen.

– O nee, dat is onmogelijk. Als de hogeschool niet...

– Wat dan? Dan had u daar vastgezeten? Was u opgepakt? Luister: als u daar niet vast wilde zitten, waarom zou u dan hier vast blijven zitten?

Hierbij barstte hij in lachen uit, en Mitwisser – hij voelde zich besmet – lachte met hem mee, een enorm, hilarisch lachen, het was allemaal een mop, allemaal hetzelfde, wat maakte het uit of hij een baan opgaf waarvoor hij zich dank verschuldigd voelde, en wat was dat vergeleken bij de angst van een ontworteld en vervolgd gezin, alles hetzelfde in dit ballingsoord, gelijk, gelijk, gelijk!

Ze lachten samen verder. De huisleraar, nu geen leraar meer, sloeg zijn arm om Mitwissers nek.

– Ik kan mijn verplichtingen hier niet opgeven. Ik ben het hen verschuldigd, zei Mitwisser.

– Mij goed, moet u zelf weten. Hier, neem voorlopig dit.

Het geld ging van hand tot hand. De bedelaar koos; hij koos ervoor een bedelaar te zijn.

De Berenjongen kwam en ging. Hij reisde per trein dwars over de borst van het land om aan de Pacific te gaan kijken, vond er een geel strand en ging er in de zon liggen, met een fles in zijn rugzak. De golven schuimden als leeuwenmanen. Op een dag nam hij, voor de lol, een baantje als een figurant in een western. Ze gaven hem sporen en een 40-literhoed; ze filmden de knokpartij in de saloon. De eerste dag kwam hij om zes uur opdagen, de tweede dag helemaal niet. Daar zat op zichzelf al een grap in: hij was te dronken geweest om op tijd op te staan om een dronkeman te spelen. In Californië begon alles te vroeg. Dronken worden in Californië beviel hem wel, op het strand met de hoge golven die vlakbij kwamen aanrollen.

Mitwisser vroeg zich af of James terug zou komen; hij hoopte van niet. Het geld was een ziekte, maar ook een remedie. Het was vlees; ze hadden maanden geen vlees gehad. Het was nieuwe kleren voor de kinderen, vooral voor zijn zoons, die groeiden als jonge bomen – zijn prachtige Heinz, onderhand bijna even groot als Anneliese! In hun nieuwe kleren waren zijn zoons nog luidruchtiger Amerikaans dan tevoren. Alleen Anneliese behield haar oude waardigheid. Zijn vrouw hield haar oude schoenen en hij hield zijn oude wollen kostuum, omdat het on-reine geld (zoals hij eraan dacht, tegenover het karige reine geld dat zijn werk op de hogeschool opbracht), weg begon te druppelen. Zou de huis-leraar terugkomen en hun wat meer geven?

Dat duurde lang; Mitwissers kinderen aten rijst. Ver weg doezelde de Berenjongen op een Californisch strand. Het getij kwam op en ebde weg. Hij wist dat ze op hem wachtten – hij had ze in zijn hand. Een heel gezin met kinderen in dat huis met het mooie bovenlicht. Hij kon de deur open en dicht doen.

Tegen de tijd dat hij weer opdook (een heel jaargetijde was verstre-ken), leek het geld niet meer zo onrein. Het overviel Mitwisser (zeden-verval!) dat de man die de huisleraar van zijn zoons was geweest hem nu met Rudi aansprak.

– James, gaf Mitwisser toe.

– Veel beter. Waarom maken jullie hier niet wat meer licht?

– Meer licht, zei mevrouw Mitwisser in zichzelf. Goethes laatste woorden op zijn sterfbed.

Hij zat bij Mitwisser en vertelde lachend hoe die filmmensen hem een cowboykostuum hadden aangemeten.

– Dat hebben ze ook niet meer teruggezien. Ik heb het aan een zwer-ver op het strand gegeven. Mijn vader, zei James, liet me nóg maller aan-kleden.

En hij lachte. Mitwisser lachte met hem mee; het was het minste wat hij voor zijn kinderen kon doen.

Hij kwam en hij ging. Het getij van het geld kwam op en ebde weg. Het eerste jaar meer, het tweede jaar minder. In het begin huurde hij een kamer in de buurt (het William Penn kon verrekken), maar na een tijd meende het meisje dat het niet meer dan billijk was hem in huis uit te nodigen, en hij nam de uitnodiging aan. De vader maakte geen bezwaar. James had de vader in zijn greep. Annie. Half kind, half vrouw. Die kleine glimmertjes in haar oren. De moeder, zag hij, trok zich in een ander deel van het huis terug als hij er was.

Hij ging naar New York, met de bus. De kantoren van zijn advocaten waren kleiner dan hij zich herinnerde; ook Mr. Brooks was kleiner. Mr. Fullerton lag in het ziekenhuis, maar zou naar verwachting volledig her-stellen en binnenkort weer terugkomen.

Hij gaf Mr. Brooks de opdracht een groot appartement op loopafstand van de Bibliotheek in 42nd Street te huren.

– Is het voor u? informeerde Mr. Brooks.

– Welnee, niet voor mij. Wat zou ik ermee moeten?

– Het is uw bedoeling dat het appartement wordt bewoond, gebruikt, door anderen?

– Precies.

– Dat zou, als ik het mag zeggen, bijzonder onvoorzichtig zijn. Het zou een aantal beperkende voorwaarden vergen...

– Regel het maar.

Enkele weken later belde hij interlokaal vanuit een telefooncel in een drugstore en trok zijn opdracht om een appartement in de stad te zoeken in.

– Ik vrees dat in dit stadium, begon Mr. Brooks.

– Doe het gewoon.

Het nieuwe plan was een huis te zoeken en te huren – ja, een heel huis – in een buitenwijk van de stad. Liefst landelijk. Mr. Brooks antwoordde dat Mr. Fullerton, een geboren New Yorker die in zulke zaken beter thuis was, in een verpleegtehuis verbleef. Hij was helaas geveld door een tweede beroerte.

– Ik zal doen wat ik kan, zei Mr. Brooks. Ik woon zelf in Greenwich, ik weet niet veel van de andere buitenwijken.

– En regel een paar timmerlieden voor boekenplanken. Stapels boekenplanken. Die man heeft zo veel boeken, dat gelooft niemand.

Hij merkte dat mevrouw Mitwisser klagerig aan het worden was. Ze wilde hem niet in de buurt hebben. Ze klaagde dat hij zich opsloot met haar man. Ze klaagde dat hij naar schnaps rook.

Nadat hij Mr. Brooks op het juiste spoor had gezet, pakte hij een trein naar Canada, gewoon voor de lol (hij had inderdaad nu en dan wat gedronken als hij daar met Rudi zat te lachen), en ditmaal vergat hij geld achter te laten.

# 45

Er was een tijd geweest dat de avonden met professor Mitwisser in zijn studeerkamer mijn enige onbedorven plezier waren. Ik zag uit naar het curieuze tableau dat we vormden; jaren later stel ik het me zo voor, als een onbeweeglijk tafereel: ik met mijn vingers roerloos op het met licht bespikkelde glas van de typemachinetoetsen, een verdwaalde haarkrul mijn mondhoek in gezogen, en hij die als een reus boven me staat, verzonken in zijn droom van vergeten ketterijen. Ik zie het zo, stilstaand, als in een soort trance, om die fantasmagorische uren los te maken van de onrust en de angsten van dat ongelukkige huis.

Een week of drie nadat mevrouw Mitwisser zichzelf had verwond ('het ongeval van mijn vrouw' noemde hij het, alsof ze alleen maar een schaal aan scherven had laten vallen, iets wat kon gebeuren), kondigde Mitwisser aan dat we het werk aan al-Kirkisani zouden hervatten.

Hij leek minder geconcentreerd dan anders, bijna onsamenhangend. Ik wachtte af terwijl hij een bundel papieren doorbladerde en intussen een paar lettergrepen mompelde die ik inmiddels herkende als Arabisch, en op de armleuning van mijn stoel trommelde als hij niet kon vinden wat hij zocht.

'De passage over ladders en bruggen,' zei hij, alsof hij voor zich uit praatte, maar hij had het tegen mij.

Ik doorzocht mijn oude transcripties en vond de passage: *ladders en bruggen naar de waarneming van de geopenbaarde waarheid*. 'Het is nummer vier in de Principes,' zei ik.

Ladders en bruggen, lichten en wachttorens! Het bracht me allemaal in een delirium van genot. Het was niet zozeer de benevelende werking van die betoverende woorden (die voor mij toch al nauwelijks betekenis hadden), maar de golf van kennis die in hun kielzog mee stroomde: dat de wereld oneindig oud was, en tot de rand vol van scheiding en schisma, van drift en verlies. Mijn tienerjaren nog niet ontgroeid, zonder geschiedenis, was ik ervan overtuigd dat ik was doorgedrongen tot de geopenbaarde waarheid van de geschiedenis. En dat ik in een mystieke kameraadschap tegenover professor Mitwisser stond, meer dan hij zich ooit kon voorstellen.

Hij vestigde zijn zeekleurige ogen rechtstreeks op mij, met een verlegenheid die nooit eerder zichtbaar was geweest.

'Mijn zoon Wilhelm zegt me,' begon hij, 'dat u een briefwisseling onderhoudt met dr. Tandoori. Alstublieft geeft u opheldering.'

'Het is geen briefwisseling. Ik bedoel, ik heb hem niet geantwoord. Hij heeft me gevraagd voor hem te komen werken.'

'Dat is niet zozeer wat Wilhelm me heeft overgebracht.'

Ik zei niet: Wilhelm is een klikspaan.

'Bent u van plan hier weg te gaan? Mijn vrouw zou willen dat u bleef, vooral na haar ongeval. Vooral in afwezigheid,' zei hij hees, 'van mijn dochter.'

Daar praatte hij vrijwel nooit over. Hij zou er nu ook niet over praten.

'Mijn vrouw,' ging hij verder, 'is aan u gehecht geraakt en ikzelf kan u nog altijd goed gebruiken. Mag ik u in overweging geven dat een... laten we zeggen, functie, bij dr. Tandoori u geen voordeel zal brengen.'

Ik vroeg waarom niet.

'De man is goddeloos.'

Een wonderlijke opmerking. Een signaal, of een symptoom.

'Maar u mocht hem graag,' zei ik.

'Een intermezzo. Een gewiekste grapjas.' Hij sloot zijn ogen voor me af en het was duidelijk dat hij leed. 'Misschien,' zei hij, 'als dr. Tandoori niet aanwezig was geweest, dan had ik misschien – of u – als u niet was blijven zitten, Fräulein, als u was geweest waar uw plicht lag, bij mijn vrouw, was het ongeval misschien nooit...'

Hij had zich op zijn hakken omgekeerd om zijn gebroken beschuldigingen door de kamer te spuwen in de richting van het brede bed. Maar het was niet dr. Tandoori die hij beschuldigde, of zijn eigen onoplettendheid, of de mijne. Ik herinnerde me hoe dr. Tandoori hem had gecharmeerd; wie hem nu dwarszat was niet dr. Tandoori.

'Goddeloze mannen maken jonge vrouwen kapot,' eindigde hij.

Wat zijn vrouw al lang geleden had doorzien, geloofde hij eindelijk.

Anneliese en James waren nu een volle maand weg. Wat gebeurde er normaal gesproken als een meisje van zestien er, uit eigen vrije wil, vandoor ging met een man die een bekende van het gezin was? Was zoiets een kwestie voor een openbaar onderzoek? Ik durfde tegen professor Mitwisser niet te beginnen over zulke vage speculaties. Zijn stilte was een slotgracht. Hij kon de naam van zijn dochter niet zeggen.

Mevrouw Mitwisser wel, keer op keer en blèrend, in de beslotenheid van onze slaapkamer. Het hoopvol experimentele 'als' – 'Als ze komen' – had de laatste tijd plaats gemaakt voor het gejammerde restant: 'Anneliese, Anneliese, ze komt niet...'

Voorzichtig zei ik: 'De politie...'

'Geen politie!'

'Ze helpen vermiste personen op te...'

'Hij daar is een dief. Hij steelt.'

'Des te meer reden...'

'Geen politie, nee!'

Ze schrok terug voor het woord, ze schrok terug voor uniformen. Uniformen zijn gevaarlijk, men moet geen vertrouwen stellen in uniformen! Geen politie, nee, nee, men moet scrupules hebben, men moet zijn kind beschermen, als er schande is, moet ze verborgen worden, de politie is gevaarlijk, de schande is gevaarlijk!

Angst voor uniformen was nooit bij me opgekomen. En, om de waarheid te zeggen, schande evenmin.

# 46

*c/o Capolino*
*14¹/₂ S.E. State Street*
*Albany, New York*
*GELIEVE DOOR TE ZENDEN*

*Lieve Bertram,*

*Ik vond het heel erg om te horen dat je je baan bij het ziekenhuis bent kwijtgeraakt. Maar aangezien het al weken geleden is dat ik je brief ontving, heb je inmiddels vast alweer wat anders gevonden.*

*Je schreef niet hoe ik je kon bereiken (dat is een gewoonte van je, of is het weer een idee van Ninel), dus ik stuur dit naar je oude adres. Misschien weet je ex-hospita waar je heen bent gegaan. Je schrijft dat je blij bent dat ik niet 'op zwart zaad' zit. De waarheid is dat dit hele huishouden op dit moment vrijwel geen cent bezit. Zware tijden.*

215

Als je deze brief krijgt en terug wil schrijven, denk erom dat je PERSOONLIJK op de envelop zet.

Rosie

p.s. Het zal je misschien verbazen te horen dat ik een huwelijksaanzoek heb gehad!


c/o Mr. Thomas R. Washington
2 Showcorner Blvd., 6B
Albany, New York

Hallo Rosie!

Ik heb met koeienletters PERSOONLIJK op de envelop gezet, dus elke mogelijke briefschender is gewaarschuwd. Het moet daar een ongezond stel zijn waar je tussen zit, dat zoiets nodig is!

Je (lichtelijk zure) missive is via een omweg toch nog vrij snel bij me terechtgekomen. Mevrouw Capolino heeft hem, vast vanwege een slecht geweten, direct naar de YMCA gebracht, waar ik had gezeten (probleem is, mijn geld was op, dus ik moest daar weg), en de YMCA, laatst bekende adres om zo te zeggen, heeft hem hierheen doorgestuurd. Maar mevrouw Capolino zegt dat ik voorlopig haar adres kan blijven gebruiken, dan bewaart ze de post voor me. Ze heeft een nieuwe huurder en ze heeft met me te doen. Ik heb maar niet gezegd dat haar geranium dood is.

Wat werk betreft, ik heb helemaal niets gevonden, tot nu toe althans, en niet omdat ik er niet genoeg moeite voor doe. Blijkbaar heb ik een grotere, oftewel slechtere, reputatie dan ik wist. Ik sta bijna overal aangeschreven als relschopper en onruststoker, stel je voor! Geen enkel ander ziekenhuis wil iets met me te maken hebben, ik ben als vakbonds-man besmet. Kennelijk heb ik wat te vaak met naam en foto in de kranten gestaan, maar Ninel vond het juist goed, om de bazen aan het schrikken te maken etc. Ik had niet in de gaten dat ik in de hele stad beroemd ben!

Na de ziekenhuizen heb ik de vrij gevestigde apotheken geprobeerd en bij één daarvan zat wel een aardige kerel; daar mocht ik twee dagen blijven, tot hij lucht kreeg van mijn slechte verleden. De dokters waar ik vroeger voor werkte kijken me ook niet meer aan; ik dacht dat Prescott me misschien kon helpen, Prescott is degene die je vader die baan op Croft Hall heeft bezorgd, maar ik geloof dat die geschiedenis met je vader ze daar een slechte nasmaak heeft bezorgd. Ik hoopte dat ik die kinderen van de oligarchie wel wat scheikunde kon geven of zo, maar mooi niet. Vorige week stond ik er zo slecht voor dat ik in een restaurant borden ben gaan wassen voor contant geld. Twaalf uur hete stoom en nog niet genoeg verdiend om de huur te betalen. Als ik Thomas niet had, zat ik tussen die andere zwervers op straat. Thomas is een reddende engel, ik mag zolang bij hem logeren. Misschien herinner je je hem, hij is de verpleger aan wie ik die chique Engelse schoenen van je vader had gegeven. Alleen kan ik hier niet veel langer blijven; zijn vrouw en dochtertje zijn op familie-bezoek in Georgia en als ze terugkomen moet ik er vandoor.

Nu dan de pijnlijke vraag. Aangezien jij een bezoldigde betrekking hebt en je arme oude neef Bertram niet, vroeg ik me af of je niet nu en dan vijf of tien dollar kon missen? Alleen maar tot ik iets vind. Maar schijnbaar hebben jullie daar zelf al problemen genoeg.

Bertram

p.s. Ik hoop niet dat je ja hebt gezegd tegen diegene die om je hand heeft gevraagd. Hé, kind, je bent nog een kind!


Beste Rose,

Ik kan papa niet schrijven, hij zal wel vreselijk kwaad zijn. James zorgt voor me. Hij zorgt voor ons allemaal. In het pakje dat bij deze brief zit, vind je geld voor het huis. Het is veel geld, dus je moet er zorgvuldig mee omgaan. Er is ook geld voor je loon. Zeg alsjeblieft tegen papa dat het goed met me gaat. James laat me allemaal nieuwe bezienswaardighe-den zien. We blijven geen twee nachten op dezelfde plek. Het is heel opwindend!

Anneliese

c/o Mr. Thomas R. Washington
2 Showcorner Blvd., 6B
Albany, New York

Rosie, ik weet niet hoe ik je dit moet zeggen.

Ik logeer nog steeds bij Thomas. Zijn schoonmoeder in Georgia werd ziek, dus hij verwacht dat zijn vrouw nog wel een weekje daar blijft.

Ik weet niet hoe ik dit moet zeggen.

Ik kom net bij mevrouw Capolino vandaan. Er was zelfs een cheque van Prescott gekomen, stel je voor. Ik ben van liefdadigheid afhankelijk tegenwoordig, blijkbaar is het me aan te zien.

Zodoende.

Charlie had me geschreven uit Albacete, daar hebben ze hun hoofdkwartier. Charlie hoort bij die club uit New York van Ninel, ze zijn met een heel stel derdeklas met de Normandie overgestoken naar Le Havre. Ze zijn de grens over gekomen en ze waren in Albacete om spullen op te halen – God weet wat dat betekent, dat schrijft Charlie niet – en vandaar waren ze doorgestuurd naar Barcelona. Een soort sport-manifestatie van arbeiders om te protesteren tegen de Olympische Spelen in Berlijn. De hele menigte kwam onder vuur, de regering wilde ze verspreiden, er werd op straat gevochten. Ze hadden Ninel niet met de mannen mee laten gaan; ze hadden haar met een stel verpleegsters op een vrachtwagen gezet. Charlie was in zijn been geschoten, niet al te ernstig, zegt hij, maar Ninel in haar schouder en ze verloor bloed, dus toen hebben ze haar ergens naar een militair hospitaal gebracht. Ik kan het niet ontcijferen – La Sabriñosa? Daar hebben ze haar opgelapt, maar toen kreeg ze een infectie, toen longontsteking, en ze is dood.

Rosie, Ninel is dood.

Ik weet niet wat ik moet doen of waar ik heen moet. Ik weet niets.
Bertram

Dr. Gopal V. Tandoori
118 Gravesend Neck Road
Gravesend, Brooklyn, New York

Geachte heer Tandoori,
Dank u voor uw vriendelijke woorden en uitnodiging.
Tot mijn spijt kan ik er niet op ingaan. Ik blijf graag in dienst bij professor Mitwisser.
Hoogachtend,
(Miss) Rose Meadows


Lieve Bertram,
Ik heb net betaald gekregen, dus hier heb je de helft. Wat tragisch van Ninel.
Rosie


# 47


Van mevrouw Mitwissers wonden waren alleen nog dunne rode strepen over. Littekenweefsel was over de rafelige sneden gegroeid. Ze zat op een stoel voor het slaapkamerraam, hoog boven de straat, en keek naar buiten. Ze zag haar zoons 's ochtends vertrekken en na school thuiskomen. Ze volgde het geruzie van vogels van dak naar dak. Ik dacht dat ze op Anneliese wachtte.

Ik vertelde professor Mitwisser niet over Annelieses brief, althans niet direct. Het huishoudgeld dat ze had gestuurd borg ik op de gebruikelijke plek op: James' porseleinen melkkannetje met zijn gele bloemblaadjes en vergulde tuit. Het geld dat bestemd was voor mijn salaris, zag ik, was met vijf dollar verhoogd. Ik wisselde een van die dollars in munten – drie dimes, tien penny's, twee quarters, een nickel met een indianenkop erop en een zonder – en gaf die aan Waltraut. Ik had James vaak zijn zakken in haar handjes zien legen. Hij had haar geleerd om plompe ronde torentjes van geld te bouwen en lachte als ze die met kinderlijke wreedheid uit elkaar sloeg. Onder alle stoelen lagen verloren penny's.

Inmiddels was ik vast aangesteld als mevrouw Mitwissers vertrouwelinge. Soms barstte ze uit in een woordenvloed als een lavastroom, flarden woede of herinneringen in een warboel van Duits en Engels; ze klaagde dat ze een gevangene was in deze kamer, in dit huis, in dit misdeelde land, '*dieses Land ohne Bildung*', en dat alleen Anneliese in haar onbezonnenheid, in haar dwaasheid, was ontsnapt aan de gevangenschap. Maar ik was zulke protesten anders gaan beoordelen: ze leken meer gecalculeerd dan spontaan. Het waren (zoals ik al lang vermoedde) schijnaanvallen en proefballonnen. In werkelijkheid waren het de jammerklachten van de ballingschap. Het was niet dat ze oude genoegens miste, ze miste oude waardigheid. Ze had het vaak over *Bildung*, een term die ik niet kon plaatsen. Ik had Annelieses versleten Duits-Engelse woordenboek gevonden, dat tussen de theekopjes op een plank in de keuken rondslingerde. Als ik bij mevrouw Mitwisser zat, raadpleegde ik het soms stiekem. Maar toen ik *Bildung* opzocht, vond ik alleen 'opleiding'. Voor mevrouw Mitwisser betekende het oneindig veel meer. Zo kon ze over haar grootvader (van wie ik hoorde dat hij rond de eeuwwisseling een keten van dagbladen had gesticht) zeggen: 'Er *war ein sehr gebildeter Mann*', en ze zei hetzelfde over Erwin Schrödinger. Uiteindelijk begreep ik dat een man die *Bildung* bezat meer dan alleen ontwikkeld was: hij was ideëel gezuiverd door het humanisme, een aristocraat van verfijning en wijsheid.

Ze had een keer, vertelde ze me, een ondeugend schilderij gekocht dat haar had verraden. Het was bedoeld als afleiding voor haar man, maar die kon alleen door zijn vuurvliegjes geboeid worden. Het was de week na Nieuwjaar, in 1926 en ze was net teruggekeerd uit Zwitserland, een zware reis. De onverwarmde trein haperde, kwam tot stilstand en zwoegde toen voorzichtig verder. Haar voeten in haar laarzen waren gevoelloos. Heel Noord-Europa lag onder de sneeuw. Een telegram van Rudi lag op haar te wachten: het had geen zin te vertrekken, hij kon maar tot Pamplona komen. Daarachter doemde de ijsbarrière op. Alle treinen naar het noorden waren gestaakt, het was onmogelijk te voorspellen hoe lang hij nog moest wachten; maar het ging allemaal goed, zijn werk was bevredigend verlopen en de Spaanse warmte was een wonder, en hoe was het met zijn lieve kleine Anneliese? Ze moest geen kou vatten, Elsa moest erop toezien dat Mademoiselle De Bonrepos haar warm aankleedde.

Anneliese vatte geen kou; ze was kerngezond en gaf geen kik. Haar moeder had beloofd dat ze van ver weg een kerstcadeau voor haar mee zou brengen als zíj beloofde papa niet te vertellen dat mama naar een geheime plek was geweest, de enige plek in de hele wereld waar hobbel-paarden werden verkocht, en wilde Anneliese immers niet een hobbel-paard, meer dan wat ook? Waar dat hobbelpaard vandaan kwam was een geheim, ook voor papa, dus mondje dicht! Anneliese zou haar mond-je dichthouden; Mademoiselle De Bonrepos kon getuigen dat ze het ge-hoorzaamste kind was dat ze ooit had meegemaakt. Aan Mademoiselle De Bonrepos legde mevrouw Mitwisser uit dat ze vanwege haar werk aan het instituut per se naar Zwitserland moest; maar aangezien de va-der – wat was hij verzot op zijn kind! – waarschijnlijk niet zou goedkeu-ren dat ze Anneliese tijdens de feestdagen alleen liet, moest Mademoi-selle De Bonrepos hem ook niets zeggen. En om ervoor te zorgen dat Mademoiselle De Bonrepos niets zou zeggen stopte ze een fors aan-gedikte kerstgratificatie bij het salaris van de gouvernante in een klein zijden zakje met een satijnen trekkoord.

Er waren geen hobbelpaarden in Arosa. Wel waren er de grote *Tan-nenbaum* met zijn honderd kaarsjes en zijn duizend rinkelende kristal-len en de heerlijke redetwistende wandelingen met Erwin, en de doorge-werkte nachten in Erwins kamer en de revelatie van de hap uit het ei... Het hobbelpaard stond gewoon thuis, bijna om de hoek, op de Kurfür-stendamm, in de etalage van een antiekzaak; ze was er vaak genoeg langsgekomen. De Kurfürstendamm en de straten ernaartoe glinster-den; het licht dat op de sneeuw viel was verbluffend fel, een duizeling-wekkend Berlijns winterlicht, scherp en verblindend. Onder haar voe-ten kraakte een onzichtbaar ijsvlies met het geluid van popcorn op het vuur. De etalages flonkerden, de ringen en horloges en oorbellen en brillen van passanten vuurden bliksemende vonken af. In de nasleep van de storm stak nu en dan nog een windvlaag op en de lucht rook naar een vreemde elektriciteit, alsof een dynamo in de kern van de aarde alle vegetatie had weggebrand. Op de trottoirs schraapten sneeuwscheppen met het geluid van hees geworden bellen. Ze was opgetogen: de kou, de helderheid, de opwinding over de hap uit het ei, Arosa! Ze droeg dezelfde krokodillenleren laarzen die ze in Arosa had gedragen, met grijs bont gevoerd en omrand en dichtgeknoopt tot de enkel, en ook dezelfde lange kastanjebruine mantel die bijna tot haar hielen afhing, en dezelfde grijze bontmuts die al haar haar verborg en beschermde tegen de wind. Bij een van hun wandelingen had Erwin haar in het vuur van het gesprek die muts van haar hoofd getrokken:

– Daar! Net als met je haar: je ziet het niet, maar het ís er wel!

Haar knotje was uit elkaar gevallen, haar haar tuimelde omlaag en liet de losgekomen haarspelden op het pad vallen.

– Kijk nou wat je doet, mopperde ze. Maar ze zag hem staren. Haar haar was een dikke bruine vloed, als stroop, of gekookte honing, en hij schrok toen het wild opvloog – de wind rukte het van haar schedel en blies het over haar mond. Ze hadden het gehad over genetische mutaties opgeroepen door röntgenstraling en over de hittegolf die ontstaat door intense atoomtrillingen: een gewelddadige uitbarsting geproduceerd door ionisatie. Haar haarspelden lagen als opgekrulde insecten aan haar voeten. Hij bukte zich en raapte ze op en zij plukte ze, een voor een, uit zijn open handpalm.

Het hobbelpaard werd uit de etalage getild. De prijs was meer dan gelijk aan de buitensporige gratificatie die ze Mademoiselle De Bonrepos had gegeven (was die overbeleefde jonge vrouw te vertrouwen?), toch werd het hobbelpaard aangeschaft met opdracht tot thuisbezorging. Het had ooit toebehoord aan de Gräfin von Brandenburg, toen ze nog klein was. Alleen de leren toompjes ontbraken, zei de antiquair, maar die waren eenvoudig te vervangen. Anneliese zou zich niet druk maken om die toompjes, of anders ging het met rode linten ook wel. De waarheid was dat Anneliese nooit een hobbelpaard had gewenst – wat is het voor kind dat er niet van droomt een hobbelpaard te hebben? Ze was ongewoon dociel, ongewoon stil. Wat ze graag deed was bij haar vader op schoot zitten en spelen met de voorwerpen op zijn grote bureau: de vloeiroller bijvoorbeeld, die als een schommel op en neer wiegde, met zijn ivoren handvat in de vorm van een paard. De vloeiroller had haar op het idee van het hobbelpaard gebracht, en daar stond het in de etalage op de Kurfürstendamm... maar nee, zeg dat het van de geheime hobbelpaardenstal ver weg kwam.

De antiquair stond achter zijn toonbank en keek geduldig toe hoe ze haar handschoenen uittrok om een cheque uit te schrijven; ze waren grijs, met bont van binnen en rond de boord, net als haar laarsjes. Haar handen waren opmerkelijk klein en beefden gewoonlijk lichtjes als ze opgewonden was. Het schilderij wond haar op: het was een afbeelding van een godheid die planeten hun plaats geeft. Het hing achter het hoofd van de antiquair aan de muur. Een portret van een jongleur die acht glanzende bollen in de lucht houdt, maar slechts zeven ervan waren in de lucht en beschreven een soort onregelmatige krans. Een van de ballen, zo wit als het wit van een oog, was neergevallen op een gekreukeld stuk oud perkament dat op een grasperkje weggegooid lag. Aan de onderkant was de rechterhoek zwartgeblakerd. De jongleur had een langwerpig, melancholiek, smartelijk gezicht. Toch was het bevroren in een theatrale grijns.

– Wie heeft dat gemaakt? vroeg ze.

– De schilder is onbekend.

– Heeft u geen idee?

– Het komt uit iemands nalatenschap, zei de antiquair. Brand. Als het ooit is ondertekend, is de handtekening weggebrand. Ik denk dat het een allegorisch portret is, zei hij.

Nu werd een tweede cheque uitgeschreven, ditmaal voor de jongleur. Een allegorisch portret? Dat boeide haar maar matig. De prijs van het schilderij was veel lager dan die van het hobbelpaard van de Gräfin. Om te beginnen was het schilderij beschadigd, wat afbreuk deed aan wat het oorspronkelijk ook maar waard kon zijn geweest; en dan, als men niet wist wie het had geschilderd, wat voor waarde kon men er dan helemaal aan toekennen? Waarschijnlijk was het niet meer dan dertig of veertig jaar oud. Surrealistische namaak, wat al te uitdrukkelijk. Alles bij elkaar was het ook niet meer dan een curiositeit.

Maar de jongleur had het gezicht van haar man. Rudi's ovenogen, het smeltpunt van kobalt, veertienhonderdvijfennegentig graden Celsius! En zijn mond, ja, Rudi's mond, precies zoals ze die kende, verdeeld tussen hemel en hel. Of leek de mond – de cheque fladderde tussen de vingers waarmee ze hem aan de antiquair aanreikte – op de mond van Erwin? Zijn mond zoals ze die had geproefd, eerst angstig, bedeesd... maar Erwins ogen waren even donker als de hare. Erwin was ook uitzonderlijk lang, zo schokkend lang naast haar. Zij was een kleine vrouw met kleine handjes. Alleen haar ambitie was groot. Er waren uren in het laboratorium dat ze zich bijna gek van ambitie voelde.

Het hobbelpaard voor Anneliese, de jongleur voor Rudi, kerstcadeautjes stilletjes en vlot ingekocht in één winkel. Het Instituut was met de feestdagen gesloten en Rudi zat veilig in Spanje – waarom zou hij niet aannemen dat ze dagenlang naar deze surprises op zoek was geweest? (Die gezegende dagen in Arosa, met Erwin!) Hij kon zich niet voorstellen dat ze het huis zou ontvluchten en het kind in de steek liet. Maar ze had het kind niet in de steek gelaten, en hier was, om dat te bevestigen, de buitensporig beloonde Mademoiselle De Bonrepos.

De week na Nieuwjaar begon het te regenen. De regen opende kraters in de sneeuw en het ijs gleed weg. Anneliese had haar aandacht gevestigd op de ijspegels die van de dakgoot afhingen en waren aangegroeid tot olifantstanden; hoe langer ze toekeek, hoe sneller de ritmische druppels schenen te vallen, totdat de ijspegels niet groter waren dan de tanden van een kat. Toen het hobbelpaard werd bezorgd, klom ze er gehoorzaam op en hield zich vast aan de houten oren, en tegen de tijd dat haar papa van zijn zoektocht terugkwam was ze vergeten dat ruiters teugels nodig hebben. Maar ze had onthouden dat ze niet moest verklappen dat haar moeder naar die geheime plek was geweest waar de hobbelpaarden vandaan komen en ze had onthouden dat ze niet moest vertellen dat haar moeder pas na Nieuwjaar was teruggekomen.

Rudi vond het schilderij best aardig, vooral vanwege het gebaar van zijn vrouw, al kwam dat wat excentriek op hem over (haar cadeaus waren meestel oorwarmers en handschoenen), maar de buitengewone gelijkenis met hemzelf die er volgens Elsa in lag, kon hij niet ontdekken. Misschien zat er wel iets in; menselijke gezichten worden maar op een beperkt aantal leesten geslagen. Maar bedoelde ze soms dat hij haar aan een soort clown deed denken?

– O, mijn hemel! zei ze vrolijk. Kijk nu eens naar het gezicht, dat prachtige gezicht, zo vol géést. Ik zag het direct!

– Maar een jongleur...

– is een filosoof van de tijd.

– Van de beweging, verbeterde hij.

– Nee, zei ze, van de tijd. Zodra de bal de hand van de jongleur verlaat, zinkt hij weg in het verleden en het volgende moment is hij alweer op weg naar de hand die hem in het heden vangt. Dat is wat jij óók doet, Rudi!

Ze verzon een allegorie om hem te plezieren. Een allegorisch portret, waarom niet?

– En dat stuk perkament daar beneden, ging ze verder, zie je het?

– Een open boekrol, ja.

– Een karaïtische verhandeling, plaagde ze. En die witte bal, als een losgelaten oog?

– Een verloren kans, zei hij – hij ging mee in het verhaal.

– Nee! Een verloren geschiedenis. Die door de jongleur wordt opgeraapt en terug in het spel gebracht...

– Malle kleine Elsa, zei hij. Het spel ging hem te ver, het was te bizar; waarom hemelde ze hem zo op? – Hier, zei hij, ik heb ook iets voor jou. Hij had voor haar een halsketting meegebracht, een snoer van roodachtige stenen, en voor het kind een vergrootglas met een steel van parelmoer. Het gedwongen verblijf in het zuiden had hem de gelegenheid geboden naar zulke frivoliteiten uit te kijken. Het kind begon naar elk klein voorwerp op zijn bureau te turen; ze was blijer met het vergrootglas dan met het hobbelpaard.

Het schilderij was geen succes. Zijn vrouw had gehoopt dat het hem zou amuseren.

– We moeten de gouvernante iets geven, herinnerde hij haar.

– Heb ik al gedaan.

Hij kuste haar toen, met de hete honger van de tijd die ze gescheiden waren geweest, terwijl hij een ver archief afzocht naar zijn voortvluchtige Egyptenaar en zij gezellig thuis was gebleven met het kind en zich alleen een enkele keer in haar mooie laarsjes naar buiten had gewaagd om winkel na winkel af te struinen op zoek naar precies dat cadeautje dat hem zou behagen. Het was te vreemd voor zijn smaak, te 'origineel', en het dwong hem tot interpreteren, alsof een schilderij net zoiets was als filologie. Zijn bekoorlijk briljante vrouw en haar ondoorgrondelijke ideeën! Hij hing de rossige stenen om haar nek. Zijn hand op haar hals, de hitte van zijn kus, ze voorspelden de nacht die komen ging. Hij verlangde naar een huis vol kinderen; het was bijna zes jaar sinds de geboorte van Anneliese, moesten ze niet beginnen een gezin op te bouwen? Maar zij weifelde. Ze wilde haar laboratorium, ze wilde haar notitieboekjes met hun esoterische tekens.

En ze dacht: de jongleur is een mislukking. Het hobbelpaard is een mislukking.

En 's nachts dacht ze: Rudi's mond is niet als Erwins mond.

Heinrich werd geboren in de herfst en in november rees een onenigheid met Mademoiselle De Bonrepos, een heimelijke ruzie die niet was te herstellen. Mademoiselle De Bonrepos had een reprimande te verduren gekregen en plotseling verscheen er een nieuwe gouvernante voor Anneliese, een roodharige jonge weduwe genaamd Madame Mercier, en een kindermeisje voor de nieuwe baby. Anneliese vroeg waarom Mademoiselle De Bonrepos was weggegaan; er kwam geen uitleg. Haar papa keek opzij en haar moeder zei alleen dat het nodig was, en dat sommige dingen voor een meisje niet te begrijpen zijn. Maar Anneliese begreep in elk geval dit: Mademoiselle De Bonrepos moest wel iets kwaads hebben gedaan, of ze was niet weggestuurd.

En Mademoiselle De Bonrepos hád ook iets kwaads gedaan; ze had op een ernstige en duistere manier een overtreding begaan waarvan de oorzaak verborgen en niet te achterhalen was. Anneliese probeerde zich voor te stellen wat het kwaads had kunnen zijn. Mademoiselle De Bonrepos had toegestaan dat Anneliese een oktoberkoutje vatte (maar Anneliese had zelf haar jas niet willen aantrekken). Mademoiselle De Bonrepos had het nieuwe kindermeisje aangespoord tot klagen over haar loon (dat had Anneliese gehoord) en nu was het nieuwe kindermeisje prikkelbaar en ontevreden. Mademoiselle De Bonrepos had een ontoelaatbaar woord naar de kokkin geschreeuwd toen de kokkin er niet aan had gedacht haar het dessert van geglaceerde peren te serveren (en het was precies het woord dat Anneliese, zo had Mademoiselle De Bonrepos haar gewaarschuwd, nooit in de mond mocht nemen).

Misschien was het een van deze kwade dingen, of alle bij elkaar, die de reprimande had uitgelokt. Of misschien was het iets anders. De reprimande werd op een ochtend vroeg door Annelieses moeder gegeven, toen de kleine Heinrich met een woeste kreet wakker werd en het kindermeisje beneden in de keuken de kokkin uithoorde over wat zij verdiende. Mademoiselle De Bonrepos was niet alleen gekwetst en vernederd, ze was woedend. Diezelfde dag verzocht ze een gesprek onder vier ogen met professor Mitwisser – 'Nee, Anneliese, je mag niet naar je papa nu, wacht alsjeblieft buiten, daar' – en fluisterde hem toe dat zijn vrouw de vorige winter, tijdens de kerstdagen, toen het Instituut stillag, was weggeslopen met haar koffer en pas na Nieuwjaar terug was geslopen.

Anneliese stond aan de deur te luisteren.

– Maar ze was hier. Met het kind. Hier, in huis.

– Nee, meneer. Dat was ze niet.

– Als ze het huis al uit ging, was het om kerstcadeautjes...

– Ze is tien dagen weg geweest.

– Onmogelijk. Tien dagen?

– Jawel, meneer. Tien.

– Waarheen?

– Zwitserland.

– Zwitserland! Onmogelijk! Alleen?

– Kan ik niet zeggen, meneer. Zou ik niet weten.

En daarna verdween Mademoiselle De Bonrepos, net zo plotseling alsof een goochelaar een magische mantel over haar heen had gegooid, en daarna verdween het nieuwe kindermeisje ook en werd vervangen door een ander nieuw kindermeisje, en verscheen Madame Mercier (wier haar precies dezelfde kleur had als Annelieses favoriete oranjerode mof) en staarde Annelieses papa naar de papieren op zijn bureau, terwijl Annelieses moeder zonder tegen iemand te praten uit huis ging naar haar laboratorium.

Om de een of andere reden, ze wist zelf niet waarom, meende Anneliese dat de onmin tussen haar papa en haar moeder, en er wás een soort onmin, was ontstaan vanwege Heinrich. Het kwam allemaal door Heinrich. Of als het toch niet vanwege Heinrich was, dan misschien vanwege het schilderij van de jongleur. Zo'n hekel als haar papa aan die jongleur had, dat was toch raar! Al hun andere schilderijen zag hij best graag, maar waarom keek hij de andere kant op als hij die jongleur passeerde? Hij hing naast de andere schilderijen aan de muur, waarom keek hij weg? Bij nader inzien (besloot Anneliese) kon Heinrich niet de reden voor de onmin zijn: haar papa was te zeer op hem gesteld. Hij was op Heinrich gesteld, hij was op al de andere schilderijen gesteld (niet dat er ook maar één was waar hij veel aandacht aan besteedde) en alleen bij de jongleur boog hij zijn hoofd alsof een van de vliegende bollen uit het schilderij was geschoten om hem tussen zijn ogen te raken. Haar papa was gesteld op Heinrich. Hij was gesteld op Anneliese. Hij was gesteld op zijn kinderen en na een tijd ging de onmin weg, of verborg zichzelf, en Gerhardt werd geboren, en toen Wilhelm, en toen Waltraut. Haar papa mocht hen allemaal, maar soms leek het Anneliese alsof hij Heinrich het liefst mocht. Heinrich kon, toen hij groter werd, bijna alles op haar papa's bureau repareren dat haar papa met zijn dikke onhandige handen per ongeluk kapot maakte. Toen haar papa de grote uitspatting van zijn handtekening onder een document met het zegel van de universiteit erboven een keer te vurig probeerde te drogen, brak hij het ivoren handvat (dat in de vorm van een paard) van zijn vloeiroller en had Heinrich het zo kunstig gerepareerd dat de naad van de breuk niet meer te zien was. En een andere keer had hij twee afgedankte kofferriemen gevonden waarvan hij een paar teugels voor het hobbelpaard van de Gräfin had gemaakt. Tegen die tijd reed Wilhelm erop.

Maar eens in de zoveel tijd – dacht Anneliese tenminste – boog haar papa zijn hoofd net zo weg van Heinrich als hij zijn hoofd wegboog van de jongleur, bijna alsof Heinrich hem op dezelfde onrustbarende manier pijn deed.

'Anneliese, toen ze nog een klein kind was,' vertelde mevrouw Mitwisser me, 'wist ze het. Wist ze het al.'

Trots streelde ze het lange litteken dat als een ketting van minuscule besjes op haar borst was verrezen.

Ik vroeg: 'Wat is er van het schilderij geworden?'

Haar verhitte blik rolde omhoog naar het plafond.

'Fritz,' zei ze uiteindelijk. Maar haar stem klonk vlak. 'Hij is een dief,' zei ze op dezelfde vlakke afwezige toon. Zwermen dieven, ze ging erin onder. Haar ogen werden troebel en glansloos. Toen liet ze, onverklaarbaar, een lachje los. Wie wist of Fritz de jongleur had meegenomen? Deze domme Fritz, een domkop, een pummel die nog niet het verschil wist tussen zilver en pleet, die ze het fotolijstje had afgetroggeld, wie weet had hij de andere laten hangen, de landschappen, het portret van haar grootvader, een kleine Renoir, wie weet had hij de kostbare Renoir laten hangen en was hij er met de jongleur vandoor gegaan, en wat was de jongleur meer dan een onbelangrijk namaaksurrealistisch kitschplaatje? Ze had hem gekocht om Rudi een plezier te doen, om hem een beetje te plagen ook, omdat hij nergens om gaf dan zijn karaïeten, die vuurvliegjes die heel even oplichtten voor ze werden overgeleverd aan het donker van de wereld. En na een tijd deed de jongleur haar man helemaal geen plezier meer, dankzij die kletspraat van Mademoiselle De Bonrepos – o, opgeruimd staat netjes met die vrouw! Rudi stond toch al onverschillig tegenover kunst, Rudi was smal, smal, het waren altijd de vuurvliegjes, maar Erwin was vol, Erwin was verzadigd, hij stroomde over (*ein sehr gebildeter Mann!*), hij hield van Goethe, net als zij, en hij hield van plantkunde, net als zij (hij kon zo aandachtig bij planten blijven stilstaan en mijmeren over hun fylogenese), hij was gehypnotiseerd door kunst, ja, ja, vooral Italiaanse schilderkunst! En toen ze hem eruit gooiden, toen ze Erwin Schrödinger er maar net een maand na haarzelf uitgooiden, nadat Rudi uit de universiteit was gegooid, waar denk je dat Erwin naartoe ging? Naar Italië! Naar de schilderijen!

Erwin had meer geluk gehad dan haar arme Rudi. Rudi was gered – 'gered', wat was dat? – door een quakerhogeschool in een armzalig Amerikaans provinciestadje. Nu is hij niets, hij is een *Parasit*, haar arme Rudi. Maar Erwin werd naar Oxford geroepen.

'Hij is in 1933 één week daar en wat gebeurt? Ze geven hem de Nobelprijs! Samen met Paul Dirac, de kleine Engelsman met de scheve tanden!'

Ze wond zich op. Waltraut, die nog net binnen gezichtsveld op de gang buiten speelde en de Spaanse pop met de kam hoog in het zwarte haar aan- en weer uitkleedde, voelde het gevaar en begon te krijsen.

Een verdieping lager werd een deur in onbeteugelde woede opengegooid. Professor Mitwisser riep naar boven: 'U! Fräulein! Wat is dit hier voor chaos die u aanricht? Zorgt u voor mijn vrouw! Zorg voor het kind!'

Van onder haar kussen trok mevrouw Mitwisser met trillende vingers een potlood (een vuil stompje ontsnapt aan de schooltas van een jongen) en een stukje papier. Het was een hoekje van een verscheurde bladzijde van *Sense and Sensibility*. Weken daarvoor was het aan mijn bezem ontsnapt. Op dit fragment schreef ze, langzaam, geduldig, omlaag drukkend met al haar fragiele kracht alsof ze in koud steen beitelde:

$$3 \cdot 2983.10^{-24}\,\text{cal.}/°\text{C. log D}$$

Ik vroeg wat het betekende; waar stond de 'D' voor?

Het was de formule voor entropie, zei ze me, voor wanorde, voor (en hier verraste ze me door de lettergrepen in onberispelijk helder Engels uit te spreken) 'thermodynamisch evenwicht'. De 'D', zei ze, stond voor Dood – wat dacht ik dan?

# 48

*Beste Rose,*

*Deze brief zal in Batavia zijn afgestempeld, maar daar zijn we niet meer. We zijn naar Niagara Falls geweest! James doet alles voor me, hij neemt me overal mee naartoe. In een auto! James heeft er een gekocht, het is een zwarte Ford. Ik werd zo moe van de bus. Als papa het maar niet zo erg vond. Ik weet wat papa erg vindt. Als ik tegen James zeg dat ik wenste dat papa het niet zo erg vond, wordt hij erg verdrietig. Hij geeft zo veel om papa. Hij is zo vaak verdrietig.*

*Als de jongens gaten in hun sokken hebben, moet je ze maken. Maar je mag ook nieuwe sokken kopen bij de textielwinkel. Waltraut gaat daar ook graag heen. Je kunt een roze lint voor haar kopen. Ik hoop dat het met mama goed gaat.*

*Anneliese*

Toen deze tweede brief arriveerde, vol stempels en zwaar van het ingesloten pakketje, kon ik er niet meer omheen, dacht ik, om professor Mitwisser op de hoogte te stellen.

Ik begon: 'Het geld voor het huishouden is er.'

Zijn witte gezicht was een barricade. Hij zei niets.

'Er is een tijdje geleden al een brief gekomen, ook met geld. Maar niet zo veel als nu.'

Ik gaf hem beide brieven. Hij bekeek ze te haastig, maar ik zag dat hij begreep wat erin stond, en gaf ze terug.

'Een ongeluk, haar moeder bloedt, en mijn dochter is niet in huis.'

'Ze kon toch niet weten...'

'Precies. Omdat ze niet in huis is.'

Ik zei vaag, hulpeloos: 'Maar kijk hoe gelukkig ze lijkt...'

'Wat is dat voor onzin? Gelukkig! De man koopt mijn dochter, ikzelf heb de man mijn dochter verkocht! Voor het geld!'

Ik had professor Mitwisser nog nooit over geld horen praten. Hij stak twee ruwe vuisten op, als een bokser, maar zonder doelwit. Er was niets om naar uit te halen, alleen de zachte oceaan van zijn manuscripten.

'Ze is niet voor het geld met hem meegegaan,' zei ik.

'Onwetendheid! Mijn dochter is onwetend en de man is goddeloos.'

Ik geloofde niet dat Anneliese onwetend was. Wat ik geloofde was dat ze op zoek was gegaan naar die geheime plek waar de hobbelpaarden vandaan kwamen, net als haar moeder lang geleden.


# 49


Aanvankelijk kon hij geen hoogte van haar krijgen. Ze was een kind als de anderen, een stil kind, een kind dat tot geslotenheid was opgevoed. Een stilzwijgen omgaf dit gezin als een nevel, of als een zwevende sluier. Ze waren een gezin, onmiskenbaar, dat had hij in de ontbijtsalon van het William Penn direct herkend, niet zozeer aan hoe ze samendromden als wel aan hoe anders, zelfs hooghartig, ze waren. De vader, de frêle moeder, de schare kinderen. Het lange stille afstandelijke meisje. De jongens, het kleine kind – die zouden mettertijd misschien losgemaakt kunnen worden van de ordelijke stilte van dat vreemde huis. Vluchtelingen. Een huis in de ban van de ballingschap. Die minuscule flonkeringen in de oren van het meisje, waren die vals? (Hij dacht van niet.) Of waren ze ontsnapt voordat iemand ze van haar tere vlees had gerukt? Fijne ronde oortjes, bleek zichtbaar onder de twee opgerolde vlechten.

Toen hij bij ze thuis kwam, toen Mitwisser hem binnenliet, was het meisje nog geen veertien, langbenig en waakzaam. Ze zat dicht bij hem en wiegde haar woordenboek; haar oren waren geheime labyrinten. Haar ogen waren ook geheimzinnig: ze wist wat een kind niet kon weten. Ze wist dingen, ze had dingen gezien. Hij stelde zich voor dat hij een spook was en zich gewichtloos voortbewoog over het fluwelige kussentje verlicht door die piepkleine edelsteen, en van dat zachte bed de schemerige gang van haar oor in sprong, alsmaar dieper de tunnel in tot hij wegzonk in het donker van haar geest. Ze was waakzaam; ze was achterdochtig. Hoe bescheiden en meegaand ze ook was, hij meende dat ze hem beschouwde als een oplichter, niet als een leraar of een onderwijzer, niets van dat al, maar blijkbaar vond ze dat niet erg. In plaats daarvan hield ze hem voor een soort tovenaar – een duivel uit een doosje die haar broers plotseling in losgelaten dieren veranderde, zo vrij als ze thuis nooit zouden zijn geweest, als haar papa ze thuis nooit zou hebben toegestaan, maar hier was alles anders, losser, vreemder. In Albany had zelfs de zon iets uitheems, alsof er in een ander deel van de wereld een andere zon kon heersen. Ze observeerde hem met een voorzichtige blijdschap: hoe nieuwsgierig hij naar haar papa was, hoe hij naar haar papa trok; wat trok hem eigenlijk? Haar papa's mensen behoorden tot haar papa's domein; niemand buiten haar papa had zo veel over ze gestudeerd, thuis werd hij met eerbied en ophef bejegend omdat hij zo veel over ze had gestudeerd. Thuis vergeleken ze hem met de man die de ruïnes van Troje had ontdekt; zijn naam was Heinrich Schliemann, hij stond in haar geschiedenisboek, en haar papa had hún Heinrich naar hem vernoemd. Maar hier werd haar papa vrijwel niet opgemerkt, niemand had ooit van Rudolf Mitwisser gehoord, of zelfs van Heinrich Schliemann. Alles was hier anders: Troy was een plaatsje vlakbij Albany! Voor haar stond vast dat de huisleraar – hij wilde James genoemd worden – nog nooit van het echte Troje had gehoord, of van Heinrich Schliemann, of van haar papa's mensen. Alles wat zij van haar papa's mensen wist, was dat ze in God geloofden. Ze was er niet zeker van of iemand in haar familie in God geloofde. Haar papa misschien wel, maar haar moeder lachte erom en zei dat het heelal was gemaakt van kleine atomen, kleiner dan de kleinste zaadjes, en dat God niets te zeggen had over hoe ze zich gedroegen. Haar moeder wist hoe ze zich gedroegen. Ze hield notitieboekjes over ze bij en ging elke dag naar het Kaiser Wilhelm om experimenten met ze te doen. Haar papa gaf niet veel om atomen; haar papa gaf alleen om zijn mensen van lang geleden. Het was ondenkbaar dat James iets zou geven om papa's mensen, die waren zo oud en van zo lang geleden; maar op een dag zette hij zijn bril af en veegde de glazen af met zijn duim en zei dat hij soms bijna het gevoel had dat hij één van hen was.

Ze keek hem over de rand van haar woordenboek aan en vroeg of hij in God geloofde.

– O nee, nee, helemaal niet.

– Hoe kun je je dan voelen als één van papa's mensen? Die praten nergens anders over dan over God, dat heeft papa me verteld.

Hij legde het niet uit. Hij zei dat ze te jong was om te begrijpen wat hij bedoelde, en hij wist het trouwens zelf ook niet zeker.

Behalve die ene keer had ze hem nooit iets over hemzelf gevraagd. Ze aanvaardde dat hij zich tot haar papa aangetrokken voelde, maar de waarheid was dat hij zich tot hen allemaal aangetrokken voelde. In dit andere werelddeel was het niet ongepast dat hij zich slecht kleedde – voor een huisleraar! – en niet erg netjes, en dat hij een wollen muts droeg als een stuwadoor (de stuwadoors in Hamburg droegen net zulke mutsen) en dat zijn haar te lang was en over zijn brillenglazen hing en dat hij een smoezelige rugzak droeg en floot en lachte en geintjes met haar broers uithaalde en haar kleine zusje plaagde. Hij was alles wat zij niet waren. En toen ze erachter kwam, samen met de anderen, dat hij ooit de *Bärknabe* was geweest, wat een magisch, spookachtig idee! Een volwassen man, opgestaan uit een voorleesboek! Hetzelfde kinderboek dat Madame Mercier haar broertjes thuis had voorgelezen, en voor die tijd Mademoiselle De Bonrepos.

Alleen haar moeder was niet onder de indruk. Haar moeder was nukkig, haar moeder wilde geen Engels spreken, haar moeder wilde haar schoenen niet aan.

Toen ze veertieneenhalf was, begreep Anneliese dat James bijna net zo sterk in de ban was van haar papa's mensen als haar papa zelf, of hij nu wel of niet in God geloofde. Haar papa's mensen hadden iets dat hem, als hij aan ze dacht, naar de keel greep, zei hij. Hoe dan ook was haar papa zo verliefd op zijn mensen dat hij bijna één van hen leek te worden. Haar papa en James! Ze waren precies hetzelfde, ook al was haar papa heel netjes op zijn hoed en zijn jas en James niet. En ook al ging James weg en kwam hij terug en ging hij weer weg. Telkens als hij opdaagde (wanneer, dat wist je nooit) bracht hij een versnelling: het huis versnelde, haar ademhaling versnelde, de jongens vlogen uit de band, Waltraut liep als een dolgedraaid jong hondje in het rond. En haar papa, die zelden lachte, lachte samen met James – ze leken zo op elkaar!

Met vijftieneneenhalf zag ze hoe hij zijn brillenglazen opwreef met zijn duim en haar met zijn naakte oog aankeek. Haar gezichte loste op, zoals dat bij bijzienden gebeurt, tot een schimmige aquarel. Haar lange armen in hun mouwen waren langer geworden; ze was nu erg lang. Hij zette zijn bril weer op en nam een metamorfose waar: ineens was ze niet meer de voorafschaduwing van een jonge vrouw, maar echt vrouwelijk, in houding en voorkomen. De ademende curve van haar borsten, geagiteerd. De licht gebogen nek; hij werd overvallen door de kwetsbaarheid van die bovenste wervel, zo open en bloot, zo cru skeletachtig. De zuivere loop van de kaaklijn. Het haar opgebonden in die strakke windingen – waar zou het op lijken als ze het losliet? Op een rol bruin perkament die open viel. Ze was zo gesloten als een non. Was dat omdat ze van school gehouden werd? Het was abnormaal om van school gehouden te worden. Hij wilde haar wel verder bestuderen, de dunne nek, de labyrintische oren versierd met hun glimmende speldenknopjes, maar de jongens leidden hem af, eisten hem op, daagden hem uit om met ze te knokken, en ondertussen klauwde de kleine Wally naar zijn zakken, op zoek naar penny's.

Toen ze zestieneneenhalf was ontdekte hij een zwakke plek, een onverklaarbare zwakke plek, in haar zelfbeheersing. Ze was aan niemand ondergeschikt behalve haar vader, overigens was ze ontoegeeflijk; zij regeerde het gezin. De autoriteit omstraalde haar als een aureool. Ze sprak weinig en werd niet tegengesproken. Maar er was nu een indringer in huis, een meisje dat ouder was dan Anneliese, zoiets als een bediende die niet paste; thuis waren ze bedienden gewend. Deze nieuwe persoon was niet precies een bediende, ze waren niet langer in de positie dat ze er bedienden op na konden houden. Secretaresse van de vader? (Hij hoorde het rappe typen, als regen op tentdoek.) Een soort hulp voor de moeder? Ze stond te dicht bij de moeder; de moeder hield zich voor hem verborgen; hij mocht de moeder niet, hij mocht deze nieuwe persoon niet.

– Maar jij bent degene die de teugels in de hand heeft, zei hij tegen Anneliese.

– Wat zeg je nu, wat betekent dat?

Ze kende het idioom nog niet. Misschien zou ze het nooit leren.

– Ze zijn allemaal afhankelijk van jou. Dat betekent het.

– Thuis hadden we een houten paard. De teugels waren kwijt, toen heeft Heinz nieuwe gemaakt.

Toen strekte ze haar lange armen naar hem uit, om hem de onzichtbare teugels te laten zien. Ze was onaanraakbaar; hij zou haar niet durven aanraken. Ze zat opgesloten in een pantser, in een sneeuwwitte eierschaal. De onverklaarbare zwakte – ze kon toch toegeven, ze wilde toegeven – verraste hem. Ze was een kuiken dat met haar snaveltje tegen de schaal tikte. Of misschien was ze, met haar ronde kleine borsten en haar mouwen die naar hem uit golfden, al klaar voor de ontsnapping.

De list was haar eigen vondst. Het begon niet als een list; ze besefte mogelijk niet eens, of maar half, dat het een list was, want waar ze op uit was, aanvankelijk, was niet meer dan een boeket lolly's, elk verpakt in een verschillend gekleurd papiertje en met een elastiekje rond de stelen. Een uitje voor Waltraut. Ze komt er niet genoeg uit, dat zei je zelf, een kind moet niet zo opgesloten zitten. Dus gingen ze met het kind wandelen, Anneliese (hij noemde haar nu Annie) en hij, naar de winkels in de schaduw van de spoorbrug waar een Siciliaans echtpaar in hun kleine kruidenierswinkel Italiaans ijs en snoepjes voor een penny verkocht. De optocht naar de winkelstraat was een liefelijke nabootsing van een gezin (hij was van het zijne af), van alledaags huiselijk leven. Er was daar meer lawaai en drukte: de kruidenier, de textielzaak, de apotheker met zijn twee bollen, boven hun hoofd het gerommel van de vertrekkende en aankomende treinen, de bocht in de trambaan en de gele tramwagens met hun zijkanten van vlechtwerk die erlangs ratelden, de permanente avondschemering onder de spoorbrug, nu en dan een eenzame passerende taxi. De pretentieloze drukte van dorpswinkels – en Waltraut die haar tong liet dansen over een glimmende lolly en meezong in haar nieuw geleerde Engels: *paars, oranje, rood, groen, paars, oranje, rood, groen.* Soms besloten ze de drukte achter zich te laten en sloegen ze af naar het oorlogsmonument en langs het grote grasveld naar de drassige waterkant waar, als het laag tij was later op de dag, de kikkers knorden in de modder en een veeg roze horizon zich spiegelde in de stilstaande poelen. Ze zochten zich voorzichtig een pad over de plattere stenen en stapten van de ene op de andere tussen de kattenstaarten. Wat had de plichtsgetrouwe Mr. Brooks een wonderlijk verwilderd hoekje van de Bronx ontdekt! Een dichte zwerm vlindertjes cirkelde rond hun hoofden en ving het licht als een lap zijde. Hij tilde Waltraut op en Anneliese stak haar hand naar hem uit om haar evenwicht te bewaren op de rand van een wiebelige steen. De hand voelde gloeiend heet aan, alsof er in de holtes van haar vingerkootjes een oven brandde.

Thuis, zei ze, was er in het park een poppenkast, of een concert voor kinderen, en altijd een bontgekleurde draaimolen. Hier, in deze miezerige platte buurt, was er niets; ze moesten verderop gaan. De taxi kwam niet altijd als hij was besteld, vooral niet als ze Gert eropuit had gestuurd om er bij de winkels een te zoeken; als een chauffeur een jongen breed zwaaiend de weg op zag springen, vermoedde hij algauw onraad en racete er vandoor. Maar als ze Heinz stuurde, die er met zijn rechte, sobere silhouet meer uitzag als een man dan een jongen, liet de chauffeur zich wel de weg wijzen naar de groene voordeur waarachter ze gedrieën wachtten, het lange meisje, het kleintje, en James. Nu volgde er een stortvloed van poppenkastvoorstellingen en draaimolens, draaimolens en poppenkastvoorstellingen! En ondertussen zocht Anneliese steels zijn zakken af naar penny's om aan Waltraut te geven. Hij pakte haar hand, daar was hij inmiddels aan gewend. De vingers waren afgekoeld. Op een grijze middag bracht de taxi hen naar een dorpskermis ergens in Connecticut. Kinderen konden er een ritje op een pony maken, geleid door vervelende jongens gekleed als boeren, met overalls en strooien hoedjes. Waltraut werd in een stoeltje bovenop een zadel getild en een jongen met een strohoed stapte met haar het parcours rond, en nog eens, en nog eens. Wie er een halve dollar voor overhad, kreeg gegarandeerd een rit van tien minuten.

– Kom, zei Anneliese, en trok hem een bosje iepen in, nu moet je me zoenen.

Haar vingers die onder zijn muts aan zijn haren draaiden.

En daarna werd het kind aan professor Mitwissers typiste overgelaten. (Hoe moest hij haar anders noemen?)

– Mijn moeder is bang voor hotels, vertelde Anneliese hem. Vanwege het gevaar.

– Ben je bang? Hier is geen gevaar.

236

Ze was niet bang voor een vreemd bed in een vreemde kamer met vlekken in het tapijt. Daar stoorde ze zich niet aan. Maar er was gevaar voor hem, zelfs op deze onopvallende plek waar de taxi hen naartoe had genomen. Het gevaar was dat ze zich er niet aan stoorde, het gevaar zat in de zwakke plek in haar, de toegeeflijkheid die alsmaar meer aandrong, haar tere nek, de vonkjes die van haar oren sprongen als ze haar kin ophief, haar opgestoken haar als ze het losmaakte. Het lusje dat de concentratie tussen haar wenkbrauwen trok. Ze had de list uitgebroed, de uitstapjes met het kind. Het was nooit om het kind te doen geweest, of misschien alleen een tijdje; het was te doen geweest om haar vingers die aan de haren onder zijn muts draaiden, om die zoenen uit het zicht van het ponypad of, vóór die tijd, in het donker van het marionettenspel of in een verloren hoekje achter de draaimolen, waar de muziek het hardst klonk. En uiteindelijk hadden ze het kind niet meer nodig, het excuus niet meer nodig, ze durfde meer en meer. Wat afhouden had geleken was een soort wachten geweest.

Hij had voorzien dat hij zou toegeven aan haar toegeeflijkheid. Ze kwam uit een afwijkend gezin. Hij had zich een gezin als dit nooit voorgesteld. Zijn eigen gezin, dat was zo lang geleden – zijn moeder gestorven aan longkanker, zijn vader aan een beroerte, bij voorbaat al geen echt gezin – het had meer gemeen met al deze poppenspelen (met hemzelf als marionet, als Pinocchio of een andere fantasiefiguur) dan met een normaal huishouden, het was allemaal handel en aankleding en theater, hij stond alleen op de planken. Deze buitenlanders, vluchtelingen, hoe ze aan elkaar hingen, samenklonterden in dat krappe huis; ze waren bang voor de vreemdeling. Zoveel kinderen, de moeder van slag door het verlies, de vader die reikhalzend uitzag naar nieuws van een ongrijpbare afsplitsing in een ver verleden. Allebei keken ze achterom. De moeder haatte hem. Hij twijfelde er niet aan dat de vader hem ook haatte, hij vermoedde het althans: valse vrolijkheid, valse omhelzingen, gekweld vals gelach. De vader was begerig naar het geld. De dochter was begerig (zo daagde hem langzaam) naar de vreemdeling. Hij wilde het geld graag kwijt: vuil geld, verontreinigd door de opgeruwde knieën en de kanten kraag. Het geld maakte hem meester waar hij ook landde. Hij dacht er niet aan; hij zou die suggestie verwerpen, al werd die door maar één levend wezen gedaan, en er was niemand, levend of dood, die zoiets

kon suggereren, en zeker niet de bloedeloze Mr. Brooks, die op onverklaarbare manier de hand had gelegd op het smalle huis in deze eenzame, moerassige uithoek van de verder zo krioelende Bronx, het van
meet af aan smalle maar door zijn later toegevoegde derde verdieping
ook hoge huis dat weliswaar zijgevels van pleisterwerk had, maar de
vorm van het houten poppenhuis met zijn puntdak. Hij bezat het nu,
het poppenhuis en de poppenhuismensen, die hij ooit bij hun hoofd
had vastgepakt en van boven naar beneden had gemanoeuvreerd, zijn
wil hun wil.

Ze stoorde zich niet aan de geur van de fles die hij bij zich hield. Ze
stoorde zich niet aan deze uitgewoonde kamer met zijn bevlekte tapijt.
Tranen? Urine? Bloed? Ze trok hem naar zich toe; ze stoorde zich niet
aan hoe de lakens eruitzagen.

– Nu zal ik een geheim vertellen, zei ze. Het was eigenlijk van mij. In
feite van mij! Ik had het daar verstopt. Ik wilde niet dat je het wist, terwijl
ik tegelijkertijd wilde dat je het wist.

– Wat zeg je daar? Dat was toch... je moeder, met een van die gekke
streken van haar. Om me weg te krijgen.

– Nee, nee...

– En met die Rose als handlanger.

– Nee, nee, ikzelf, ik heb het gedaan!

– Jij?

– Maar ik had niet gedacht dat mama het zou vinden. Ik wilde dat jij
het zou vinden.

Op een avond, vertelde ze, was ze in een wilde opwelling, op nog
geen drie gevaarlijke stappen van de dichte deur van haar vaders studeerkamer waar hij met James zat te lachen, haar vroegere eigen bed in
gekropen dat nu het zijne was, om een vochtige bruine lok van haar bezwete haar onder zijn kussen te stoppen.

Toen hij haar meenam – of had zij hem meegenomen? – werd hij
bekropen door een akelig gevoel. Bridget of Annie of wie dan ook, wat
maakte het uit? Wat hem dreef was haar toegeeflijkheid; hij was niet
onwillig, maar zijn eigen gevoeligheden lagen elders. Die vlogen uit naar
Mitwissers spottende ketters, die oude, verloren weglopers, ingeslikt
door de vergetelheid als whisky door de keel.

## 50

Heinz riep, buiten adem: 'Er staat daarbuiten een man.'

Op een betonnen balk die onbedoeld als een soort bankje diende naast de groene voordeur van ons huis... maar hier moet ik stoppen en terugkomen op die laatste paar woorden. Ons huis: zo dacht ik er steeds meer over. Ik had geen recht zo te denken, want ik was maar al te vaak als buitenstaander aangeduid. Maar alles was zo vertrouwd, elk hoekje van elke kamer, de geluiden van het huis overdag en 's nachts, en ik was zo gewend aan mijn werk met professor Mitwisser, en aan de klachten van mevrouw Mitwisser en Willi's pesterijen (ik vertrouwde Willi niet), dat ik me er wonderlijk thuis voelde, zoals ik het nog nooit had meegemaakt. De jaren met mijn vader waren altijd precair geweest. Mijn verblijf bij Bertram – meer was het niet, ik was een bezoeker die langskwam – was te snel afgebroken. Ik was in dit huis zo geworteld alsof ik in een tijdloze koepel onder de Mitwissers had geleefd. Het troostte me niet, maar het leven daar was me wel het geruststellende ritme van het alledaagse gaan bieden. Zelfs die andere buitenstaander, James, leek al niet meer dan een blauwe plek in een huis vol blauwe plekken.

De man zat op het betonnen bankje. Hij had een kleine koffer bij zich. Heinz had de deur opengedaan en daar zat hij gewoon. Hij had niet eens aangebeld.

'Hij zei dat hij de moed aan het verzamelen was. En toen vroeg hij of Rose hier woonde en zei ik ja. En nu,' benadrukte Heinz, 'is het werkelijk een man.'

Ik stelde me een ogenblik voor dat het meneer Tandoori was die voor de deur talmde, meneer Tandoori die was teruggekomen om me het hof te maken en misschien nog zijn liefdesverklaring aan het voorbereiden was (mogelijk met een uitgebreidere beschrijving van zijn wc), of anders een hernieuwd aanbod van een betrekking.

Maar de man was al binnen. Heinz had hem naar de eetkamer begeleid, waar hij rondjes om de grote tafel liep en het rondslingerende bezinksel van de Mitwisserjeugd in ogenschouw nam: halflege ballonnen, een onthoofde tinnen soldaat, een gescheurde poppenpetticoat, een gebroken doos met overstromende damstenen.

'Ga nu,' zei ik tegen Heinz. 'Ga kijken of je moeder iets nodig heeft.' Mijn toon verraste me. Uit mijn mond kwam Annelieses oude gebiedende stem, de stem die hij ooit grif gehoorzaamde.

'Ik moet met mijn neef praten,' zei ik, en verraste mezelf opnieuw. Begon ik te geloven dat Bertram werkelijk mijn neef was?

Hij leek gekrompen; het dunne scheve glimlachje was een uitgedroogde kleine wurm. Zijn krulhaar zat onder het stof, ik kon niet herkennen wat voor stof, het leek wel bloem, alsof een vreemd soort meeldauw over hem heen, of uit hemzelf, was gekropen.

'Halte te vroeg uitgestapt, moest ik lopen. Ik was vergeten dat Ninel had gezegd dat het de laatste halte was.'

Hij was met de ondergrondse uit de Village gekomen, legde hij uit. 'Charlie woont daar weer, hij loopt zwaar mank. Bijna heel die club van Ninel is terug. Zij is de enige. De enige die het niet gehaald heeft.'

Zijn overhemd was vuil aan de randen.

'Ik dacht dat die kameraden van Ninel me wel zouden matsen. Beetje helpen. Mooi niet, en weet je waarom? Ninel heeft tegen ze gezegd dat ik tegen de Partij ben. Gezegd dat ik omgezwaaid was. Drie nachten, toen hebben ze me op straat geschopt, Charlie's idee.'

'Is dat niet die man die bij de bibliotheek verf door de wc gooide?' vroeg ik.

'Daar heeft Ninel me nooit iets van gezegd.' Zijn hese adem was één en al ontkenning, alsof ik Ninel zelf beschuldigde. 'Soms denk ik... Ik bedoel, als ik haar dat geld niet had laten meenemen...'

Ik was bang dat hij in huilen zou uitbarsten; ik herinnerde me dat ik degene was die had gehuild toen we elkaar voor het laatst zagen. Maar in plaats daarvan vertrok hij alleen zijn mond.

'Ze was toch gegaan,' zei hij, 'hoe dan ook, dat weet ik wel. Die lui kennen maar één liedje. Kwezels. Als je niet met ze meegaat, slaan ze je voor je kop. Maar – met Ninel – dat was wat anders, dat voelde ik, dat was iets anders...'

'Donder en bliksem,' vulde ik aan.

'Dat oude mens in Georgia, Thomas zijn schoonmoeder, nou ja, zijn vrouw en kind kwamen in de rouw terug en ik moest wegwezen. Prescott heeft m'n kaartje betaald, zo netjes was hij nog wel. En dan had jij wat gestuurd, en ik heb zelfs nog wat van Mrs. Capolino gehad... Albany is een doodlopende straat.'

Hij liet zich in een stoel vallen, uitgeput. Zijn hoofd viel omlaag; de laag bloem waren plukjes grijze haren, zag ik.

'Ik dacht dat ik wel een tijdje bij die lui van Ninel kon kamperen, al was het maar ter ere van haar... even, tot ik iets anders had gevonden. Geloof me, ik was echt niet van plan hier aan te komen zetten. Zoals het er nu voor staat...'

Ik schrok op: wilde hij dat ik hem in huis zou nemen? Hoe kon ik? Hoe was dat mogelijk? Ik mocht dit gekwelde huis als 'mijn' huis zijn gaan beschouwen, het was het huis van de Mitwissers, niet van mij. Maar hoe kon ik Bertram weigeren? Had hij míj niet in huis genomen? En mijn schoolgeld betaald, en voor me gezorgd, en me gezoend...

'Ik wist niet waar ik anders heen moest. Een hond op je stoep,' zei hij.

'O, Bertram, je wil toch niet...'

'Ik zit aan de grond, Rosie, het is niet anders. Alleen vannacht misschien, wat denk je?'

Een smekende Bertram, het was onverdraaglijk om te zien. Het maakte me beschaamd, maar ook kwaad. Ik had de blauwe envelop aan Ninel afgestaan; ik had hem niets te geven.

Ik liet hem achter tussen het afgedankte speelgoed en liep de trap op en stapte, zonder kloppen, Mitwissers studeerkamer binnen. Hij zat gebogen over een wanordelijke stapel manuscripten en een reeks boeken die opengeslagen, met de ruggen in A-vormen omhoog, als tipi's op tafel lagen om een pagina te markeren. Het was een omslachtige gewoonte. Stroken papier in een boek steken om passages aan te geven die hij nog eens zou willen naslaan, daar was hij tegen; boeken waren geen vossen, zei hij, en behoorden geen witte staarten te hebben. Een ogenblik stond ik te kijken hoe hij schreef, in het Duits, zag ik, en lusteloos: hij tilde zijn pen op en liet die in de lucht hangen tot hij hem bijna onwillig weer liet neerkomen om de volgende woorden eruit te persen. Aan de andere kant van de kamer lag het beddengoed in een bevroren warboel, als wrakgoed dat net aan het strand was aangespoeld. Opgeëist door mevrouw Mitwisser had ik het die ochtend niet opgemaakt.

Hij zei, zonder op te kijken: 'Ik heb u niet geroepen, waarom bent u hier?'

De pas aangebrachte planken rondom bogen nu al door onder het gewicht van zijn bibliotheek, alsof ze de vermoeide boog van zijn schouders nabootsten. Achter het messcherpe blauw van Mitwissers ogen hield zich een angst schuil; hij ging gehuld in een rookwolk van wanhoop. Maar die ogen, die zo gemakkelijk konden snijden, waren van me afgewend en bleven gericht op de stilstaande punt van zijn vulpen. 'Misschien is het in feite vergeefs,' had hij de avond tevoren gemompeld. Ik had er de bedorven kiem van een gril in beluisterd, een vale twijfel tussen de regels. Mijn handen lagen nog op de toetsen. Hij nam ze weg, een voor een. De aanraking van zijn huid op de mijne was onprettig aarzelend geweest, als een klomp afgestoten bont die, onschadelijk, nog herinnerde aan klauwen.

'Ja?' zei hij.

'Mijn neef is langsgekomen. Hij wacht beneden.'

'Uw neef? U heeft een neef?'

'Ik heb het al eens over hem gehad. Hij heet Bertram. We mogen elkaar erg graag en hij heeft een slaapplaats nodig...'

'Is dit huis soms een openbare opvanginstelling? Ik heb niets te maken met uw familie.'

'Het zou alleen maar voor vannacht zijn, als u het niet erg vindt, we hebben immers een bed over...'

Hij sloeg met zijn grote vuist op tafel, zodat de rij tipi's heen en weer golfde en omviel. 'Als u mogelijk aan het bed van mijn dochter denkt, daarin is een vreemde niet welkom.'

'Behalve James,' zei ik vals.

Daar leek hij niet van terug te hebben. Hij had het kruit van zijn woede verschoten. Hij trok zijn schouders in; zijn hele grote geraamte trok samen.

'U zult er totaal geen last van hebben,' zette ik door, 'het is maar voor één nacht en morgenochtend is hij weer weg.'

'En bent u dan ook weg? Is dat waarom uw neef komt, een familielid uit het niets? Ineens verschijnt er een neef en die neemt u mee, is dat wat ik moet verwachten?'

Hij vreesde dat ik weg zou gaan. Hij was bang dat iemand me mee zou nemen: dr. Tandoori, een familielid uit het niets, de eisen des tijds. Het was een bekentenis: hij had geen Elsa, hij had geen Anneliese, hij had een kleuter en drie barbaarse zonen... Het huis kende al geen wet meer; hij vreesde de hinderlaag van het vacuüm na het oproer.

'Ik ga helemaal niet weg,' stelde ik hem gerust, en mijn afgunst jegens Anneliese schemerde naar buiten. Weg met een minnaar, verdwijnen in een fluwelen stilte... Er was weer een pakket aangekomen, ditmaal zonder enig schrijven – geld zonder stem, stil geld.

'Dan mag uw neef blijven,' zei Mitwisser, 'deze ene nacht.'

Zo kwam Bertram in Annelieses bed, dat James' bed was geweest en Bertrams bed werd. Hij vertrok die ochtend niet. In plaats daarvan maakte hij zich nuttig met omeletten bakken – geen van de kinderen Mitwisser had ooit een omelet gegeten – en begon daarna de keuken opnieuw in te richten, die onder mijn verstrooide heerschappij in anarchie was verzonken. Hij was die nacht wonderbaarlijk goed uitgerust, vertelde hij me; hij had alle dagen tevoren onder een verdwaasde uitputting geleden. Bij Charlie had hij de hele nacht liggen piekeren over wat hij tegen Ninels beschuldigingen kon inbrengen. Uiteindelijk was het zinloos. Wat hij ook aanvoerde, niets was overtuigend; ze deden hem af als te week (dat was het pijnlijkste, het was Ninels oude stokpaardje en hij vermoedde dat ze haar napraatten). Ze zeiden dat hij zich had gedrukt, hij was niet meegegaan naar Spanje en had Ninel gestuurd als plaatsvervanger. Hij had een remplaçant van haar gemaakt. Hij was harteloos, hij had haar betaald om in zijn plaats dienst te nemen. Hij was een lafaard, hij was niet uit het juiste hout gesneden, hij was geen echte kameraad. Een schijtebroek, een schooier, niets minder dan een onderkruiper; hij had met de rest van hen moeten gaan vechten.

Tegen deze tijd, nog de eerste middag, had Bertram elk hoekje van de eetkamer afgestoft en de kinderspullen opgeruimd. De damstenen zaten weer in hun doos, de poppenpetticoat was genaaid en terugbezorgd aan de eigenaresse (hij liet me het naai-etuitje zien dat hij bij zich droeg), de soldaat zonder hoofd was aan Heinz gegeven om gelijmd te worden. Dit was de onvermoeibare Bertram die ik me herinnerde, de Bertram die een vuile schaal geen vijf minuten kon laten staan voordat hij naar het aanrecht sprintte om hem glimmend te poetsen. Hij had zijn overhemd gewassen, ik kon me nauwelijks voorstellen wanneer, en op de een of andere manier had hij de half lamme wasmachine met de knersende wringer die Waltraut zo'n angst aanjoeg ontdekt in de duisterste regionen van onze kelder, waar het vaag naar riool rook. Het touw dat Anneliese en ik lang geleden van het ene naar het andere uiteinde van de kelder hadden gespannen, vlagde met een rij jongenssokken en blouses. Bertram had ze allemaal gewassen. De wasknijpers stonden langs de bonte waslijn omhoog als waakzame kattenoren die mysterieus lichtjes heen en weer deinden, ook al stond er in die beroete holte (het kolenhok nam een deel ervan in, naast de grommende mensenetende reus van een verwarmingsketel) geen zuchtje wind.

's Avonds kwamen we allemaal bij elkaar in de eetkamer, allemaal behalve mevrouw Mitwisser. De jongens waren op hun hoede, samenzweerderig ingetogen, en Waltraut verstopte zich onder de tafel. Mitwisser at knabbelend en snuffelde aan het eten. Het was alsof hij ook aan Bertram snuffelde, die de keuken in en uit scharrelde als de chef van een obscuur restaurant dat naam wil maken.

Toen de jongens zich hadden verspreid, probeerde ik te verklaren waarom Bertram nog niet weg was.

'Hij wilde het avondeten koken,' zei ik tegen Mitwisser. Ik stond op om zijn vrouw haar blad te brengen.

'Waar ga je daarmee naartoe?' vroeg Bertram. Hij kwam achter me aan, blozend en opgewekt; de ellende van gisteren was weggepoetst, samen met het stof.

'Mevrouw Mitwisser moet wat eten, ze komt niet van haar kamer.'

'Ik zal het haar wel brengen als je wil...'

'Nee,' zei ik haastig, 'een man die ze niet kent, ze zal denken...' Maar Mitwisser was erbij en ik wilde niet zeggen wat zijn vrouw zou denken.

Hij dacht het zelf. 'Mijnheer dient mijn vrouw niet lastig te vallen!'

Bertram inspecteerde de toast, het koude gekookte ei. 'Ik val mensen toch niet lastig, wel, Rosie? Wacht even, dat kan beter,' zei hij, griste me mevrouw Mitwissers droge maaltje uit mijn handen en verdween ermee.

Na een tijdje dreef er een warme geur uit de keuken.

'Broodpudding,' kondigde Bertram aan; een dampende berg in een schaal. 'Kom daar eens onderuit, kleine meid,' riep hij, 'dan mag je ook wat.'

Waltraut stak haar hoofdje naar buiten. 'Ik weet niet wat het is.'

'Dan proef je 't vanavond en zal ik het je morgen vertellen.'

Mitwisser zei grimmig: 'Meneer is er morgen niet meer, wel?'

'Dan moet ik het je nu maar zeggen,' zei Bertram. 'Het is een puddingvogel. Met vleugels van pudding. Eerst vang je hem, en dan rol je 'm in broodkruimels.'

'Je gaat niet met me mee naar boven,' waarschuwde ik hem.

Ik verwachtte dat ik mevrouw Mitwisser in bed zou aantreffen, met haar hand over haar ogen om haar doezelslaapje gaande te houden. Maar ze zat rechtop en waakzaam in haar nachtjapon, kaarsrecht als een kariatide.

'Wat is dat? Wie is daar? Is hij het? Is het die ene? Die ene?' Ze pakte me bij de arm: haar vingers waren sterk, maar ik voelde het trillen in haar klemmende greep.

'Het is mijn neef maar, hij is op bezoek. Hij heeft dit voor u gemaakt.'

Ik keek toe hoe ze at, als iemand die een lange vasten achter de rug heeft. De schaal was snel leeg. Ze reikte me hem aan. 'Meer,' commandeerde ze, op de toon die ze misschien ooit tegen haar kokkin had aangeslagen.

Bertram vertrok de volgende ochtend niet, of de daaropvolgende, of die daarna. Hij was het van plan, daar ging iedereen vanuit, maar hij zei er nooit iets over; ik zei er niets over. 's Avonds leunde Mitwisser een paar keer over de typemachine en bromde: 'Meneer blijft,' met een satirische ondertoon. Of anders zei hij alleen maar: 'Ach ja, de neef,' alsof dat veelzeggend genoeg was. Toch daalde een onverwachte rust over het huis neer: dingen die wanordelijk door elkaar hadden gelegen, vielen ongemerkt op hun plaats. Mitwissers beddengoed was elke ochtend onberispelijk gladgestreken en een onzichtbare hand hield zijn vulpen gevuld. Sokken met gaten werden prompt gestopt. In de keuken galmden de pannen en ineens zat een rij jongens naast een klein meisje braaf cake te peuzelen.

'Laat mij dat doen,' drong Bertram aan toen hij me zoals elke dag met mevrouw Mitwissers blad naar boven zag gaan.

Maar ik antwoordde zoals ik steeds antwoordde: 'Ze is te nerveus, je maakt haar alleen maar van...'

'Weet ik wel raad mee.'

Hij kwam glimlachend naar beneden. 'Die puddingvogel lust ze wel, zeg. Weet je wat er met die vrouw aan de hand is? Ze heeft gewoon honger.'

Hij moest eens weten hoe diep die honger van mevrouw Mitwisser zat, dacht ik, die honger die niet van het lichaam was en die met geen zoetigheid te stillen was. Maar van toen af was het Bertram die mevrouw Mitwissers blad naar boven bracht. Waltraut droeg zorgzaam een servet en lepel achter hem aan.

Op een middag ging hij solliciteren bij een apotheek onder de spoorbrug. 'Dat is nog eens wat anders dan Albany; wat hun betreft had ik Trotsky zelf kunnen zijn. Maar geen geluk, ze hebben niemand nodig. Zo zie je maar,' zei hij, 'zware tijden.'

Bertram had plezier in het huiselijke leven. Ik stelde me voor dat zijn voorliefde voor orde en netheid een soort bijverschijnsel van zijn kleinheid was: zijn spiedende blik kwam nu eenmaal veel dichter in de buurt van vuile vloeren en plakkerige tafelbladen. Hij wilde wanorde rechtzetten, dingen verzoenen, schoonmaken, ophelderen en opruimen, en uit de chaos en verwarring een vreedzaam koninkrijk te voorschijn trekken. Hij wilde vrede. Hij maakte dat hij Mitwisser uit de weg bleef, ook al was diens studeerkamer ('de slaapkamer van de professor' noemde Bertram die) maar een paar meter verwijderd van Annelieses oude bed aan de andere kant van de gang. Ze kwamen elkaar zelden tegen, behalve bij het eten, maar dan hield Bertram zich in zijn functie van zelf aangestelde chef-kok meestal op in de keuken, uit het zicht. Als ze elkaar ontmoetten, vaak op de trap, murmelde Bertram eerbiedig 'Morgen, professor,' of 'Avond, professor'. Mitwisser knikte soms, vaak reageerde hij helemaal niet. Maar als onze avondlijke werkzaamheden begonnen, had hij de neiging peinzend op de rugleuning van mijn stoel te trommelen (en het dicteren stokte dan, de laatste tijd steeds veelvuldiger) en zoiets te grommen als: 'Meneer, uw neef,' alsof hij verslag deed van een verschijning waarvan hij maar nauwelijks kon geloven dat hij die had gehad. Telkens als ik vond dat Bertram zich te overdreven verzoenend gedroeg, bedacht ik dat hij, net als ik, nergens anders heen kon.

Bertrams vredespogingen en dienstbaarheid waren gênant. Ik zag hoe zijn zelfverloochening de jongens in de war bracht. Hij was niet zo lang als Heinz en niet groter dan Gert; niettemin maakte hij ze van slag. Op een keer, midden in de storm die om hem heen raasde – Willi had de koptelefoon van Heinz' hoofd gegrist en rende weg om hem te verstoppen – zette een vlaag van paniek Bertrams krullenkop onbeheersbaar in brand. 'Wat zijn jullie jongens toch een pestkoppen,' zei hij, hij ademde zwaar. Het was geen berisping, het was een pleidooi, uitgesproken op een toon van treurige nederigheid. Ze schrokken ervan, misschien schaamden ze zich ook, en daarna vochten ze hun ruzies en knokpartijen buiten zijn gehoorgrens uit. Voor hen was Bertrams aanwezigheid in huis een ongerijmdheid; het was ongerijmd dat hun vader het had toegestaan. Thuis was er nooit een kok of meid of kindermeisje geweest die ook maar iets van Bertram weg had, en een Bertram die én kok en meid en kindermeisje speelde, was een ongerijmdheid. De ruzies en knokpartijen speelden zich trouwens niet echt buiten zijn gehoorgrens af – hij deed alleen maar alsof, en ze wisten dat hij deed alsof. Het was Bertrams dogma dat als je je gedroeg alsof er vrede was, de vrede je tegemoet zou komen door echt te worden. Er waren momenten waarop het dogma vrucht droeg: dan herkenden Gert of Heinz op Bertrams gezicht de blik van smachtende hoop en bleven de klappen en stompen helemaal achterwege.

Tijdens een van dergelijke verwarde wapenstilstanden vroeg Willi of Bertram op een dag mijn echtgenoot zou worden.

'Trouwen met je neef, dat doe je niet,' zei ik.

'Was dr. Tandoori ook een neef van je?'

'Natuurlijk niet.'

'Maar je ging met hem ook niet trouwen...'

Dat ergerde me; er zat iets achterbaks in, een onrijpe geslepenheid. 'Dat heb ik je al gezegd,' zei ik, 'ik ga met niemand trouwen.'

Willi was niet de enige die me dwarszat in die rauwe dagen, toen Bertram Annelieses bed had ingenomen en me verdrong van mijn plaats (zo voelde het althans) bij mevrouw Mitwisser. Het kwam Bertram goed uit om zich zo onzichtbaar te maken voor professor Mitwisser: hij zorgde voor de invalide en dat hield hem hele middagen boven. Hij had Waltraut een rol gegeven in het ritueel naar boven brengen van mevrouw Mitwissers blad: Waltraut volgde met servet en lepel, en de laatste tijd ook met een kopje met iets dat zoet rook, en Bertram ging voorop met zijn eigen warm geurend brouwsel, plus, zo had ik gemerkt, een glas wijn. Maar de aldus uitgebreide ceremonie werd nu ook mysterieus verlengd. Als de jongens naar school waren, en Bertram en het kind verscholen zaten bij mevrouw Mitwisser, was het huis ongewoon stil. Het voelde onbewoond, verlaten. Ik had niets te doen dan wachten op de avond en Mitwissers scherpe oproep.

Ninel, begon ik me te realiseren, had het al die tijd bij het rechte eind gehad: Bertram was te week. Hij kon de ene kant op geduwd worden of de andere; hij was te meegaand. Deze meegaandheid had ook een keerzijde: ze vulde het ene gat met het andere. Hij had mij in huis genomen uit goedheid, en omdat hij geen weerstand kon bieden aan mijn vaders grove aandrang, maar om Ninel te behagen had hij me eruit gezet. Hij had me verwend met de blauwe envelop en zijn dikke vermogen, en toen had hij toegestaan dat het gekaapt werd. Bertrams goedheid was verraderlijk. Zijn weekheid was verraderlijk; zijn zachte meegaandheid was een weerstandloze manier om de wereld op orde te brengen. Met moederlijke slinksheid wist hij de leeuw te bewegen zich naast het lam te leggen – maar als dit was bereikt was het wel de leeuw die overwon.

Wijn was er nog nooit in huis geweest. Maar daar was het: het glas dat mee naar boven ging voor mevrouw Mitwisser en het glas dat werd neergezet bij professor Mitwissers bord, en het mijne. Ik had nog nooit wijn geproefd en wist niets van zijn subtiliteiten, als hij die bezat, maar als Mitwisser met een verstrooide, bijna dromerige concentratie zijn glas eerst naar zijn neusvleugels bracht en dan naar zijn lippen, was het alsof een vertrouwde wind over, of zelfs door hem heen ging: een wind van grote afstand, uit het verleden, uit de tijd voordat ze hem eruit hadden gesmeten, uit dat Europa dat ik was gaan zien als een dichte vulkanische massa verborgen onder een uiteenrafelende zwarte sluier. Ik wist niets van Europa, ik wist niets van wijn; ik had een vaag idee dat het op de een of andere manier nobel was, 'aristocratisch', het elixir van priesters en koningen. Maar deze wijn die Bertram voor ons had meegebracht smaakte me niet, hij was te wrang en te donker, als bloed uit een ader, en hij had de geur van verleiding, van kruiperigheid. Bertram had snel gezien wie in huis de scepter zwaaide. Ik was niet meer dan de schildwacht die hem had binnengelaten. Professor Mitwisser was de vorst die hem kon gedogen of wegsturen en om deze onbetrouwbare majesteit ter wille te zijn moest de zonderlinge zieke op de zolderverdieping worden verpleegd. Bertram was een uitstekende verpleger. Hij maakte binnen tien minuten een kompres klaar voor een jeukend litteken, of een smakelijk hapje voor een luie honger. De wijn verblijdde zowel de soeverein als zijn eega. Hij eerde de soeverein, hij kalmeerde de eega.

'In Albany hadden we nooit wijn,' herinnerde ik Bertram. Ik praatte zelden met hem over die beschutte maanden toen hij mijn redder en trooster was. Maar nu was ik in een rancuneuze bui.

'Ik heb het van Ninel.'

Ik zei ijzig: 'Ik had niet gedacht dat de Partij wijn goedkeurde.'

'Nou, Ninel wel, waarom niet? Italiaanse boeren, Franse arbeiders, de massa's zuipen allemaal wijn. De massa's, weet je nog?' Hij grijnsde half, in die innemende zelfspot die ik nog van hem kende.

Een ogenblik later trok de grijns zich terug en vouwde zich tot een armezondaarsgezicht. Telkens als de naam Ninel tussen ons opkwam, verviel Bertram in melancholie. Er waren momenten dat ik Ninel noemde, alleen om de droefenis over hem neer te zien dalen; met zulke steelse inbraken in zijn verborgen leed nam ik wraak. Ik wilde zijn weekheid ondermijnen. Het ging me niet om Ninel. Ninel was dood. In dit huis was Bertram, voor mij althans, een valse engel: die alzijdige inzetbaarheid, dat klemmende beroep op harmonie, dat verlangen het iedereen naar de zin te maken, ons allen van blaam te zuiveren – hij was te vloeibaar in zijn nobelheid, net als de wijn. Alleen de gedachte aan Ninel leek hem vaste vorm te geven.

Hij was de inkopen gaan doen. Het was Annelieses taak geweest, en daarna de mijne. Bertram neusde graag rond tussen de groenten en in de schemerige hoekjes van de winkels onder de spoorbrug; het bracht hem op ideeën, zei hij. Waltraut ging met hem mee, met voor zich uit de rieten kinderwagen van haar poppen. Ze hadden hem teruggevonden in een hoop verwrongen en verwaarloosd speelgoed. Er was zoveel speelgoed, een oerwoud van speelgoed! De kinderwagen was onmisbaar; Bertram bukte zich om hem te vullen met zakken boodschappen. De fles wijn – twee flessen, trouwens – stopte hij in zijn zakken om zijn armen vrij te houden voor de grotere tassen.

Hij vroeg niet waar het geld voor deze proviand vandaan kwam. Maar als ik hem de biljetten meegaf, zei hij: 'Contanten... ik zie hier niemand ooit een cheque uitschrijven. Of naar de bank gaan. Nou ja, gaat me niet aan...'

Het was een soort bravoure. De kleine transactie van hand tot hand, hij die zijn palm vlak ophield en ik die de dollars uittelde, stak hem. Hij vond het gênant; ik vond het gênant. We stonden dicht op elkaar, Bertram met zijn gezicht te dicht bij het mijne (we waren bijna even lang), gehuld in de intimiteit van geld dat van de ene hand in de andere viel – de naakte geur van publiek papier, het gewichtloos gewichtige geritsel, de versleten kreukels, als de huid van een bejaarde vrouw.

'Je begrijpt het niet,' klaagde hij. 'Je hebt haar nooit meegemaakt als ze echt op stoom was, ze had de toorn van de gerechtigheid in zich, en als ik het anders had aangepakt, als ik haar dat geld niet had laten pakken...'

Het was zijn oude litanie. 'Dan was je niet wie je was,' zei ik. Maar de koelte van die frase – alleen bedoeld als dooddoener – trof hem pijnlijk.

'Week!' riep hij uit. 'Ze noemde me week!'

De toorn van de gerechtigheid. Het scheen me toe dat hij Ninel wegborg in een harde schaal van heiligheid.

Er waren drie sporadische pakketjes gekomen sinds het laatste, het laatste dat zonder brief was aangekomen, en ook deze kwamen zonder enig nieuws van Anneliese. Ze stonden bol, volgestopt met meer dollars dan ooit, alsof die de stomheid moesten goedmaken. Elk pakket droeg een ander poststempel. Ik had het opgegeven professor Mitwisser in te lichten over hun aankomst: zulk nieuws vond geen goed onthaal. Een stilzwijgende oekaze was van kracht: stilte als antwoord op stilte. Zijn kinderen merkten het; zelfs Waltraut begreep dat er over Anneliese niet gesproken mocht worden, en dat er over James niet gesproken mocht worden, niet tegen papa, niet tegen wie dan ook, niet tegen de nieuwe vreemdeling in huis.

Maar mevrouw Mitwisser was nergens aan gebonden.

Midden in de nacht, in bed tegenover het hare, vroeg ik haar: 'Waar praten u en mijn neef de hele middag over?'

Ze gaf geen antwoord. Ze sliep. Ze sliep diep en lang. Het lege wijnglas was achtergelaten. Het lag op zijn kant naast haar haarborstel. Ze was haar haar gaan borstelen en het was in haar zelfgekozen gevangenschap gegroeid tot op haar borsten. 's Ochtends stak ze het op in een ronde vlecht achter in haar nek en zette het vast met een paar haarspelden. Haar haar was zo bruin en dik als dat van Anneliese.

'Als je boven bent met mama en Bertram,' vroeg ik Waltraut de volgende dag, 'waar praten ze dan over?'

Waltraut keek me aan met haar kleine Mitwisserogen. Ze had niets van Willi's schoonheid.

'Mama praat over Heinz,' zei ze.

## 51

Waar ze over praatten was vergiffenis: de bittere, bittere onthouding ervan. Professor Mitwisser had zijn vrouw haar geheime reis naar Arosa
nooit vergeven. Bertram kon zichzelf Ninels reis naar Spanje niet vergeven. Dus ze praatten en praatten, terwijl Waltraut zichzelf bezig hield
met een houten puzzel in de vorm van een rij ganzenkuikens of haar
poppen fantasievogelpudding voerde.

Ze praatten over de vergeving die ze misten, de vergeving die ze nooit
zouden krijgen, de vergeving die Mitwisser zijn vrouw nooit zou geven,
die hij zijn dochter nooit zou geven. Ze praatten over wrok.

Mevrouw Mitwisser wist niet dat de vrouw die Bertram niet vergaf
door in Spanje te sterven de man was die het huis was binnengedrongen
en haar had teruggejaagd in haar oude zwarte tunnel van schrik.

Ze praatte over een andere man. Hij had haar gezin in bezit genomen en hen allemaal vernederd, haar man, haar kinderen – haar dochter! Ze praatte onophoudelijk over deze man en haar mond met zijn ordelijke tanden en de prettige geur van wijn ademde te snel in en uit,
zodat Bertram dacht dat de indringer, de overweldiger die ze James
noemde, geld had gestolen. Ze had het over dieven en bedelaars, over
parasieten en vuurvliegjes. Haar klachten en confidenties, die ze vroeger tot mij richtte, gingen allemaal naar Bertram. Ze voelde in hem wat
ze in mij nooit had gevoeld: een plooibaar medeleven, de empathie van
een verpleegster, van een moeder. Bertram was moederlijk. Hij hoorde
toe en schudde zijn hoofd. Hij hoorde toe en glimlachte boos. Hij rouwde
precies zo om Ninel als zij om Anneliese, boos en niet-vergevend.

'Als ze komen,' zei ze, de opmaat tot haar versleten rondwarende
ritmische klaagzang.

'Ze?' echode hij.

'Mijn dochter. En die man. Die man!... Als ze komt...'

Die man, wist hij, was James. Een boosaardig loerend spook.

'Ze komt wel. Vast wel,' stelde hij haar gerust. Ik had mevrouw
Mitwisser nog nooit gerustgesteld, over wat dan ook: het vorstendom
van de Mitwissers was te wankel, te onzeker, de aardbeving nabij. Ik
kon geen vertrouwen bieden dat ik niet bezat. Nu ik Bertram gadesloeg,

zag ik wat dit betekende: in dit niet-vergevende huis had ik te weinig medeleven. Of anders lag mijn zuiverste medeleven bij professor Mitwisser, die er het minst naar verlangde, die vervreemd was van medeleven. Het typeerde Bertram dat hij smolt en wegzwom in de onmiddellijk zichtbare behoefte. Had hij me niet ooit voorgehouden dat ik moest vertrouwen op die onbetrouwbare mistflard in mijn herinnering, mijn stervende moeder met een lappenpop in haar armen? En had hij me er niet eens van overtuigd dat mijn vader zonder enige plausibele reden een stukgelezen kinderboek bewaarde onder zijn meest intieme bezittingen, vanwege een sentimentele affiniteit met een plaatje van een jongen die zich schuilhield in een hoed? Bertram zei zulke dingen om de nood van het moment te lenigen. Hij gehoorzaamde het moment. Als hij om terra firma te bereiken eerst de echtgenote van de man wiens woord wet was moest vertroetelen, was dat geen probleem. Wat begon als een strohalm verdikte zich tot medeleven. Hij groeide de zenen van het huis binnen. Het onderwees hem langzaam, zoals het mij had onderwezen. Ik had mevrouw Mitwisser gehad als mijn onvaste onderwijzeres in flarden geschiedenis. Bertram had mij.

'Die James waar ze het steeds maar over heeft,' zei hij, 'die geld heeft gepikt...'

'Die heeft geen geld gepikt.'

'Ze zegt dat hij een dief is...'

'Hij heeft Anneliese meegenomen,' zei ik.

'De dochter. De dochter die is weggegaan.'

'Ze is met James meegegaan.' Het was om de een of andere reden noodzakelijk dit rechtuit te zeggen, want uitgerekend dat was taboe. 'Ze leven van zijn geld.'

Bertram staarde me aan. 'Ze betalen jou. Je krijgt... een salaris – hij sprak het woord niet graag uit en deed het schuldig – 'en daar heb je mij een deel van gestuurd...'

'Zelf hebben ze niets. Het komt allemaal van James. Alles.'

Hij zoog lang en nadenkend zijn adem in, alsof hij alle geheimen van de wereld in wilde ademen. 'Nou zeg. Nou, zég. Hij zit toch niet in zaken of zoiets? Een of andere hoge ome in een bedrijf?'

'Niets van die aard. Het is een soort erfenis...'

'Een geldbuidel. Zo'n Rockefeller.'

Een wolkje Ninel. Haar geest die door hem sprak.

'Bertram, daar gaat het niet om... Ze leven ervan,' zei ik weer. 'Het geld... komt gewoon.'

Bertrams mond met zijn vertrouwde schuine lachje. Dat kleine intieme kussentje dat opbolde op zijn onderlip. Dat me bestand maakte tegen Ninel. Dat me deed verlangen naar zijn medeleven, naar zijn oude, oude kus, met zijn knie op mijn bed.

'Maar waarom?' zei hij.

Ik wist waarom. Het was geen nieuw inzicht. Ik was ervan overtuigd dat ik het al wist sinds ik professor Mitwisser voor het eerst met James had horen lachen, lachen met het geluid van verdriet.

'Dat vindt hij leuk,' zei ik. 'Uit haat, denk ik.'

Maar ik had geen idee van wat James eigenlijk haatte.

## 52

Er waren avonden dat professor Mitwisser me helemaal niet riep. En op de avonden dat hij dat wel deed, bleek hij geen werk voor me te hebben; toch verwachtte hij duidelijk dat ik paraat stond. Hij keek vanaf die onmetelijkheid van nek en torso omlaag om zich ervan te vergewissen dat ik oplette – maar waarop? Hij schoor zich helemaal niet meer. De nieuwe baard kroop onmerkbaar, sloom, maar maakte hem toch te snel oud. Zijn schouders stonden krom als die van een oude man. De hete blauwe ogen sprongen als blazende tijgers uit het bleke gezicht.

Op enige afstand van waar ik stilzat lagen de tipi's van de boeken die hij opengeslagen had weggelegd er onaangeroerd bij.

'Het is misschien niet mogelijk,' zei hij uiteindelijk. Hij zei het tegen de lampenkap aan het plafond, waarin een van de twee gloeilampen was uitgegaan. In de kamer was het schemeriger dan gebruikelijk. 'Zonder bewijs blijft het alleen maar... overtuiging.'

Ik vatte, zo niet de betekenis van wat hij zei, dan toch zijn verplichting, die drang die onder het denken in zijn brein klopte. Die daasde als een nachtvlinder tegen me aan en ik plukte hem uit de donker wordende lucht. Het leek me alsof ik steeds meer in zijn geest trok. Of andersom:

dat zijn geest naar mij toe kwam. Ik kneep hem samen tussen duim en wijsvinger.

'"Ik, Jacob, ben geworden Arjuna,"' citeerde ik. Het was een offer, als op een altaar.

'Juist, juist, precies die woorden. Díe woorden!' riep hij uit. 'En de onverklaarbare kennis van de *Bhagavad Gita*... Jacob al-Kirkisani, een wegloper uit de hele geschiedenis van de religie, begrijpt u? Dat begrijpt u toch, ja?'

Hij had het tegen mij; ik voelde me aangesproken. Hij sprak niet over of om me heen, zoals wanneer ik de toetsen van de typemachine liet ratelen op de toon van zijn stem. Het was de eerste keer dat hij me toegang had verleend (hoe ik dit voelde!) tot het heiligdom van zijn meditaties. Ik was al die tijd zijn typiste geweest, amanuensis, bediende, voorziening, levend gereedschap – Aristoteles' term (dat had ik ooit gelezen) voor een slaaf. Ik was niet zijn slaaf, nee, maar ik was wel zijn gereedschap geworden. Men spreekt niet tegen gereedschap.

'Wat ik heb blootgelegd,' zei hij, 'is het labyrint van de verzaking. Ik heb het blootgelegd in het hart van Jacob al-Kirkisani. Alleen in zijn hart. Het is geen bekering, het is geen syncretisme, al zijn er dwazen die daaraan vast zullen houden. Hij reist niet naar India om hindoe te worden. Hij is net zomin een hindoe als een hindoe een karaïet is. Hij aanvaardt, hij ontvangt, om te weigeren. Bij een man van superieure gevoeligheid baart weigering nieuwe weigering – dat is de kern. De karaïeten, hoe innig ken ik ze niet? – ik ben hun kind, zij zijn mijn kinderen, ik ben doorgedrongen in hun longen, hun woedes, hun gebed! Ze wijzen af, ze rebelleren. Maar al-Kirkisani laat zien dat hij buiten zulke dingen staat. Opstandelingen beschouwen zichzelf niet als ketters. In genen dele! Ze geloven dat de ketterij berust bij precies diegenen tegen wie ze in opstand komen. Voor hen is al wat orthodox is ketters, en daarom wijzen ze het af.

'Ware ketterij is rebellie noch afwijzing, en ik zeg u: dat heb ik ontdekt in het hart van al-Kirkisani! Het is de weigering van elke weigering dan die van God, iets nieuws, iets waars! De weigering daalt af in het labyrint van de verzaking, van afgrond naar afgrond, tot er in de diepste diepte van de bodemloosheid niets meer te ademen overblijft, enkel het vacuüm van de Ene God, de Ene ware God, God de ketter, die niet in de mens gelooft, die zijn godsdienstige schepsel aan de paal nagelt als de charlatan die hij is. Dat is wat al-Kirkisani bedoelt, het is wat hij schrijft: dat God de ketter is! Karaïet, Arjuna, het gaat allemaal verloren in het labyrint, de Ene ware God van de ketterij verzaakt ze allemaal.'

Hij was heen en weer gebeend, zoals ik hem zo vaak had horen doen, van de boekenmuur naar het strak opgemaakte bed en weer terug.

'Dat begrijpt u, ja?'

Ik begreep het niet, ik kon het niet, maar mijn instinct ging uit naar wat hem in vuur en vlam zette. Het fragment uit Spanje; de karaïeten, wier kind hij was, en die zijn kinderen waren; al-Kirkisani die de karaï-tische rebellie had losgelaten om te geloven in een ketterse God.

'Ziet u, ziet u,' zei hij, 'wat is mijn overtuiging waard? Hoe zal erover worden geoordeeld? Wat moet ik ermee doen? Ze is niet te bewijzen, ze is niet te onderbouwen. Er is geen snipper papier in de wereld om haar te verifiëren. Ik heb niets dan deze dunne kopie, het handschrift van een kopiist, het zal voor een vervalsing worden aangezien, ze zullen veron-derstellen dat ik bedrogen ben, het is allemaal vergeefs, vergeefs, ik heb mezelf blind gehouden, ik was te haastig, te haastig...'

Hij kwam voor me staan.

'Mijn lieve Rose,' zei hij. Tot mijn ontsteltenis noemde hij me bij mijn naam. 'Ik vraag je waar, waar is mijn dochter?'

## 53

Beste Rose,

We blijven een tijd hier. Ik denk dat het een lange tijd zal zijn. De plaats waar we zijn heet Thrace. Papa heeft me eens voorgelezen over een man uit Thracië die omhoog keek om de sterren te bestuderen en in een sloot viel. De mensen lachten hem uit, maar papa zei dat het normaal is dat een geleerd mens wordt uitgelachen, vooral in dit land. Ik denk heel veel aan papa. Hij zal zeker teleurgesteld in me zijn, maar misschien is hij na een tijd niet meer zo boos. Hij was erg boos toen ik niet naar school wilde gaan, maar later stopte dat. Ik hoop dat het weer stopt.

James wil nooit meer weg met de auto. We zijn met de auto overal

naar dingen gaan kijken, al de kleine plaatsen, en het was zo interessant
en vreemd. Ik word soms misselijk in de auto, en ik dacht dat James er
daarom nooit meer op uit wil gaan, maar dat komt eigenlijk omdat hij
in die kleine stadjes zo verdrietig wordt. Daarom zijn we teruggegaan
naar Thrace. James zegt dat hij hier kan lachen, ik weet niet waarom.
Thrace is zo anders dan alle andere plaatsen en zelfs hier lacht James niet
veel, hij is altijd verdrietig. Misschien wordt hij verdrietig van de
schnaps, ik weet het niet. We blijven veel in ons kamertje en we gaan
bijna nooit uit. Mama zou niet gelukkig zijn met de schnaps, maar mij
stoort het niet. Ik denk heel veel aan mama. Ze is zo dun, je moet zorgen
dat ze meer eet. Je moet ervoor zorgen dat Waltraut niet ongelukkig is. Ze
heeft graag een roze lint om haar haar op te binden.
 Anneliese

Er was geen pakket bij. Er was geen geld.

# 54

Ze reden van stad naar stad: Carthage, Rome, Ithaca, Oswego, Oneonta,
Cortland. In Elmira nam hij haar mee naar het graf van Mark Twain; er
waren daar nog twee, drie andere bezoekers die allemaal onder para-
plu's stonden in de harde regen. Zij had deze plek graag willen bezoeken; ze had thuis *Tom Sawyer* gelezen, zei ze. Ze herinnerde zich dat Tom
had gehuild op zijn eigen begrafenis, en dat was komisch, maar ze hield
zoveel meer van Erich Kästner. En ze hield nog meer van *Der Bärknabe* –
hoe vaak had Mademoiselle De Bonrepos het niet voorgelezen en de versjes opgedreund? En later Madame Mercier, maar dan in het Frans. Ze
was het Frans vergeten, maar ze herinnerde zich het opdreunen van
Mademoiselle De Bonrepos, met haar vlakke Franse accent dat de hup-
pelende rijmpjes overdekte. Sommige van die rijmpjes kon ze nog op-
zeggen, zei ze, nu direct. Toen ze klein was had ze geen idee dat ze naar
een vertaling luisterde; het was alsof de *Bärknabe* in haar eigen taal was
geboren.
 – Komen er ook mensen naar jouw huis kijken?

– Wat?

Haar vragen, de intensiteit van haar bekentenissen.

– Waar je vroeger woonde. Zoals ze hier naartoe komen.

– Het is weg. Het bestaat niet meer. Het is omgebouwd tot een be-
jaardentehuis.

De heren Fullerton, Winberry en Brooks hadden hem daarover lang
geleden ingelicht. 'Verkocht voor een riant bedrag,' had Mr. Fullerton
gekraaid, alsof het James wat kon schelen. Wat hem wel kon schelen
was zijn nieuwe rugzak met al die zakken, en zijn ticket voor de stoomboot.

– Maar het huis stáát er nog wel, drong ze aan.

– Zou best kunnen.

– Dan kunnen mensen buiten gaan staan en door de ramen kijken!
Doen ze dat? Komen ze van over de hele wereld kijken?

– Nou, als ze dat doen, zei hij ruw, dan wens ik ze veel plezier.

– James! Ik wil er naartoe! Ik wil het zien!

– Nee, zei hij. Nee.

– Maar ik wil het echt, hield ze vol.

Dit kind. Op momenten als deze was ze meer kind dan vrouw. Het
was alsof ze, met de vlucht uit haar familie, haar plichtsbesef had opgegeven voor verzet. Voor eigenzinnigheid.

– Het is een heel eind hiervandaan, zei hij.

– Waar dan?

– Aan de andere kant van de staatsgrens.

– Maar we hebben de auto, dus...

Een sissend geluid van herkenning ontsnapte uit haar mond.

– O! Paspoort! We hebben geen paspoort, geen papieren...

– Wat heb jij nou? zei hij. Waar denk je wel dat je bent?

– Maar als het een grens is...

Die idiote onwetendheid. Een buitenlands kind zonder benul van de
alledaagse realiteit. Ze hadden haar van school gehouden, van een gewone Amerikaanse highschool, waar ze hoorde. Niet in een doelloos
rondtoerende Ford.

– Wat heb jij nou? vroeg hij nogmaals. Paspoort, waar heb je het over?

Ze wist dat hij ongeduldig met haar was, en het was maar een misverstand, net als met haar papa en de quakers, waarom verloor hij nu

zijn geduld? Van *upstate* – zo noemde hij al deze kleine plaatsjes, stadjes die in niets leken op wat ze in heel haar leven had gezien – kon je overal heen reizen, legde hij uit, zonder papieren en zonder grensbewakers! Hij legde het uit – wat keek hij boos – maar het misverstand liet een koude plek tussen hen achter. Ze kon geen manier bedenken om die plek warm te maken. En trouwens, hij begreep niet wat het was om geen papieren te hebben, geen paspoort te hebben, weg te duiken als je een uniform zag, valse papieren te kopen, smeergeld te betalen voor echte, en naderhand te horen dat ze verlopen waren, nooit de goede papieren te hebben, geldige papieren, een echt paspoort! Nooit! Van zulke dingen zou hij nooit iets begrijpen, zo vrij als hij was, zo simpel, hij was net een boos kind. Haar papa had gezegd dat de Amerikanen net kinderen waren.

– Zonder papieren, liet ze hem nuchter weten, hadden we niet naar Zweden kunnen vluchten, en van Zweden...

Hij hoefde de rest niet te horen. Zweden. Hij vertelde haar niet (waarom zou hij? zijn gedachten waren van hem) dat hij ooit naar Zweden had verlangd, het hoogst denkbare noorden. Een land in een omhulsel van vlekkeloze kou, zo verdoofd en roerloos als ijs. Het poppenhuis was uit Zweden gekomen en de houten poppenhuiskinderen met hun gele haar...

– In het William Penn, zei hij in plaats daarvan, toen ik jullie allemaal voor het eerst zag, dacht ik dat jullie Zweeds spraken. Maar jullie hadden allemaal zulk donker haar.

– Zelfs Heinz, viel ze hem bij.

Haar haar was erg donker. Het was zo donker als dat van haar moeder. Ze tilde er een zware handvol van op en drukte het tegen zijn mond, om het misverstand te stoppen. Een ogenblik bracht ze daarmee een soort vrede tussen hen. Maar toen gaf hij haar een duwtje: hij wilde haar haar niet in zijn mond. Het was in de regen nat geworden.

Daarna reden ze naar Thrace. Het lag op aanzienlijke afstand maar hij reed door en stopte tot diep in de avond maar eenmaal, bij een wegrestaurant dat als een verloren treinwagon helemaal alleen aan een afgeknot stuk weg stond, midden in een weiland. Het was bijna middernacht toen ze in de buurt van het schoolplein aankwamen, en de verlaten betonnen vlakte zag er bijna zo uit als hij zich herinnerde: het lichtpeertje dat in zijn helm van metalen roosterwerk uit de bakstenen flank van het gebouw stak, her en der verkreukelde snoepverpakking. Een basketbalhoepel op een paal – die was nieuw.

Hij nam het meisje bij de elleboog en leidde haar het schoolplein over.

– Hier zo ongeveer. De begraafplaats, zei hij.

Het schijnsel van het ene lichtpeertje vulde zijn brillenglazen; ze kon zijn ogen niet zien.

– Waar zijn we hier? vroeg ze.

– Je wil een heiligdom bezoeken? Daar zijn we dan. Dit is het!

Hij barstte los in zijn hoge, dunne uitgerekte lach, dezelfde lach die uit haar vaders studeerkamer borrelde als hij daar met haar papa zat, beiden schuddebuikend van de intimiteit.

– Het graf van de Berenjongen. Hier heb ik hem gedumpt. Alleen, zei hij, bleek het later een mop te zijn.

Die valse hoge lach. Ze bedacht dat hij leek op het geluid van Niagara Falls, ver weg.

– Het kwam allemaal tot leven, zei hij. Voodoo! Opgestaan uit het graf.

Het was akelig dat ze zijn ogen niet kon zien. Hij lachte naar iets geheimzinnigs. Normaal gesproken was het de schnaps die zo'n bui opriep: een boos verdriet dat uitbarstte in een haatdragend gegiechel. Maar er was een hele dag voorbijgegaan zonder schnaps en toch hoorde ze het.

– Waar zijn we? wilde ze weten.

Hij stak zijn duim onder haar kin en tilde die op. Langs de bovenkant van het gebouw, in het vale oranje licht, las ze: THRACE CENTRAL HIGH.

– Waar jij naartoe zou moeten. Een school als deze. Rudi stuurt de jongens naar school, waarom jou niet?

Het was hetzelfde als geen papieren hebben, hij kende het niet, hij kon het niet weten!

– Papa geeft me les. Hij leert me zo veel. Ik weet meer dan jij! barstte ze uit. Niemand krijgt me naar school.

– Rudi vindt het niet goed, dat is het.

– Papa?

– Hij houdt je thuis.

Hij kende het niet, hij kon het niet weten! Amerikanen zijn net kinderen!

Ze hield hem de vuist van haar linkerhand voor en liet zien hoe hij niet helemaal sloot. De vingers kromden zich maar gedeeltelijk, als een lamme slak.

– Toen we hier kwamen zei papa dat ik naar een Amerikaanse school moest. Hij zei dat ik moest en zou...

Ze toonde hem de vuist van haar rechterhand: de nagels sneden in haar handpalm.

– Papa zei 's lands wijs 's lands eer. Er is een wet, in Amerika moet je naar school... Niemand krijgt me naar school!

Frau Kochs bureau stond op een platform. In de la van dit bureau lag een korte metalen staaf. De les ging over Bismarck: noem twee prestaties die zijn toe te schrijven aan kanselier Von Bismarck. Frau Koch heeft de botten van de linkerhand gebroken. Niet met een liniaal. De liniaal was voor de anderen. De liniaal was niet zo gemeen geweest. Frau Koch heeft met de metalen staaf twee dunne botten kapot geslagen. Omdat ik het antwoord gaf. Omdat ik was vergeten dat ik niet mocht praten. Omdat het tegen die tijd überhaupt verboden was op school te komen. Omdat ik binnenkort van school gegooid zou worden. Omdat je vóór alles moest zwijgen. Omdat ik hardop sprak. Omdat ik het antwoord gaf.

– Niemand krijgt me ooit nog naar school. Zelfs papa niet. Kijk, zei ze, ik kan makkelijk een vuist maken met mijn rechterhand, zie je?

Ze reden naar Ilion, Cobleskill, Homer, Horseheads, Naples en Odysseus en kwamen toen voor de tweede keer terug naar Thrace. De kamer die ze vonden was klein en donker, maar schoner dan de meeste, en het huis had een achtertuin: wat naamloze stengels in een uitgeput lapje onkruid. De hospita serveerde het ontbijt vroeg en het avondeten laat. In de tussentijd ging ze er vandoor naar haar baan als serveerster. Er waren geen andere pensiongasten; ze waren alleen.

Maar James wilde steeds vaker het huis niet uit. Het was vreemd, en teleurstellend: hij was degene geweest die terug wilde naar Thrace, waar niets bijzonders te zien was, anders dan een eentonige uitgestrektheid van door struiken overwoekerd akkerland, dode schuren, een slaapverwekkende Main Street (zo zonderling: al die stadjes hadden blokken winkels met dezelfde naam) en geen traditie die iemand iets zei. Thrace was onsympathiek. Het beantwoordde aan een perverse trek in hem dat hij precies die plek opzocht die zo'n bitterheid in hem opriep, een ironie die ze niet kon peilen, al legde hij het haar uit.

– Een klucht. Een komedie, zei hij.

In Thrace had hij de Berenjongen begraven en onder de Mitwissers was zijn geest herrezen. Zo legde hij het uit, met dat schrille lachje dat zich nu meer aan Thrace was gaan hechten dan aan haar papa.

– Maar kijk eens hoeveel je voor papa doet!

Hij lag op bed, met zijn handen onder zijn nek geschoven. Haar mond lag op zijn keel, die ze lui likte. Hij tilde een ongeschoeide voet op en draaide ermee rond de schaduwen.

– En kijk eens wat ik voor zijn dochter doe, zei hij.

– O James, James, zei ze, ik wil alleen maar bij je zijn, meer niet.

– Dat wil je niet.

– Wél. Wel, zei ze.

Maar ze voelde de lege plek tussen hen opengaan. Soms, als hij haar liefkoosde en toeliet dat ze haar haar in zijn mond stopte – het was een spelletje van ze, dat haastig overging in vrijen – was er geen enkele ruimte. Andere keren sijpelde de kou binnen, centimeter voor centimeter.

Ze liet hem achter in die donkere kleine kamer, die met zijn enkele ladekast en twee broze rotanstoelen (die al een vorig buitenleven hadden geleden) als een kloostercel aandeed, en ging lopen. In Thrace leken alle dagen grijs; bleef de zon hier dan nooit? Ze liep langs de modderige Ford, al bijna drie weken niet gebruikt. Ze voelde zich onbestemd eenzaam, misschien vanwege de grijze straten; anders was ze nooit eenzaam. Maar waarom praatte hij over haar als haar papa's dochter? Dacht hij alleen aan haar alsof ze ondergedompeld was in haar gezin? Toch, als ze hoorde hoe hij haar noemde, Annie, geloofde ze dat ze zichzelf was, alleen zichzelf, en als hij ongeduldig werd, was het omdat hij haar weer zag zoals hij haar die eerste keer gezien moest hebben, als de dochter van haar papa, meer niet. Een vluchtelingenmeisje, een vreemdeling. Ze veronderstelde dat hij haar flikkerend waarnam, zoals bij een van die optische illusies waarin een beeld geleidelijk overgaat in een ander beeld, maar je kunt niet beide beelden tegelijkertijd voor de geest houden. Als hij ongeduldig met haar werd, zelfs afstandelijk, was ze meteen weer

Anneliese, dat vreemde kind, en als hij haar liefkoosde, verscheen Annie. O, waarom kon ze niet dag en nacht Annie voor hem zijn?

Ze liep de hele Main Street af. Aan het eind keerde ze om, toen ze niet veel verder het rode bakstenen gebouw van de highschool in het oog had gekregen. Thrace was een kleurloos stadje gebleken als alle andere, toch was ze over de andere verrukt geweest. Ze reden, ze stopten, ze vergaapten zich, hij aan haar, aanvankelijk, geamuseerd door haar plezier. Ze aten in piepkleine, nevelige cafetaria's die roken naar gebakken aardappelen. In Medusa stonden ze op een veldje voor de rechtbank te staren naar de paarse waas van de bergen die de rand van de horizon vertroebelden. In Odysseus (waar ze met de bus belandden, toen hadden ze nog geen auto) ontdekten ze een klein rondtrekkend circus met een half dozijn acrobaten, een clown, apen, een Dikke Dame en een Vuurvreter. Er was ook een Zwaardslikker, maar die had griep en kon niet optreden. Waar ze ook maar terechtkwamen, ze was opgetogen over een griezelig soort nieuwigheid: wat waren dit onvermoede dorpen, wat een bruinende landschappen, wat een plantengeuren! En de zoete rottende lucht van gevallen appels. Wat klonken de stemmen van de mensen merkwaardig, met klinkers die ze zonder gevaar voor haar strottenhoofd niet kon uitspreken en staccato gegrom dat afzag van hoffelijkheid. Niemand boog; het was democratie. De taal was ook ongemanierd en maakte geen onderscheid tussen hoog en laag. In Parnassus zwierven ze een gevangenis voorbij met roze muren en een moestuin met kool, maar zonder hek; ze werd er niet bang van. Een man met een oranje pet op hield de kolen bij en zwaaide. De vreemdheid was betoverend. De bussen met hun lange neuzen en harde banken hadden van een andere planeet omlaag gesmeten kunnen zijn. De soep die ze in een van die kleine cafetaria's bestelden smaakte naar zure augurken; in een etalage hing een rode elektrische lichtbak die botweg meedeelde: TAART VIJF CENT. Deze dorpen, deze stadjes, het was een ander land; de dieren die hier woonden waren niet als die thuis. De honden blaften in ongehoorde tonen en de katten krulden hun staart als onbekende muzieksleutels.

Haar papa en zijn oude, verloren karaïeten. Niemand in dit nieuwe land die zich er druk om maakte, behalve haar papa. Haar gebroken moeder. Wat waren ze zwaar, wat was het zwaar te zijn wie ze waren, wat was het zwaar Anneliese te zijn. En wat was het goed, wat vrij, om bij James te zijn. Hij kon niet weten wat zij wist, hij kon het niet voelen, hij had de vuren 's avonds op straat niet gezien, en de uitwaaierende zwarte bladen van verkoolde boeken, als opengeslagen vleermuisvleugels, en de rook. Hij wist zo weinig, het maakte haar in de war, het was een gemis in zijn hersenen, maar ook een verlichting, een pijnstiller, waarom zou ze niet blij zijn dat de Amerikanen net kinderen waren? En hij was dát kind, voor altijd: de jongen met de kanten kraag, met de twinkelende ogen en de roze knieën, omringd door slingers van versjes.

*Schau ich mir Bärknabe an,*
*hab ich wenig Freude dran.*
*Fallen mir die andern ein,*
*nur Bärknabe will ich sein*

Hij lag nog op bed, met zijn schoenen uit. Dat verontrustte haar; hij wilde de laatste tijd nooit meer weg, waarom wilde hij niet weg. Het deed haar een beetje denken aan haar moeder.

– Hé, zei hij. Je bent twee uur weggeweest.

– Ik heb de hele stad af moeten lopen voor ik het vond. Op zo'n rare plek. Op Main Street kon ik het niet vinden...

– Geen wonder. Het is hier drooggelegd, dat zei ik je al.

– Hier, zei ze, en gaf hem een kokerachtig voorwerp aan, ingebakerd als een zuigeling.

Hij nam het van haar aan en ze hoorde aan zijn afwerende zucht en het ondoorgrondelijke fluitje dat erop volgde wat hij nu zou gaan zeggen. Als hij het zei, zou het haar pijn doen. Als hij het zei zou ze zich beroerd voelen. Soms kwam het beroerde gevoel zelfs als hij het niet zei.

– Annie...

– Nee, nee, ik wil bij jou zijn!

– Je hoort hier niet.

– Wel!

– Je hoort bij je vader te zijn, niet hier. Niet zo.

– Je weet niet waar ik hoor te zijn! huilde ze. Je weet niks! Je begrijpt er helemaal niets van, je bent net een kind!

Het weggelopen kind noemde hem een kind. Hij wrikte de fles die ze hem had gebracht open; wat anders was er in dit godverlaten Thrace te doen? Hij kon er niet meer tegen hoe ze hem verzorgde, hoe ze toegaf, hoe haar toegeeflijkheid opdringerig was geworden, waarom liet ze hem niet met rust? Zelfs haar eigenzinnigheid was slaafs: zoals ze hem aan zijn kop had gezeurd over dat huis van de Berenjongen, waarom liet ze hem niet met rust? Ze was zeventien. Ze had mooie tanden, net als haar moeder. Maar wat was ze, afgezien daarvan, anders dan Bridget, waarom liet ze hem niet met rust?

Toen bedacht hij dat hij de Ford cadeau kon doen aan hun vrijwel steeds afwezige pensionhoudster.

## 55

Elsa Mitwisser, voorheen verbonden aan het Kaiser Wilhelm Institut, doctor in de natuurkunde, collega van Nobelprijswinnaar Erwin Schrödinger (hoewel zij degene was die in het ei had gebeten), bevond zich onverwacht in het bezit van een extra paar schoenen. Het waren blauwe leren pumps met fijne zolen, nauwelijks gedragen, met een opgewerkt strikje op de punten. Kennelijk was er al eens in gedanst, maar nu, pas gepoetst, zagen ze eruit als twee maantjes die blauw licht reflecteren.

Bertram had ze bij het Leger des Heils in een bak gevonden. Op de dag dat hij bij ons kwam, herinnerde hij me, was hij toch een halte te vroeg uit de ondergrondse gestapt, wist ik dat nog? Een eind lopen onder die bochtige spoorbrug maar onderweg had hij, terneergeslagen en ongewassen, ineens aan Ninel moeten denken.

'Je kreeg een visioen,' zei ik.

'Ach kom, Rosie, doe niet zo lelijk. Ik zag gewoon die winkel van het Leger des Heils, en dat bracht haar als het ware terug. Ze haalde al haar kleren daar, ze vond dat mensen zich niet moesten kleden naar hun... nou ja, klasse. En ze had die afscheidscadeautjes er ook vandaan, Dickens, dacht ik, en wat nog meer?'

'Jane Austen. Allemaal over klasse. Maar dat heb ik niet meer – mevrouw Mitwisser heeft het vernield.'

'Ze heeft de laatste tijd niets vernield.' Hij zei het trots; zijn verovering van mevrouw Mitwisser deed hem genoegen. Haar man ook, dat was merkbaar.

Dus ik veronderstelde dat het Ninels geest was die Bertram op een ochtend terug had gelokt naar de bakken van het Leger des Heils, bijna een kilometer weg onder de spoorbrug. Mevrouw Mitwisser had toegelaten dat hij haar naakte voet opmat; er was tussen hen een zekere vertrouwelijkheid gegroeid. De blauwe pumps kostten tien cent. De vernieuwende schoensmeer nog eens tien. Ik heb hem niet gevraagd of hij tussen de afgedankte schoenen nog contact met de geest van Ninel had gehad.

De pumps waren mevrouw Mitwissers trofeeën. Ze bewaarde ze naast haar haarborstel. Ze had ze veroverd in haar langdurige oorlog tegen de verschrikkingen van dit huis – had ze niet altijd volgehouden dat men een mens niet redelijkerwijs op een gevaarlijke plek kon laten leven met maar één paar schoenen? Stel dat ze versleten raakten, stel dat ze door het vele dragen gingen rafelen, hoe kon men dan vluchten? De schoenen die Bertram voor haar had meegebracht waren weliswaar om te dansen, maar dat gaf niet, dat verhoogde alleen nog maar hun waarde.

'Soms,' zei ze vertrouwelijk, 'moet men de schoenen aandoen alsof men naar een bal gaat. Zelfs als dat niet zo is.'

'Hoezo dat?' vroeg Bertram. Maar hij wist het antwoord al. Ze had hem verteld over het El Dorado. Ze had hem verteld hoe ze rondgereden hadden, en nog eens rondgereden, dag na dag. Ze had hem verteld van de jongleur en van Fritz, die ze wijs had gemaakt dat haar moeders zilveren fotolijstje maar pleet was, en die naar ze hoopte de jongleur van hun muur had gestolen, want dan was hij opnieuw bedrogen.

Haar vrolijke blik smeekte Bertram verder te vragen; ze wilde het nog wel voor de derde keer vertellen, of de vierde.

Het extra paar schoenen gaf haar moed. Ze trok haar oude schoenen aan en maakte haar haar in orde. Ze knoopte haar jurk dicht en daalde, bleek, onvast de trap af naar het leven in het benedenhuis. Bertram leidde haar zijn keuken binnen; die was nu helemaal van hem. Hij had haar demonen gesust, of verzadigd; hij had haar gewonnen.

'Ze hakt weer groenten fijn.' Zijn scheve lachje. 'Voor de stoofpot.'

'Zulke dingen deed ze nooit,' zei ik, 'thuis.'

Dat Mitwisserwoordje – *thuis* – kwam gemakkelijk over mijn lippen; ik had hun taal geleerd.

'Ze is mijn souschef. Ze vindt het leuk.'

'Thuis hadden ze bedienden.'

'Hadden,' kaatste hij terug. 'Hadden is niet hebben. Ik had Ninel, niet dan?'

'Ach Bertram, zie je dan niet dat zij jou heeft verlaten?'

'Dat was mijn schuld. Als ik mee was...'

'Je had nooit met die mensen mee kunnen gaan.' Ik haalde bewust even adem. 'Je bent te week.'

'Wat een rotopmerking. Wat gemeen om zoiets te zeggen.' Hij wierp me een gekwetste blik toe. 'En weet je? Je bent niet zo'n kind meer. En je hebt nooit een woord gezegd van... ik weet niet hoe ik het moet noemen. Deelneming. Medeleven. Je zou denken dat je Ninel nooit hebt gekénd. Je hebt geen greintje medelijden in je, ze hebben hier iets met je uitgehaald.'

Wat was er met me uitgehaald? Het was vooral Bertram die me overbodig had gemaakt. Zijn medeleven had ze allemaal overspoeld en tot rust gebracht – mevrouw Mitwisser en haar kinderen. Mevrouw Mitwisser was zijn verantwoordelijkheid en Waltraut deed alles wat hij zei. Bertrams zakken waren leeg, hij was machteloos, hij was een vreemdeling in dit leenrijk. Maar met zijn mildheid wist hij de jongens te temmen – ze hadden nauwelijks in de gaten hoe hij hun wapenstilstand regisseerde – en had hij Waltraut betoverd, die als een hulpje in de huishouding achter hem aan hobbelde. Hij was ieders dienstknecht geworden en had zo iedereen tot bediende gemaakt. Ik was verdrongen; het was alsof Bertram me opnieuw had verbannen.

Ik klopte op de deur van Mitwissers studeerkamer. Het was ruim een week sinds hij me had geroepen; er bleef me niets over dan hem zelf op te zoeken. Zijn stilte was mijn toestemming. Anders had hij me weggestuurd met een abrupt 'Gaat u!' Ik ging op de gebruikelijke tijd naar binnen, het was tien uur, en zag dat hij in het donker liep te ijsberen, heen en weer van bed naar muur. Ik knipte de lamp bij de typemachine aan; in het onzekere licht verscheen een man als een schip – een oceaanstomer gezien vanaf de kade beneden. Hij had er nog nooit zo massief reusachtig uitgezien, in de lengte of de breedte, de brede schouders, het grote treurende hoofd. Hij bewoog zich als een schip door die omsluitende ruimte, rijzend en dalend op de golven van zijn rauwe ademtochten.

'Ik heb u momenteel niet nodig,' zei hij. Maar hij had me laten binnenkomen.

'Dan kom ik morgen wel terug...'

'Morgen zal het niet anders zijn.'

Ik gaf niet om decorum; ik was bang, ik was onverschrokken.

'Nee, nee,' protesteerde ik. 'Er is zoveel te...'

'Er is niets.'

De kamer lag volgestouwd met mijn transcripties. Stapels archiefmappen drukten tegen het voeteneind van het bed, langs de wanden, achter de deur. Toch waren het niet alleen die bergen papier die hem omringden en insloten; het was zijn eigen rafelende stem, die de oeroude wijsheden afscheidde zoals een spin zijn ragfijne draden afscheidt, het waren de toetsen gevat in glas dat mijn ogen doorboorde, en de spottende fantoomketters. En al-Kirkisani, wervelend in de lucht, dicht bij het plafond, rond de moskee-achtige koepel die Mitwissers brein beschutte.

'Professor Mitwisser,' zei ik, en stopte.

'Mijn vrouw gaat het beter. Het huis is op orde, niet? Uw neef is schrander, dat heb ik opgemerkt.' Hij liet zich met een gedempt gerommel in zijn stoel zakken. 'Maar mijn werk is ten einde, en mijn dochter... mijn dochter...'

Ik zocht me door de golven manuscripten een weg naar de rimpelloze beddensprei (die ochtend met geometrische precisie door Bertram opgemaakt) en ging op de rand zitten. Onze ogen kwamen bijna op één lijn; zijn mond was een scheefgetrokken knoop.

'De amusante dr. Tandoori,' mompelde hij, en ik begreep dat hij me voor het laatst daar had gezien, op de rand van zijn bed, onzeker en geluidloos, tijdens het bezoek van dr. Tandoori. 'Begrijpt u dat niemand in dit voortreffelijke land ook maar één gedachte heeft gewijd aan mijn onderzoek? Men ziet er de noodzaak niet van in, men doet het af met futiliteiten. Men lacht om wat men niet begrijpt. Waarin verschil ik dan nog van een goddeloze kleermaker?'

'Die heren die op bezoek kwamen die avond, die wisten...'

'Ze kwamen me uitlachen.'

Wat leek dat allemaal ver weg! De kreten van de man met de misvormde hand, en de man met het keppeltje, waren verstomd en vervaagd, alsof Mitwissers opponenten waren gereduceerd tot stemloze porseleinen dwergen.

'Ik realiseer me,' zei hij, 'dat ik zulke spot oproep. Het is denkbaar dat ik mezelf bespot.' De knoop van zijn mond ontspande zich tot een karikatuur van een glimlach. 'Momenteel lijd ik zelfs onder het zwijgen van mijn ongeïnteresseerde opponenten. En mijn dwaze poging een oplettende collega te vinden heeft me niet meer gebracht dan' – het zichzelf bestraffende lachje werd breder – 'een naaimachine. Misschien moet ik zelf ook kleermaker worden, is het niet zo?'

'Professor Mitwisser,' probeerde ik opnieuw, 'u ziet uw werk hier toch om u heen, u ziet toch hoe immens...'

'Ja, ja, wat zijn ze geweldig, mijn o zo ontwikkelde bewonderaars! Een huurling als uzelf, kijk eens wie me complimenten maakt. En die andere, die onwetende zwerver die beweert dat hij bezeten is van wat hij met zijn kleine verstand niet kan vatten...' Zijn bitter verwijtende adem nam bezit van de weinige lucht tussen ons. 'Ik heb het toegestaan. Ik heb het toegestaan! Uit medelijden heb ik het toegestaan!'

Ik dwong mezelf te vragen waarom. Hij treurde om James, de verklaarde vijand van zijn vrouw, en van mij; ik kon hem niet troosten. Het stak me dat hij over medelijden sprak; Bertram had me verweten dat ik dat niet had.

'En waarom niet? De man had huis noch haard. Geen bestaan. Geen doel. Niets. Kunt u zich voorstellen wat het is om niets te hebben?'

'Ik kwam u zeggen,' zei ik langzaam, 'dat er niet veel over is. Het is opgehouden.'

De blauwe ogen brandden. Ze namen me op. Ze stonden moordzuchtig.

'Opgehouden? Wat is opgehouden? Mijn taak? Mijn plek op deze aarde? Mijn leven? Het leven van mijn gezin?'

'Het geld,' zei ik.

'De enige! Hij alleen! Wie anders dan deze onwetende zwerver heeft ooit zijn leven in de waagschaal gesteld voor mijn karaïeten? Wie anders dan ikzelf? Waarom had ik geen medelijden met hem moeten hebben? Hij en ik, wij tweeën, verder niemand, ziedaar hoe ik word bespot! En uiteindelijk, uiteindelijk, uiteindelijk,' jankte hij, 'heb ik die man mijn dochter verkocht!'

Toen voelde ik een angstaanjagende schok, alsof een rotsblok me midden in mijn lijf had getroffen. Mitwisser had zijn grote hoofd snikkend in mijn armen gestort. Daar hield ik het vast, dat zware gewelf van die geest, lange tijd, tot de hete tranen doorsijpelden in de vezels van mijn jurk.

# 56

Dit keer wist ze de weg, dus ze meed Main Street en zigzagde door zijstraatjes en stegen, langs achtererven waar sensuele vleugjes plantengeur begroeiing suggereerden. De wereld was geel aan het worden, geel overal: een lage omheining van witte paaltjes, merendeels gebroken, was geel uitgeslagen en de zinken daken van halfvergane schuren gloeiden met een gele glans. Het was een late maartzon, nog altijd koud maar warm gekleurd, met de belofte van een tropisch geheim. Thrace begon op dit zonnige uur te lijken op al die andere stadjes die Anneliese zo hadden verbaasd en aangestoken met een nieuwsgierige blijdschap. Hier waren de plaatsen vreemd en niet zij, en ze voelde zich aangetrokken tot alles wat niet leek op wat ze vroeger had gekend. Het was alsof deze verwilderde plaatsen haar ogen schoon konden wassen. Boodschappen doen vond ze niet erg, en deze keer zelfs helemaal niet. James had beloofd dat dit de laatste keer zou zijn; hij dacht over weggaan uit Thrace, zei hij.

Ze deed haar clandestiene aankoop, hoewel niet eens zo clandestien: er waren meer dan een handvol andere klanten in die provisorische winkel in een vochtig klef souterrain. De eigenaars waren een bejaard boerenechtpaar, half doof en even krakkemikkig als hun bouwvallige huis (de shingles kwamen los, de veranda hing schuin), maar zo opgewekt en onschuldig alsof ze mandjes appels en peren verkochten. Hun flessen hadden allemaal een andere vorm en aangezien James haar had gevraagd er niet één, maar twee voor hem mee te brengen (waarom niet, had hij gezegd, dit waren immers de laatste) verliet ze de winkel met twee verpakte voorwerpen waarvan het eerste een smalle lamp had kunnen zijn en het tweede een ronde vaas.

Het was een lange terugweg door de straatjes die ze had ontdekt. De route via Main Street was veel rechtstreekser, maar het zonlicht was nieuw en de kleine rimpelingen van plezier die ze voelde rondgaan van haar keel naar haar lies – ze leken te rillen bij elke hartslag – verrasten haar. Het was haar oude blijheid – ze hoorde niet bij haar papa, ze hoorde bij James! Klaarblijkelijk had ze hem dat eindelijk aan het verstand gebracht: dat wat haar misselijk maakte zei hij al dagen niet meer. Wat was ze blij dat hij het niet meer zei! Ze volgde hem de tuin van hun hospita in, dankbaar dat hij ineens het licht weer opzocht. In zijn sombere buien begon hun kamer steeds meer op een cel te lijken en de tuin had het beschaamde en toch brutale aanzien van alle achtertuinen in Thrace. Maar de lucht werd zoeter en groene punten staken hun kop op rond een modderige tuinslang die rondslingerde over de grijzige grond. Een zijdeachtige wind schudde aan haar haar, dat nu vrijwel altijd los hing. Ze verwijdde haar neusvleugels om het raadselachtige mengsel van geuren op te vangen, onstuimig opspringend gras, oud rubber, de zurige opwinding van James' zweet. Hij schopte tegen de slang; hij zweette, waarom was dat, kwam het door de schnaps? Maar hij had aangekondigd dat de lamp en de vaas de laatste waren, er zouden er geen meer volgen, hij had het gehad met Thrace en hij was klaar om weg te gaan. Ze was opgetogen; ze gingen er binnenkort vandoor in de bevrijdende Ford en o, waar zouden ze heen gaan?

## 57

Er kwam geen geld meer. Het huis sliep; alleen Bertram en ik waren wakker. Ik had inmiddels niets meer van de zelfverzekerde vrouw des huizes die dollars in Bertrams deemoedig wachtende handpalm strooide. Hij was, noodgedwongen, deelgenoot geworden van ons kunst- en vliegwerk. We zaten aan de eetkamertafel samen uit te rekenen hoe we moesten uitkomen met wat er over was.

'Geen wijn meer,' beschikte ik.

'De professor houdt ervan. Het doet zijn vrouw goed.'

'Brood of wijn, het een of het ander.'

'In dat geval, de staf des levens. Wijn.'

'Bertram...'

'Je weet het nooit, er kan zó een nieuwe zending komen.'

'Nee,' zei ik, 'er is niets,' en ik hoorde in die holle woorden een echo van Mitwisser.

Een wild gekras op de groene voordeur. Het was niet ongewoon; soms kwamen er vanuit het bos en onkruid dat onze buurt omringde wasbeertjes aanscharrelen om de lucht van de bewoonde wereld en zijn schillen en afval op te snuiven. Ze waren brutaal genoeg om de drempels van de menselijke heiligdommen zelf over te steken. Dierlijk krassen, klauwen, meppen, mekkeren. Een wanhopig dier. De geluiden gingen maar door, de ene keer woest en doelgericht, de andere zwakjes, teruggevallen in uitputting of berusting. En toen het middernachtelijke braken van een meisje.

Bertram liet haar binnen. Hij begreep direct wie ze moest zijn, maar Anneliese was verbijsterd. Had ze zich na zoveel maanden in het huis vergist? Deze man, die geschokt in de deuropening stond, nee, nee, ze kon zich niet vergissen, ze was gewoon duizelig, toch pakte hier een vreemdeling haar beide handen en mompelde haar naam...

'Ik woon hier,' zei ze tegen hem. Ze kon niets anders bedenken. Door de duizeligheid zag ze slecht. Ze had naar de deurbel getast maar hem niet kunnen vinden.

'Ik ook,' zei Bertram. In haar losse jurk, helemaal gewikkeld rond haar in zichzelf gekrulde lichaam, was ze niet meer dan een achtergelaten bundel. Voor op haar jurk zaten sporen van opgedroogd braaksel. Hij tilde haar op en droeg haar naar binnen.

'Leg haar in haar eigen bed. Haal je spullen daar weg en breng haar naar boven,' zei ik.

Bertram zette haar op het bed neer en legde een deken over haar schouders. Ze rilde. Ze had niets meegenomen. Een paar munten vielen uit de zak van haar jurk; het was alles wat ze overhad. Ze had niets gegeten sinds ze uit Thrace was vertrokken. Ze had helemaal niet geslapen. In de bus had ze moeten overgeven. Ze probeerde zich op te frissen in het toilet van het busstation in de stad, maar haar jas was te vies, dus liet ze die daar achter en stapte in de ondergrondse, en toen de trein van onder de grond naar boven rommelde en de spoorbrug besteeg, was het al nacht en werd ze weer misselijk; en daarna het half blinde lopen vanaf de winkelstraat, de waas van misselijkheid, de kleine man die de deur opendeed, klein maar sterk genoeg om haar op te tillen...

Haar haarpunten waren kleverig van het braaksel.

'Rose,' zei ze. Maar ze draaide zich van me af.

'Blijf liggen. Bertram brengt je een kop thee.'

'Waar is papa?'

'Die zie je morgen wel. Blijf nu liggen...'

Ze gehoorzaamde. Haar blik gleed nerveus heen en weer, alsof ze de bewegingen volgde van een onzichtbare Japanse waaier.

'Wie is die man?'

'De man van de mok en de muffins,' antwoordde Bertram. 'Die brengen je zo weer bij de tijd.'

Het lepeltje wiebelde in haar hand. Bertram voerde haar stukjes muffin. Een voor een nam ze ze aan; een voor een spuugde ze ze uit.

'Ik kan het niet,' zei ze.

'Kan je wel,' – Bertrams moederlijkste toon.

'Papa zal zo boos zijn...'

'Als je een paar hapjes doorslikt? Nee, daar zal-ie nijdig over worden, zeg.'

'Niet plagen, Bertram. Laat haar.'

'Arm kind.' Een klodder spuug droop langs de deken. Hij veegde hem weg en boog zich over haar heen. 'Nu lekker slapen, goed?'

Haar ogen bleven heen en weer flikkeren. Ik dacht dat ze misschien hallucineerde. Wat zag ze?

'Hij zal zo boos zijn,' zei ze weer. Het kwam zwakjes, hees, smekend, maar wie ze aanriep was Bertram. Abrupt pakte ze hem bij zijn pols vast. 'Waarom bent u hier? Waarom woont u in dit huis?' Ze trok hem dichterbij. 'Is het voor papa? Geeft u papa geld voor zijn werk?'

Haar laatste boodschap in Thrace had ze voor haar papa gedaan, zei ze. Ze zei het opgewonden; ze zocht zijn aandacht en klampte zich aan hem vast. James had haar eropuit gestuurd, maar niet voor schnaps; de twee flessen waren op, hij wilde niet meer. Ze moest weer een pakketje naar het postkantoor brengen, zei hij haar; het had al te lang geduurd, er was geen tijd voor een brief. Ze keek toe hoe hij de Ford voorzichtig achteruit een smal pad in stuurde dat uit het zicht van de straat langs hun hospita's armzalige tuin lag. De Ford had staan verkommeren waar ze hem zoveel weken geleden hadden neergezet en de glimmende zwarte verf was bruin geworden van het stof en de spetters. Op de treeplank zat een korst opgedroogde modder. Toen zag ze hem aan de kluwen tuinslang trekken en begreep dat hij de auto wilde schoonspuiten voor ze op weg gingen.

Ze ging niet graag naar het postkantoor. Het bracht haar in het zicht van de highschool en ze stoorde zich aan de highschool, het stoorde haar dat James haar er mee naartoe had genomen, ze stoorde zich aan het schoolplein waar hij zo bitter had gelachen.

Het was midden op de dag, en zonnig. Ze hoorde het lawaai van schelle meisjeskreten vanaf het schoolplein en het herhaalde bonzen van een basketbal op beton, en het gebrul van pubers. Het postkantoor was verouderd en slecht verlicht, met gecanneleerde houten loketten en houten traliewerk, waarachter de beambte in zijn vormelijke kraag en vest gemelijk toekeek terwijl hij haar pakket op zijn koperen weegschaal woog. Het was dikker dan het ooit was geweest. Boven haar verrees een muur vol wandschilderingen, indianen die kampvuren stookten en kolonisten bij de oogst, en aan de overkant een schemerige vlakke rij koperen kastjes met sloten. James had de sleutel van één zo'n kastje en er kwam soms een boodschap, of wat het ook was, van een oude kennis die Brooks heette. Kennelijk had hij een hekel aan die Brooks. Toch bestond er een soort communicatie tussen hen, al was het alleen maar nu en dan. Hij had haar de sleutel gegeven; die had hij haar nog nooit toevertrouwd. Ze opende het kastje en tuurde erin: het was diep en donker en leeg. De sleutel was nu nutteloos, zei James, ze kon hem weggooien als ze er zin in had, maar in plaats daarvan gaf ze hem terug aan de beambte, die hem aannam met een gespikkelde hand. Ze wilde dit onbarmhartige Thrace zo snel mogelijk van zich afschudden, weg van die gespikkelde hand, de botte dreun van de poststempel, het krijsende schoolplein vlakbij, de onverschillige maaltijden van hun spookhospita die de hele dag stonden te sudderen op een vettig fornuis, en die lome, schemerige kamer.

Toen ze naderde werd de Ford aan het zicht onttrokken door een onverzorgde ligusterheg, maar toen ze omliep naar de tuinkant van het huis zag ze hem. Hij zag er niet uit alsof hij schoon was gesproeid en de middagzon scheen zo fel op de voorruit dat hij een blauwzwarte vlek op haar netvlies brandde. Achter de blauwzwarte vlek zwenkte de ruitenwisser van links naar rechts en terug van rechts naar links, in een jachtig tempo. In de zee van neervallend zonlicht zong de ruitenwisser een springerig deuntje: *wiesj – woesj, wiesj-woesj*, met een piepje als hij van richting veranderde. De motor bromde en hikte soms even. James moest naar binnen zijn gegaan om hun spullen te halen. De modder op de treeplank vertoonde voetafdrukken. De Ford was wakker en klaar voor vertrek.

James was niet in huis. Hij zat in de Ford. Zijn hoofd lag zwaar op zijn borst. Zijn haar, wekenlang niet geknipt, hing voor zijn ogen. Hij leek betoverd door de stralende zon en de meeslepende muziek van de klepperende ruitenwisser. De ramen van de Ford waren dicht, op één na, dat net ver genoeg open stond om de spuit van de tuinslang binnen te laten. Ze volgde de slang tot zijn staart. De staart was in de uitlaat van de auto geschoven.

Ze had Bertram nog altijd vast. Ze gooide de deken van zich af; ze wilde hem niet loslaten; hij liet haar tegen zich aan jammeren.

Een geruis op de trap: mevrouw Mitwisser in haar nachtjapon, ongerust en blootsvoets. De stem van haar dochter, hoe zacht ook, was naar haar opgestegen. Ik begon bijna te geloven dat ze de oren van een hond had, of anders dat ze was als de ongelukkige man in het sprookje die zulke gevoelige oren had dat hij ze moest dichtstoppen, omdat hij anders alle roerselen van de aarde en het heelal moest aanhoren; de vleugels van een mug waren donder voor hem.

'Die man? Die man?' Ze keek overal om zich heen. Maar ze zag alleen Anneliese in haar vuile jurk, die zich vasthield aan Bertram.

Ze duwde me opzij en gaapte haar aan. *'Mein Gott! Sie ist schwanger...'* Ze legde een bolle hand op haar eigen buik.

'Papa zal zo boos zijn,' fluisterde Anneliese.

Maar mevrouw Mitwisser had zichzelf weer in de hand; haar hele gezicht glansde, haar tanden glansden als een wapenrusting; ze was ineens op volle kracht. Met het gezag van een keizerin riep ze Bertram toe: 'U zult met mijn dochter trouwen, *nicht wahr?*'

Bertram kwam met zijn verzoenende lachje. De glimlach van een ambassadeur. Van een bezetter, een kolonisator. 'Nog niet,' zei hij, 'nog niet.'

# 58

De volgende ochtend deed zich een ingewikkelde herindeling van de slaapplaatsen voor, met opvliegende lakens en matrassen die van hier naar daar werden gesleept. Het leek sterk op de dag dat James in huis was gekomen, maar toen had Anneliese het strijdtoneel overzien. Ze dutte de hele nacht onrustig en schrok angstig wakker. Bertram hield de wacht en zag hoe ze haar vuist plotseling balde en haar gezicht verborg in het kussen dat gisteren nog het zijne was. Trillend van vastberadenheid liet mevrouw Mitwisser Waltrauts bed naar de plek tegenover het mijne rijden, terwijl haar eigen bed de kamer van de jongens in werd gedragen; dat was voor Bertram. En hoe moest het met mevrouw Mitwisser zelf, die als enige was blijven staan in deze stoelendans – negen spelers, acht bedden – waar moest zij haar hoofd te ruste leggen?

'Ik ga bij mijn man,' zei ze.

Hij legde zich er vermoeid bij neer. Mijn typemachine was uit het zicht verdwenen, weggeschoven achter ruwe stapels manuscripten. Zijn tafel was onherkenbaar leeg. Zijn studeerkamer, die ik had beleefd als de oven van een laboratorium waarin een vuurstorm van revolutionaire affiniteiten woedde, was nu niet meer dan een gewone echtelijke slaapkamer. Voor mij was hier geen plaats. Hij was een monarch die troonsafstand had gedaan. Hij had zijn dochter terug, maar was vernederd. Hij was verzwakt; alleen zijn vrouw was sterker geworden. De karaïeten werden aan de vergetelheid prijsgegeven. Al-Kirkisani werd tot zwijgen gebracht. Mitwissers doelloosheid werd de mijne.

Ik had geen doel meer, er was voor mij geen plaats in dit huis. Bertram heerste hier. 'Er is een zieke in huis,' zei hij tegen de jongens; ze moesten Anneliese niet storen, ze moesten niet in de buurt komen. De waarschuwing bracht Heinz tot bedaren, ze bracht Gert tot bedaren; Willi begon mij te tergen. 'Papa heeft je niet meer nodig, mama ook niet,' zong hij. En als hij er zeker van was dat niemand het hoorde: 'Mevrouw Tandoori! Mevrouw Tandoori!' Ik was gedegradeerd, Waltraut was nu mijn slaapgenoot, en wat was ik?

Getweeën beraadslaagden Bertram en mevrouw Mitwisser over Anneliese. Ze moest geen kou vatten. Ze moest goed te eten krijgen. Ze verdrongen zich rond haar en paaiden haar met een hapje zus of een hapje zo. Bertram wist van de nood een culinaire deugd te maken: zijn ideeën, zoals hij ze noemde, werden met de dag ingenieuzer. Het geld raakte op, en hij bezuinigde. Hij was gaan winkelen zoals ik het als kind deed en bedelde eetbare overblijfselen los bij de groenteboer. Er was geen vlees. Er kwam geen wijn meer op tafel.

Iedereen sloot zich van me af, behalve Mitwisser. Hij treuzelde rond en rond als een groot ongedurig dier en lokte me met zijn melancholie in elk onmogelijk hoekje waar hij tot rust kwam. Zijn geslagen schouders hingen af als die van een bizon. Mevrouw Mitwisser sneed in de keuken selderij voor een van Bertrams magische, lang meegaande stoofpotten, terwijl Waltraut aan haar voeten rondscharrelde of achter Bertram aan ging; zij drieën waren de harde kern van ons bedrijf. Als Mitwisser zwaar van zijn grote botten opstond, ging ik achter hem aan. Hij maakte geen bezwaar. Hij liep heen en weer over onze anonieme straat – een luchtigere versie van zijn ijsberen binnenshuis – en bekeek de rij huisgevels met hun identieke stoepen en hun stompe eenzame coniferen geplant als schildwachten. 'Waar ben ik?' mompelde hij. 'Waarom ben ik hier?' Hij droeg zijn rouw als een teloorgang. Ik observeerde hem. Ik doorzag hem; ik nam hem in me op. Ik zag hoe hij gevallen was.

'Laten we naar het water gaan,' zei ik.

Op hun rumoerige strooptochten hadden zijn zoons meer dan eens rondgestommeld aan de modderige grenzen van onze buurt, waar een door kattenstaarten en scherpe stenen omgeven inham lag. Maar Mitwisser had zich in zijn zelfgekozen afzondering ver gehouden van deze kleine geografie. Zijn grond was het alfabet, zijn hemel perkament. Hij liet toe dat ik zijn hand pakte, zo breed, zo ruw, om hem naar de rand van het water te leiden. We betraden het zachte veen. Boven onze hoofden vlogen zeemeeuwen heen en weer. Rond ons stegen de geuren van zeewier op, zo tastbaar als strengen wol. En voor ons kabbelde dit nietige zijriviertje van de Atlantische Oceaan, waarvan de uiterste ledematen de havens van Hamburg en Stockholm raakten.

'Mijn dochter,' zei hij.

'Bertram zorgt goed voor haar. Uw vrouw ook.'

Hij klom zwaar op een platte steen en bleef daar staan als een grote uitgestorven Viking aan het roer van een houten schip.

'Mijn vrouw heeft geen wroeging. Mijn dochter heeft haar schuld ingelost.'

Ik kende zijn manier van denken. Hij was omringd door moedwillige overtreders, omzwermd door rebellen. Hij was bedrogen door zijn vrouw, zijn dochter, zijn vaderland. Staande tussen deze van zeewier slijmerige stenen waren de straatlantaarns van Berlijn, de cafés, de salons, de eerbetuigingen ver weg en mythisch. En o, wat was hij zelf ooit verknocht geweest aan de overtreding en de rebellie! Aan de versmade en vermetele bannelingen uit het verleden!

'Vertel me meer over James,' bedelde ik. 'Er moet toch meer...'

'Waarom zou u dat wensen?' Een gorgelgeluid ontsnapte aan hem. Hij spuugde een stroperige klodder uit. 'Een wijs man spreekt van ideeën, een middelmatig man van handelingen, een dwaas van personen. Dat, mijn beste Rose, is een verstandig spreekwoord van de Arabieren.' Hij stapte onhandig, sprong bijna, van zijn rotsblok af. 'Men wordt vergiftigd door de lucht in deze woestenij. Wat is dat voor stank die de wind brengt?'

Er stond geen wind. De kroontjes van de kattenstaarten zwaaiden nauwelijks. 'Zeewier en dode vis,' zei ik.

# 59

Ik observeerde Bertram ook. Hij was druk met Anneliese; mevrouw Mitwisser was zijn volgeling. 's Ochtends werd Anneliese ineengedoken onder haar moeders omslagdoek de eetkamer binnengetroond en gevoerd. De jongens waren bang voor haar. Ze sloot haar ogen en keerde zich van hen af. Ze zat er roerloos bij, opgezwollen onder haar draperieën, zo raadselachtig als een afgodsbeeld. Ze huilde vaak in het geheim. Ze praatte alleen met haar moeder en Bertram.

Bertrams aanvallen van Ninel-koorts waren aan het vervliegen. Ik had verondersteld dat de grondstof die hij met Anneliese deelde – die tragische operette van een stel dode geliefden – zijn klaagzangen zou aanvuren. Maar de laatste tijd had hij het zelden meer over Ninel, en dan alleen nog, verklaarde hij, als Anneliese hem over haar uitvroeg.

'Ze wilde van me horen hoe ik haar had verloren. Ik had het niet moeten vertellen, het maakte haar aan het huilen.'

'Misschien komen die twee elkaar in de hemel tegen, Ninel en James. James was de ideale geldbuidel, hij had Ninels hele brigade kunnen uitrusten.'

'Hou erover op, wil je? Het arme kind lijdt.'

'Jij niet. Jij bent eroverheen.'

'Nou, Ninel was wél degene die vond dat je zo iemand als mij in de steek kon laten, dat geef ik toe.' Hij kwam dicht bij me en fronste zijn wenkbrauwen nadrukkelijk. Hij ging me blijkbaar ernstig toespreken. 'Je moest eens gaan denken aan opkrassen, wist je dat? Kijk om je heen, er is niets voor jou. Wat heb je hier nog? Die ouwe?'

Zo was hij Mitwisser gaan noemen. Voor Bertram legde Mitwisser in huis geen gewicht meer in de schaal.

'Wat ze hier nodig hebben,' ging hij verder, 'is een goede vroedvrouw.' De frons ontspande zich snel tot Bertrams halfhartige lachje. 'Een vroedvrouw, daar zou Ninel wel bij gebleven zijn, denk je niet? Zo doen de boeren het, zou ze mooi vinden. Was ik altijd maar een vroedvrouw geweest, dan was ze met me getrouwd.'

'Ze zag helemaal niets in het huwelijk. Dat heb je me zelf gezegd.'

'Toch heb ik wel eens op het punt gestaan om haar een ring te geven. Heb ik haar nooit verteld. Opgeborgen, voor het geval dat. Ik had nog hoop.'

'Ninel had er niet over gepeinsd een ring te dragen, dat weet je.'

'Misschien niet. Moest ze niks van hebben, zoiets.' Maar hij zei het emotieloos.

'Bertram,' zei ik met klem, 'je bent toch niet werkelijk van plan...'

'Wat? De bevalling? Waarom niet? Zo moeilijk is het niet. Ik heb er zat gezien. In het ziekenhuis noemden we ze vangers. En dan heb ik het nog niet over mijn twee ervaren assistentes, Elsa en Moeder Natuur. Elsa heeft er vijf gehad en Moeder Natuur miljoenen.'

'Dat mag je niet doen. Ze moet naar een dokter, ze moet naar een ziekenhuis...'

'Je vergeet wat voor mensen dit zijn. Dit is de haute bourgeoisie. Bij die mensen gebeuren zulke dingen niet, dat willen ze niet weten. En als ze gebeuren, lopen ze er niet mee te koop. Dit zijn de mensen die verzot zijn op trouwringen. De ouwe al helemaal.'

'Niemand kent ze hier. Ze hoeven zich niets aan te trekken van wat de mensen denken.'

'Ze denken het zelf,' zei Bertram.

Ninel was vervaagd, Bertram was elders in dienst getreden. Ik verbaasde me over deze abrupte verdrijving van Ninels hardnekkige geest. Nog maar een paar dagen daarvoor was ze nog springlevend geweest; haar aura kon van een enkel woord al oplichten, of hem tegemoet glinsteren vanuit een berg afgedankte schoenen in een bak. Maar Bertram koos partij voor het hier en nu. Wat het meest dichtbij stond bewoog hem, bewoog, dreef, verplaatste hem. Hij hield van het gevaar, niet voor hemzelf, maar vanwege zijn fascinatie voor de lotgevallen des levens. Op zijn zachte aquarelmanier zocht hij het spoor van de goede zaak, de kruistocht. Was ik niet ooit (hoe lang leek het al geleden) een van zijn goede zaken geweest? Maar in mijn hart zag ik het nut niet van goede zaken, en Bertram niet van mij; hij was bereid me nogmaals te verbannen. De toorn van de gerechtigheid: wat bedoelde hij ermee? Brengt toorn gerechtigheid, en is gerechtigheid altijd het werk van toorn? Wat hij er ook mee bedoelde, het was uit Ninels ectoplasma weg geloogd naar de levende cellen die zich dag en nacht vormden in de geheime dieptes van Annelieses vlees.

Ze was veranderd in een wetsovertreder. Ze meende dat ze een misdadigster was. Haar misdaad stond geschreven in haar vaders verdriet; hij veroordeelde haar zwijgend en rouwde hulpeloos. Maar haar moeder, wat straalde ze merkwaardig, wat verlustigde ze zich vreemd: James was niet in huis, hij was verdreven, ze had overwonnen. Maar wie had haar moeder overwonnen, James, of haar papa? Of ging het om Heinz? In Annelieses eigen buik ontkiemde een mysterieus schaduwbeeld van Heinz, een schepsel naar wie haar vader van opzij zou staren, of van wie hij al te snel weg zou kijken, of anders zou hij het overdreven ophemelen; een schepsel dat onder permanente, onophoudelijke, triomfantelijke verdenking stond. O, wat was het allemaal een warboel; ze probeerden haar tot eten en drinken te bewegen in die draaikolk die haar duizelig en misselijk maakte, haar oogballen werden heen en weer geslingerd, en konden ze dan niet zien dat haar armen wervelende messen waren geworden die iedereen staken die in haar buurt kwam? En als een van de jongens haar ook maar aankeek, zou ze hem in stukken snijden! Ze wilde met geen van hen iets te maken hebben, met niemand, niet met Waltraut, nooit meer met haar papa; alleen met Bertram, die haar had opgetild en naar haar oude bed had gedragen en die ervoor had gezorgd dat ze de eerste nacht doorkwam, en alle nachten daarna. Soms meende ze dat er bij Bertram ook een piepklein opgekruld wormpje in zijn lichaam groeide; hoe anders kon hij haar kleinste gewaarwordingen zo zuiver, zo diepgaand kennen. Ze wilde zijn hand bij zich houden en de zachte doorschijnende vlieshuid tussen zijn vingers aaien, en als de machine die haar brein liet malen op zijn hardst draaide, trok ze zijn hand tussen haar benen, als een goedhartige beker.

Het pakket uit Thrace kwam aan, schokkend dik, volgepropt met biljetten van honderd dollar. Het was bebloed met een lange rij rode stempels.

'Heb ik het je niet gezegd?' kraaide Bertram. 'Zie je wel? We hebben weer geld zat.' Hij likte aan zijn duim en telde, een voor een, vijf biljetten uit. 'Hier,' zei hij, 'die heb je nog tegoed, denk ik.'

Ik protesteerde: 'Dat is jouw geld niet.'

'Waarom niet? Kijk eens goed, het is een fortuin. En er blijft meer dan genoeg over.'

'Ik wil het niet hebben, en jij kunt het me niet geven. Het is voor het huis, niet voor jou.'

'Dit hier was om te beginnen al van jou, dus neem het nou maar aan. Je zult het nodig hebben als je weggaat.'

'Het is voor het huis,' hield ik vol, en duwde de briefjes terug in het pakket.

Hij draaide zijn mondhoek omhoog, half peinzend, half stralend. 'En ben ik niet het huis, tegenwoordig?'

# 60

Fullerton, Brooks & Winberry
One Wall Street
New York, N.Y.

Professor Rudolf Mitwisser
328 St. Peter's Street
The Bronx, New York
19 maart 1937

Geachte professor Mitwisser,
Ons kantoor is eerst onlangs door inspecteur Martin Corrie van de
politie van Thrace, New York, ingelicht over de ontijdige dood van mijn
cliënt James Philip A'Bair. Het is mijn plicht u mee te delen dat mijn
cliënt in een aan ons geadresseerde brief de dato 12 juni 1936 u heeft
aangewezen als zijn enige erfgenaam. In vervolg op deze beschikking zult
u te gelegener tijd de ter zake doende documenten ontvangen. U gelieve
zich er rekenschap van te geven dat de nalatenschap van de heer A'Bair,
gedeeltelijk aangeduid als 'Rechten en Royalty's betreffende de Bear Boy'
een aanzienlijk vermogen omvat.
Hoogachtend,
Mr. George C. Brooks

# 61

Het geld van de 'Rechten en Royalty's betreffende de *Bear Boy*' werd een
aantal maanden opgehouden. Om te beginnen waren er bepaalde wettelijk verplichte naspeuringen en navragingen; er kwamen rapporten en
nog talrijke brieven; er was een gerucht over een gerechtelijk onderzoek;
er waren tientallen gesprekken en overpeinzingen en speculaties; wat
moest de hospita versteld hebben gestaan toen ze die avond thuiskwam
en het avondeten onaangeroerd in de stoompan vond, en het koud ge-

worden lichaam van haar pensiongast in de Ford. Het gegil, de opschudding, de politie, de identificatie, een voorbijgaande bekendheid in het stoffige Thrace; de jongens kwamen voor haar huis staan staren. Een dronkaard die die bedompte kamer zelden uit kwam en het verwaande meisje met dat lelijke accent en lange haar, wie had kunnen zeggen wat die twee in de zin hadden? In ieder geval waren ze goed van betalen geweest.

En de Ford, stond die nu in haar tuin weg te roesten tot een roodbruine surrealistische sculptuur? Ja, ze was gek. Om haar 'kamer te huur' te meubileren, had ze de twee verweerde rieten stoelen die ooit buiten hadden staan rotten in de zon naar boven gesleept. Die Ford wilde ze maar al te graag verkopen. Die zou de huur goedmaken die in het vervolg achterwege zou blijven: de geest van een zelfmoordenaar kent geen rust. Iedereen weet dat die altijd terugkomt naar zijn laatste woonplaats. Wie zou nog betalen om in een zelfmoordbed te slapen? En aangezien de 'Rechten en Royalty's betreffende de *Bear Boy*' in de persoon van Mr. Brooks haar niet aansprak op de teruggave van de Ford, dan wel op het equivalent van zijn waarde (in de ogen van Mr. Brooks een nietig detail), stond het achtergebleven bezit van de dode tot haar beschikking. Het was bijna alsof hij de auto aan haar had nagelaten.

Naspeuringen, rapporten en speculaties. En uiteindelijk Mr. Brooks zelf, die ons op een warme zondagmiddag eind oktober kwam opzoeken. Hoewel de lucht nog naar de zomer rook – een geur van zeewier die optrok van de baai – droeg hij een camel overjas met daaronder een grijs tweedvest. Hij was een weduwnaar met de dorheid van een man die sinds lang met zijn bedrijf is getrouwd. Zijn doel, zei hij ons, was kennismaken met de erfgenaam die zijn overleden cliënt had gekozen. Zijn bezoek zou kort duren; hij had zijn chauffeur opgedragen over een uur terug te komen. Bertram voerde hem de eetkamer binnen, waar hij zijn hoed op tafel zette en weigerde zijn jas uit te trekken. Hij had een kaal hoofd met sproeten; zijn oorlellen waren nauwelijks gevormd en groeiden direct terug in de zijkanten van zijn nek, en zijn neusvleugels (neuslellen?) deden precies hetzelfde: ze trokken zich, vlak en nauwelijks gedeukt, terug in het omringende roze vlees. Vlees dat macht en overvloed herbergde. De behoedzame neusvleugels namen ons op als een extra paar ogen. Ze waarschuwden dat vlak eronder een koude morele kracht school: een mond die oreren gewend was.

Waar hij voor kwam, zei hij, had een persoonlijk aspect.

Hij richtte zich tot Bertram. Zijn blik sloot alles uit wat hem overbodig leek. Waltraut en de jongens hadden zich in de deuropening staan vergapen, maar Bertram wees ze met de punt van zijn elleboog terecht: ze hadden moeten beloven uit het zicht en stil te blijven. Hij had de komst van de advocaat uitgelegd als een gewichtige gebeurtenis die opheldering over hun toekomst zou verschaffen. Maar hun toekomst hing af van hun goede manieren, en hun goede manieren hingen af van hun stilte. Hij dreef ze de keuken in, waar hij een rij appelbollen had klaargezet om ze af te kopen. De zoete herfstgeur wervelde door het huis. Het bezoek van Mr. Brooks was aangekondigd, verwacht, voorbereid. James' goudomrande theekopjes stonden op tafel, en de porseleinen theepot, en de gebakjes met de rozenblaadjes van glazuur die niet meer waren gezien sinds die augustusavond, lang geleden, toen de sceptici Mitwisser kwamen bestoken. Ze hadden gezegd dat hij goddeloos was en ik, een novice aan zijn voeten, had het geloofd.

Ik zat niet langer aan zijn voeten. Hij zat weggezonken in zijn stoel. Ik bleef achter hem staan als achter een kind in een wandelwagen. Zijn grote hand kroop omhoog en zocht de mijne; hij greep hem vast en liet niet meer los. In de maanden sinds de terugkeer van Anneliese was hij vreselijk verouderd. Als we gingen wandelen sloot hij de laatste tijd zijn ogen; er was niets dat hij wilde zien. We gingen vaak wandelen, hij en ik, en altijd zocht hij mijn hand. Ik was inmiddels vertrouwd met de landkaart van zijn grove brede handpalm en de bulten van zijn grote harde knokkels. Als hij iets zei, hij zei weinig, ging het meestal over zijn vrouw. 'Mijn vrouw,' zei hij dan, 'gaat het goed. Ik zie dat het haar heel goed gaat.' Maar zijn ogen hield hij half dicht en hij stapte behoedzaam naast me voort, als een blinde. 'U ziet zelf,' zei hij, 'hoe goed het met haar gaat. Mijn vrouw is weer tot leven gekomen, is het niet?'

Mevrouw Mitwisser had haar blauwe pumps aangedaan, ter ere van Mr. Brooks. Haar tanden glansden voldaan: haar glimlach zou het uur sieren. Ik zag hoe stevig ze was geworden. Haar kleine gestalte was rond het middel uitgedijd, haar maag was tot een licht opbollende heuvel gegroeid, en haar borsten en armen waren vol en rond. Bertram kookte, mevrouw Mitwisser at, altijd met frisse eetlust. Ze was dik en sterk en blij. Met haar blijheid zocht ze Mr. Brooks' aandacht voor haar belang, voor het nieuwe belang van het huis.

Hij negeerde haar. Ze was secundair en dus overbodig. Hij had zich niet naar de verste uithoek van de Bronx laten rijden door Felix om zijn tijd te verdoen met secundaire zaken. Hij had niet verwacht dat hij een kamer met zo veel stoelen binnen zou worden geloodst, aan een tafel gedekt als voor een verjaardag. Wat was er met die mensen aan de hand? Ze verdrongen zich met te velen om hem heen; hij was hun gast niet, hij was op eigen initiatief gekomen. En hij was geen venter die met zijn spullen kwam leuren. Eerst al die bende loerende kinderen; uiteindelijk was er iemand, blijkbaar de begunstigde zelf, op het idee gekomen om ze weg te sturen, maar zelfs nu was er nog dat ergerniswekkende gekletter van lepels achter de deur. En deze opdringerige, al te enthousiaste vrouw met die idiote glimmende balschoenen met strikjes! Verbeeldde ze zich dat ze een Assepoester op leeftijd was die straks mee mocht naar het paleis? En die oude vent daar, kennelijk niet meer zo fris, die zich aan zijn verzorgster vastklampte, waarom hadden ze die erbij gehaald, wat had dat voor zin? Hij kwam kennismaken met de erfgenaam, niet met dit troepje gapers.

'Ik moet toegeven,' zei hij tegen Bertram, 'dat mijn overleden cliënt me voor een verrassing heeft gesteld, al was het niet de eerste keer. Hij was, wat zal ik zeggen, moeilijk, vanaf zijn tienerjaren moeilijk. Dat zo'n engeltje van een kind is opgegroeid tot zo'n... maar daar mag ik niet over oordelen. Hij was nog heel jong toen zijn vader stierf. Begaafd man. Wereldwijde reputatie. Onze firma heeft alle moeite gedaan om op te treden in loco parentis en ik kan niet zeggen dat het gemakkelijk was. Een grillige jongeman. Heel zijn leven een buitenbeentje, we wisten nooit waar we met hem aan toe waren. Ik zal het u rechtuit zeggen, meneer, dit testament is niet meer dan de laatste van een onafzienbare rij grillen; helaas bestaat er geen remedie tegen.'

'U bedoelt dat het onherroepelijk is,' zei Bertram. Ook hij had zich voor de advocaat verkleed. Hij had Mitwissers colbert en das geleend. De sporen van een vervallen soevereiniteit kleefden nog aan de plooien van die lange mouwen, die Bertrams korte armen inslikten en opsloten in hun afgedragen gezag.

'Helaas niet. Het testament is gerechtelijk geverifieerd en geldig verklaard. Ik heb het idee dat mijn partner Fullerton, als hij nog had geleefd, wel een manier had gevonden om het te omzeilen, hij was goed in die dingen. Ontoerekeningsvatbaar, de jongen is altijd onberekenbaar gebleven. Geen verantwoordelijkheidsbesef, van begin tot eind. Stuurt een brief, maakt zichzelf van kant. Al die jaren heeft de firma hem gebedeld om een testament op te stellen, iets degelijks. Hij wilde er niet van horen, alles moest los, hij ging zijn eigen gang. Ik dank de Heer dat zijn vader en moeder niet hebben hoeven meemaken wat er van die jongen is geworden. Een landloper. Een wilde.'

'*Wahrheit!*' barstte mevrouw Mitwisser uit. '*Barbarisch!*'

De half verscholen oorlellen werden bleek. 'Beste mevrouw, wat ik over mijn cliënt zeg, is niet aan u. Ik moge u eraan herinneren dat u allemaal rijk wordt dankzij deze wilde. Zijn nalatenschap is immens, en niet dankzij hem. Hij was het werk van zijn vader, zelf was hij niets. Naar mijn idee gaat het allemaal roemloos ten onder.' Hij richtte zich weer tot Bertram. 'Als u het mij vraagt, is het een krankzinnige brief. Onderwijs en wetenschap, ik heb er niets op tegen, ik ben er vóór. Een bibliotheek, een museum, een universiteit, normale filantropie! Iets openbaars en begrijpelijks. Voor mijn part had hij het aan de kerk gegeven, al heeft hij zijn leven lang geen goede daad verricht. Maar die sektarische buitenlandse rommel waar niemand ooit van heeft gehoord, waar niemand in de werkelijke wereld wat aan heeft, een volkomen insignificant privéstokpaardje, een bagatel, een manie... nou ja, mijn handen zijn gebonden. Ik zal u niet verhelen dat ik het betreur. Ik betreur het diep.'

'Waarom komt u hier dan?' mompelde Mitwisser uit de diepte van zijn stoel. Hij hield me in de bankschroef van zijn vuist.

Maar Mr. Brooks hield zijn blik op Bertram gevestigd. 'Gedane zaken nemen geen keer. De dwaas heeft het allemaal vergooid. Ik ben gekomen om te zien waar het neerkomt. U, meneer,' zei hij tegen Bertram, 'bent de begunstigde van een dwaas.'

Bertram gaf zijn gehoekte lachje ten beste: 'Ik niet. U moet de oude hebben. Ik ben de schoonzoon.'

Wat sprak hij dat woord graag uit! Schoon-zoon, schoon-zoon: het was nog nieuw in zijn mond, nog geen drie maanden oud. Het was nieuwer dan de wieg, het matrasje voor de wieg, de babyspulletjes, de babyflesjes, de luierspelden, en strikt gesproken waren die trouwens niet nieuw. Bertram had ze allemaal van de Leger des Heilswinkel onder de spoorbrug, een station verderop. De bevalling zelf was goed gegaan, met de ervaren Elsa bij de hand en Moeder Natuur, zoals Bertram graag zei, aan de teugels. Moeder Natuur was onze nieuwe huisgenoot geworden. Moeder Natuur wekte Annelieses weeën op en Moeder Natuur maakte haar angstig. Moeder Natuur liet Heinz en Gert toekijken hoe het hoofdje van de baby zich naar buiten perste en hoe de navelstreng werd doorgeknipt, maar Moeder Natuur was ook zo wijs Willi en Waltraut uit de buurt te houden. Mitwisser had zichzelf opgesloten in een hoek van zijn studeerkamer (die geen studeerkamer meer was), alsof hij zich in een of andere donkere spelonk wilde verstoppen. Maar het was drie uur 's middags en het raam dreef in een zee van licht. Het licht had zich verstrikt in Mitwissers baard en die nog witter gebleekt toen Moeder Natuur haar laatste teken gaf en het huilen van de nieuwgeborene weerklonk.

Het kind kreeg de naam Miriam. Mevrouw Mitwisser was in haar nopjes. 'De naam van mijn moeder,' zei ze. Haar vingers wreven over de plek onder haar blouse waar het litteken vervaagde. Het was bijna een jaar geleden sinds ze het huis uit was geweest. Ze duwde haar voeten in haar blauwe pumps: 'We gaan,' besliste ze vrolijk. Ze had nog nooit een blik op de grote stad geworpen; ze waren wel in New York aan land gekomen, maar de quakers hadden een bestelwagen gestuurd – net een kleine autobus – om hen rechtstreeks van het schip naar Albany te brengen. Wat een gebouwen, wat een stad! Ze namen zoiets als de s-Bahn (zij en Anneliese en Bertram), eerst hoog, waar de gordijnen over de vensterbanken bungelden, toen nog hoger, langs de platte daken van de huurflats, daarna kwam er een smalle bochtige rivier, en toen, plotseling, de tunnel waar ze met hun ogen knipperden. Toen ze op Chambers Street boven kwamen, leek het in niets op Berlijn (het dierbare Berlijn dat van hen was geweest, voordat die vlaggen met insectenpoten de etalages binnendrongen), maar was ook niet heel anders. De ochtenddrukte, de jonge vrouwen die zich naar hun werk haastten, de bedrijvigheid, de trams, het verkeer. Alleen had de politieagent hier geen houten podium om op te staan en waren de kerken niet meer dan kopieën van echte kerken; ze deden alleen net alsof ze oud waren. Ze dacht bijna dat ze met hun drieën om de hoek op de Hermannplatz zouden belanden, bij de grote Karstadt met zijn roltrappen en afdelingschefs, en hoezo was dit plein, en dat plantsoen, anders dan de Königsplatz? Het stadhuis, een grijze muur die oprees boven schemerige, olifantshoge bogen, had net zo goed de Staatsoper kunnen zijn! Haar hartslag bonkte in haar oren, haar tenen bonsden in de blauwe pumps. Het kantoor van de Burgerlijke Stand was niet erg netjes, op de stoelen lagen kauwgumpapiertjes en het rook er naar ontsmettingsmiddelen. Vierentwintig uur tussen de ondertrouw en de ceremonie: ze gingen de volgende ochtend alledrie opnieuw, dezelfde rit van een uur op de s-Bahn, dezelfde namaakkathedralen, hetzelfde bijna-visioen van de Hermannplatz en de Königsplatz, en weer die donkere olifantsbogen. Een stem riep haar naar voren: ze moest zichzelf identificeren als de getuige. Ze had zelf geen trouwring, die had Fritz van haar afgepakt, er was niets om aan Annelieses bruidsvinger te doen, maar kijk! Bertram stond klaar met een ring, die had hij nog van zijn moeder, lang geleden, hij was bedoeld geweest voor iemand anders, hij was te groot voor Anneliese, maar geen probleem, hij kon ermee door voor de kleine ceremonie die helemaal geen ceremonie was, alleen een vluchtige transactie in de eentonige dag van een ambtenaar. De stoffige kunstbloemen op de balie van de Burgerlijke Stand maakten hun reverence en Bertram en Anneliese waren man en vrouw.

Mr. Brooks ergerde zich. Hij was niet hierheen gekomen om nog verder geplaagd te worden. Het was al meer dan genoeg dat James Philip A'Bair senior, een heer als geen ander, een wereldberoemd kunstenaar, een virtuoos (voorzover Mr. Brooks over zulke dingen kon oordelen, met als belangrijkste overweging dat de royalty's na al die jaren niet afnamen, maar zelfs groeiden, en in een toenemend tempo, dat de krachten van één kleine firma bijna te boven ging)... was het al niet onthutsend genoeg dat zo'n hardwerkende vader, noem hem een kunstenaar maar zeker geen bohémien, de vruchten van zijn levenslange arbeid postuum moest afstaan aan een of andere halve gare vluchteling? Mr. Brooks was verontwaardigd en geërgerd. Waarom had hij niet direct in de gaten gehad dat deze beminnelijke kleine man het niet was? Hij had geen accent, en al die anderen... niet dat hij iets kon zeggen over de verzorgster van de oude, dat meisje dat zijn hand vasthield alsof hij uit zijn stoel zou tuimelen als ze hem even losliet...

De advocaat zei vormelijk: 'Ik moet dus aannemen dat u niet Rudolf Mitwisser bent?'

'De schoonzoon,' herhaalde Bertram. Mr. Brooks, die gewend was door te lezen tot de kleine lettertjes, hoorde in dat bepalend lidwoordje 'de' een zekere rustige aanspraak op de troon.

'Zoals ik al zei, hebben we hier te maken met een fait accompli,' ging Mr. Brooks verder, 'toch betwijfel ik of mijn cliënt zoiets zelf zou bedenken. Ik stel me zo voor dat hij beïnvloed werd...'

'Niet door mij.'

'Maar u woont in dit huis...'

'Toen ik hier kwam, was hij weg.'

Mr. Brooks staarde om zich heen. Zijn cliënt was wispelturig, eigenwijs en even gemakkelijk te beïnvloeden geweest als alle eigenwijze mensen, die zich laten aantrekken tot dit, en dan weer dat. Neem die telkens terugkerende obsessie met Zweden, hoe hij nota bene vanuit Algiers naar Scandinavië had willen komen, en dat tijdens de oorlog! Zou dat weer de volgende ronde onzin zijn geweest? Na deze laatste manie? Mr. Brooks herinnerde zich de bizarre toneelepisode, de kostbare nieuwe uitrusting voor een marginaal ensemble... Iemand in dit huis had hem aangestoken. Niet die vrouw met de malle schoenen, die was niet slim genoeg, of ze had hem niet zo openlijk tegen zich in het harnas gejaagd. Dus deze oude man was degene die in het testament werd genoemd, maar goeie God, uitgeblust, machteloos! Hij kon nog geen vlo beïnvloeden, en dat zwijgende meisje stond enkel achter zijn stoel om – wat? – het kwijl van die oude op te vangen?

Dit huis! Deze gril! Smal en hoog, drie verdiepingen, het had de indeling van een poppenhuis. Mr. Brooks was drie makelaars afgeweest om zijn obstinate cliënt ter wille te zijn. Een rustige buurt. Met groen dichtbij. Een niet al te lastige verbinding met de bibliotheek op 42nd Street, zo'n bepaling! Elke eis een gril, elke gril een crisis. Hij was betoverd, hij was beïnvloed. En hij dronk, vergeet dat niet. Hij dronk, hij was beïnvloedbaar. Hij was zelf niets. Wat een nakomeling van zo'n voortreffelijke vader, wat een teloorgang van zo'n fortuin!

De vrouw met de Assepoesterschoentjes draaide haar triomfantelijke ogen omhoog en luisterde naar een nauwelijks hoorbaar akkoord van kleine kreetjes. Een meisje daalde met een deken in haar armen de trap af. Ze leek nog een tiener. Oorbellen die glinsterden vanachter een lange mantel van heel donker haar. Trouwring om de juiste vinger, maar een verkeerde, te grote maat. Dit meisje, zag Mr. Brooks direct, was allesbehalve secundair; zij was de poolster van het huis. Zelfs de levenloze oude man – God helpe ons, de erfgenaam zelf! – hief zijn droevige hoofd op. De keukendeur ging open op een kier, waardoor een pad van licht stroomde naar de schemerige plek onderaan de trap, waar het meisje stil was blijven staan om de deken te verschikken. De deken kronkelde, schopte, kreet: er zat een kindje in. In dat plotseling oplichtende steegje glom het meisje van top tot teen, alsof haar gestalte in brons was uitgehamerd. Ze had haar blik gevestigd op het gezicht van de baby, zo rond als een volle maan, en keurde het forum aan de gedekte tafel in de eetkamer nauwelijks een blik waardig. Mr. Brooks merkte dat deze onverklaarbare verschijning hem onwillekeurig ontroerde, deze lange jonge madonna wier huid door licht omgeven leek. Hij was niet hier gekomen om zich te laten ontroeren. Hij was hier uit afschuw, uit verontwaardiging over de stupiditeit van zijn cliënt. Zich laten inpalmen door een zwerm berooide vluchtelingen! Alles weggeven, maar dan ook alles, voor een vergeten joodse sekte! (Zo stond het in de brief: 'een vergeten joodse sekte'.)

Het aangrijpende visioen – de jonge madonna had een onverklaarbare tederheid in hem teweeggebracht – duurde niet lang. Een vloedgolf van snaterende jongens, tot nu toe ingedamd, kolkte de keuken uit en stortte zich op de deken. De baby werd van de moeder gekaapt en ging zonder protest van hand tot hand. Kennelijk was ze aan de liefkozingen van deze rauwdouwers gewend. Ze eindigde op schoot bij een klein meisje dat op de onderste tree was gaan zitten en aan de sokjes van het kleine ding trok tot de naakte teentjes tevoorschijn kwamen. De aanblik van die tenen, zo ongekunsteld als de pootjes van een dier, trof Mr. Brooks ineens als obsceen.

Maar alles was duidelijk; hij doorzag het. Vergeten joodse sekte, mijn zolen! Het was natuurlijk deze gevluchte madonna die zijn cliënt een vermogen had ontfutseld... en toch, zodra Mr. Brooks deze conclusie had getrokken, verwierp hij haar. Te jong, en bovendien getrouwd – die baby, die ring. Joost mocht weten waarom die nietsnut zichzelf van kant had gemaakt. Gestoord. Die brief was gestoord. Ter bevordering van het onderzoek van professor Mitwisser naar, enzovoort en zo verder. Was het de drank geweest? Die reis naar de Levant, had hij daar een klap van de mallemolen opgelopen? Mensen krijgen religieuze waanvoorstellingen op zulke plaatsen, en het was nu niet precies een georganiseerde Cook-reis. Des te jammerlijker, een appel van een goed New Englands ras onherkenbaar verrot. Zo'n afloop, daar had zijn vader in zijn ergste nachtmerries niet van kunnen dromen.

Zijn hoed was omringd door lege theekopjes. Ze waren nooit gevuld. Hij pakte de hoed.

'Welnu,' zei Mr. Brooks, 'dat was dan dat.'

Mevrouw Mitwisser greep hem bij de mouw van zijn jas. 'Niet gaan!'

'Pardon?'

'U moet eerst onze baby zien! Het kind van mijn dochter, zwarte ogen!'

'Mevrouw,' zei hij koud, 'mijn chauffeur wacht.'

'U kijkt niet! U ziet niet!'

Hij keek. Hij zag. De lange jonge madonna, een standbeeld van schoonheid.

'Fout! U maakt zware fout!' De vrouw klaagde hem aan; ze bepleitte haar zaak. Ze vorderde een eerlijk oordeel. Hij vergiste zich, hij vergiste zich in hen allen. Zijn cliënt was een barbaar geweest, maar daaruit moest hij niet concluderen dat zíj barbaren waren! Ziehier, haar fatsoenlijke schoonzoon, ziehier haar fatsoenlijke dochter. Zijn cliënt had ordeloosheid gebracht, maar nu was alles in orde, kijk maar, zie, die mooie baby, de moeder, de echtgenoot van de moeder, een fatsoenlijk gezin! De verontreinigingen van zijn cliënt waren eindelijk weggeveegd.

Waarom maakte die vrouw zo'n misbaar? Ze hield zijn mouw vast.

'Elsa,' riep Mitwisser – mompelend, krachteloos – 'waarom maak je deze ophef?'

'Deze man, hij wil niet zien wat we zijn!'

Mr. Brooks schudde haar van zich af. 'Dat zie ik wel degelijk. Nu, als u me toestaat, de arme Felix rijdt daarbuiten rondjes.'

Mitwisser ontvouwde zijn lange botten stuk voor stuk en werkte zich omhoog uit zijn stoel. Hij ging tussen zijn vrouw en de advocaat staan.

'Het kind van mijn dochter,' zei hij, 'is het kind van James.'

Mevrouw Mitwisser wendde zich onmiddellijk tot haar schoonzoon. 'Ach, waarom moet Rudi dat zeggen? Bertram, zeg dat alles in orde is, hij moet dat niet zeggen...'

Maar Bertram gaf haar alleen een duwtje. 'Ga weg,' zei hij tegen de jongens. 'Naar boven, vooruit! Heinz, neem de baby van Waltraut over. Waltraut, ga met ze mee. Willi, heb ik je niet gezegd dat je hier niets te maken hebt?'

Mr. Brooks nam zijn hoed af en plaatste die weer op tafel. Toen liep hij er helemaal omheen en trok een voor van stilte achter zich aan.

'Kom hier,' zei hij uiteindelijk.

De jonge madonna kwam hem tegemoet.

'Rudolf Mitwisser is uw vader?'

Ze knikte loom; afwezig droeg ze haar borsten in haar handen. Ze waren zwaar van de melk.

'En uw kind is het kind van mijn overleden cliënt? Wilt u daarop zweren?'

Anneliese knikte.

'Nee, nee, mijn schoonzoon, hij is nu de echte vader,' kwam mevrouw Mitwisser tussenbeide.

'Stil, Elsa,' zei Bertram.

'Dan moet u begrijpen dat Rudolf Mitwisser niet de erfgenaam kan zijn. In geval van kroost erft het kroost.'

'Dus dan krijgt de oude het geld niet,' zei Bertram, 'klopt dat?'

De advocaat nam hem misprijzend op. 'Het kind van mijn cliënt is de erfgenaam van mijn cliënt. Wat zich voordien heeft afgespeeld is nietig. Van nul en gener waarde. Er bestaat een kind. Het kind geniet wettelijk voorrang. De kleine zal een voogd moeten hebben, gewoonlijk de moeder...'

Het onderhoud werd voortgezet. Bertram schonk de goudomrande theekopjes in en liet de gebakjes met glazuur rondgaan; niemand nam er een. Hijzelf nam wel een hap. In dit geval, legde hij uit, was het niet verstandig de moeder op te zadelen met het voogdijschap. Ze was nog te veel een buitenstaander, niet genoeg ingeburgerd. Te overdonderd en onwetend. Ze beschikte niet over de benodigde vaardigheden, ze begreep maar weinig van de gewoonten van het land – stelt u zich voor: nog maar pas geleden dacht ze dat ze een paspoort nodig had om de grens tussen New York en Massachusetts over te steken! Ze was als het erop aankwam zelf nog een kind.

'Uw cliënt had geen scrupules,' zei Bertram.

'*Barbarisch*,' zei mevrouw Mitwisser.

'Niettemin,' sprak Mitwisser in zijn baard, 'is hij de vader van mijn kleinkind.'

Mr. Brooks pakte zijn hoed terug. 'Dat is het punt. Het ziet ernaar uit dat mijn cliënt alsnog bedrogen uitkomt, en ik kan niet zeggen dat het me spijt. Die kleine zal wel geen dode oude sektes gaan najagen, wel? Al blijven zulke dingen onmogelijk te voorspellen.'

Ergens boven onze hoofden brak een golvend gekrijs uit, dat met de seconde aan kracht won. Anneliese keek verschrikt op.

'Honger!' riep ze, en haastte zich weg.

'Maar wie wordt dan de voogd?' vroeg de advocaat.

'Als u nu heeft gezien hoe de zaken er hier voor staan,' zei Bertram, 'is dat dan niet duidelijk?'

## 62

Een stroom papieren. Eerst de verklaring van afstand: Mitwisser moest erkennen dat zijn status als begunstigde ongeldig was en de erfenis afstaan aan de wettige erfgenaam, een minderjarige. Anneliese moest de identiteit van de natuurlijke vader bevestigen. Bertram moest worden benoemd tot wettig voogd van de erfgenaam totdat ze meerderjarig werd.

Waarna de advocaat het huis niet langer tot last zou zijn, tenzij als of wanneer Bertram de firma zou willen raadplegen, in welk geval het gebruikelijke honorarium zou gelden.

'Zo, Rosie,' zei hij, 'wat vind je daarvan? We zitten tot over onze oren in het kapitalisme, die kleine is een ware magnaat.'

Bertram was nu aangesteld als executeur-testamentair en spreekbuis van de 'Royalty's en rechten betreffende *Bear Boy*'.

'Maar je hebt haar naar Ninel vernoemd.'

'Ik heb de naam niet uitgekozen, maar Elsa. Sentimenteel, met die foto en zo.'

'Ze doet precies wat jij wil.'

'Kijk, haar moeder heette Miriam, ze hangt aan haar moeder. Het enige dat ik zei was dat je de doden in ere moet houden.'

'Weet Anneliese dat Ninel eigenlijk Miriam heette?'

'Zeg, waarom zou mijn vrouw zoiets willen weten? Waarom zo'n drukte maken over een stom toeval? Er zijn honderden meisjes die Miriam heten.'

'En Ninel was er één van. Anneliese heeft haar ring gekregen, en de baby haar naam. Wat noem je dat?'

'Duiveluitdrijving,' zei Bertram, en ik merkte dat ik hem geloofde: voor Bertram was uitdrijving hetzelfde als verwerving; het een ging vooraf aan het ander.

Bepaalde voorheen niet welkome verworvenheden kwamen nu in huis. Bertram zorgde voor een Victrola ('Elsa hangt aan Bach'), een telefoon, een radio.

'Papa wil niet dat mama een radio heeft,' zei Heinz.

'Jij hebt er een.'

'Daar hoor je meestal alleen maar ruis op, en het is trouwens geen echte radio.'

De echte radio stond in een gelakte houten kast in de vorm van een miniatuur gotisch gewelf.

'Dan hoort ze slechte dingen, zegt papa.'

'Er zijn altijd slechte dingen,' zei Bertram opgeruimd. 'Daar kom je niet omheen. Ik vind ondertussen dat we wel een auto kunnen gebruiken, maar ik ben bang dat mijn vrouw een auto een slecht ding vindt.'

*Schoonzoon. Mijn vrouw.* De Victrola draaide Bach, alsmaar door.

Bertram bleef een hele dag weg. Toen hij terugkwam, onthulde hij dat hij met Mr. Brooks was gaan praten over de aanschaf van een huis. Het huis lag in Mr. Brooks' eigen buurt in Mr. Brooks' eigen district. Het was een heel groot huis. Je zou het zelfs een villa kunnen noemen als je wilde opscheppen.

'Een paar maanden en dan zijn we weg uit dit konijnenhol,' lichtte Bertram me in.

Het was uit met de tochtjes naar de winkels onder de spoorbrug. Mevrouw Mitwisser had de verantwoordelijkheid voor de inkopen met graagte op zich genomen. Haar stem aan de telefoon, als ze boodschappen bestelde en het tijdstip van levering stipuleerde, had de vertrouwde klank van een mevrouw die zich met een bediende onderhield. De wijn keerde terug op tafel. De telefoon leek nergens anders voor te dienen dan Bertrams incidentele gesprekken met Mr. Brooks. Die waren altijd kort. Wat Bertram ook te zeggen had, het was voor Mr. Brooks kennelijk voldoende.

Ik werd geacht op Mitwisser te passen. Hij klampte zich ongemakkelijk aan me vast en werd vreemd ongerust als ik om de een of andere reden uit zijn zicht werd geroepen. Bertrams medeleven vloeide weliswaar alle kanten op (had hij niet Elsa's dorst naar Bach, die hij alleen kende, gelaafd?), maar het stopte voor het bij Mitwisser aankwam. Afgezien daarvan was Annelieses kind het centrum van de wereld, het hield hen allen bezig. Bertram noemde het kind een enfant terrible en maakte daar al snel 'infanterie' van, aangezien ze het huis bezet hield met tientallen uitrustingsstukken en een scala aan onverwachte geluiden die vaag aan geweervuur deden denken. Waltraut verklaarde dat de baby van haar was en deed haar onhandig haar muts aan en weer uit, terwijl Anneliese haar waarschuwde dat ze voorzichtig moest zijn. Het leven draaide om zijn as: ze zouden binnenkort vertrekken, mee naar waar Bertram ze mee naartoe nam.

Ik zat met Mitwisser in de minuscule achtertuin. Hij hield zoals gewoonlijk mijn hand in zijn greep. Of anders gingen we wandelen; hij liet zich met zijn ogen halfdicht door de onschuldig vertrouwde straten in de buurt leiden. Hij weigerde terug te gaan naar de waterkant, zelfs als het hoog tij was en de baai als een leeuw zijn manen van schuim opschudde en het zeewier met zijn zure geuren verslond. Op een dag gingen we een stukje verder, in een nieuwe richting, en stuitten op een vervallen granieten bankje omgeven door een vierkantje dor gras en een paar aarzelende tijgerlelies. Over de bank hing een oude seringenstruik, doormidden gespleten en noodlijdend, met paarse bloempjes in dikke trossen zo groot als koolstronken, die hun stroperige wasem onze kant uit zonden. Verzonken in de grond, deels overdekt met modder, lag een bekraste metalen plaat die onthulde dat de bank een geschenk aan de burgers van de Bronx was ter nagedachtenis aan Theobald Bartlett Vandergild (1859-1913), Raadslid en Begunstiger van Openbare Werken. De plek mocht dan openbaar zijn, er was buiten ons geen publiek. Ze lokte ons en beschutte ons tegen het tumult. Het huis was één en al activiteit en turbulentie; het was als Albany voor de verhuizing naar New York, maar ook weer niet. In het oog van de storm stond de jonge madonna met haar ernstige gezicht dat straalde van sereniteit. Anneliese en haar kind, en haar trouwring. De grote ring hing losjes rond de vinger van haar linkerhand, maar zou er nooit af glijden. Dit was de hand die zich niet kon krommen tot een vuist, dit waren de botten die Frau Koch had kapotgeslagen. Geen ring zou ooit nog ontsnappen aan die onzichtbaar misvormde vinger. De ring was medeleven. De ring was verlossing. De ring was haar moeders waardigheid. Alleen haar papa was er ziek van.

Onder de seringenbloesems, in de herfstige zwaarte van hun oerwoudgeuren, onverzorgd en ongetemd en wild zoet, wijdde ik me aan Mitwissers vertwijfeling. Er lag zwakheid in zijn gang, zijn stiltes, zijn onwil om op te kijken. De kracht die ik kende lag opgekruld in Mitwissers brein. Verwrongen, afgeleid. Hij had zijn oude krachten ingezet in zijn melancholie.

'Ze beginnen vandaag met inpakken,' zei ik voorzichtig. 'Bertram houdt toezicht dat uw boeken niet in de war raken. Anneliese helpt mee; zij is de enige die de titels kan lezen.'

Hij gaf geen antwoord.

'Het nieuwe huis heeft negen slaapkamers, zegt Bertram. Hij zegt dat de hele familie er precies in past. Elk van de jongens een kamer, een voor Waltraut, een voor de baby en dan nog twee' – ik verzweeg hoe Bertram deze twee had genoemd, de echtelijke slaapkamers van Anneliese en haar man en van Mitwisser en zijn vrouw – 'en een studeerkamer voor u.'

'Ik heb geen studeerkamer nodig.'

Ik had twee keer gelogen. Bertram had het niet over een studeerkamer gehad, en Anneliese had er in haar eentje voor gezorgd dat de boeken op de juiste volgorde werden ingepakt.

'Er moet toch een plek zijn voor uw werk. Al die dozen met documenten, alles wat ik al die maanden heb getypt...'

'Mijn lieve Rose, begrijp je het nog niet?'

'Wel. Er is nu nieuw leven.'

'Nieuw leven? Voor wie? Spreek je over het kind van James?'

'Van Anneliese,' zei ik.

'Van je neef,' kaatste hij terug, en nu hoorde ik zijn begraven kracht. 'Bertram is niet echt mijn neef...'

'Wat doet het ertoe. Die man is met mijn dochter getrouwd. En mijn vrouw jubelt,' zei hij zuur. 'Zij die het manna versmaadde, geniet er nu van.'

'Het is James' geld niet meer.'

'Van wie is het dan? Van het kind? Waaronder wordt verstaan mijn schoonzoon. Manna in de handen van mijn schoonzoon. Is het daarom minder van James?'

Hij had me bij mijn schouders vast; zijn ogen waren vol van de zee als hij purper kleurt in de avondschemering. Ze hadden de seringen opgenomen.

'Vroeger kwam het en ging het. En nu zal het komen en blijven komen.'

'Is dat niet wat u wilde? De vrijheid hebben om te denken?'

Hij liet me los en leunde achterover. 'Regeert het denken wat er gebeurt, of regeert wat er gebeurt het denken? Wat hebben zulke raadsels voor zin?'

'De dingen zijn wél goed gekomen,' zei ik.

'Maar hoe, maar hoe,' kreunde hij. Paniek in de blauwe staarogen. 'U zult binnenkort bij ons weggaan, is dat niet zo?'

Ik ontkende het niet.

En voor de tweede keer stortte hij zijn verwilderde hoofd in mijn armen.

'O, mijn arme Rudi,' zei ik, 'mijn arme, arme Rudi.'

# 63

De dingen waren goed gekomen. Mevrouw Mitwisser voelde het. De jongens voelden het. Zelfs Waltraut voelde het, als ze aan de ledematen trok van de warmbloedige pop die voorgoed zou blijven. Anneliese voelde het zeker: bij het kleinste kreetje van de baby sprongen er druppeltjes uit haar borsten. Haastig pakte ze Waltraut het kind af om het van de hongersdood te redden. Wat kon er beter zijn dan dit ronde, ronde engeltjesgezicht met zijn ronde ogen en het ronde rode knoopje van zijn mond? De vingertjes sloten zich strak om Annelieses vinger, strakker dan de ring die Bertram haar had gegeven. Ze wist dat de ring voor Ninel bedoeld was geweest. Daar stoorde ze zich niet aan; de dood wiste alles uit. Ninel was dood, James was dood. Maar hier was Bertram, moederlijker dan haar eigen moeder, en hier was haar levende kind, mooier dan enig kind op aarde. Mooier dan Willi, die de schoonheid al achter zich liet, nu hij van kind opgroeide tot knul. Heinz en Gert waren bijna mannen – het was mannelijk dat ze bijna zonder terugdeinzen een geboorte hadden meegemaakt. Bertram had ze dapper gemaakt. Hij had ze gedwongen recht in de naakte wijsheid van Moeder Natuur te kijken. En hij had ze alledrie hun echte namen teruggegeven. Hank, Jerry en Bill waren tekenen van oneerlijkheid, zei hij. Onder Bertrams voogdij droogden ze op. Bertram had alles rechtgezet.

Ik pakte mijn twee koffers: ik was het huishouden van de Mitwissers binnengekomen met weinig bezittingen, nu waren het er nog minder. Ik stopte Hard Times en Het Communistisch Manifest stilletjes in een van de dozen met boeken die klaarstonden voor de verhuizing naar het nieuwe huis. Willi zag het.

'Die zijn niet van papa. Die moet je niet bij die van papa doen.'

'Ik heb ze van Bertram gekregen en ik geef ze terug. Bertram kan ze er later wel uit halen.'

Maar ik was er vrijwel zeker van dat de boeken hun dozen niet uit zouden komen. Het nieuwe huis was niet gastvrij voor boeken. Bertram was er samen met mevrouw Mitwisser al enkele keren gaan kijken. De vorige bewoners (die er een mooie cent voor hadden gevraagd, meldde hij) hadden paarden en reden paard. Er waren zoveel ramen dat er eigenlijk geen wandruimte overbleef, en zonder wandruimte zou het lastig worden om boekenplanken aan te brengen. En, trouwens, de oude had toch geen zin meer zich te begraven in die onpeilbare nachtgedachten. De rijkdom aan ramen was het opmerkelijkste aan het huis – al dat licht, die uitzichten!

'Uitzichten, waarop?' vroeg ik.

'Grote gazons. Nog grotere huizen. Chique buurt,' vulde Bertram aan.

Willi was komen toekijken hoe ik mijn spullen pakte.

'Ik krijg een kamer voor mezelf,' kondigde hij aan, 'net zoals thuis.' Maar hij zei het mechanisch. Het was een verwaaiende echo. Thuis, het leven van voorheen, verdween achter zijn horizon, zoals het voor Waltraut al helemaal weg was.

Zijn hand reikte naar de gehavende *Bear Boy*. Hij pakte het op. 'Van James,' zei hij en stopte. De naam was eruit geflapt. Hij had hem niet willen noemen. Net als Heinz en Gert wilde of kon hij niet over James praten. Het was bijgeloof over de dood. Of anders had Bertram ze, om Anneliese te sparen, allemaal tot stomheid omgepraat. Was het Bertram, of was het bijgeloof? De ene zette de dingen recht, het andere maakte ze krom. In de praktijk kwamen ze op hetzelfde neer. James werd uitgewist, hij vervaagde al in het witte licht van de mythe dat ook Ninel had opgeslokt.

'Geef het aan mij,' viel ik uit; ik vouwde het in een trui en stopte het in de koffer, bij de versleten gymschoen die het restant van mijn voormalige salaris bevatte. Het was niet veel. Mijn betaling was een formaliteit die al maanden geleden was gestaakt. Niemand had het erover, niemand merkte het. Ik verwachtte of miste het niet. De Mitwissers waren een organisme en ik was deel van het lichaam.

Willi vond zijn tong terug. 'Papa wil niet verhuizen, maar Bertram zegt dat jij hem zover gaat krijgen.'

Ik aarzelde. Ik had het nog tegen niemand gezegd; Rudi had het uit de seringen opgesnoven. Moest ik het deze baldadige jongen als eerste zeggen?

'Ik ga niet met jullie mee. Ik ga weg.'

Hij keek me steels aan. 'Mevrouw Tandoori! Mevrouw Tandoori!' Het was zijn oude truc – uit de hoek tevoorschijn springen en hardop fluisteren *jij gaat trouwen met dr. Tandoori*, en de laatste tijd *jij hebt een baby in je buik, net als Anneliese.* Willi geloofde ook in Moeder Natuur, al was ze elders druk; en wie kon hem dat in deze huiselijke maalstroom van dood en geboorte en een trouwring kwalijk nemen?

Het nieuws bereikte Bertram ogenblikkelijk.

'Verstandige beslissing.' Hij glom. 'Hier, dit is eigenlijk al van jou, ik wilde het je al lang geven, alleen... nou ja, je hebt nu geen reden meer om het niet aan te nemen.' Hij scheurde een cheque uit zijn chequeboek (ook een nieuwe verworvenheid) en legde die in mijn gehoorzaam opgehouden handpalm. Boven zijn handtekening las ik: *Vijfhonderd dollar en nul cent.* 'Daar kun je voorlopig mee vooruit, lijkt me.'

De rolwisseling maakte me verlegen; mijn gezicht werd warm. Het geld dat van mijn hand in die van Bertram was gevallen, stroomde nu de andere kant op. Moeder Natuur zelf kon de loop van een rivier niet veranderen, maar Bertram wist stroomafwaarts te veranderen in stroomopwaarts, Anneliese de gevallen vrouw in Anneliese de echtgenote en de gekke mevrouw Mitwisser in de triomfantelijk wereldse Elsa. En mij had hij losgelaten. Ik was bevrijd. Hij wilde me kwijt. Ik had hier geen verplichtingen meer. Net als de inhoud van de blauwe envelop was de cheque smeergeld om me van het toneel te jagen.

'Ik heb het al eerder gezegd, Rosie. Je bent geen kind meer. Het wordt tijd.'

Hij kuste me, met volle kracht, en plette mijn lippen tegen mijn tanden. Onder de druk van zijn mond voelden mijn tanden aan als ijsscherven; zijn mond wrikte de mijne open. Het was de kus waarnaar ik had verlangd in die oude verloren flat in Albany: een mannenkus. Een diepe invasie die met neef en nicht niets te maken had; een die Ninel had gekend, die Anneliese kende.

'Mijn vrouw is zwanger,' zei hij. En toen: 'Waar ga je heen?'

*Mijn vrouw.* Zijn kus was nog nat op mijn lippen.

'Ach, ik weet het niet.'

Maar ik wist het wel.

# 64

Ik was niet van plan ook maar het geringste spoor achter te laten. Ik moest er niet aan denken dat ik op een dag gevonden zou worden, door Bertram of wie dan ook. Ik ging op weg naar het echte New York van de wolkenkrabbers. Ik zag mezelf als de tegenhanger van de ambitieuze, hongerige Jongen uit de Provincie, nu de moderniteit ook mijn eigen sekse onbelemmerde bewegingsvrijheid had geboden. Het lot had me niet aangewezen om vastgeworteld te blijven op één plekje op aarde, zoals die andere afgedankte amanuensis van een andere eeuw, Dorothea Casaubon, die door de harde wetten van de chronologie gespeend moest blijven van de personeelsadvertenties in een New Yorks dagblad. Ik had er verschillende uit de *Sun* geknipt, die tegenwoordig naast Bertrams ontbijtbord lag. De grote stad die met haar hoge kantelen de horizon verduisterde, was tegelijkertijd één en al uitzicht: ontelbare kantoren zochten ontelbare typistes. Hier aan de ontbijttafel was Europa ver weg en bijna tot zwijgen gebracht. Legers trokken samen, maar ze waren niet meer dan de zwarte inkt van een krantenkop of een kreet op de radio. Hoewel mevrouw Mitwisser met haar rappe oren de geringste bewegingen van het kind volgde, hoorde ze steeds minder van het onweer in Europa. Ze was gezond en straalde. Haar lichaam, gelijk gestemd met Annelieses lichaam, sloot zich af van de beroering in de wereld. Ze vocht er niet langer tegen met gekte, of met de formule voor thermodynamisch evenwicht. Annelieses kind leidde haar af naar normaliteit; haar schoonzoon leidde haar af, en het nieuwe huis. Bertram had bedienden beloofd, een meisje voor hele dagen en een tuinman eens per week. De razernij, en de grootsheid van haar razernij, was uit haar weggestroomd.

Dat waren niet mijn gedachten toen ik me voorbereidde op mijn vertrek uit dat krappe huis in een onopvallende buurt in de stad. Die kwamen pas lange tijd later, toen de *Bear Boy* met zijn bevlekte bladzijden alles was wat me nog herinnerde aan mijn verblijf bij de Mitwissers. Net als Annelieses kind was ook ik de erfgenaam van de Berenjongen. Het boek had me mijn moeders overlijdensakte gebracht. Mijn vader had er, bijna instinctief, om gedobbeld. En als de Berenjongen zich had verbeeld dat hij een karaïet was (zo verweven zijn verleden en heden), dan was het boek alles wat ik van de karaïeten overhad. Avond na avond drong de jongen op de plaatjes me zijn bedekte voorspellingen op. Ze waren ouderwets, deze plaatjes, en grotendeels pastelkleurig. Ze hadden de gouden glans van de nostalgie, maar ze konden doden. De jongen op de plaatjes, met zijn pony, zijn blauwe kousen, zijn turende ogen, de groene hoed, de balancerende theepot – wie zou alles welbeschouwd geen medelijden met hem hebben? Hij lag nu in het benarde graf dat Mr. Brooks met veel pijn en moeite had gehuurd; niet elke begraafplaats onder het oog des hemels verwelkomt een zelfmoord. Niet ver weg, onder de heilige grond van Troy, lag mijn vader in schande. Ergens in Spanje lag Ninel, naar ik aannam in een soldatengraf. En in een voorstad van Bagdad lag al duizend jaar al-Kirkisani, de auteur van die vergeten majesteitelijke boeken, *Tuinen en Parken* en *Lichten en Wachttorens*. Hij had de Ganges gezien, hij had de Schrift verdedigd tegen de valse versierselen van de mens, hij had de ketterij in de godheid zelf ontdekt. Hij had zich als een worm Mitwissers brein binnen gegraven. Zijn botten waren vergaan tot Mesopotamisch stof, toch hadden ze me deelgenoot van extase gemaakt.

Op mijn laatste dag, mijn laatste uur, vond ik Mitwisser alleen op de bank onder de seringenstruik. De grote purperen bloemtrossen bogen onder de eerste kilte van de herfst. Hij had zijn hoed op. Bertram had hem een stok gegeven om mee te lopen.

'Ik ga nu.'

'Ja,' zei hij.

De stilte hing tussen ons in. Ik probeerde te bedenken hoe ik die kon vullen.

'Anneliese krijgt nog een kind. Dat heeft Bertram me verteld.'

'Dat is de natuur.'

'En Waltraut gaat naar de kleuterschool...'

Een geërgerde tik met de wandelstok. 'Alstublieft,' zei hij.

Hij kon niet tegen huishoudelijke praat en wat kon ik, nu de worm in zijn brein was opgedroogd, anders zeggen? Ik legde mijn hand op zijn schouder.

'Ik zal altijd aan u denken.'

'Misschien niet. Het is de natuur.'

'Dag, Rudi.'

'Ja,' zei hij.

Ik deed een paar stappen en draaide me om.

'Wilt u met me terug naar huis lopen?'

Hij tilde zijn stok op. 'Ik heb hier mijn nieuwe vriend. Hij zegt me dat ik op moet letten. Hij opent me de ogen.'

'Dag dan, lieve Rudi, het ga je goed.'

De jongens hadden zich verzameld bij de groene voordeur. Flarden van de *Goldberg Variaties* dreven naar buiten – zwermen bijen.

'Bertram heeft een taxi gebeld! Waar was je?' riep Gert.

'Hij is er al tien minuten,' zei Heinz, 'en de meter loopt.'

Daar stond hij, een gele bult in de straat, met trillende en warm stralende motor.

'Mama kan niet naar beneden komen. Ze is Anneliese aan het helpen de baby in bad te doen, en Waltraut is ook boven.'

Bertram kwam naar buiten met mijn koffers.

'Klaar voor vertrek. Op naar de grote wereld.'

Hij trok de deur van de taxi open. Daarbinnen zat iemand gehurkt, verscholen.

Willi sprong naar buiten.

'Mevrouw Tandoori! Mevrouw Tandoori!'

VERANTWOORDING

Bronnen voor de karaïeten zijn onder meer: *Karaite Anthology: Excerpts from the Early Literature*, red. Leon Nemoy (1952, Yale University Press) en *Karaites in Byzantium: The Formative Years, 970-1100*, door Zvi Ankori (1957, Columbia University Press). Ik dank dr. Susanne Klingenstein voor haar hulp met Duits idioom.

De vertalingen van passages uit Jane Austens *Sense and Sensibility* zijn ontleend aan de Nederlandse vertaling door Elke Meiborg, *Verstand en gevoel*, Boekwerk Groningen 1994.